Mary Wings

Sie kam zu spät

Aus dem Amerikanischen von
Andrea Droste

Ariadne Krimi 1031
Argument

Titel der amerikanischen Originalausgabe: She came too late

Lektorat: Renate Klaus, Else Laudan

Deutsche Erstausgabe
August 1992

Verlag: Rentzelstraße 1, 2000 Hamburg 13
Telefon 040 / 45 36 80 — Telefax 040 / 44 51 89
Titelgraphik: Johannes Nawrath
Signet: Martin Grundmann
Texterfassung durch die Übersetzerin
Fotosatz: Comptext, Berlin
Druck: Clausen & Bosse, Leck
ISBN 3-88619-531-7

Danke, Wen und Peddie

The girls want things that make common sense,
The best for all concerned.
They don't want to have to go out of their way.
And the girls want to be with the girls ...

Girls are getting into abstract analysis,
They want to make that intuitive leap.
They are making plans that have far reaching effects.
And the girls want to be with the girls.

David Byrne, *Talking Heads:* More Songs About Buildings and Food.

Eins

»Hallo, ich will mich umbringen.«

Viele Leute denken, daß wir hier beim Frauennotruf vor allem solche Anrufe erhalten. Aber so läuft das natürlich nicht. Im Gegenteil. Die Anruferin ist in der Regel sehr zurückhaltend, und du kannst sie mit all ihren Selbstzweifeln ringen hören, mit der Liebe für einen Mann, der sie schlägt, oder mit ihrer Unfähigkeit, sich Alkohol- oder Drogenprobleme einzugestehen. Manchmal hörst du sogar einen generellen Selbsthaß, in den Pausen, bevor sie zum Kern des Problems kommt. Mit diesem Schweigen konfrontiert zu werden ist wesentlich schwieriger als mit einer Person, die offen zugibt, sich am Rand der Selbstzerstörung zu befinden. Und so bereitete ich mich auf einen weiteren Arbeitstag beim 24-Stunden-Frauennotruf vor.

Es war der 17. Mai, ein Dienstag, und ich rechnete mit keinem besonders harten Tag. Die Frauen in unserer schönen und nicht so schönen Stadt hatten das Wochenende mit ihren traditionellen oder alternativen Familien verbracht oder ohne sie, mit Beziehungskonflikten oder ohne. Es war Morgen, und die meisten Frauen waren wohl mit der Wäsche beschäftigt, hetzten zur Arbeit oder gönnten sich noch einen Moment Ruhe, bevor der Tag mit den Kindern begann. Die Krisen würden später einsetzen, wenn sie die kahlen, öden Wände anstarrten. Oder ihre kahlen, noch öderen Männer.

Unser Büro befindet sich in einer schmuddeligen Bostoner Seitenstraße. Wir benötigen keine einladende Fassade, alles, was wir brauchen, ist eine öffentliche Telefonnummer und eine starke, klare Stimme. Und trotzdem deprimierten mich die verblaßten politischen Poster, die sich an den Ecken langsam aufrollten, als ich so mit den Füßen auf dem Schreibtisch in meinem Kabuff saß. Ich rollte eine Papierkugel zwischen meinen Fingern und versuchte, nicht ans Rauchen zu denken. In einem U-Bahn-Tunnel war mal wieder ein Feuer ausgebrochen.

Die Folge davon war, daß ich mich heute mit dem Auto durch den morgendlichen Berufsverkehr zur Arbeit hatte quälen müssen. Die Folge *davon* war, daß ich ganz miese Laune hatte.

Das Telefon klingelte, und ich meldete mich mit meiner Telefonstimme, die die Verzweifelten am anderen Ende der Leitung beruhigen und ermutigen sollte.

»Frauennotruf.«

»Hallo, äh, ich würde gerne wissen, welches System eure Einrichtung benutzt, um die Effektivität eurer Hilfsangebote zu evaluieren.«

Na klasse. Schon wieder eine Soziologiestudentin, zur Abwechslung mal eine ohne Manieren. Trotzdem sollten wir nicht nach den Namen fragen; in diesem Spiel galten nun mal andere Regeln. Ich betete ihr unseren Vers runter. Ich erzählte ihr, daß wir unsere Klientinnen baten, uns zurückzurufen, um uns von ihren Erfahrungen mit den von uns empfohlenen Einrichtungen zu berichten. Zusätzlich trafen wir uns regelmäßig mit anderen Projekten, und — ich fuhr eine Minute lang fort, ihr den Inhalt unseres Info-Blattes zu rezitieren (warum las sie nicht einfach *das*), als sie mich unterbrach.

»Spreche ich mit Emma Victor?«

Ich hielt inne. Ich sollte einfach eine Stimme am Telefon sein, unsere Maxime war es, anonym zu bleiben. Oder war dies die Freundin einer Freundin, die meine Stimme erkannte und unbewußt vom Arbeits- ins Privatleben abdriftete?

»Du *bist* Emma Victor, nicht wahr?«

»Ja.« Ich war darauf reingefallen. Das war meine erste Dummheit. Die Stimme kam mir bekannt vor.

»Bitte, Emma, ich — ich bin völlig durcheinander — es ist alles so schrecklich — du mußt mir helfen ...«

»Also, erstens *muß* ich überhaupt niemand helfen. Beruhige dich erstmal. Atme durch. Okay. Und jetzt erzähl mir erstmal ...«

»Emma«, sie war außer Atem, »Emma, ich brauche deine Hilfe. Ich werde die ganze Sache auffliegen lassen. Du kannst mir dabei helfen. Komm zum nördlichen Ende der East Lexington Street. Heute abend. Bitte. Ich werde eine Zigarette rauchen und einen hellen Trenchcoat tragen. Ich werde bereits verfolgt — aber ich muß noch mit einer Person sprechen. Also, neun Uhr. Sei da.«

»He, Moment ...«

Sie hatte eingehängt. Und ich wollte gerade ansetzen, ihr unsere Politik der Anonymität zu erklären, unsere Politik, die Frauen weiterzuverweisen, unsere vielen Grundsätze und wie wir diese Professionalität dazu einsetzten, unseren Klientinnen zu helfen. Später wurde mir klar, daß diese Professionalität eigentlich dazu da war, uns selbst zu schützen. Ich würde nicht im Traum daran denken, diese Frau zu treffen. Ich fühlte mich mißbraucht und hatte überhaupt keine Lust, mich in irgendein High-School-Drama hineinziehen zu lassen. Ich hatte oft genug selbst eine Rolle in solchen Dramen gespielt. Und außerdem gehörte meine Freizeit mir, und die Probleme anderer Leute existierten für mich nur von neun bis fünf (meine gegenwärtige Schicht).

Ich versuchte die Stimme zu verdrängen, als ich die nächsten Anrufe entgegennahm und anderen Frauen verschiedene Wege zu möglichen Lösungen aufzeigte. Aber ich wurde die Stimme, die nach mir persönlich gefragt hatte, nicht mehr los. Später fiel mir ein, daß dies wahrscheinlich die Frau war, über die wir in der letzten Team-Sitzung gesprochen hatten. Sie hatte wiederholt angerufen, die Mitarbeiterinnen in belanglose Gespräche verwickelt und dann abrupt aufgelegt. Keine Hypochonderin, sondern eine Frau auf der Suche, auf der Suche nach mir.

Ich war gerade dabei, diese Möglichkeit zu durchdenken (das Telefon klingelte nicht sehr oft), als Monica hereinschaute, um mich an die Konferenz der Bostoner Frauenprojekte zu erinnern, die in zwanzig Minuten beginnen sollte. Monica war eine kleine, drahtige Frau, die linke Politik schon mit der Muttermilch eingesogen hatte. Die Revolution war in ihren

Chromosomen verankert und ließ sie unermüdlich in politischen Projekten mitarbeiten. Sie war eine gute Kollegin, hatte aber soviel Humor wie ein Pappkarton.

Eine ehrenamtliche Mitarbeiterin erschien, um mich abzulösen, und ich zeigte ihr die wichtigen Dinge auf meinem briefmarkengroßen Schreibtisch. Dann machten Monica, Hannah und ich uns auf, um dem Todeskampf der besten Frauenprojekte unserer Stadt beizuwohnen.

Der YWCA hatte für das Treffen seinen größten Saal zur Verfügung gestellt, und die Mädels vom 'Y' waren alle da und kümmerten sich um einen reibungslosen Ablauf der Konferenz und um die Organisation von Arbeitsgruppen nach dem offiziellen Treffen. Sie taten ihr Bestes, obwohl ich immer den Eindruck hatte, daß sie sich in der freien Natur weitaus wohler fühlten und am liebsten immer noch ihre Flanellhemden und unglaublich robusten Wanderstiefel auf dem Asphalt der Großstadtstraßen tragen würden. Viele waren die typischen ehemaligen Pfadfinderinnen, die nicht wußten, was sie nach ihrem zwanzigsten Geburtstag anfangen sollten und schließlich beim YWCA mit all seinen Camps gelandet waren. Eine wundervolle Einrichtung, die ihnen Gelegenheit gab, ihren Neigungen in der freien Natur und miteinander zu frönen.

Ich lächelte, als mir eine besonders sympathische Frau in einem gelben (wie gewagt!) Flanellhemd ein Programm reichte und mich mit einem leichten Klaps auf den Hintern in die Richtung des Hauptsaales dirigierte. Ich sammelte mich innerlich, bevor ich die Schwingtüren aufstieß.

Drinnen herrschte das reine Chaos. Unsere frischgebackene Bürgermeisterin war anwesend und verbreitete die schlechten Nachrichten. Sie brauchte unsere Hilfe, um zu entscheiden, welchen Projekten die Förderung gekürzt oder ganz gestrichen werden sollte. Am liebsten wäre ihr, wenn wir sie ganz aus der Verantwortung entlassen würden. Könnten wir uns nicht bitte gleich selber das Wasser abgraben?

Sie waren alle da. Die Gesundheitsdienste, die sozialen

Dienste und unsere Hauspresse, bestehend aus einer kleinen Zeitung, die von überarbeiteten Frauen gemacht wurde, und dem Frauensender. Die Radiofrauen hatten in Wirklichkeit nur ein paar Stunden Sendezeit in einem linken Sender, der selbst am Rand des finanziellen Ruins stand. Das Frauenhaus war da, ständig überbelegt und mit Forderungen nach den allereinfachsten Dingen wie Geschirr und Bettwäsche. Und noch ein paar andere Gruppen waren vertreten, ein Café für Junglesben und eine Suppenküche, die von Nonnen in Straßenkleidung geführt wurde. Allen würde der Geldhahn zugedreht werden.

Die Dritte-Welt-Frauengruppen baten nicht um Mittel, sie *forderten* sie. Die Säuglingssterblichkeit in den Ghettos war schließlich hoch genug, daß hier von Völkermord geredet werden konnte. Die Stadtverwaltung zeigte den Minderheiten die kalte Schulter, und Frauen und Kinder waren immer die ersten, die im Land der unbegrenzten Möglichkeiten auf der Strecke blieben.

Die alternative Frauenklinik, die hauptsächlich Kräuter, Körpertherapie und andere amorphe Heilkünste anbot, würde sich wohl auch nicht länger im Rennen halten können. Trotzdem waren wir uns darin einig, daß Überleben erst einmal physisches Überleben bedeutete. Aber wo sollten wir anfangen, was war wichtiger? Das Überleben von schwarzen Frauen und ihren Kindern? Von Frauen, die von ihren Männern oder Freunden mißhandelt wurden? Oder das Janssen Center, wo die straßenerfahrenen, abgebrühten Fixerinnen, mit sechzehn reif für den Strich, und die tablettensüchtigen Frauen aus den Stadtrandbezirken den Entzug machen konnten, der sie endlich von dem Zeug losbringen würde — vielleicht.

Ich hörte mir an, was die verschiedenen Frauen zu sagen hatten. Sie sprachen wortgewandt und mit einer Inbrunst, die gelegentlich in regelrechte Moralpredigten mündete. Unsere Stadt war ein sinkendes Schiff, und es waren die Frauen und

Kinder, die als erste über Bord geworfen wurden. Mir war klar, daß diese Frauen hier ihr Leben und ihre Karriere auf schlecht bezahlte Sozialarbeit aufgebaut hatten. Viele waren Mitte dreißig, hatten viel investiert und waren jetzt langsam ausgebrannt. Die Bürgermeisterin nickte, erkannte ihre Verzweiflung an. Für sie war es sicher auch nicht einfach, aber sie war wenigstens berühmt.

Die andere berühmte Persönlichkeit saß deutlich sichtbar in der ersten Reihe und machte sich zahlreiche überflüssige Notizen. Sie flüsterte der Frau hinter ihr Kommentare zu und bekam mehrere Nachrichten gereicht. Sie besaß die Aura einer wichtigen Person: das äußerte sich in der angespannten Haltung, in der sie dasaß; in der Art, wie sie ihre Aufmerksamkeit den Frauen zukommen ließ, die etwas von ihr wollten, in der Art, wie sie ihnen einen Bruchteil ihres Ohres schenkte, während sie eifrig etwas auf einem Klemmbrett kritzelte. Sie hatte uns alle mit ihrem Spekulum befreit. Ihr Name war Stacy Weldemeer. Sie vertrat die Josephine R. Blackstone Frauenklinik. Durch Jonell Flax, meine allerliebste, leicht alkoholabhängige und beste Freundin, wußte ich einiges über die Klinik. Jonell arbeitete dort einmal die Woche ehrenamtlich und spielte Rezeptionistin. Sie war verrückt nach Stacy Weldemeer und nach der Blackstone-Klinik.

Die Klinik und unser Telefondienst waren wohl die beiden einzigen Einrichtungen, die nicht von den Kürzungen bedroht waren. Die Mittel des Notrufs waren durch eine Mischfinanzierung aus privaten Geldern und speziellen Töpfen der Stadt für die nächsten fünf Jahre gesichert. Die Blackstone-Klinik war eine andere Geschichte. Das Kollektiv war vor fünf Jahren von internen Problemen heimgesucht worden und hatte daraufhin beschlosssen, die Strukturen zu hierarchisieren, und natürlich war die profilierte Stacy Weldemeer wie von selbst an die Spitze gerutscht.

Stacy war eine Medienfüchsin, was im Prinzip in einer so armen und problembeladenen Stadt gar nicht verkehrt war.

Mit einer der ersten Kliniken, wo alleinstehende Frauen sich künstlich befruchten lassen konnten, hatte sie landesweit für Schlagzeilen gesorgt. Die Publicity brachte ihnen nicht nur einen großen Zulauf an Klientinnen mit unterschiedlich dicken Geldbörsen ein, sondern erzeugte auch Kontroversen um alleinerziehende Frauen im allgemeinen und lesbische Mütter im besonderen. So langsam packten wir die Jungs bei den Eiern, und den meisten von ihnen gefiel das gar nicht.

Der Blackstone-Klinik ging es also bestens. Ihre gekachelten Korridore und ihr geschmackvoll eingerichtetes Wartezimmer fegten jeden Gedanken an heimlich erschlichene Befruchtung davon. Ihre modernen Samenbanken und Testlabors verliehen unserer Kontrolle über biologische Funktionen Glaubwürdigkeit. Schritt für Schritt hatten wir uns dem Ziel genähert, aber es war kein Spaziergang gewesen, da die Verfechter der Neuen Rechten ihre Gebote im selben Revier verteilten. Die meisten Kliniken brauchten dringend neue Sponsoren und neues Personal, um ein weiteres Jahr lang existieren zu können. Die Blackstone-Klinik besaß dank Stacy Weldemeer beides.

Bei alldem beäugte ich Stacy O'Malley Weldemeer mit einigem Mißtrauen. Sie hatte so eine Art, den Mächtigen um den Bart zu gehen. Bei Veranstaltungen konntest du sie dabei beobachten, wie sie jede Unterhaltung fallen ließ, sobald jemand Wichtiges auch nur winkte. Sie war beinahe eine Medienschönheit. Feine Züge, eine kultivierte Stimme und — trotz ihrer Größe und ihrer groben Knochen — die Haltung einer Ballerina machten sie zu einem beliebten Gast in Talkshows. Sie trug die Uniform der Erfolgreichen wie eine zweite Haut. Ihre rigide Arbeitsauffassung spannte jede mit ein, die auch nur mal freiwillig Briefmarken für die Klinik anlecken wollte. Aber durch die leuchtend roten Locken, die Sommersprossen und die perfekten Zähne schimmerte auch ein leidenschaftlicher Ehrgeiz. Ich fürchtete, daß Stacy Weldemeer nicht nur die Medien beackerte, sondern langsam selbst zu einem

Geschöpf der Medien wurde. Und sie hatte den Bereich der Frauengesundheit zu ihren persönlichen Jagdgründen auserkoren.

Sie konnte sich wortgewandt mit Reportern unterhalten. In Luke Kellys beliebter Mitternachtsshow stellte sie künstliche Befruchtung dar wie etwas, was es in jeder gut sortierten Edel-Boutique zu kaufen gibt, und auf einer dänischen Pressekonferenz hinterließ sie den Eindruck, als wäre dies der wichtigste Schritt in der Frauenbefreiung. Ihr Foto kam zweimal im *Time Magazine*. Sie brauchte kein Coming-out, weil sie nie eine feste Freundin gehabt hatte. Gerüchte besagten, daß sie in totaler Enthaltsamkeit lebte — ich war da skeptisch, zumal ich wußte, daß sie in einer Klosterschule aufgewachsen war. Sie war vermutlich einfach nur gut darin, diese Dinge unter Verschluß zu halten. Sie hatte öffentlich erklärt, daß ihre eigene Unfähigkeit, Kinder zu bekommen, sie dazu gebracht hatte, sich auf dem Gebiet der Frauengesundheit zu engagieren. Was ich stark bezweifelte: ich glaubte, daß Stacy Weldemeer einfach nur höllisch ehrgeizig war, was ja an und für sich gar nicht so schlecht gewesen wäre. Was mir nicht gefiel war, daß sie das ganze unbedingt mit einem Heiligenschein umgeben mußte.

Die Konferenz ging dem Ende entgegen. Die Bürgermeisterin versprach, ein Treffen zwischen Sponsoren und Projekten zu organisieren. Ein paar ärgerliche Stimmen riefen »Wann?« Die Bürgermeisterin sah den Haufen direkt an und sagte: »Noch in diesem Monat, so bald wie möglich«. Es wurde noch immer geschimpft und gegrollt, als sich die Frauen in Arbeitsgruppen aufteilten, um neue Strategien zu entwickeln und Wege, den Behörden Druck zu machen. Die Stimmung war trostlos. Als ob es zehn Wochen lang geregnet hätte.

Ich sagte, ich müsse jetzt gehen, und verabschiedete mich von Monica und Hannah. Monica war schon dabei, mit schnellem Blick die Möglichkeiten für ihr organisatorisches Talent abzuschätzen. Hannah würde sich ihr anschließen. Ich bahnte mir einen Weg durch die Menge, die sich die Mäuler über die Bürgermeisterin zerriß und über alles und jede herzog. Ich sah, daß Stacy Weldemeer den Haufen anführte. Sie hatte einen Zettel in ihrer Faust, den sie mit Bedacht quetschte und zurechtkniff wie ein besessener Kellner eine Serviette faltet. Dann fiel mir die Frau neben ihr auf, und ich konnte meinen Blick nicht mehr von ihr losreißen. Eine Frau, die einfach jenseits meiner kühnsten Phantasien war.

Ihr Mund war zu groß, die Oberlippe kräuselte sich leicht in den Mundwinkeln und verlieh ihr beinahe etwas Hämisches, wären da nicht ihre braunen Augen gewesen, die eine fröhliche Halbmondform hatten. Sie war eher stämmig, ihr Kinn beschrieb eine scharfe Kante, die auf zwei winzige, perfekt muschelförmige Ohren zulief. Sie stand breitbeinig da, und ich ließ ihre Erscheinung tief in mein Unterbewußtsein einbrennen. Sie war schön, und sie stritt mit Stacy Weldemeer.

Die Frau knirschte mit den Zähnen.

»Hör zu, du kannst ein Hormon nicht einfach interviewen und um eine Antwort bitten. Wir sind hier nicht im Fernsehen, Stacy. Wir sprechen hier über eine Langzeitstudie, stellenweise mit trial-and-error-Verfahren ...«

Weldemeer sagte etwas in sanftem Tonfall, was dazu gedacht war, die aufgebrachte Frau zu beruhigen. Die Frau mit dem Mund sagte kalt und endgültig: »Du bist für die Verwaltung zuständig. Und nur für die Verwaltung. Falls das nicht möglich ist, können wir das Kind gleich schlafen legen.« Nicht viele Leute redeten so mit Stacy Weldemeer. Ich betrachtete Stacy, sie sah aus, als ob ihr gleich die Sommersprossen aus dem Gesicht springen würden. Sie war wütend, hörte der Frau aber trotzdem zu, die gerade sagte: »Wissenschaftlich gesehen basiert die Situation auf einem Zeitplan ...«

Der Rest von dem, was sie zu sagen hatte, wurde von einer Frau in einem Overall übertönt, die »es ist mir egal, ob ihre Schwänze beschnitten sind, ich will keine Männer in der

Kinderbetreuung ...« schrie. Overall tippte ihren Finger hart an die Brust einer großen dünnen blonden Frau, der das nicht gefiel. Ihre identischen Halsketten, zwei silberne, miteinander verbundene Frauenzeichen, fingen etwas Sonnenlicht ein und funkelten auf ihren selbstgefärbten T-Shirts. Der großen dünnen Blonden behagte es gar nicht, so gepiekt und gestoßen zu werden. Ihr Gesicht lief rot an, bis es ihrem Anstecker des Lesbisch-Marxistischen Kollektivs glich. Sie legte eine Hand auf Overalls Brust und bewegte ihre Lippen auf eine häßliche Weise. Es gab ein Gerangel und Geschubse und ich wurde angerempelt, die Frau mit dem schönen Mund war hinter mir. Wir wurden beide nach hinten geschleudert, ich mit meinem Rücken gegen sie, sie mit ihrem Rücken gegen einen Türrahmen. Dann saß sie auf dem Boden und ich in ihrem Schoß. Ich drehte mich um, sah ihr in die von lauter kleinen Fältchen umgebenen Augen und merkte, daß ich nicht aufstehen konnte. Mir schien, als würden wir einen unnötigen Moment lang warten, bevor ich mich mit meinen Händen am Boden abstützte und sie mir ihre um die Hüften legte, damit ich wieder hochkam. Ich stand da, bürstete meine Hose ab und sah zu, wie ein paar Schlips-Lesben, die sich noch immer ereiferten, aus der Tür gingen.

»Was ist denn das Problem, Transis im Spielzeugland?«

»Sieht ganz so aus«, antwortete sie. Die Haut ihrer Unterlippe hatte kleine Falten.

»Tja, nichts geht über einen konstruktiven Dialog über den Unterschied ...«

»Es wird Zeit, daß du dich daran gewöhnst, im Moment gibt es mehr Emotionen als soziale Einrichtungen.«

»Ich bin daran gewöhnt. Aber deswegen muß es mir noch lange nicht gefallen.« Wir stritten jetzt schon.

»Nun, hier wird keine die Speisung der Fünftausend durchführen«, sagte sie.

»Trotzdem möchte ich mich nicht gleich auf körperliche Auseinandersetzungen vorbereiten müssen, danke.«

Sie zog die Augenbrauen hoch. Offenbar hatte sie die Knallharten-Schiene gepachtet. Ich wollte nicht unbedingt die Pazifistin spielen, aber sie fuhr fort: »Dann solltest du dich wohl lieber zurauchen oder vollaufen lassen, denn so wird das Spiel jetzt eine ganze Weile laufen.«

So sehr sie anscheinend darauf schwor, das Chaos zu akzeptieren wie es war, streckte sie doch eine Hand aus und glättete meinen Kragen. Kurze manikürte Fingernägel, kein Nagellack.

»Der Blackstone-Klinik geht's doch immerhin gut«, bemerkte ich.

»Den anderen aber nicht. Für einen Kindergartenplatz beträgt die Wartezeit jetzt drei Jahre. Die meisten alleinerziehenden Mütter fühlen sich ganz schön herumgestoßen. Besser, du gewöhnst dich vorsichtshalber auch ans Herumgeschubstwerden.«

»Um in deinem Schoß zu landen.«

Sie lächelte beinahe. »Manchmal haben wir eben Glück.«

Und damit wurde sie von der Menge zusammen mit Stacy Weldemeer davongetragen.

Zwei

Ich ging zurück zum Notruf-Büro und holte mir ein Buch, das ich dort vergessen hatte. Der Anblick meines Kabuffs, vollgestopft mit Notizen und Info-Broschüren, ließ mich unlogischerweise an den Anruf denken, den ich früher am Tage erhalten hatte. »Ich brauche dich, Emma Victor.« Der Zirkus der Verzweifelten im 'Y' hatte mich ihn fast vergessen lassen.

Ich ging zu meinem großen, angeberischen Plymouth. Ein idiotisches Auto: ein riesiger, brauner Schlitten, ein alter Spritschlucker, ein einziges rollendes Verkehrshindernis, es hatte sogar einen Tempomaten. Wenigstens keine automatischen Fensterheber. Der Wagen hatte meinem Vater gehört, und der war vor zwei Jahren beim Bergwandern ums Leben gekommen. Er hatte einen Herzinfarkt erlitten. Bis auf die letzten paar Minuten vielleicht gar nicht mal die schlechteste Art zu gehen, dachte ich mir. Er hatte mir eine Lebensversicherung hinterlassen, weshalb ich die nächsten Jahre erstmal keine Existenzängste haben mußte, und den großen, braunen Plymouth. Ich stieg ein und nahm den Geruch der cremefarbenen Lederpolster wahr, die mit zunehmendem Alter langsam rissig wurden. Mein Vater hatte den Wagen immer gut gepflegt. Ich würde es genauso machen und so lange Sprit in ihn reinschütten, bis auch er den Geist aufgeben würde.

Ich war müde. Ich legte eine Jazzkassette ein. Die Anlage hatte ich mir erst kürzlich einbauen lassen. Die Musik machte den Stoßverkehr aber auch nicht flüssiger. Schließlich gewann ich doch noch etwas an Geschwindigkeit, genug, um die Bodenhaftung der großen Reifen zu spüren, als ich eine Kurve nahm.

Zu Hause angekommen begrüßte ich die Katze, beneidete sie einen Moment lang und wärmte mir eine besonders gute Quiche auf, die ich am Tag zuvor gebacken hatte. Dazu machte ich mir einen opulenten Salat, mit Walnüssen und Schafskäse, und ließ mich zu einem ausgiebigen Mahl nieder. Nach dem Essen öffnete ich ein gutes Buch über das Leben im vierzehnten Jahrhundert in Frankreich — meinem derzeitigen Lieblingsurlaubsziel.

Ich war gerade dabei, mich in die Grotesken der mittelalterlichen Bußeprozessionen zu vertiefen, als das Telefon klingelte. Es war Jonell Flax, meine beste Freundin.

»Hör mal, ich möchte nächsten Freitag eine Party geben. Glaubst du, daß irgendeine kommen würde? Ist am Freitag noch was anderes los? Könntest du nicht ein paar von den Tofu-Würfeln machen, die du letzten Sommer für Claras Barbecue gezaubert hast?«

»Gerne, Jonell.« Jonell war dabei, über den Alk wegzukommen und über eine Beziehung, die sich zu lange hingezogen hatte und sauer geworden war. Sie konnte etwas Ablenkung gut gebrauchen. »Vergiß nicht, die Mädels aus Jamaica Plain einzuladen. Sie haben's nicht leicht im Moment, haben gerade mehrere Einbrüche zu verkraften. Ansonsten weiß ich, daß nichts anderes läuft. Ich bin sicher, du kriegst das hin.«

Wir hängten ein, und ich sah auf die Uhr. Plötzlich erinnerte ich mich — halb neun. In einer halben Stunde würde meine Unbekannte eine dunkle Straße rauf und runter spazieren. Ich wollte sie nicht treffen. Ich wollte ihre Probleme nicht, aber noch weniger wollte ich sie alleine in der Lexington Street herumhängen lassen. Also würde ich wohl dumm genug sein, ihr dabei Gesellschaft zu leisten.

Das nördliche Ende der East Lexington trifft im Winkel auf zwei Geschäftsstraßen voller toter Läden und durchgeknallter Straßenlaternen. Die Gebäude in der East Lexington selbst sind typische Ostküsten-Backsteinbauten, die von der Zeit und von Spekulanten in große städtische Scheußlichkeiten verwandelt wurden. Heute wirken die Häuser wie Relikte aus einer anderen Zeit. Sie sind mit Veranden umgeben und beherbergten einst mit Holzschnitzerei und Tellerbrett ausgestattete Eßzimmer. Im oberen Stockwerk lagen die Schlafzimmer, so riesig, daß sie für jede größer werdende Familie ausreichten. Die Nachbarn hier tauschten mit Sicherheit keine Visitenkarten aus, eher noch Revolverkugeln. In den ehemals großzügigen Häusern sind jetzt je zwei bis drei Apartments untergebracht, ihre Bewohner leben in diesen kleinen Wohnungen zusammengepfercht. Die Backsteinmauern beherbergen nun die verschiedensten Arten von Singles und Paaren, mit oder ohne Kinder. Sogar richtige Kleinfamilien quetschen sich in die Miniräume. Durch den Umbau gibt es im Erdgeschoß winzige Schlafzimmer und einen riesigen Raum als überdimensionale Wohnküche, während im Obergeschoß die winzige Küche in einem ehemals großzügigen, begehbaren Wandschrank untergebracht ist.

Die Straße war ruhig, zu ruhig, und ich hatte Schwierigkeiten, einen Parkplatz zu finden. Niemand spähte durch die Gardine, als ich meine Autotür zuschlug und in das Meer von Dunkelheit blickte, das von der unregelmäßigen Straßenbeleuchtung durchbrochen wurde. Ich betrachtete die große Anzahl kleiner Seitenstraßen und entschloß mich, mein Schlüsselbund so in die Hand zu nehmen, daß die gezackten Spitzen der einzelnen Schlüssel zwischen meinen Fingern herausragten und notfalls eine empfindsame Stelle treffen konnten. Das hieß, falls mir genug Zeit bleiben würde, eine zu finden.

Ich sah niemanden und fühlte richtiggehend, wie mich die hiesige Lesbenbar, die sich bequemerweise nur um die Ecke befand, magisch anzog. Auf meiner häßlichen kleinen Digitaluhr war es exakt 9:02 p.m., und ich beschloß, die Straße genau einmal rauf- und einmal runterzugehen. Ich lief los und kam mir vor wie bestellt und nicht abgeholt. Zweimal war ich kurz davor umzudrehen. Was mich weitergehen ließ, war, daß sie meinen Namen kannte.

Sie wollte mich und hatte so oft beim Notruf angerufen, bis sie mich erwischte. Es war ruhig und dunkel, wie ausgestorben. So, als wäre ich hier nicht in einer dunklen und gefährlichen Straße mitten in der Großstadt, sondern in der Wüste. Weiter weg konnte ich gedämpfte Geräusche hören. Irgendwo wurde eine Autotür zugeschlagen. Alle Wohnungen waren sorgsam mit undurchsichtigen Vorhängen versehen. Ab und zu hing ein Stück buntes Glas in einem Fenster oder eine Reihe kleiner Kristalle, um das Bostoner Sonnenlicht zu reflektieren, das sich tagsüber fröhlich darin brach. Nachts dagegen wirkte alles düster und bedrohlich. Jede Autotür war verriegelt, die Häuser wirkten wie Festungen. Die Vorhänge zugezogen, um die Dunkelheit auszuschließen, die Haustüren abgeschlossen, verriegelt und nochmals verschlossen, die Fenster bis zum ersten Stock vergittert.

War ich die Straße erst einmal rauf, brauchte ich nur noch zurückzugehen. Damit hätte ich der Stimme am Telefon gegenüber meine Pflicht getan. Oder wohl eher meine eigene Neugier gestillt. Vielleicht war es jemand, der meine Wehrlosigkeit ausnutzen wollte und sich jetzt hinter dem Vorhang eines Fensters im zweiten Stock ins Fäustchen lachte. Ein Mann, dessen Freundin ich ins Frauenhaus gebracht hatte, oder die Fixerin, die ihren dealenden Freund verlassen hatte, weil er sie auf den Strich geschickt hatte. Sie hatte ihr Einkommen ein bißchen zu lange mit ihm geteilt. Einmal war schon zuviel, dachte ich mir. Der Freund würde auf jeden Fall finden, daß er einen Grund habe. Ich dachte über mögliche Motive und ehemalige Klientinnen nach. Mein Blick war auf das Ende der Straße gerichtet, das langsam näher kam.

Dann sah ich sie. Füße. Genau wie die Füße der bösen Hexe des Ostens, die unter dem Haus von Oz herausragen. Aber dies hier war nicht Oz, und diese Füße gehörten keiner Hexe. Sie ragten kaum sichtbar aus einer kleinen Seitenstraße hervor. Die Füße steckten in roten Schuhen und waren gerade noch im äußeren Kegel einer gleichgültigen Straßenlampe zu erkennen. Ich blieb stehen und spürte, wie mir der kalte Schweiß den Rücken hinunterlief. Mir wurde schlagartig klar, daß ich jetzt handeln mußte, wenn ich ein Leben retten wollte, und ich schlug mir alle weiteren Fragen aus dem Kopf. Sie trug einen Trenchcoat.

Ich faßte mein Schlüsselbund fester und ging auf die dunkle Seitenstraße zu. Ich sah niemanden, hörte nichts. Ich griff nach ihrem Handgelenk. Es war warm, aber da war kein Puls. Zumindest konnte ich keinen fühlen. Ich berührte ihren Hals und traute meinen Fingern nicht. Ihr Körper war noch warm, und vor meinen Augen begannen kleine weiße Punkte zu tanzen, als mir die Schwerkraft mit einem Ruck das ganze Blut in die Füße zog.

Ich stand da und sah sie eine Sekunde lang an. Sie lag mit dem Gesicht nach unten.

Ich wollte nicht wissen, wer sie war. Und ich wollte das kleine verkohlte Loch im Rücken ihres Trenchcoats nicht zur Kenntnis nehmen. Denn es bedeutete, daß es sich bei der klebrigen Flüssigkeit, die sich langsam in einer Lache auf dem Boden ausbreitete, um Blut handelte. Ich versuchte zu schreien, aber die Stimme blieb mir im Halse stecken. Ich entdeckte ihre Handtasche, eher ein kleiner Rucksack, der Inhalt war auf dem Boden verstreut. Ein Glas mit Tabletten, Dolomo. Kodeinhaltig.

Ich versuchte nochmal zu schreien und brachte nicht mehr als ein Quieken heraus. Aus dem Rucksack schaute ein Adreßbuch hervor. Spontan griff ich danach. Mein erster Gedanke — würde mein Name drin stehen? Das ganze dauerte nicht länger als eine sehr ausgedehnte Sekunde. Die weißen Punkte vor meinen Augen hatten ihren Tanz verlangsamt und wurden kleiner. Ich sah einen Passanten. Ich schrie noch einmal, und diesmal kam der Atem an dem Kloß in meinem Hals vorbei.

»Schnell, rufen Sie die Polizei, einen Krankenwagen.« Mein Atem und mein Verstand kehrten zurück, dafür verließ mich mein Magen.

Der Fußgänger drehte sich um. Ich konnte in seinem Gesicht sehen, daß er begriffen hatte. Er lief zu einem der verschlossenen Häuser. Die Tür öffnete sich einen Kettenspalt weit, und die Person drinnen rannte vermutlich zum Telefon.

Ich lehnte mich an die Mauer eines der Backsteinhäuser und übergab mich.

Danach ging alles sehr schnell. Erst ein Streifenwagen, dann ein Krankenwagen — die Logik unserer Stadt. Männer standen über der Leiche. Einige von ihnen schüttelten den Kopf. Mit einem Mal waren alle Vorhänge im ganzen Block zurückgezogen. Die Veranden füllten sich mit Menschen, die neugierigsten trauten sich bis auf die Straße herunter. Ich war gerade dabei, meine Quiche zu betrachten, als ein Polizist auf mich zukam.

»Sie haben die Leiche entdeckt?« Die Leiche. Also war sie wirklich tot.

»Ja.«

»Name?«

»Emma Victor.«

»Adresse?«

In dem Moment fuhr eine Wanne vor, der etwas höhere Polizeiränge entstiegen. Ich nahm an, daß sie sich ohnehin schon in der Nachbarschaft befanden, um nur ein paar Blocks von hier den Kreideumriß einer anderen Leiche auf einen anderen Bürgersteig zu zeichnen. Ich sah zu, wie sie die Fotos machten.

»Irgendwas angefaßt, Miss?«

»Nein, nur Puls gefühlt. Handgelenk und Hals.«

»Zufällig vorbeigekommen?«

Das gesamte Personal des Frauennotrufs erschien vor meinem geistigen Auge. Die Finanzierungskrise. Der Presseskandal: geheime Treffen, ermordete Klientinnen ...

»Ja, zufällig vorbeigekommen«, log ich und rundete damit die Fehler eines ganzen Tages ab.

Wir machten mit den Formalitäten weiter. Einigen der Nachbarn gefiel die Aufregung. Andere hatten Angst. Wenn jemand vor deiner eigenen Haustür ermordet wird, dann ist das ziemlich nahe dran. Auch wenn du Gitter vor den Fenstern hast und Ketten vor der Tür. Mir fiel auf, daß die meisten

Leute nicht miteinander sprachen. Eine Nachbarschaft aus Fremden.

Sie hievten den leblosen Körper hoch, der Kreideumriß blieb auf dem Boden zurück. Sie drehten sie auf den Rücken, und ein Arm, der auf ihrer Brust gelegen hatte, fiel herunter und baumelte von der Bahre, hin und her, bis ihn jemand zurücklegte. Ihr Körper machte einen festen und durchtrainierten Eindruck, selbst in diesem schlaffen Zustand. Dann sah ich ihr Haar. Es war dick und mittelkurz geschnitten, und als sie sie auf der Bahre zurechtlegten, fiel es ihr bis auf die Ohren. Ihr Gesicht wirkte sonnig und gebräunt, aber sie war ja auch noch nicht sehr lange tot. Ich ging auf den hellen Schein der Straßenlampen zu, die ihren aufgebahrten Körper beleuchteten. Kurz bevor ihr zwei weißgekleidete Sanitäter ein Laken über den Kopf zogen, bemerkte ich das spitze Kinn und den kleinen, wohlgeformten Mund darüber.

Auf ihrer Wange glühten zwei lange, dünne Striemen, rot und geschwollen. Ihr lief Rotz aus der Nase. Aber auch in Panik und mit den Striemen drauf war es ein angenehmes Gesicht. Ein Gesicht, mit dem ich eine Unterhaltung geführt hatte. In einem französischen Restaurant, vor nur zwei Wochen. Die Erinnerung an den Abend kehrte mit einem Schlag zurück.

Vor zwei Wochen. Am 3. Mai. Ich war ein braves Mädchen gewesen, denn ich hatte mich bereit erklärt, die Statistik unserer jährlichen Anrufe zu erledigen. Eine Tätigkeit, die nicht sonderlich beliebt war, aber die uns einen Überblick über unsere Arbeit ermöglichte, bei der das zermürbende tägliche Einerlei der telefonischen Hilferufe nur einen Teil ausmachte. Ich war ausgebrannt, und ich brauchte das Gefühl, daß diese Stimmen nicht das Ganze waren. Und so war es angenehm, einfach Spalten zu zählen und auszuwerten, ohne die Bedürfnisse und Nöte spüren zu müssen, die hinter den Anrufen standen. Es war auch angenehm, weil ich diese einmalige jährliche

Arbeit auf einem pfauenblauen Tischtuch erledigte, allein, bei einem 30-Dollar-Menü. Ich hatte mir das hochnäsigste französische Restaurant in ganz Boston ausgesucht.

Das Restaurant hatte einen Speisesaal im Souterrain. Die Tische waren mit dicken, blauen Tischtüchern und funkelndem Tafelsilber dekoriert. Trennwände aus exotischem Grünzeug und mit Käfigen voller Kanarienvögel sorgten dafür, daß die Gäste fast vollständig voneinander abgeschirmt waren. Eine Schwadron Kellner in gestärkten weißen Uniformen stand auf Abruf bei der Küche. Sie würden die einzelnen Gänge mit den entsprechenden Pausen servieren, so daß mir zwischendurch genügend Zeit blieb, meine Zahlen zu addieren, die das ganze Elend dieser Stadt widerspiegelten. Aber ich war nicht der einzige komische Vogel an diesem Ort. Und ich war auch nicht die einzige Frau, die länger blieb.

In einer großen Nische in der Ecke saß eine Frau. Allein. Sie trug ihr braunes Haar in einem Pagenschnitt. Es war dick und weich, und es lag um ihren Kopf wie ein gigantischer, brandneuer Pinsel. Es schwang über ihren Ohren. Sie hatte ein kleines herzförmiges Gesicht, eine kleine Nase, gebräunte, glatte Haut und ein kleines Etwas von Mund. Sie trug ein hellblaues Seidenhemd mit Brusttaschen. Die Ärmel waren aufgerollt, und ich konnte einen Unterarm in beneidenswert muskulöser Verfassung und eine Digitaluhr erkennen. Sie blickte sehr oft auf die Uhr und seufzte. Die Uhr fing an zu piepen. Schließlich kam der Kellner mit dem Telefon. Sie lächelte ihn an, als sie den Hörer entgegennahm. Sie machte zärtliche, gurrende Geräusche in den Plastikhörer. Dann legte sie auf und schien zufrieden.

Der Kellner machte eine leichte Verbeugung und brachte das Telefon weg. Anschließend kam er zurück, baute sich vor ihr auf und nickte ihr zu. Die Frau lehnte sich in ihrem Sitz zurück. Sie hatte breite Schultern, und ihr Seidenhemd spannte sich leicht über ihren kleinen Brüsten. Sie öffnete die Speisekarte und gab ihre Bestellung auf. Ihre Aussprache klang kräftig nach Mittelwesten. Der Kellner machte Grimassen und Notizen. Dann verschwand er, und ich sah zu, wie sie sich zurücklehnte, um allein auf ihr Dinner zu warten.

Ich schlug mein Ringbuch auf und begann, die Anrufe in Kategorien zu unterteilen. Dazu benutzte ich einen Druckbleistift mit einer H-Mine, mit dem ich feine Ziffern in das Schema eintragen konnte, das ich zu Hause vorbereitet hatte.

Ich war gerade mit März durch und sah auf. An der Tür zur Küche standen lässig zwei Kellner, Handtuch über dem Arm und eine miese Einstellung im Gesicht. Ich sah mich mit ihnen zusammen im Speisesaal um. Ihre einzigen Gäste waren zwei einsame Frauen, von denen die eine sorgfältige Notizen mit einem Druckbleistift machte, während die andere in einer Zeitschrift blätterte und zwischendurch in die Luft guckte, als ob dies hier nichts weiter wäre als ein kurzer Stop an den Boxen, wo eine schnell einen Bissen einwirft, bevor sie zur Arbeit muß. Dann polterte eine Horde lärmender, jung-dynamischer Geschäftsleute herein, mit aufgetakelten Begleiterinnen auf hohen, wackeligen Absätzen.

Die Kellner wurden rührig und halfen ihnen, Platz zu nehmen, was die Geschäftsmänner nervös machte. Sie hatten vergessen, ihre Damen zu plazieren! Triumphierend reichten die Kellner ihnen die Speisekarten und zogen sich zu ihrem Portal zurück. Die Jung-Dynamiker würden sich schon allein durch das Französisch quälen müssen — die einzige Sprache, die auf der Speisekarte vertreten war, und die einzige Sprache, die das Essen beschreiben konnte.

Ich kehrte zu meinen Statistiken zurück und legte sie erst dann wieder zur Seite, als ein Kellner vor mir erschien und ein obskures Ritual vollzog, das meine Pâté und kleine Scheiben gerösteten Brotes mit sich brachte. Ich kostete die Pâté und dachte an die 83 Frauen, die von ihren Männern mißhandelt wurden, als sie bei uns anriefen. 64 von ihnen gingen ins Frauenhaus, 37 blieben länger als einen Monat dort, 24 fanden eine eigene Wohnung, 19 lebten von Sozialhilfe.

Ich stocherte noch ein bißchen in den Resten des Melba-Toasts herum und dachte daran, wie einfach mein Leben doch war. Ich hatte keinen Ärger mit meiner Katze oder meinen Kolleginnen. Und ich saß in einem französischen Restaurant und aß Pâté. Mein Leben war gradlinig und einsam, und mir gefiel es so, wie es war.

Dem anderen einsamen Gast gefiel es ebenfalls. Der Kellner erschien mit ihrer Pâté, die er mit zwei Löffeln und einer kleinen Urne aus Steingut servierte. Anschließend versuchte er, sie mit einem flambierten Fleischgericht zu beeindrucken und sie zur gleichen Zeit zu ignorieren. Es war ihr gleichgültig, sie ließ das Essen einfach auf sich zukommen.

Nach unseren Hauptgängen gab es eine Pause. Ich beschäftigte mich damit zu notieren, wie oft wir Frauen an das Krisenzentrum weitergeleitet hatten, und sie ging zum Waschraum. Wir vermieden es, uns direkt anzusehen. Sie war stämmig, aber durchtrainiert. Ihre baumelnden Ohrringe waren das einzig bewußt Feminine an ihr. Sie bewegte sich lässig und selbstsicher und durchschritt den großen Speisesaal so ruhig, als würde sie auf Schienen dahingleiten. Und sie trug verwaschene Levis im besten französischen Restaurant der Stadt.

Ich machte mit meiner Statistik weiter. Als ich bei den Raubüberfällen angekommen war, kehrte sie zu ihrer Nische zurück und rutschte in den gepolsterten Sitz. Ihr Salat wartete bereits auf sie, und meiner wurde mir gerade gebracht. Wir aßen unseren Salat und verwendeten einige Energie darauf, uns nicht anzusehen und statt dessen so zu tun, als wären wir von den Salatblättern fasziniert. Nach einer Weile waren wir beim Kaffee angelangt, und ich begann mir langsam albern vorzukommen. Ich winkte der erstbesten Person mit goldenen Schulterklappen. Er schlenderte zu mir herüber, und es machte mir großen Spaß, ihn zu bitten, die Dame am anderen Tisch zu fragen, ob sie einen Cognac zu ihrem Kaffee wolle.

Das tat er, und sie wollte auch. Als der Cognac kam, prostete sie mir zu, nahm einen Schluck und versuchte, nicht das

Gesicht zu verziehen. Anschließend wandte sie sich wieder ihrer langweiligen Zeitschrift zu, doch diese schien nicht besser geworden zu sein, seitdem sie sie das letzte Mal weggelegt hatte. Ihre Augen bewegten sich nicht hin und her. Schließlich legte sie die Zeitschrift hin, seufzte und sah scharf rechts an mir vorbei. Ich hatte keine Lust mehr, darauf zu warten, daß sie den Mut finden würde, an meinen Tisch zu kommen, also ging ich zu ihrem.

»Der Cognac schmeckt noch besser, wenn du das Glas mit deinen Handflächen erwärmst. So kann er erst die richtige Blume entwickeln.«

»Ehrlich gesagt, ich würde ihn am liebsten einfach trinken.« Sie hatte eine rauhe Stimme und ein promptes Lächeln. Eine nette Kombination. Genau die Kombination, gepaart mit ihrem gesunden Aussehen, die viele wirklich anmacht. Mich persönlich nicht so besonders. »Warum setzt du dich nicht?« Ich setzte mich.

Aus der Nähe betrachtet war ihr Teint noch viel besser als von weitem. Sie hatte nicht eine einzige vergrößerte Pore um die Nase und kein Molekül Maskara auf ihren kurzen, dichten braunen Wimpern. Sie hatte eine schmale Stirn und eine zierliche dünne Nase, die auf ein kleines Kinn zeigte. Sie schüttelte den Kopf und ihr dickes braunes Haar ging mit.

»Also, du scheinst gerne allein in französische Restaurants zu gehen und mit den Einheimischen zu plaudern, oder?« Ich deutete auf die beiden Kellner, die steif in ihren weißen Anzügen dastanden und einen Rostbraten operierten.

»Nein«, lachte sie und nippte wieder am Cognac. Dieses Mal verzog sie keine Miene. »Meine Freundin plaudert gern mit den Einheimischen. Sie spricht französisch.« Das klang so selbstverständlich wie ‘meine Freundin benutzt gerne Zahnseide’. »Sie kommt aus einem guten Stall. Französisch gehört dort mit zur Standardausrüstung.«

»Ach, dann seid ihr Stammgäste? Ganz schön schwere Kost«, sagte ich und dachte an die Rechnung.

»Schwer-reiche Freundin.« Sie wischte sich mit der dicken Leinenserviette den Mund. Ihre Augen waren zwar grün, aber nicht wie Dollarnoten. »Oh, aber die Canard à l'orange liegt reichlich schwer im Magen.« Wir stöhnten, und sie hielt sich ihren festen kleinen Bauch. Wir stellten Vergleiche über unsere Gerichte an und stöhnten noch ein wenig mehr. Die Yuppies unterhielten sich leise und sahen sich um. Wir alle bemerkten die Kellner zur gleichen Zeit. Sie gestikulierten flüsternd zu unserem Tisch herüber. Der Maître de schloß sich ihnen an.

Die Frau und ich fingen an zu lachen. Da kam einer der beiden Kellner mit großen Schritten auf uns zu und plazierte ein ovales Objekt aus Chrom auf dem Tisch, das er flink vor- und zurückbewegte, so als wollte er uns daran erinnern, daß wir nur Eindringlinge waren, Aussätzige in diesem Haus der Haute Cuisine. Er beendete seine Arbeit mit dem verchromten Tischbesen und kehrte, ohne uns eines Blickes zu würdigen, an seinen Platz zurück. Zuerst wagte ich nicht, meine Cognacpartnerin anzusehen. Als ich es schließlich tat, bekamen wir beide einen Lachkrampf.

Nach einer ganzen Weile gelang es uns endlich, die Selbstbeherrschung wiederzufinden, und ich konnte endlich den Schluck Cognac runterschlucken, von dem ich die ganze Zeit befürchtet hatte, daß er mir aus dem Mund schwappen und auf den Tisch spritzen würde. Die Yuppies am Nebentisch verhielten sich standesgemäß rücksichtsvoll, und ich zählte bis zehn, um meine Fassung zurückzugewinnen. Was natürlich weit weniger Spaß machte als das Kichern, aber so konnte ich zumindest den Cognac runterkriegen. Die Frau sah mich ernst an. Zu ernst.

»Ich kenne dich! Ich habe dich im Fernsehen gesehen. Diese Folk-Sängerin, die ihr Coming-out hatte, Maya Russgay. Du hast sie auf der Pressekonferenz vorgestellt.«

»Ach, das war doch nur ein Fünf-Minuten-Spot.«

»Du bist auch in einer Talkshow mit ihr gewesen. Warte mal, Boston Good Morning, genau, das war's.«

»Aber ich habe doch kaum was gesagt.«

»Du bist nicht so leicht zu vergessen«, sagte sie, aber sie flirtete nicht. »Und das war nicht das erste Mal, daß ich dich gesehen habe.« Ihr Ohrring baumelte und fing etwas Licht ein. »Du hast für diese Ärztin gearbeitet, die sich gegen den Vietnamkrieg eingesetzt hat, Ende der sechziger, Anfang der siebziger Jahre.«

»Ja, noch so ein PR-Ding. Du hast ein gutes Gedächtnis.«

»Nun ja, ich war jung, und alle, die bei politischen Kundgebungen auf einem Podium gesessen hatten, haben sich mir als revolutionäre Helden eingeprägt. Besonders die Frauen.«

»Also, diesen Titel habe ich wohl kaum verdient. Ich vergesse ständig, daß sich die Leute an mich aus der Zeit erinnern.«

»Außerdem«, fuhr sie fort, »habe ich mal ein bißchen politische Arbeit für Immigranten gemacht, so organisatorischen Kram, ein bißchen Öffentlichkeitsarbeit. Ich war allerdings nicht sehr gut darin. Auf jeden Fall haben wir damals versucht, mit dir Kontakt aufzunehmen, um über dich an deine Ärztin ranzukommen. Dein Name war uns also ein Begriff. Es hat dann aber nicht geklappt, aus irgendeinem Grund.«

»Tja, und nun sitzt du hier, zusammen mit deiner revolutionären Heldin. Aber die Zeiten haben sich geändert.«

»Haben sie das wirklich?« fragte sie mich.

»Nun, Maya Russgays grandiose Zukunft ist im Eimer. Vielleicht wird es der Sache nützen, aber wenn du mich fragst, ich denke, daß ihr Coming-out ihre Karriere ruiniert hat. Sie hat schon seit einer ganzen Weile kein neues Album mehr herausgebracht. Ihr Publikum war die Hetero-Linke, vergiß das nicht.«

»Ja, schon, aber wir alle müssen Opfer bringen. Ich meine, du kannst dich einfach nicht dein ganzes Leben lang verstecken. Du würdest ersticken, so oder so.«

»Deine Sexualität auf einer Pressekonferenz zu verkünden, ist aber dann vielleicht doch zu viel verlangt.«

»Aber sie ist eine Person des öffentlichen Lebens. Es ist ihre Pflicht.«

»Ach, Scheiße.« Ich nippte an meinem Cognac. Er war genau richtig. »Was treibst du tagsüber?« Ihr Idealismus irritierte mich, auch wenn ich als positive Figur darin vorkam.

»Also, ich arbeite nachts in einem Lagerhaus. Und ich gebe Tennisunterricht für Anfängerinnen.«

»Und wo?«

»In einem Country Club.«

»Ach nee, guter Stall?«

»Mhm, französisch«, sagte sie und grinste.

»Dann hättest du also auch was zu verlieren, wenn du konsequent out wärst. Die Porsche-Clique ist nicht gerade wild auf Lesben, die sich in ihren Umkleidekabinen rumtreiben.«

»Also, um die Wahrheit zu sagen, die meisten von denen machen mich eh krank. Ich würde das Kompliment also einfach nur zurückgeben.«

»Und um dich aufzuklären, Maya Russgay geht es gut und sie hat ihre Entscheidung auch noch nicht bereut.«

»Es ist auch der einzig richtige Weg. Für diese Leute ändert das doch sowieso nichts. Meine Freundin ist eine von ihnen und oft denke ich, daß sie noch eine ganze Menge lernen muß. Sie drückt sich noch immer davor.«

»Und wovor drückt sie sich heute abend?« fragte ich. »Ach, sie fühlt sich nicht wohl und will früh ins Bett. Wir waren hier zum Essen verabredet. Manchmal ist das die einzige Zeit, die uns bleibt, zwischen dem Tennis und der Arbeit. Ich arbeite nachts und habe im Moment auch sonst viel zu tun. Sie meinte, ich solle ruhig ohne sie essen. Warum auch nicht. Ich muß schließlich irgendwo essen.« Sie zuckte in der engen Bluse mit den Achseln. »Und wenn ich meine Schicht hinter mir habe, werde ich zu ihr rüberfahren. Ich werde ihr Blumen mitbringen und ihr den Bauch streicheln.«

»Das hört sich ja wirklich so an, als hättest du eine Menge zu tun.«

»Oh, aber es wird nicht immer so sein. Ich werde meinen Job im Lagerhaus bald aufgeben, und dann machen wir erstmal zusammen Urlaub. Anschließend werden wir uns eine Wohnung suchen. Mal sehen, vielleicht finden wir auch ein Haus, zusammen mit anderen Frauen und Kindern. Zumindest ist es das, was ich so im Kopf habe.«

Verträgt sich nicht so ganz mit Nobel-Restaurants, dachte ich und sah mir das Modell an gebräunter Schönheit und Gesundheit nochmal genauer an. Sie sah zu, wie am anderen Ende des Raumes ein Pudding flambiert wurde. Sie ließ sich nicht beeindrucken.

»Und was machst du so heutzutage?« fragte sie mich. Ich wußte, daß ich sie auch nicht beeindrucken würde. Sie sah mich erwartungsvoll an, und ich hätte ihr gern erzählt, daß ich damit beschäftigt war, Banner mit lavendelfarbenen Sternen zu weben, anstatt deprimierende Zahlen zu addieren, in teuren Restaurants zu speisen und nach Hause zu einem leeren Bett zurückzukehren. Ich hatte nicht mal eine kranke Freundin vorzuweisen. Angesichts ihrer unbeschwerten Art, die mich an ein anhängliches junges Hündchen erinnerte, stieß mir mein selbstgewähltes Single-Glück mit einem Mal sauer auf. Mir blieb nichts anderes übrig, als ärgerlich zu werden. Sicher, ich hatte mal eine Rolle gespielt, war die Antwort auf das patriarchale Geschichtsbild gewesen. Jetzt war ich eben die Antwort auf ein klingelndes Telefon.

»Ich arbeite beim Frauennotruf. Die Arbeit dort hat natürlich nichts vom Glanz des Fernsehens, von berühmten Persönlichkeiten oder den Tagen der Revolution. Genau genommen hat sie überhaupt keinen Glanz. Zur Zeit ist sie höchstens tödlich langweilig.«

»Aber warum tust du's dann?«

»Die glanzvollen Tage sind vorbei, oder hast du das noch nicht mitbekommen. Das beste und einzige, was heutzutage leuchtet, ist ein knallorangener Iro. Ich würde ja einen tragen, wenn mir nicht der Mut dazu fehlen würde.«

Sie saß da und schaute mich mit großen Augen an. Ich konnte sehen, wie ich vom Piedestal fiel. Was für eine Erleichterung.

»Ich glaube nicht, daß es nur der Glanz war«, sagte sie. »Ich denke eher, daß es in erster Linie der Wille zu kämpfen war.«

»Na gut, dann muß ich wohl feige sein.«

»Ach, wahrscheinlich bist du einfach nur müde«, sagte sie und zuckte die Achseln. Dann lächelte sie. Also war sie nicht nur zuckersüß. Wir hatten den Rest unseres Cognacs getrunken und sahen auf den Grund unserer Kaffeetassen.

»So, ich muß langsam zur Arbeit«, sagte sie, nahm ihre Zeitschrift und zog sich einen senfgelben Cordmantel über. Am Revers trug sie eine kleine Anstecknadel. Ein Mast mit einer kleinen dreieckigen Flagge, in die eine 19 eingraviert war. Sie schimmerte mit dem warmen Glanz echten Goldes. Sie betrachtete sie, dann mich und zwinkerte mir zu. Wir gaben den Schulterklappen ein Zeichen.

»Wie heißt du? Ich hab' deinen Namen gar nicht mitbekommen.«

»Ich heiße Julie, Julie Arbeder«, sagte sie.

»Und ich bin Emma«, bemerkte ich überflüssigerweise. Sie gab mir ihre Hand. Sie war trocken. Es war ein komischer Moment, wie es beim Abschied von Fremden auch sein sollte. Der Kellner kam mit den Rechnungen, und wir vollführten Zahlungsrituale mit Tabletts und Kreditkarten. Der Kellner räumte die Cognacschwenker und Kaffeetassen ab.

»Also, dann«, wir sahen uns an und glitten aus der Nische.

»Auf Wiedersehen, Emma«, sagte sie. Ich sagte ebenfalls »auf Wiedersehen«, und sie ging aus der Tür. Ich wartete einen Moment, wollte mich gerade umdrehen und gehen, als ich ein kurzes Knallen hörte. Der Kellner hatte das Tischtuch angehoben und es mit einem schnellen Ruck unter Essig- und Ölflasche, Zucker, Salz und Pfefferstreuer hervorgerissen. Das Gewürz-Set stand so ruhig da, als wäre es nie bewegt worden. Dann drehte er sich um und marschierte von dannen.

»Irgend jemand gesehen, Miss?« fragte ein Cop mit glatter Rasur und müdem Blick. Ich zuckte zusammen.

»Nein, niemand. Officer, sie ist erschossen worden, nicht überfallen. Das ist kein Straßenraub, das ...«

»Wird im Präsidium erledigt. Alles geht ans Präsidium, Miss. Haben Sie noch was hinzuzufügen?«

Hatte ich nicht.

Sie verschwanden alle. Die Polizei, die Nachbarn hinter ihre Schlösser und Ketten. Der letzte Cop meinte: »Sie sollten jetzt auch besser nach Hause gehen, Miss. Alles in Ordnung?«

»Ja«, murmelte ich und ging zu meinem Wagen. Ich hatte die Autoschlüssel noch immer zwischen den Fingern.

Drei

Am nächsten Morgen wachte ich mit starken Kopfschmerzen auf. Ich war mein eigener Kopfschmerz. Ich beobachtete Flossie, die Katze, wie sie versuchte, einen kuscheligen Platz auf mir oder neben mir im Bett zu finden. Ich verhielt mich nicht besonders kooperativ. Ich betrachtete die Karos des Quilts, den mir meine Großmutter gemacht hatte. Dies hier war die Schürze meiner Mutter gewesen, und hatte ich nicht mal ein Hemd aus dem orangenen Stoff da mit dem Muster, das so aussah, als würden kleine graue Beile darauf herumschweben? Ich versuchte, die beruhigenden Erinnerungen und Gefühle von Sicherheit und Geborgenheit auf mich wirken zu lassen, aber an diesem Morgen versagte der Quilt. Ich hatte die Polizei in einer Mordsache angelogen. Ich hatte mich bereit erklärt, eine Frau in einer Krisensituation außerhalb des Büros zu treffen. Nein, ich hatte mich nicht dazu bereit erklärt. Sie hatte mir keine Wahl gelassen. Mal davon abgesehen, daß ich nicht hätte hingehen müssen. Sie wäre trotzdem tot. Und sie war tot. Und wer immer sie ermordet hatte, war ihr gefolgt oder hatte sogar von unserer Verabredung gewußt. Irgendwer war um neun Uhr am Treffpunkt gewesen. Jemand, der sie sauber und schnell erledigt hatte, ohne ein Geräusch oder die Anzeichen eines Kampfes. Jemand, der verhindern wollte, daß etwas an die große Glocke gehängt wurde.

Wie gern hätte ich Jonell angerufen, um ihr alles zu erzählen. Was für ein lausiger Zeitpunkt, um auf ein Meditationswochenende für Alkoholikerinnen zu fahren. Es war genau der Zeitpunkt, an dem sie eigentlich ihre Freundin trösten sollte, die verängstigte Entdeckerin toter Leichen.

Plötzlich fiel mir siedendheiß Julies Adreßbuch ein, das sich noch in meiner Hosentasche befand. Also hielt ich auch noch Beweismittel zurück. Ich sehnte mich nach den banalen Problemen von gestern, langweiliger Job und selbstgewählte Einsamkeit.

Ich duschte und legte ein Sicherheitskostüm an. Klamotten, die nichts Konkretes aussagen, alte Lieblinge, Farben, die keine Aufmerksamkeit anziehen. Der ausgefallene Schnitt der Hosen, weit an den Knien und eng an den Knöcheln, war modisch, aber auch bequem, und das blaue Kammgarn würde niemanden erschrecken. Ich überlegte hin und her, ob ich Mascara auftragen sollte oder nicht, dachte aber, daß ich mir heute aus Nervosität häufig die Augen reiben würde, und dann würde ich nur mit Zombie-Augen dastehen. Außerdem hatte ich nicht vor, wen zu becircen. Ich hatte keine Ahnung, was ich verdammt nochmal tun sollte.

Also machte ich alles rein mechanisch, wie wohl jede andere auch, die sich in einer Krisensituation befindet. Genoß mein makelloses Frühstücksei, freute mich über die zwei cleveren Abkürzungen, die ich genommen, und über den Parkplatz, den ich in der Nähe des Büros gefunden hatte. Von dem Adreßbuch der toten Frau in meiner Handtasche mal abgesehen, fühlte ich mich fast normal, als ich das Notruf-Büro betrat. Falls ich doch noch eine Krise bekam, konnte ich ja später selbst anrufen, anonym natürlich.

Glücklicherweise war es ein Routinetag. Ich konnte mißhandelte Frauen an die richtigen Stellen verweisen, nachdem ich sie genügend beruhigt hatte und sie mir erzählen konnten, was los war. Eine Frau, die offensichtlich zu betrunken oder zu stoned war, um sofortige Hilfe anzunehmen, willigte ein, sich Informationsmaterial über das Janssen Center durchzulesen und am nächsten Tag wieder anzurufen. Außerdem gab es noch eine verzweifelte Mutter, die anscheinend von ihren Kindern zum Wahnsinn getrieben wurde und es mit ihrem Säugling, einem Kleinkind und einem sechsjährigen Monster nicht aus dem Haus schaffte, um die nötigsten Einkäufe zu machen. Wir schickten eine Frau von einer Selbsthilfegruppe für alleinerziehende Mütter zu ihr rüber, die ihr möglicherweise langfristig helfen konnte, ihr aber auf jeden Fall den Einkauf für diesen Tag abnehmen würde. Und schließlich rief noch eine verängstigte Teenagerin an, die nicht zugeben wollte, daß sie schwanger sein könnte, sich aber in einer Frauenklinik auf 'Bauchschmerzen' untersuchen lassen wollte. Ich war glücklich, mit diesen banalen Scheußlichkeiten beschäftigt zu sein, bis Monica reinkam und sagte: »Hast du schon gehört? Julie Arbeder ist letzte Nacht ermordet worden.«

Und damit kam der ganze Abend zurück. Sie war also eine Bekannte von Monica gewesen.

Während Monica mir die spärlichen Einzelheiten berichtete, überlegte ich, ob ich ihr meine Version erzählen sollte. Zu mauern, besonders Kolleginnen gegenüber, war mit Sicherheit selbstzerstörerisch. Ich brauchte Rückhalt, im gängigen Psycho-Geplapper hieß es wahrscheinlich, ich hatte das Bedürfnis, meine Erfahrung zu teilen. Besonders, weil es jetzt um eine Genossin ging, eine Schwester.

»Monica, ich hab' sie gefunden. Ihre Leiche. In der East Lexington. Gestern abend.«

Plötzlich fing ich an zu heulen, und Monica, die eigentlich nie eine war, die dir das Herz wärmt, nahm mich nichtsdestotrotz in den Arm.

Ich zog mich aus Monicas Umarmung zurück und ließ mich auf einen Stuhl fallen. Ich hatte nicht gewußt, wie bestürzt ich wirklich war. Es war nicht nur, daß ich eine Leiche gefunden hatte, es war auch, daß ich mich völlig überfordert fühlte, viel zu sehr mit den Problemen anderer Leute beschäftigt war und jeden Morgen in eine unfreundliche Einsamkeit hinein erwachte. Es war das Gefühl, ein Opfer zu sein, und das gefiel mir nicht. Ich riß mich zusammen. Ich würde Monica erzählen, wie ich die Leiche gefunden hatte, aber nicht, wie ich zur East Lexington gekommen war. Ich hatte das Gefühl, daß das immer noch mein persönlicher Schmerz war, oder besser, mein persönliches Problem. Julie Arbeder hatte *mich* gewollt. Sie war es gewesen, die 'Emma Victor, ich brauche deine Hilfe' gesagt hatte.

Ich weinte noch immer. Ich ließ es zu, daß Monica mich professionell tröstete.

»Emma, du brauchst Ruhe. Warum nimmst du dir nicht einen Monat frei, auf jeden Fall ein, zwei Wochen.«

Ich versuchte, Monicas dünne Arme nicht anzusehen. Ich war eine Genossin, die ausgelaugt war, keine gute Mitarbeiterin. Ich ließ mich weiter von ihr trösten, hatte aber nicht den Eindruck, daß sie mir die Wahrheit sagte. Ich war nicht in der Lage, mit den harten Realitäten des Systems fertig zu werden. Ich ließ mich viel zu sehr von dem ganzen Dreck runterziehen, genau wie unsere Klientinnen.

»Hör mal, warum kommst du nicht eine Weile einfach nur zu unseren wöchentlichen Team-Sitzungen«, fuhr sie fort. »Wir haben im Moment jede Menge Freiwillige. Wir werden schon einen Weg finden, um dir einen kurzen bezahlten Urlaub zu ermöglichen.« Sie sah mich mit, wie mir schien, versteckter Verachtung an. Ich fragte mich, ob sie selbst nie Zweifel hatte, gab aber, wie immer, den Gedanken schnell wieder auf. Monicas Eltern hatten sie für die Revolution erzogen. Das gab ihr eine Art von Stärke, auch wenn die manchmal auf Kosten des Unterscheidungsvermögens ging. Im Moment jedenfalls hätte ich nichts dagegen gehabt, mit ihr zu tauschen.

»Soll ich dich morgen früh anrufen? Denk heute abend drüber nach, okay? Lynne macht Mittagspause, warum gehst du nicht mit?«

»Nein. Nein, ich glaube, ich möchte lieber nach Hause.«

»Okay, ich ruf' dich an.« Monica verpaßte mir eine effiziente Umarmung. »Ich gebe dir wegen Julies Beerdigung Bescheid, falls du hingehen möchtest.«

»Danke, ich glaube nicht.« Ich mußte meine Trauer nicht verarbeiten. Ich fühlte keine. Nur ein einsames, taubes Gefühl, begleitet von dem Wissen, daß mich eine Frau um Hilfe gebeten hatte und nun tot war.

Vier

Ich ging in das sanfte Sonnenlicht Neuenglands hinaus und stieg in die beige Zelle des Plymouth. Ich war froh, daß ich nicht die U-Bahn genommen hatte. In den Zügen war es dunkel, während sich der Verkehr über der Erde gelichtet hatte, und die Natur beinahe die Oberhand gegen Ziegel und Beton gewann. Wenn ich nach Hause kam, würde das Sonnenlicht mein Eßzimmer füllen. Ich zog mir unterwegs drei verschiedene Zeitungen aus den Zeitungsautomaten. Einen *Boston Globe*, einen *Herald American* und ein Boulevardblatt. Anschließend schlängelte ich mich durch die ärmlichen Geschäftsstraßen bis zu meinem kleinen Haus, das oben auf einem kleinen Hügel in Somerville thronte. Ich war Besitzerin eines Vorgartens, was seine Vor- und Nachteile hatte. Einerseits wurde meine Faulheit in Sachen Gartenarbeit öffentlich zur Schau gestellt, andererseits gefiel es mir, ein Stück von der Straße zurückgesetzt zu wohnen und alles beobachten zu können, ohne selbst gesehen zu werden. Ich setzte mich ans Fenster und verfolgte den alltäglichen Rhythmus meiner Nachbarn. Es war beinahe beruhigend, zu sehen, wie sich die Frau, die an der Ecke wohnte, wieder mal nervös umschaute, während ihr Hund ein Bein hob und durch den Stangenzaun auf einen Rosenbusch pißte, der beschnitten gehörte. Und wie der schwarze Pfarrer, inzwischen stolze 85 Jahre alt, langsam den Hügel hinaufschlenderte, mit seiner kleinen, ruhigen weißen Frau, die mit einem gestohlenen Einkaufswagen hinter ihm herzog.

Ich machte mir Kaffee und ließ mich nieder, um die Zeitungen zu lesen. Der *Globe* berichtete über Proteste gegen die Stationierung amerikanischer Atomraketen in Europa. Das war gut. Amüsanter allerdings war der reißerische *Informer*. Seine Schlagzeilen erwähnten einen Chihuahua, der Papageien hypnotisieren konnte, eine Kur, die Zellulitis in einer Woche heilte, sowie eine idiotensichere Methode, das Geschlecht des

Kindes bei der Empfängnis zu bestimmen (das ganze entpuppte sich schließlich als eine Art magische Halskette). Genau wie der *Globe* brachte er die Geschichte über die Frau eines reichen Mannes namens Glaser, die nach einem anscheinend gemütlichen Familienessen von der Yacht gefallen war. Der *Informer* füllte einige Zeilen mit schmutziger Wäsche und behauptete, daß sie sich mit ihrem Mann gestritten hatte. Sie bezeichneten sie als Golffanatikerin. Die Jungs konnten sie nicht einfach eine Golferin nennen. Sogar in ihrem Nachruf mußten sie ihr noch etwas von einer Cheerleaderin unterjubeln. Kleine Kästchen am Rand gaben einen Überblick über ähnliche 'Yacht-Unfälle' unter den Reichen und Berühmten und berichteten von einem biogenetischen Durchbruch bei der Erfindung synthetischen Insulins. Ich dachte mir, daß das mit Sicherheit ein Freudentag für viele Zuckerkranke war, aber der Gedanke an glückliche DiabetikerInnen munterte mich trotzdem nicht so richtig auf.

Die Konferenz im 'Y' und die Etatkürzungen fanden natürlich kaum Beachtung. Ich fragte mich, an welcher Stelle sie Julie Arbeder in der Zeitung begraben hatten. Der Tod unter den gewöhnlichen und armen Bürgern war nicht der Stoff, aus dem funkelnde Tragödien gemacht werden. Ich fand sie auf Seite sieben, wo es eine Liste der täglichen gräßlichen Verbrechen gab. Sie wurde als Opfer eines Straßenraubs bezeichnet. Die Geschichte erstreckte sich über ganze drei Zeilen und war am Rand mit einer kleinen runden Kugel gekennzeichnet. Die nächste runde Kugel eröffnete die Geschichte von drei Kindern, die mit einer 45er Automatik Mutprobe gespielt und von einer Autobahnbrücke aus auf die vorbeifahrenden Autos gezielt hatten. Sie hatten den Abzug ein paar Mal gedrückt, was sich anscheinend aber in keinster Weise auf den fließenden Verkehr ausgewirkt hatte. Dann stand da noch etwas über einen Banküberfall hier in der Nähe, am anderen Ende der Straße. Eine Charleen McKinney wurde dabei lebensgefährlich verletzt. Ich kannte sie nicht. Das Telefon klingelte.

»Miss Victor? Hier spricht Lieutenant Sloan von der Mordkommission. Ich habe ein paar Fragen in bezug auf die Ereignisse der letzten Nacht. Könnte ich in ein paar Minuten bei Ihnen vorbeikommen?«

»Ja. Natürlich.« Ich gab ihm noch einmal meine Adresse.

Ich hatte keine besonders große Erfahrung mit der Polizei, von Demos mal abgesehen, wo sie ihre Spezialeinheiten einsetzten und ganz klar der Feind waren. Ich nahm an, daß diese Art von Cops nicht unbedingt zu den Feinden gehörte, da sie Verbrechen gegen Bürgerinnen und Bürger verfolgten. Ich wußte nicht, wie ich mich verhalten sollte, sollte ich ihnen Kaffee anbieten, Tee? Ich vermutete, daß ich sie reinlassen mußte. Es nicht zu tun, wäre mit Sicherheit verdächtig. Ich erinnerte mich an das Adreßbuch und fragte mich, ob ich es ihnen nicht einfach übergeben könnte. Ich könnte ihnen erzählen, daß ich durcheinander gewesen war und es aus Versehen eingesteckt hatte. Da ging auch schon die Türklingel, und ich bemerkte, daß ich feuchte Hände hatte, also wischte ich sie schnell an meiner Hose ab, bevor ich die Tür öffnete.

Draußen standen Lieutenant Sloan und ein anderer Mann. Genau, was ich erwartet hatte, sie trugen Trenchcoats und hatten kleine Notizbücher in der Hand. Lieutenant Sloan war ein kantiger, ziemlich gepflegter Typ, aber ohne die geschliffene Erscheinung des FBI. Sein Schnürsenkel war auf. Der andere, der mir als Officer Saomi vorgestellt wurde, hatte ein aufgedunsenes Gesicht, Wurstfinger und wirkte zerstreut. Sloan gab mir die Hand, Saomi tippte sich an den Hut.

»Nur ein paar Minuten Ihrer Zeit, Ma'am«, und sie spazierten in mein Haus. Saomis Augen hörten nicht auf, durch das ganze Zimmer zu schwirren. Ich folgte seinem Blick und sah jedes einzelne Stück Holz, das ich ein zweites Mal hätte streichen müssen. War das Spinngewebe noch in der Ecke? Mein Haus wurde schäbig, und in den kleinen, wachsamen Augen von Officer Saomi war ich die Schuldige. Aber Sloan war da, um mich zu bestärken.

»Nicht gerade ein schöner Anblick, den Sie gestern abend hatten.«

»Nein, war es nicht.«

»Und Sie haben niemanden gesehen?«

»Nein, niemand.«

»Kein Auto, das plötzlich weggefahren ist? Keine Schritte gehört?«

In diesem Fall war ich wirklich unschuldig, und trotzdem schämte ich mich dafür, keine Einzelheiten erzählen zu können. Einfach, um sie zufriedenzustellen, damit sie verschwinden würden.

»Kannten Sie die Ermordete?«

Warum stellten sie eine solche Frage? Wieviele Zeugen kannten die Opfer? Und warum wollte ich ihnen nicht erzählen, daß ich sie in einem Restaurant kennengelernt hatte, und daß sie mir nach zwei Cognacs von ihrem Liebesleben erzählt hatte und von der Frau, die nicht zum Essen gekommen war? Ich hielt es für besser, ihnen nichts über ihr Privatleben zu erzählen. Außerdem, wer es auch gewesen war, der den Wunsch hatte, ihr Leben zu ruinieren, er hatte dazu nicht ihre Bettgewohnheiten benutzt. Julie Arbeder war bereit gewesen, jedem jederzeit die Wahrheit über sich zu erzählen. Mir gefiel der Gedanke nicht, daß drüben auf dem Revier Witze über eine tote Lesbe gerissen wurden. Außerdem wollte ich nicht zugeben, daß ich ihr Adreßbuch eingesteckt hatte.

»Haben Sie sie gekannt?«

»Nein. Aber ich habe heute erfahren, daß eine Kollegin von mir sie kannte.«

Das schien sie zufriedenzustellen. Etwas, das sie aufschreiben konnten? Saomi sah sich die Bücher an, und ich war mir sicher, daß er schon zwanzig linke, feministische und lesbische Titel in meinen Bücherregalen ausgemacht hatte. Die leuchtenden Farben und Titel sprangen ihm von den Buchrücken förmlich ins Gesicht. Julie Arbeder besaß vielleicht die gleichen Bücher.

Es wäre unlogisch, daß wir in der gleichen Stadt lebten und noch nie voneinander gehört hatten.

»Was denken Sie, Officer? War es ein Straßenraub oder — «

»Wir tun unser bestes, Ma'am. Aber wir können zu diesem Zeitpunkt noch nicht viel sagen.«

»Haben Sie irgendwelche« — wie nannten sie das noch gleich — »Indizien?«

»Wir arbeiten an einigen Hinweisen, Ma'am.«

Saomi beobachtete mich. Vielleicht, um zu sehen, ob ich Angst hatte? Falls ich den Killer gesehen hatte, würde ich schweigen, um mich selbst zu schützen? Davor hatte ich keine Angst, und das mußte in meiner Stimme zu hören sein. Saomi drehte sich um und stellte sogar seine wachsamen Augen ab. Er war damit durch, die gesamten physischen Eigenschaften meines Hauses in sich aufzunehmen.

»Also, dann, Ma'am, vielen Dank. Hier ist meine Karte, rufen Sie mich an, falls Ihnen noch was einfällt.«

Sloan verabschiedete sich mit einem weiteren warmen Händedruck, welchen ich mit nicht allzu schwitzigen Händen erwiderte. Saomi nickte und ging hinter seinem Vorgesetzten her, seine Augen wanderten gelegentlich umher, eine Art von Reflex. Die beiden verschwanden. Ich ging zurück zum Tisch und holte das Adreßbuch hervor. Da ich es schon mal hatte und den Cops auch nicht geben würde, konnte ich genauso gut einen Blick hineinwerfen. Ich könnte es immer noch Julies Mitbewohnerinnen geben, und die könnten dann sagen, daß sie es in ihrem Zimmer gefunden hätten, warum nicht? Das war ein guter Einfall, damit wäre ich aus dem Schneider — ich würde das Adreßbuch übergeben, und damit hätte ich Julie Arbeder weitgehend aus meinem Leben.

Ich schlug das kleine Buch auf und fand einen Regenbogen von Farben. Rote, grüne und blaue Stifte hatten unter 'A', wahrscheinlich für Arbeit, einen Haufen Männernamen gekritzelt. Ricky, Grant und Tom.

Es gab drei Bibliotheksnummern, die in winzigem grünen

Filzstift geschrieben waren. Einige Namen waren unter dem Nachnamen eingetragen, andere unter dem Vornamen, viele waren unter 'G' wie Gewerkschaft eingetragen, und unter 'N' hatte sie Nummern auf die Seite geklebt und getippt. Sie enthielten Notarzt, Polizei, Universität, Prüfungsbetreuerin, einen Joe, eine Joanie und einen Al. Al hatte zwei Nummern, die erste war durchgestrichen.

Ich rief die Nummer an, die sauber auf die Innenseite des Einbandes geschrieben war.

»Hallo.« Die Stimme klang verständlicherweise nicht sehr fröhlich.

»Hallo, ich bin Emma Victor. Ich bin diejenige, die Julie gestern abend gefunden hat.«

»Du hast Julie gefunden?«

»Ja, ich — also, es war ziemlich furchtbar. Ich habe sie nicht gekannt oder so, aber trotzdem — ich habe mich gefragt, ob es in Ordnung wäre, wenn ich bei euch vorbeikomme und ihr mir ein bißchen über sie erzählt, das heißt, falls es euch nichts ausmacht. Ich ...«

»Klar, komm vorbei. Wir sitzen gerade hier, und, mein Gott, Julies Eltern haben gerade angerufen, ich glaube, sie wollen noch heute herfliegen.« Die Stimme klang monoton, sie hatte einen Schock. »Wir überlegen gerade, was wir mit ihren Sachen machen sollen.« Bei 'Sachen' brach die Stimme. Ich war selbst nicht erpicht darauf, mir die persönliche Habe von Julie Arbeder vorzustellen.

»Ich komme dann heute noch vorbei, okay?«

»Ja, gut.« Dann wurde mir bewußt, daß ich sie nicht mal nach ihrem Namen gefragt hatte. Zwei Stunden, sagte ich mir, bevor ich zu Julies Haus fahren würde. Ich wollte diese zwei Stunden, um zu putzen, um all die Sachen in Ordnung zu bringen, die Officer Saomi ins Auge gesprungen waren.

Ich fing mit der Decke und dem Spinnengewebe an, danach waren die von unten nicht sichtbaren Oberseiten der Bücher an der Reihe, die hoch oben auf dem Bücherregal standen.

Der Staub rieselte langsam herunter, bis der Staubsauger kam und alles in eine Tüte sog. Ich setzte sogar noch einen Aufsatz darauf und ging in alle Ecken der Regale, nur für den Fall, daß ich beim Abstauben etwas übersehen hatte. Ich verrückte alle Möbel, damit keine Staubflusen oder kleine Bällchen von Flossies Fell unter einem Stuhlbein steckenblieben. Anschließend wischte ich den Boden mit einer harten Mischung aus Ammoniak und Reinigungsmittel, das Wasser war so heiß, daß ich mir sogar in den Gummihandschuhen fast die Hände verbrannte. Nachdem ich damit fertig war, räumte ich den Badezimmerschrank auf und wischte die Ringe, die von der einen oder anderen Lotion stammten, von den Glasregalen. Danach unternahm ich eine Attacke auf die Kommode mit meiner Unterwäsche und stellte die Trennung zwischen Socken und Unterhosen wieder her. Anschließend bürstete ich Flossies graues Fell auf Hochglanz und ließ mir selbst ein heißes Bad einlaufen. Es war zu heiß, konnte aber trotzdem den Bann nicht brechen, die Nervosität, seitdem ich die Totenmaske gesehen hatte, die dem Nachthimmel zugewandt war. Ich zog mich an und holte das Bügelbrett raus. Ich bügelte fünf Hemden, ohne die Zwischenräume zwischen den Knopflöchern zu vergessen.

Es war Zeit, Julies Haus zu besuchen. Sollte ich etwas mitbringen? Waren sie in Trauer? Haben wir so etwas wie eine Trauertradition? Alles, worüber wir sprachen, war 'teilen', aber ich hatte das Gefühl, daß Trauer nicht geteilt werden konnte, du kannst nur Zeugin sein. Ich würde das Adreßbuch mitnehmen, es loswerden.

Julies Haus war ein hohes vergessenes Reihenhaus-Gerät im South End. Es war noch nicht in Apartments umgewandelt worden. Irgend jemand hatte auf gut Glück versucht, im winzigen Rasenbeet vorne ein paar Begonien zu ziehen. Aber Löwenzahn, der Schrecken eines jeden Rasens in Massachusetts, war bereits dabei, die kleinen braunen Stengel, die ein

Minimum an rosa Blüten trugen, zu strangulieren. Es war ein Haus, das darauf wartete, abgerissen zu werden. Die Treppen fingen an zu verrotten und die Fenster waren mit Plastik verstärkt. Das sperrte das Licht aus, verringerte aber auch die Heizkosten. Die schwere Eingangstür, die aus einer vergangenen, fröhlicheren Zeit stammte und mit geschliffenem Glas verziert war, wurde von einer kleinen Frau mit strähnigem blonden Haar geöffnet. Ihr Gesicht bestand im wesentlichen aus geschwollenen Augen.

»Hallo, komm rein. Ich bin Misty.« Sie drehte sich um, und ich sah, wie sie eine geputzte Karotte aus ihrer Hosentasche zog. Ich hörte es knacken, als sie ein Stück abbiß. Ich folgte ihr ins Haus.

Wir gingen ins Wohnzimmer, wo die unvermeidliche hartgepolsterte grüne Couch stand. Eine gelbe Welpin tollte umher und kaute auf einer Decke, die auch schon bessere Tage gesehen hatte. Misty bat mich nicht, Platz zu nehmen. Nicht, weil sie unhöflich war, sondern weil sie nicht wußte, was sie tun sollte. Sie steckte die Karotte zurück in ihre Tasche. Ich setzte mich.

»Ich war gerade oben und habe Julies Sachen durchgesehen«, sagte sie, als ob sie damit ihre Orientierungslosigkeit erklären wollte. Sie zuckte mit den Schultern, wodurch sich ihre dünnen Arme so hoben, als wären sie nur an kleinen Schnüren befestigt. Dann setzte sie sich ebenfalls auf die grüne Couch. Ich wußte, daß es noch eine weitere Mitbewohnerin geben mußte, das Haus war für die beiden allein zu groß, und auf dem Briefkasten hatte ich drei Namen gelesen. Ich blickte auf und sah einen Schatten am anderen Ende des Zimmers. Misty stand abrupt auf.

Die Gestalt lehnte im Türrahmen, nicht, um sich abzustützen, sondern um sich erstmal einen Überblick zu verschaffen. Sie nahm alles in sich auf. Misty, die ihr Gewicht von einem Fuß auf den anderen verlagerte, und mich, die auf dem Rand der schmutzigen grünen Couch saß.

In der Dunkelheit des Flures konnte ich einen Körper mit breiten Schultern ausmachen, als ob sich der Architekt entschieden hatte, ihren langen Hals mit einer horizontalen Linie auszugleichen. Sie hatte muskulöse Waden, beinahe wie Knoten, die sich unter ihrem Rock abzeichneten. Sie kam aus der Dunkelheit auf mich zu, und ich bemerkte, daß sie einen langen, taillierten, marineblauen Rock trug, der auf der einen Seite gebügelte Falten zeigte. Die dicke weiße Baumwollbluse darüber sah gestärkt aus und hatte ebenfalls eine Bügelfalte. Sie sah wie eine ein bißchen kerlige Bibliothekarin mit einer Vorliebe für Bügelfalten aus. Ihr glänzendes schwarzes Haar endete in einer natürlichen Welle, so daß es sich unter ihre Ohren schmiegte. Sie lächelte nicht, aber sie wandte ihre schwarzen Augen auch nicht ab. Ihr Kiefer arbeitete. Sie hatte breite Backenknochen, die zu der Linie ihrer Schultern paßten, eine Nase, die zu lang gewesen wäre, wenn sie sich nicht plötzlich gekrümmt hätte und einen kleinen Haken beschrieb. Ihre Wangen zeigten leichte Aknenarben. Sie kam mit einer ausgestreckten Hand auf mich zu.

»Hallo, ich bin Sue.« Und dann setzte sie sich auf den Rand von etwas, das einmal ein pinkfarbener Satinsessel gewesen sein mußte. »Sue Martinez.«

Ich stellte mich vor und versuchte, einen Grund zu finden, der meine Anwesenheit erklären würde. Mir war nicht danach, dieser Frau mein Beileid auszusprechen, sie sah nicht so aus, als ob sie es brauchte.

»Sue, beim Telefon liegen ein paar Nachrichten für dich«, sagte Misty.

»Danke, Misty«, antwortete Sue. »Meinst du, daß ich die Zahlen diesmal entziffern kann?«

»Ich schreib' überhaupt nicht so klein. Dein Sehvermögen ist wahrscheinlich beeinträchtigt.«

»Ja, ich sehe genauso schlecht wie ein Falke.« Sue lächelte und wandte sich mir zu. »Also, du hast Julie gestern abend gefunden«, sagte sie.

»Ja. Ihr Tod muß für euch beide ein fürchterlicher Schock gewesen sein.«

Sie sah von mir weg, schlug ein Bein über das andere und begann, es heftig hin und her zu schwingen.

»Ja«, sagte sie, »ich bin geschockt.«

Dann stand sie auf, ging zum Fenster und betrachtete das Plastik. Sie zündete sich eine Zigarette an, nahm einen sehr langen Zug und wartete, bis sie den gesamten Rauch ausgeblasen hatte, bevor sie sich zu mir umdrehte und sagte: »Ich habe ein paar Fragen, was ihren Tod angeht.«

»Die habe ich auch. Warum hast du Fragen?«

»Warum du?«

»Ich hab' sie gefunden. Das ist alles. Ich hab' sie einfach auf der Straße gefunden.«

»War es schwierig?« Sie hob eine Augenbraue, und ich fühlte mich wie ein Eindringling, genau so, wie sie beabsichtigt hatte.

»So etwas passiert nicht jeden Tag. Ich möchte einfach nur ein bißchen über sie erfahren.«

»In Ordnung. Ich erzähle dir von Julie. Sie war eine Kämpferin. Sie hatte eine Menge Prinzipien. Wenn sie sah, daß etwas nicht in Ordnung war, mußte sie immer etwas dagegen unternehmen. Manchmal fehlte ihr dabei jedoch der richtige Weitblick.«

»Was meinst du damit, daß ihr der Weitblick fehlte?«

»Damit meine ich, daß sie bis zum Hals in dieser Sache gesteckt hat. Sie hat gegen die *Union Busters* gekämpft, da, wo sie gearbeitet hat, gegen eine ganze Organisation, die Gewerkschaften zerschlägt, und das ganz allein.« Sie drückte ihren Zigarettenstummel aus und sah mich an. Sie hatte schmale Augen, die zu all den anderen horizontalen Linien paßten, die sich über ihren langen Körper zogen.

Misty, die still in einem Schatten gesessen hatte, sagte: »Sie hätte ein Baby bekommen.«

»Ein Baby?« wiederholte ich. »Sie war schwanger?«

Nach Mistys Gesichtsausdruck zu urteilen, wog die Tragödie dadurch doppelt.

»Komm schon, Misty. Sie hat von nicht-sexistischen Kinderbüchern gesprochen und sich ein Buch über die Lamaze-Methode gekauft. Das macht sie noch lange nicht schwanger.« Sue sprach mit ihr, als ob sie leicht zurückgeblieben wäre.

»Ach, du hast einfach was gegen Kinder.« Die Worte platzten aus Misty heraus wie eine Bombe, die darauf gewartet hatte zu explodieren.

»Okay, Misty. Wir haben das schon mal ausdiskutiert. Hör endlich damit auf, das ganze zu verklären. Das ist nämlich ein Teil deines Problems, weißt du.«

»Ja, aber Julie mochte Kinder.« Misty stieß ihr Kinn vor. »Sie hätte gern ein Baby gehabt. Julie war ein sehr fürsorglicher Mensch. Sie hatte sehr viel zu geben.«

»Aber deshalb war sie noch lange nicht schwanger. Und wie kommst du eigentlich darauf, daß es so wundervoll ist, schwanger zu sein? Du redest ständig von deiner Schwägerin und ihrem kleinen Wonneproppen. Sie hat einfach nur Glück gehabt. Für die meisten Frauen bedeutet es Morgenübelkeit, Gewichtszunahme und Postpartum-Depressionen. Ich persönlich freue mich schon auf den Tag, wo alles in einem Reagenzglas passiert.«

»Aber es ist nun mal das wundervollste Ereignis im Leben einer Frau.«

»Ja, und so überbewertet wie der multiple Orgasmus.«

Sue und Misty saßen sich in ihrem Schweigen auf den beiden Enden der Nabelschnur gegenüber. Ich saß mit meinen eigenen Fragen da und war dabei, mich ein bißchen in Sue zu verknallen.

»Aber hat sie sich wirklich das Lamaze-Buch gekauft? Die gebundene Ausgabe?« fragte ich.

Misty nickte, die dünnen Strähnen ihres Haares hüpften mit.

»Es muß ein Geschenk gewesen sein«, versuchte Sue es abzutun. »Julie war ganz begeistert von Wohngemeinschaften, von der Idee einer alternativen Familie. Sie hat nach Sicherheit gesucht. Mit anderen Leuten. Ich glaube nicht, daß sie Misty und mich mit auf der Rechnung hatte.«

Ich sah mir die schmutzigen Möbel und das schmutzige Wohnzimmer an. Ein Poster, dessen Klebeband am Aufgeben war, glitt von einer Wand undefinierbarer Farbe. In einer Ecke sammelten sich kleine Wollmäuse. Misty trug Frotteepantoffel, bei denen eine Menge Fäden lose waren, und der braune Teppichboden war locker. Es war nur eine Frage der Zeit, bis eine drüber stolpern würde.

»Also, Julie wollte ausziehen.« Das war keine Frage. Das Haus war so gemütlich wie ein Abflußrohr.

»Na ja, sie sagte, daß sie ziemlich bald ausziehen wollte. Wir hatten ein paar Probleme damit, wer den Abwasch macht und solche Geschichten.« Sue lachte ein bißchen, schnippte die Asche in Richtung Aschenbecher und traf daneben.

»Hatte sie irgendwelche Liebhaberinnen in letzter Zeit?«

»Nein.« Sue drückte ihre Zigarette aus und steckte sich eine neue an. Sie sah mich nicht an, sie schien auf eine nervöse Art hochnäsig.

»Bist du dir da ganz sicher?«

»Klar, ganz sicher.« Aber Sue betrachtete immer noch den Vorhang.

»Und was ist mit deinem Liebesleben?« fragte ich sie und bekam ihre volle Aufmerksamkeit. Sie sah mich an, wie eine Frau eine andere Frau ansieht, die ihr eine direkte, persönliche Frage stellt. Da ich nicht ihre Therapeutin war, mußte ich entweder unverschämt, neugierig oder lesbisch sein. Oder alles auf einmal.

»Das ist schon längst Geschichte.«

»Schade«, sagte ich, als Misty sich räusperte.

»Die Polizei ist schon hier gewesen«, sagte sie.

»Und? Haben sie irgendeine Spur?«

Sue grinste. »Wenn du es so nennen willst. Sie sind der Meinung, daß Frauen nachts nichts auf der Straße zu suchen haben.

Schon gar nicht allein und erst recht nicht in der East Lexington.«

Damit stand Sue abrupt auf, entschuldigte sich, ging zur Treppe und nach oben. Ich hörte, wie eine Tür geschlossen wurde. Das ließ mich in einem Vakuum mit der nebulösen Misty zurück. Die holte sich eine große Holzschale von einem kleinen, runden Tisch in der Ecke. Sie war mit Popcorn gefüllt. Misty bot mir welches an, ich lehnte ab, und sie fing an, die kalten Kerne zu kauen.

»Wie lange wohnt ihr beide schon zusammen?« fragte ich sie.

»Oh, etwa zwei Monate.«

»Hast du Julie schon vorher gekannt?«

»Nein, ich bin gerade erst aus Worcester hierher gezogen.« Sie sagte es so, als ob sie erst an diesem Nachmittag mit dem Zug angekommen wäre. Wir saßen einige Minuten lang in dem grauen plastikmäßigen Dämmerlicht, ohne ein Wort zu sagen. Schließlich hörte ich die Toilettenspülung. Eine Tür wurde geöffnet. Sue kam mit großen Schritten die Treppe herunter, eine Hand auf dem Geländer.

Ich drehte mich zu ihr um.

»Du hast gesagt, daß Julie gewerkschaftlich tätig war, gegen *Union Busters* gekämpft hat?«

Sue sah mich an, als ob ich auch gerade erst mit dem Zug aus Worcester gekommen wäre.

»Ja. An ihrem Arbeitsplatz. Um ehrlich zu sein weiß ich auch nicht genau, was da los war«, sagte sie schleppend.

Sie steckte sich eine weitere Zigarette an und ließ sich auf den Sessel fallen, die sehnigen Muskeln in ihren Waden entspannten sich. Es schien, als hätte sie einige Bitterkeit im Badezimmer zurückgelassen. Und einige Informationen.

Misty raschelte in der Ecke. Sie stellte die Popcornschale weg und entschuldigte sich mit einem Flüstern. Sie sagte, daß sie Julies Zimmer aufräumen wollte. »Ihre Eltern kommen heute abend«, sagte sie sanft.

»Pack noch nichts ein, ich möchte ihre Sachen nochmal durchsehen«, Sue durchbrach Mistys graue Oberfläche wie eine Kugel, die in einen See einschlägt. Ihre Schultern zogen sich zusammen und beugten sich unter Sues Befehl. »Sie hatte noch ein paar Bücher von mir«, erklärte Sue in einem etwas sanfteren Tonfall. Es war wahrscheinlich noch nie ein besonders fröhlicher Haushalt gewesen, selbst als noch alle am Leben waren. Dann sah Sue mich von ihrem Sessel aus an. »Ich glaube, daß Julie dick in dieser Sache mit den *Union Busters* dringesteckt hat. Es ist irgendeine Firma aus dem Süden — Burtell, oder so ähnlich. Sie schleusen sogenannte Personalmanager ein. Es läuft eine ganze Menge gegen Gewerkschaften, besonders in kleinen Firmen.«

»Wo hat sie gearbeitet?«

»Bei Parts Unlimited, einem Lagerhaus unten bei den Docks.«

»Ich glaube, daß Julie in Schwierigkeiten war«, begann ich vorsichtig. »Sie hat mich gestern angerufen.«

»Ja?« Da war wieder die hochgezogene Augenbraue, aber ihre Augen schossen nicht mehr umher.

»Ich arbeite beim Frauennotruf. Sie wollte mit mir reden, sich mit mir in der East Lexington treffen.«

»Und dann wurde sie ermordet.«

»Ja. Gibt es irgendeinen anderen Grund, weswegen Julie in Schwierigkeiten gewesen sein könnte?«

»Nein.« Sue inhalierte tief und blies den Rauch langsam wieder aus. Wir sahen zu, wie sich der Rauch kringelte, bevor er auf das Plastikfenster traf.

»Ich weiß nicht, wie weit diese *Union Buster*-Typen gehen. Aber die Cops waren mit Sicherheit nicht daran interessiert. Würde auch 'ne Menge harter, zusätzlicher Arbeit für sie bedeuten.«

»Hast du ihnen erzählt, daß Julie an gewerkschaftlichen Aktionen an ihrem Arbeitsplatz beteiligt war?«

»Sicher. Sie haben es notiert. Punkt. Sie wollen eine Lösung, die sie in der richtigen Statistik begraben können, etwas, das sie gut aussehen läßt. Auftragsmorde und *Union Busters* passen wahrscheinlich nicht in ihre Kategorien.«

»Würden *Union Busters* Menschen töten?«

»Heutzutage? Ich weiß nicht. Meine aktive Gewerkschaftsarbeit liegt schon eine Weile zurück. Wie ich schon sagte, sie haben ganze Unternehmen, die dafür sorgen sollen, daß die Gewerkschaften aus den Betrieben rausbleiben, mit Mitteln, die nicht unbedingt was mit Gewalt zu tun haben müssen.«

»Was für Gewerkschaftsarbeit hast du gemacht?«

»Oh, ich habe mich damals für die Farmarbeiter engagiert. Ich bin Rechtsberaterin.«

»Hast du heute deinen freien Tag?«

»Ich habe Urlaub.« Sie sank tiefer in ihren Sessel. Sah mir nicht gerade nach einem besonders schönen Urlaub aus.

Sue gähnte. Sie war schon eine komische Frau. Einen Moment lang sah ich angespannte Energie in ihren langen Gliedern, im nächsten Moment entspannte sie sich und wirkte wie eine Katze, die sich in der Sonne aalt. Sie hatte sogar diesen sonnenbadenden schläfrigen Blick, mal davon abgesehen, daß ihre Augen vom Weinen gerötet waren.

»Ich glaube, ich werde mir mal genauer ansehen, was bei ihrer Arbeit los war. Kennst du die Jungs, mit denen sie zusammengearbeitet hat?«

»Nein. Sie hat mal ein paar Namen erwähnt, aber die Fluktuationsrate ist ziemlich hoch, seitdem sie den Leuten Druck machen, aus der Gewerkschaft auszutreten.«

»Ich habe ihr Adreßbuch.«

»Ja?« Sue schien nicht sehr überrascht zu sein.

»Denkst du, ich sollte es den Cops übergeben?«

»Ehrlich gesagt, glaube ich nicht, daß sie irgendwas damit anfangen würden, außer es in einen Umschlag zu stecken«, sagte sie bitter.

»Na gut. Ich denke, ich werde versuchen, ein paar Leute anzurufen, die sie gekannt haben. Vielleicht steht einer ihrer Kollegen drin.«

»M-hm.« Das kleine Hündchen jaulte und zog an ihrem Rock. Sie beachtete es nicht.

Es wurde Zeit zu gehen. Ich verabschiedete mich von Sue und rief noch etwas zu Misty rauf. Sie murmelte eine Antwort, und ich ging aus der Tür. Sue stand auf und zog die Vorhänge zu. Draußen war es immer noch hell.

Ich blieb eine Weile im Plymouth sitzen. Ich fühlte mich besser. Ich würde meinen Teil für Julie Arbeder tun. Vielleicht, um mein eigenes Schuldgefühl zu besänftigen, daß ich nicht fünf Minuten eher da gewesen war oder nicht das Richtige gesagt hatte, um sie am Telefon zu halten. Zwei Sätze mehr, und sie wäre vielleicht heute noch am Leben. Oder? Vielleicht hatte mich auch eine ganz andere Frau angerufen, und der Straßenmord an einer Frau, die ich in einem Restaurant getroffen hatte, war einfach ein Zufall am nördlichen Ende der East Lexington Street.

Fünf

Mein dritter Anruf bescherte mir gleich drei Kollegen von Julie Arbeder, die zusammen in einem Haus in einem Vorort von Chelsea wohnten. Ich schätzte, daß ich bis zum Abendessen zurück sein und herausgefunden haben konnte, daß es eine Sackgasse war. Solange ich nicht in den Pendlerstrom geriet, machte die Fahrt über die Tobinbrücke und durch die wildwuchernden Vororte, in denen der Frühling erblühte, Spaß. Ich folgte den Schildern und bog bei Oak Leaf Knoll ab. Grant, dem die rauhe Stimme am anderen Ende der Leitung gehört hatte, hatte mir versichert, daß das Haus leicht zu finden wäre, und so war es auch. Noch ein Familiengebäude, aber dieses besaß noch immer den strahlenden Glanz der Häuser in den Vororten. Drinnen herrschte eine reine Männerwirtschaft.

Grant öffnete die Tür. Er war einer dieser rothaarigen Menschen, die allen anderen rothaarigen Menschen auf der Welt ähnlich sehen, so als ob sie alle den gleichen Gen-Pool hätten. Farblose Wimpern und milchige, weiße Haut, die der heißen Sonne über den braunen Hügeln der Vororte niemals standhalten konnte. Die Augenbrauen waren fast blond. Sogar der spärliche Bart, den er wachsen ließ, sproß rot. Ich streckte ihm meine Hand entgegen. Ich gebe Männern gern die Hand. Normalerweise kann ich sagen, ob es sie nervös macht, ob sie mir einen freundlichen, gleichberechtigten Empfang bereiten oder ihre Kraft zur Schau stellen. Grant würde okay sein, nach seinem Händedruck zu urteilen. Er lächelte und führte mich ins Wohnzimmer.

»'tschuldige das Chaos«, sagte er und kickte ein paar dreckige Klamotten, die ich mir lieber nicht genauer ansehen wollte, in eine Ecke. »Ricky und Tom werden gleich zu Hause sein.« Ricky und Tom waren auch Kollegen von Julie Arbeder gewesen.

Riesige Lautsprecherboxen waren mit Pyramiden aus leeren

Bierdosen geschmückt. »Willste 'ne Suffbrause?« fragte er, und ich nahm an, daß er mir ein Bier anbot.

»Klar, gibt nichts Besseres als 'ne gute Suffbrause«, sagte ich. Manchmal spiele ich ganz gern mit Jungs.

Er ging in die Küche, wo sich ein Haufen dreckiges Geschirr in der Spüle stapelte. Ich hoffte, daß er nicht zwei Gläser aus dem Haufen nehmen würde, um sie auszuspülen. Er tat es nicht. Statt dessen bekam ich eine Dose.

»Scheiße. Ganz schöner Mist mit Julie. Nettes Mädel«, sagte er und legte seinen Kopf zurück, um einen großen Schluck zu nehmen.

»Ja. Hast du sie gut gekannt?«

»Na ja, so gut wie du jemanden kennen kannst, der in der gleichen Abteilung ist. Ich arbeite Akkord, ich muß mich beeilen. Julie, sie war am Band, hat all die Sachen gepackt, die ich einsammle. Aufträge zusammenstellen ist toll, mit dem Packen verglichen. Sie hat den ganzen Tag nichts anderes zu sehen gekriegt als kleine Pakete in großen Paketen.«

Ricky und Tom kamen rein. Ricky sah wie ein Mitglied der Familie Walton aus. Tatsächlich sah das Haus wie das Heim der Waltons aus, mit den Eltern auf ständigem Urlaub. Tom hatte große, graue Augen und eine schwarze Stirnlocke. Ricky stürzte ins Zimmer, musterte mich von oben bis unten und kam mit einem breiten Grinsen auf mich zu. Ein Mädel im Haus, du konntest es ihn fast denken hören, als er mir die Hand gab und sicher ging, daß meine sich wie ein Schmetterling anfühlte, der zwischen zwei Autos zerquetscht wird. Tom dagegen schien nett, er schaute mir direkt in die Augen und gönnte meinen Fingern eine Erholungspause.

Grant grinste entspannt. »Willste 'ne Line?« Er holte eine Plastikdose hervor, in deren Deckel sich das Hologramm eines kahlköpfigen Adlers befand. Er öffnete den Deckel, und zum Vorschein kamen fünf kleine Briefchen mit weißem Pulver, ein Röhrchen und ein Spiegel.

»Hydraulische Leitung«, er hielt das silberne Röhrchen in

die Luft und lächelte, »von einem Bell Hubschrauber.« Er gab etwas Koks auf den kleinen Spiegel und fing an, es zu zerhacken. Wie gesagt, manchmal spiele ich gern mit Jungs.

»Also, zu Julie«, ich wollte es hinter mich bringen, »was ist bei Parts Unlimited los?«

»Anschiß.« Grant sah seine Kumpel nicht an, also konnte ich annehmen, daß sie alle einer Meinung waren. »Seitdem wir diesen neuen Personalchef aus Atlanta haben, Yellentrauw, haben sie unseren Akkord raufgesetzt. Sie lassen uns den ganzen Tag rennen, und ich meine flitzen. Zum Teufel damit, wir schnupfen, haben angefangen zu dealen, um weiter Stoff zu haben, damit wir arbeiten können.«

»War Julie auch auf Koks?«

»Nee. Weiß allerdings nicht, warum. Ihr Job war am beschissensten — Packen«, sagte Tom. »Die Packer haben früher auch ausgeliefert, war ein bißchen Abwechslung zum Fließband. Aber jetzt haben sie den ganzen Lieferservice ausgelagert. Wenn sie die Gewerkschaft erstmal aus dem Betrieb raus haben, wird das Fahren wieder zum Job gehören, aber zur Zeit wird die Arbeit von einer Fremdfirma erledigt.«

»Habt ihr etwa keine Verträge?«

»Na ja, wir haben welche, aber sie sind nicht besonders toll. Einige Bereiche sind zu vage formuliert. Eines Tages kamen sie mit diesen ganzen Lieferwagen an, und eine andere Firma hat die Auslieferung übernommen.«

»Ich habe mit einem der Fahrer gesprochen«, sagte Tom. »Sie kriegen drei Dollar fünfzig die Stunde.« Er grunzte verächtlich und schnupfte seine Line.

»Was ist mit eurem Vertrauensmann?« fragte ich.

»Rich? Rich Janinni. Der will nur die Leiter rauf. Der guckt weg, wenn er kann. Der Typ ist ein richtiger Arschkriecher. Ach, Scheiße, er hat drei Kinder und einen Riesenhaufen Probleme.«

»Habt ihr die Gewerkschaftszentrale eingeschaltet, ihnen erzählt, was los ist?«

»Ja, also Julie hat ein paar Mal versucht, mit Rich zu reden. Wir haben's alle versucht. Und ich glaube, ja, sie wollte zur Zentrale gehen oder dort anrufen oder so.«

»Ja«, sagte Tom ein bißchen schwerfällig. »Der Oberboß war ständig in 'ner Sitzung. Ich glaube, sie wollte's in irgendeiner Sitzung des Gewerkschaftsrats ansprechen. Das ist auf jeden Fall, was sie ihr geraten haben.«

»Und dieser Yellentrauw?«

»Oh, er ist der Drahtzieher. Ohne jeden Zweifel. Von dem Moment an, wo er aufgetaucht ist, sind komische Sachen passiert, Tempo rauf, andere Arbeitseinteilung. Aber alles legal, alles innerhalb der Verträge. Ganz klar dazu gedacht, die Leute zu demoralisieren. Mach sie mürbe. Und die ganze Zeit so'n Gelaber, damit du schwach wirst. Gerede von neuen Jobkategorien, leichterer Arbeit, damit du auf ihre Seite überläufst. Die Hälfte der Jungs hat sich schon verkauft. Zum Teufel, Mann, ich gehe wieder zur Schule.« Er steckte sich das Röhrchen in die Nase und zog es über den Spiegel.

»Und Julie? Hätte sie sich auch kaufen lassen?«

»Julie? Nie im Leben. Ich sage dir, Julie war vielleicht 'ne knallharte Type. Sie war so wütend, daß sie mal hingefahren ist und die Wände besprüht hat. Was hat sie nochmal geschrieben, Ricky?«

Ricky hatte kaum zugehört. »Äh, was war's noch gleich? Solidarität, ja, das war's. Wie wär's mit 'nem Joint?«

Ich lehnte ab. »Davon bekomme ich nur Kopfschmerzen.«

»Julie war toll«, sagte Tom laut, und ich sah ihn an. Seine Stimme verriet echtes Gefühl und war nicht dieser gelangweilte, affektierte Jungenston. »Sie ist eines Nachts da hin, als sie die Lieferwagen vorm Lagerhaus geparkt hatten. Sie hatte 'ne Masse Ketten dabei und hat sie alle zusammengekettet. Sie hatte genau das richtige Timing drauf und alles. Sie wußte, wann der Sicherheitsdienst die Runden macht, und sie hatte schwere Schlösser ...« er brach plötzlich ab und sah weg.

»Ja. Das war schon toll«, sagte Grant und warf Tom ein

Stirnrunzeln zu. »Aber sie hätte sich damit 'ne ganze Menge Ärger einhandeln können.«

»Ärger?« ich sah Tom immer noch an. Sein Kinn schien zu zittern.

Grant machte weiter. »Klar, ich wette, diese Jungs spielen mit harten Bandagen. Und sie war ein Mädchen. Zur Hölle, sie hätt's nicht tun sollen.«

»Wir hätten's tun sollen«, sagte Tom. Manchmal weiß ich ein gewisses Maß an Ritterlichkeit zu schätzen.

»Ihr hättet es gemeinsam tun können«, schlug ich vor.

»Aber verdammt nochmal, sie hat's getan, sie wollte es tun und sie hat es getan.«

Ich legte meine Hand auf Toms Arm. Mein tröstender Ton war den beiden anderen peinlich.

»Also, äh, warum bist du überhaupt an Julie interessiert?« fragte Grant nervös.

»Ich ziehe nur ein paar Erkundigungen für ihre Freundinnen ein, das ist alles. Sie wollen wissen, was auf der Arbeit los war. Eigentlich wollen sie wissen, ob diese *Union-Buster*-Kerle jemand umlegen würden, der ihnen Ärger macht. Lieferwagen zusammenketten hört sich nach Ärger machen an.«

»Nee. Das brauchen sie gar nicht. Die haben andere Methoden drauf. Nett und legal, mit reichlich Rechtsanwälten und abgewichsten Glattärschen, die die Arbeiter weichkochen, bevor sie ihnen eins überbraten. Die brauchen niemanden umzulegen. Sie brauchen nur die eine Hälfte der Arbeiter dazu zu bringen, den übrigen in den Rücken zu fallen.«

Kein besonders angenehmer Gedanke, aber plausibel. Höhere Angestellte waren leicht zu bestechen, und Spezialfirmen würden mit ganz legalen Mitteln die Arbeitersolidarität unterlaufen. Ich war froh, daß Julie Arbeder mit ihrer Sprühdose dagewesen war und mitten in der Nacht Lieferwagen zusammengekettet hatte. Und froh zu hören, daß sie eine mutige Frau gewesen war, mal ganz davon abgesehen, daß sie jetzt tot war. — Ich verabschiedete mich, lehnte eine Line ab und bahnte mir meinen Weg zurück durch den Verkehr und über die Brücke. Mir war nach einem prickelnd heißen Bad und einem prickelnd heißen Abend zumute. Ich dachte mir, daß ich später bei Franca vorbeigucken würde, dem In-Treff der Bostoner Lesbenszene.

Sechs

Ich teilte den grünen Perlenvorhang und betrat Francas Bar in der Hoffnung, daß mich nicht der altvertraute Anblick erwarten würde, der lange leere Tresen und die grell aufflackernden Lämpchen der Spielautomaten, deren schrille Laute in die Leere liefen. Es würde viel zu hell sein. Einsame Bars können niemals dunkel genug sein.

Aber statt dessen war ordentlich was los. Dicke, blaue Rauchschwaden dämpften das Licht, ein harter Bass-Rhythmus pochte durch die Frauen, und eine Menge Gläser wurden gefüllt. Die Frau hinterm Tresen hatte gut zu tun. Sie war skandinavischer Abstammung und hatte Schultern, die gepolstert sein mußten. Sie besaß sogar dieses unergründliche nordische Aussehen, und alles an ihr wirkte gebleicht, Haut, Haare, Augenbrauen. Ich fragte mich, wie weit diese Blässe reichte und was danach kam. Sie war konzentriert bei der Sache, vermied den Blickkontakt mit ihren Kundinnen, bediente sie jedoch so schnell wie möglich und dann mit voller Aufmerksamkeit. So auch bei mir, als ich Whisky bestellte, und sie mir das Glas gekonnt bis zum Rand füllte. Schöne Augen hatte sie auch.

Ich merkte, wie ich am Ärmel gezogen wurde, und sah nach unten. Mir wurde ein purpurfarbener Amethyst in die Hand gedrückt. Noch weiter unten sah ich handbestickte schwarze Cowboystiefel aus Wildleder, Jeans unter einem Kaftan, der mit einer Galaxie winziger Spiegel besetzt war. Über dem ganzen hingen die bedeutungsschweren Augen von Sandy. Mein Blick wanderte zurück auf ihre Brust, wo sie die Bildnisse eines weiblichen indischen Gurus und eines komischen Kerls namens Shiti John zur Schau stellte. Ich schaute auf.

»Sie sind«, sie machte eine Pause, »zum Heilen.« Sie bohrte ihre grünen Augen in meine. Ich sah weg und erinnerte mich daran, daß Sandy eine Frau mit Prämenstruellem Syndrom war. Es machte sie launisch, manisch und den Umgang mit ihr schwierig. Natürlich war es für sie auch nicht leicht. Es wurde gemunkelt, daß ihr Hang zu übernatürlichen Dingen von ihrem Östrogenspiegel abhängig war. Mit Sicherheit ließ er ihre Haare vorzeitig ergrauen. Aber genau das war es, die silbrigen Strähnen über ihrem naiven und faltenlosen Gesicht. Gib die grünen Augen noch dazu, und heraus kommt eine atemberaubende wie schwindelerregende Frau.

Sie war Bienenzüchterin gewesen, als ich sie kennengelernt hatte. Jetzt war sie ein Problem mit einer Menge kosmischen Bewußtseins. Nach einer dreitägigen Affäre war ich abgekühlt und sie davon überzeugt, mich 'heilen' zu müssen. Manchmal machte ich mir Gedanken über die versteckte Aggressivität der Federn, Steine und der anderen Naturobjekte, die sie mir ständig aufdrängte.

»Na, wie geht's denn so?« fragte ich argwöhnisch.

»Na ja«, sie zuckte die Achseln und legte den Stein auf den Tresen, als ich ihn ablehnte. »Ich habe einen Termin für eine Ausschabung nächste Woche. Wenigstens lasse ich es in der Blackstone-Klinik machen, wo sie eine Frau angemessen behandeln.« Sie spielte mit dem Amethyst auf dem Tresen. »Natürlich wäre Geistheilung die beste Lösung. Aber seien wir ehrlich, meine Kanäle sind einfach nicht klar genug. Besonders nicht zu dieser Zeit des Monats.«

»Was werden sie mit dir anstellen?«

»Klink dich wieder ein und finde es heraus.«

Sie sagte mir, wann der Termin wäre, und ich versprach ihr, sie anzurufen.

»Nur wenn du wirklich willst«, sagte sie. Ich roch Ärger.

Sie nahm ihren Amethyst vom Tresen, warf ihn in die Luft und ließ ihn in eine Tasche fallen, die wie ein Pfauenschwanz bestickt war. Ich erinnerte mich daran, daß sie eine großartige Augen-Hand-Koordination besaß.

»Die Große Mutter hat eine Nachricht für dich, Emma Victor. Vergiß nicht, ihr zu antworten, sie verwählt sich nie.« Und mit einem schiefen Lächeln war Sandy wieder mit dem

Rauch und dem Lärm der Bar verschmolzen. Ich sah mich um, konnte keine Freundinnen entdecken, nur ein paar wenige Bekannte und das war's auch schon. Im hinteren Teil der Bar standen einige Frauen zusammen, die einen recht nervösen Eindruck machten. Außerdem fielen mir ein paar 'Gäste' auf, wahrscheinlich Boccia-Spielerinnen, die heute abend nichts Besseres vorhatten. Ganz zuletzt, neben dem Flipper, entdeckte ich die tolle Traumfrau mit dem Mund.

Ich beobachtete sie dabei, wie sie den Flipper traktierte. So breitbeinig, wie sie dastand, hatte sie den Kasten fest im Griff. Sie hatte einen schönen Hintern, einen richtig knackigen Hintern. Ich sah, wie sie die Maschine zum Tilten brachte. Sie war wütend auf die Maschine gewesen, jetzt drehte sie sich einfach um und ging weg, als ob es sie überhaupt nicht berührt hätte. Ich holte sie ein.

»Hast du Lust, nochmal zu spielen?« fragte ich. Sie drehte sich ohne ein Wort um und ging mit einem Grinsen im Gesicht zurück zum Flipper. Ich steckte zwei Vierteldollar-Münzen in den Schlitz und drückte zweimal auf den Knopf. Ich ließ ihr den Vortritt, ich wollte sie wieder spielen sehen.

Viel zu schnell war ich an der Reihe. Flippern konnte ich noch nie. Ich bleibe immer an den kleinen Lichtern hängen und möchte ihre Glöckchen zum Klingeln bringen. Genau wie ein Pawlowscher Hund, der süchtig danach wird. Ich sehe gern, wie die kleinen Kugeln aus den Löchern geschossen kommen, in denen sie kurz zur Ruhe gekommen sind. Den Punkten schenke ich keine Beachtung. Ich konnte das Ganze einfach nicht ernsthaft betreiben, ließ schließlich meinen letzten Ball in die Falle rollen, drehte mich zu ihr um und wußte nichts Cleveres zu sagen.

»Harter Tag in der Klinik?« wagte ich mich vor.

»Ja, wir verlieren den Kampf gegen die Hefepilze.«

»Da gibt's wohl Schlimmeres.« Pause. »Warum hast du dich vorhin am Flipper abreagiert?«

»Ich fühle mich heute abend ganz schön beschissen. Es ist

nicht so leicht zu erklären. Erzähl mir von dir. Das ist im Moment bestimmt ein besseres Thema.«

Ihre Augen strahlten mich an. Ihre schwarze Lederjacke hatte gerade die richtige Anzahl von Reißverschlüssen, und ihre Schuhe waren tatsächlich spitz.

»Ich bin im Moment auch kein besonders gutes Thema. Wie wär's mit einem Drink?«

Sie wollte Gin pur, auf Eis, und nachdem ich mich von einer zweiten skandinavischen Invasion an der Bar erholt hatte, kehrte ich zu ihr zurück, um mich von ihr erobern zu lassen. Ihr hellbraunes Haar hatte nach den Bewegungen am Flipper recht merkwürdige Formen angenommen. Es sah eher nach Fell oder Daunen aus. Das hastige Zurückschieben auf der einen Seite ließ es jetzt senkrecht abstehen, während ein Luftzug dafür sorgte, daß zwei kleine tiefliegende Hörner hinter ihren Ohren rausstanden. Sie drehte sich schnell um, und ich sah, wie sich ihre Brüste bewegten, als sie mir ihr Glas abnahm. Sie hatte noch immer diese manikürten Fingernägel. All die kleinen Monde waren gleichmäßig zu sehen.

»Wie lange arbeitest du schon mit Stacy Weldemeer zusammen?« Ich versuchte, ein bißchen mehr aus ihr herauszulocken als eine Ja/Nein-Antwort.

»Zwei Jahre.« Sie sah weg. Diese Frau war schwierig. Aber interessiert. »Warum tanzen wir nicht, bevor wir von all den guten Büchern anfangen, die wir kürzlich gelesen haben?«

Da war ein Lächeln, das sich auf dem schönen Mund ausbreitete, und ich versuchte, die Balance zu halten, als sie mich in einem Foxtrott davonwirbelte. Ich bin keine besonders gute Tänzerin. Ich klammere mich einfach fest, als ob es um mein Leben ginge, und hoffe, daß ich mithalten kann und mich nicht völlig blamiere. Sie war eine große Hilfe, ihr Arm gab mir Halt und zog mich fest an sie heran. Ihre Bewegungen wurden nachvollziehbar, und ich spürte, wie ich mich entspannte, während sie mich davontrug. Diese Art von Passivität war viel zu schön, deshalb war ich froh, als die Musik wechselte und ich mich losmachen konnte, um Free Style zu tanzen. Ich schloß meine Augen, verlor mich in der Musik. Ich fragte mich, was sie wohl auf der anderen Seite anstellen würde, war aber zu feige zu schauen. Ich wagte einen verstohlenen Blick. Sie war okay, mit diesen Hüften unter den sanft gerundeten Schultern, die sich trotz der ausgefallenen Fußarbeit nicht bewegten.

Der Song endete. Sie stand hinter mir und steuerte mich mit einer Hand in der Höhe meines Hinterns zum Flipper rüber. Es machte mich kribbelig, und ich konnte es nicht erwarten, mich umzudrehen.

»Bist du öfter hier?« nahm ich einen weiteren Anlauf.

»Ja. Ich mag es hier. Ich mag es, wenn es ruhig ist, weil ich mich dann mit der Barfrau unterhalten kann, und ich mag es, wenn es voll ist, weil ich dann die Frauen beobachten kann. Da ich den ganzen Tag damit beschäftigt bin, mir Klagen über Krämpfe, Filzläuse und Diaphragmen anzuhören, möchte ich wissen, womit all die anderen beschäftigt sind, wenn sie sich nicht kratzen oder vögeln.«

»Also, hier bei Franca trägt wohl keine ein Diaphragma.«

»Ich wünschte, einige würden es tun. In letzter Zeit hatte ich ein paar Überraschungspatientinnen. Ein kleines Hetero-Abenteuer ist das große lesbische Tabu. Ich hab's in der Klinik gesehen. Sie denken sich: 'Ich bumse ja nicht wirklich. Ich dachte mir, ich sollte meine vaginale Erinnerung mal wieder austesten.' Mir soll es recht sein, aber ich hätte nie gedacht, daß ich den Frauen bei Franca mal Nachhilfe in Empfängnisverhütung geben müßte«, lachte sie. »Tja, Lesben lassen sich auf Hetero-Abenteuer ein, und Hetero-Frauen kommen in Lesbenkneipen, um sich abschleppen zu lassen. Eine verkehrte Welt. Sieh dir mal die beiden Frauen da drüben an.«

Sie deutete auf die beiden 'Besucherinnen', die sich in ihren Sitzen drehten, um auch ja alles mitzukriegen. Mir war klar, daß es nur eine Frage der Zeit war, bis unsere unternehmungslustige kleine Junglesbe Chris ihr Glück bei den beiden versuchen würde. Sie gickelten nervös und flüsterten, das Ganze erinnerte an Kinder auf einer Party für Erwachsene.

»Na, die beiden haben ihr Diaphragma bestimmt noch drin«, bemerkte ich, als ich die dicken Lagen Make-up auf ihren Gesichtern sah.

»Darauf würde ich mich an deiner Stelle lieber nicht verlassen. Ich habe hier in letzter Zeit einige richtige Abenteurerinnen gesehen, und alle sind gelandet. Dieser Ort wird langsam aber sicher zu einem richtigen Amüsierpark für die Hausfrauen aus den Vororten. Die Männer Strip-Shows, die sie in der Glotze zeigen, sind sowieso nur für die schwulen Typen da, und die Mädels haben hart auf weich einfach satt. Da gibt es nur eine Alternative.«

Sie hob eine Augenbraue, und ich hätte es gerne mit ihr auf die weich-weiche Tour probiert. »Ich habe eine Menge dieser Frauen gesehen, wie sie mit den Besten von uns hier rausgegangen sind. Ich denke aber nicht, daß das von Dauer ist. Das Leben im Country Club von Beverley Farms wird nicht so leicht aufgegeben für eine Lesbenrealität, die den Himmel im Bett und den Kampf auf der Straße verspricht. Es ist wesentlich angenehmer, eine Hausfrau zu bleiben, mit allem Drum und Dran, und sich nachts heimlich die guten Sachen zu holen. Ich habe sogar, wie heißt sie noch, die Erbin, die vom Boot gefallen ist, einmal hier gesehen. Die Golferin. Sie hatte den Trizeps, der dazu gehört. Sie war mit der Volleyballhorde hier, Tennisschuhe, Segelbräune und Krokodile auf der linken Brust. Und jetzt ist sie auf der Titelseite, tot. Frustration tötet dich, auf die eine oder andere Weise.«

»Und was frustriert dich? Vielleicht können wir dein Leben retten«, schlug ich vor.

»Daß ich nicht weiß, wie ich dich fragen soll, ob du heute nacht mit mir schläfst.«

»Du brauchst nicht zu fragen, wissen genügt.« Ich war froh, daß ich das letzte Wort hatte, und froh, daß ich nach langer Zeit endlich mal wieder eine Frau wirklich begehrte.

Sieben

Am nächsten Morgen wurde ich von einem Sonnenstrahl geweckt, mein Körper war glücklich, er war die ganze Nacht geliebt worden und hatte die ganze Nacht lang geliebt. Dr. Frances Cohen hatte mein Bett um sieben Uhr morgens verlassen. Ich hatte durchgeschlafen. Ich fühlte mich, als ob ich Urlaub hätte und sie ein Teil davon wäre. Ich ließ in Gedanken den letzten Abend nachklingen. Diese komischen verlegenen Momente, wenn beide es preisgegeben haben. Ihr habt euch entschlossen, miteinander zu schlafen, habt ES ausgesprochen. Ich mag dich, ich mag dich so sehr. Und plötzlich beginnt ihr, euch in all die Geheimnisse einzuweihen. Den Anfang machte ihr weicher runder Körper. Ihre Brüste, die größer waren, als ich erwartet hatte, ihre kleinen braunen Brustwarzen und ihre muskulösen Arme und Schultern, die der Lederjacke diese erstaunliche Form verliehen. Ihre Doktorinnenhände hatte sie in der Praxis gelassen. Diese Hände untersuchten nicht, aber sie waren vorsichtig gewesen, fragend, ist es das, was du magst? Sex in der ersten Nacht ist nie phantastisch, aber die Bereitwilligkeit, der anderen zu zeigen wo, auf weitere noch nicht entdeckte Dinge hinzuweisen, das ist alles. Und als wir einander die ganze Nacht hielten, spürte ich, wie ich mich in sie hineinfallen ließ.

Ich war also glücklich. Flossie maunzte wehleidig, und ich versuchte, ihre Einsamkeit wegzumassieren. Oh, Miezekatze, du stehst erst an zweiter Stelle.

Ich spazierte in die Küche, registrierte, daß Frances sich Kaffee gekocht und dabei eine wundervolle kleine Schweinerei aus Kaffeesatz in der Spüle hinterlassen hatte. Mal davon abgesehen, daß ich Schweinereien sonst nie wundervoll finde. Ein schlechtes Zeichen. Ich beschloß, daß ich besser aufhören sollte, den Schmalz triefen zu lassen, und ließ mich zu einem einfachen Frühstück nieder. Heute würde ich die Julie-Arbeder-Affäre zum Abschluß bringen. Nach meinem gestrigen

Besuch war ich mir sicher, daß die Gewerkschaft eine Sackgasse war. Ich würde für die Frau, die plastikverstärkte Fenster anstarrte und mit dem Kiefer arbeitete, ein paar Anrufe machen. Ich würde ihr ein paar Antworten geben, die im Grunde nichts beantworteten, ihr aber Ruhe wegen der Gewerkschaftssache geben würden. Dann konnte ich sie mit ihrem komplizierten Ärger auf eine ungerechte Welt allein lassen.

Ich wählte Local 72, die hiesige Gewerkschaft der Lagerhausarbeiter. Am anderen Ende der Leitung antwortete eine Frauenstimme.

»Local 72, was kann ich für Sie tun?«

Ich stellte mich vor und machte es mir bequem, da es sicher eine Weile dauern würde, bis ich durch ein Dickicht von Sekretärinnen und Sitzungen zu Mr. Hendricks, dem Vorsitzenden von Local 72, durchgekommen war.

»Worum handelt es sich?«

»Um den Julie-Arbeder-Fall.« Sie war zu einem Fall geworden. Ich schätzte, daß sie mehr Aufmerksamkeit von der Sekretärin bekommen würde, wenn sie ein Problem war, das gelöst werden mußte.

»Sie ist vor zwei Tagen ermordet worden. Sie war ein aktives Gewerkschaftsmitglied, und ich befasse mich mit dem Bericht.« Das mit dem Bericht war natürlich gelogen, aber ich dachte mir, daß Leute, die selber Berichte verfassen, in einem positiven Sinn darin vorkommen möchten.

»Ich verstehe. Einen Moment bitte.«

Mr. Hendricks kam ans Telefon. Sah so aus, als hätte ich den richtigen Knopf gedrückt.

»Hallo, worum geht es?« fragte eine brummige Stimme.

»Ich gehe ein paar Hinweisen nach, die mit Julie Arbeders letzten Aktivitäten zu tun haben. Sie hat bei Parts Unlimited gearbeitet, dem Lagerhaus in der zweiundvierzigsten Straße. Sie wurde vorletzte Nacht ermordet.«

»Oh, ja, schreckliche Geschichte.« Er hatte nie von ihr gehört.

»Die Betriebsleitung dort hat versucht, die Gewerkschaftsmitglieder zum Austritt zu zwingen, nicht wahr?«

»Na ja, sie machen uns eine ganze Menge Ärger, ja.«

»Und kürzlich wurde Personal in leitenden Positionen aus Atlanta, Georgia importiert?«

»Ähm, ich glaube, ja.« Er hatte keine Ahnung, wovon ich sprach, die Worte kamen sehr langsam durchs Telefon. Das machte mich wütend.

»Mr. Hendricks, die Burtell Company aus Atlanta betreibt ein erfolgreiches Unternehmen zur Zerschlagung von Gewerkschaften, vor allen Dingen hier in Massachusetts. Ein Mr. Yellentrauw schikaniert in diesem Moment in Gestalt eines Personalchefs Gewerkschaftsmitglieder. Ein gewisser Rich Janinni, Vertrauensmann, hat die Seiten gewechselt und stellt sich tot. Arbeiter einer Fremdfirma gehen dort ein und aus, während Ihre Mitglieder ohne das Wissen ihres Vertrauensmannes Gegenmaßnahmen ergreifen müssen, weil der ein Arschkriecher ist. Sie haben ein Mitglied, Julie Arbeder, die nach einer Woche voller Aktionen tot auf der Straße liegt, Aktionen, über die ich hier am Telefon nicht ins Detail gehen möchte. Ich schlage vor, daß Sie herausfinden, was da los ist, wie weit die Burtell Company gehen würde, um Ihre Gewerkschaft aus dem Betrieb rauszuhalten, wo dieser Yellentrauw vorher beschäftigt war und mit welchen Ergebnissen. Hoffen wir, daß Julie Arbeder nicht eins davon war.«

»Ja ...«, er zog seine Antwort in die Länge, um Zeit zu gewinnen. »Wie war noch gleich Ihr Name?«

»Emma Victor.« Ich wollte für meine Mühe entschädigt werden. »Mr. Hendricks, ich ziehe die Erkundigungen für Freundinnen von Julie Arbeder ein. Wir wollen nur wissen, wie weit die Aktivitäten von Burtell gehen. Beschäftigen sie, sagen wir, Leute, die etwa Gewalt einsetzen, um Resultate zu erzielen? Waren sie in irgendwelche Gewalttaten verwickelt oder haben sie bei Streiks Provokateure eingesetzt? Wie lange sind sie schon dabei? Dies alles sind Dinge, die ich nicht herausbekommen kann, aber Sie könnten es. Finden Sie heraus, ob andere Gewerkschaften in diesem Staat über Burtell Bescheid wissen, und was da vor sich geht.«

»Ms. Victor, das werde ich mit Sicherheit tun.«

»Versprochen?«

»Ja, versprochen.«

Das war kein leeres Versprechen. Der Typ wußte wirklich nichts von Burtell. Was zum Teufel war bloß mit diesem Vertrauensmann los? »Ich weiß es zu schätzen, daß Sie mich angerufen haben. Das meine ich ehrlich.« Das tat er. »Ich werde mich gleich drum kümmern. Ehrlich gesagt, Parts Unlimited ist ein kleiner Betrieb, wir haben uns nicht besonders darum gekümmert und haben auch keine Informationen durch unsere Mitglieder bekommen. Wir haben alle Hände mit einer großen Versandfirma auf der anderen Seite der Stadt zu tun, aber ich möchte, das Sie wissen, daß Ihre Informationen nicht in irgendeiner Akte begraben werden.«

»Danke. Kann ich Sie morgen früh anrufen, um zu sehen, was Sie über Burtell und Yellentrauw herausbekommen haben?«

»Sicher, ich werde Ihnen sagen, was ich in Erfahrung bringen konnte. Und danke.«

Wir hängten ein. Ich machte mir ein Sandwich und spülte das Geschirr vom Morgen. Ich wählte Julie Arbeders Nummer. Die immer noch wacklige Misty nahm ab, und ich fragte nach Sue.

Sue hatte etwas an Fröhlichkeit zurückgewonnen. Sie berichtete, daß Julies Eltern angekommen waren. Sie hatten alle zusammen gefrühstückt. Die Beerdigung war morgen. Ein trauriges Bündel sollte zu Grabe getragen werden.

»Also, ich habe ein bißchen bei der Gewerkschaft nachgeforscht. Die Zentrale weiß kaum etwas über die Lage bei Parts Unlimited. Was Burtell betrifft, so kann ich mir nicht vorstellen, daß ein solches Unternehmen einen vorsätzlichen Mord begehen würde. Julies Kollegen glauben das ebensowenig.

Trotzdem, es stinkt zum Himmel, daß Local 72 nicht wußte, was dort vor sich geht. Vielleicht wird jetzt ein Vertrauensmann Druck von oben bekommen. Vielleicht wird Yellentrauw aufpassen müssen. Vielleicht werden einige Leute einigen anderen Leuten auf die Finger schauen.« Nicht besonders viel für eine Frau, die gerade eine Freundin verloren hatte.

»Tja, danke.« Ihre Stimme klang resigniert.

»Bitte.« Ich wollte etwas für sie tun. Ich wollte sie ablenken, mit ihr ins Kino gehen. Allerdings wohl kaum in *Norma Rae*.

Ich überlegte gerade, welchen Film wir sehen könnten, als es an ihrer Tür klingelte, und der Moment war verpaßt. Sie entschuldigte sich, um zu öffnen. Local 72 hatte einen Kranz geschickt. Wir hängten ein.

Es war Zeit, zur Team-Sitzung in die Stadt zu fahren. Die Sonne kam hinter einer schnell vorbeiziehenden Wolke hervor, als ich den dunklen Flur des Frauennotrufs betrat. Ich fühlte mich ziemlich high. Frances Cohen hatte mir den Frühling in den Kopf und eine flirrende Hitze zwischen die Beine gesetzt. Julie Arbeders Gespenst war dabei, sich aufzulösen. Ich hatte alle Hinweise verfolgt und herausgefunden, daß Julie Arbeder ein Hitzkopf gewesen war, aber sie war unabhängig davon und nicht deswegen gestorben. Ich fühlte mich stark genug, auf der Sitzung zu erzählen, was los war. Wir arbeiteten uns durch die Tagesordnung. Es gab eine kleine Pause, und ich wußte, daß ich das nächste Thema sein würde.

»Wie ihr alle wißt, bin ich ein bißchen durcheinander gewesen. Ich habe vor zwei Nächten die Leiche einer Frau auf der Straße entdeckt. Julie Arbeder, einige von euch werden sie gekannt haben.«

Der Kreis von Köpfen saß da und sah mich an.

»Aber was ihr nicht wißt, ist, daß das ganze vielleicht kein Zufall war.«

Die Augen waren wie festgenagelt. Eine Stirn runzelte sich. Monicas Mund verzog sich.

»Ich habe hier an diesem Dienstagnachmittag, dem 17. Mai, einen Anruf entgegengenommen. Eine Frau sagte, daß sie mich in der East Lexington Street treffen wollte. Sie stellte anfangs ein paar Fragen, dann bat sie mich namentlich um Hilfe. Sie wußte, daß ich es war. Sie muß meine Stimme erkannt haben.«

Ich ließ dies in die nackten Augen um mich herum eindringen. Monicas Gesicht war ein aufziehendes Gewitter, aber ich wußte, daß sie den Deckel drauf halten würde, bis es einen geeigneten Moment gab. Bis wir alleine waren.

»Ich hatte nicht die Absicht hinzugehen: ich hatte es zwischendurch sogar vergessen. Sie hat aufgelegt, bevor ich die Möglichkeit hatte, ihr unsere Richtlinien zu erklären. Sie hat mir nicht die Möglichkeit gelassen, abzulehnen.«

Ich sah ihnen dabei zu, wie sie mir dabei zusahen, wie ich versuchte, meinen Arsch zu retten.

»Aber ich bin dann doch hingegangen, in letzter Minute, in die East Lexington Street und habe eine Leiche entdeckt. Vielleicht war das am Telefon Julie Arbeder, vielleicht war sie es nicht.«

Ich machte eine Pause.

»Auf jeden Fall sind dann die Bullen gekommen. Ich hab' ihnen gesagt, daß ich sie nicht kenne, ich hab' nichts über den Anruf gesagt oder den Frauennotruf.«

Im Raum war es mucksmäuschenstill.

»Ich war völlig durcheinander, weil ich eine Leiche gefunden hatte. Ich wollte den Notruf nicht in Gefahr bringen, es gibt sowieso schon genug Theater um die Förderung und schlechte Presse für Projekte und Aktionen der Bewegung. Egal, vielleicht hab' ich totale Scheiße gebaut. Ich weiß nicht, was ich sonst noch sagen soll.«

Nach einem Moment gab es ein Wirrwarr von Stimmen. Meine Kolleginnen bekundeten Verständnis für mich, für meine Lage. Es wurde vorgeschlagen, daß wir eine bessere Vorgehensweise brauchten, um mit Anrufen umzugehen, die zu persönlich wurden. Wahrscheinlich hatte ich mich zu sehr mit der Stimme am Telefon identifiziert.

»Identifiziert? Scheiße«, sagte ich. »Die Frau hat nach mir gefragt. Sie wollte mich persönlich, und das konnte ich hören. Ich war einfach egoistisch genug zu denken, daß ich ihr persönliches Ticket in die Sicherheit wäre, nachdem ich von hier aus wer weiß wie viele Jahre den Leuten anscheinend geholfen habe. Und dann bin ich plötzlich über eine Leiche gestolpert, hatte ein paar schwitzige Tage, einige häßliche Alpträume und hätte den Notruf gefährden können.«

»Na gut, aber du mußt dir Raum lassen, um ...«

Ich wollte den Rest nicht hören.

»Jetzt hört mal zu. Ich schätze, wir alle laufen während unserer Arbeit hier immer wieder Gefahr zu glauben, wir wären Heilige oder würden zu Märtyrerinnen. Den Rest der Zeit kann es uns ganz schön runterziehen, uns die Geschichten anzuhören, die diese Stadt jeden Tag ausstößt. Zwischen den beiden Extremen gibt es eine unbegrenzte Anzahl von Möglichkeiten. Ich habe vorgestern einfach nur etwas mehr zur Heiligen-Seite tendiert, das ist alles. In Wirklichkeit hätte es nichts gegeben, was ich für Julie Arbeder hätte tun können, tot oder lebendig.« Aber da war ich mir nicht so sicher.

Monica stimmte mir zu. Manchmal mochte ich Monica. Sie hätte mich nie in einem Moment wie diesem umarmt.

»Emma hat recht. Als eine Einrichtung, die Krisenintervention leistet, müssen wir immer damit rechnen, daß uns Klientinnen zu sehr in ihre persönliche Situation ziehen wollen, besonders dann, wenn wir nicht darauf vorbereitet sind. Und«, Monica sah mich scharf an, »alle Anrufe müssen registriert werden. Auch dann, wenn die Anruferin die Leitung von sich aus unterbricht.«

Wir beschlossen einstimmig, mir eine Woche unbezahlten Urlaub zu geben, nicht als Strafe, sondern als Erholung vom Streß. Ich dachte, daß das eine gute Idee war, mal davon abgesehen, daß ich trotzdem an den Team-Sitzungen teilnehmen mußte. Ich hoffte, daß mich mein Sparbuch über Wasser halten würde.

Das war also geregelt. Ich wurde mit einem allgemeinen Nicken aus dem Kreis entlassen und stieg ins Auto, um nach Somerville zurückzufahren. Bis zum Fluß quälte sich der Verkehr dahin, dann wurde es besser. Auf dem Nachhauseweg sah ich den Leuten dabei zu, wie sie Vorarbeiten in ihren Gemüsegärten machten. Ich fragte mich, ob Frances Cohen Gartenarbeit mochte. Ich fragte mich, ob sie so viel an mich dachte wie ich an sie. Das war eine Einbahnstraße. Also dachte ich über Sue nach. Sie schien eine kompetente Frau zu sein, ein bißchen geheimnisvoll. Diese langen, sehnigen Muskeln mußten das Ergebnis intensiven Trainings oder harter Arbeit sein. Sie war idealistisch genug, um sich für die Farmarbeiter zu engagieren, und zynisch genug, all die Widersprüche im Todesfall einer Mitbewohnerin ohne Protest zu schlucken. Ich dachte daran, wie sie auf dem Stuhl gesessen hatte, an ihrem freien Tag, wie sie die graue Misty allein durch den Ton ihrer Stimme zum Schweigen gebracht hatte und nichtsdestotrotz ihre weißen Schulmädchenblusen bügelte. Ich dachte mir, daß ich vorbeifahren würde, um sie noch einmal zu sehen.

Ich sah die Ausfahrt, die in ihren Wohnblock führte, und fuhr kurzentschlossen bei dem Haus mit den Plastikfenstern vorbei. Sue kam selbst an die Tür. Sie sah müde aus und ein bißchen matt, als sie so über mir thronte. Sie trug die Art Klamotten, die zerknittern, wenn du sie nicht bügelst. Und sie hatte sie nicht gebügelt.

»Komm rein.« Wir gingen ins Wohnzimmer. Das Sonnenlicht strömte nicht, es schwelte durch das Plastik herein. Bei einem der Fenster schwoll eine Plastikplane rein und raus, die Fensterscheibe war zerbrochen.

»Solltet ihr besser reparieren lassen«, sagte ich. Sie nickte ziemlich teilnahmslos. Ich fing an, mich unbehaglich zu fühlen. Ich wußte selbst nicht so genau, warum ich gekommen war, und Sue würde mir nicht dabei helfen, es herauszufinden. Sie rauchte eine Zigarette und sah abwesend auf das flatternde Plastik, ließ ein Bein baumeln. Plötzlich kam ein Jaulen von draußen.

»Das ist die Welpin. Manchmal bleibt sie unterm Zaun stecken.«

All das wurde ohne offensichtliche Besorgnis geäußert, und Sue ließ sich auch Zeit mit ihrer Reaktion auf die leidenden Schreie der Welpin. Der Schock über Julies Tod mußte eine Menge normaler Reaktionen betäubt haben. Sie zog sich aus dem Sessel hoch und schleppte ihre langen Glieder in die Küche. Einen Augenblick später klingelte das Telefon. Ich rief nach Sue und bekam keine Antwort. Sie war nach draußen gegangen, also nahm ich den Hörer ab.

»Sue da?« Eine befehlende männliche Stimme.

»Ja, einen Augenblick bitte.« Ich ging durch die Küche, lehnte mich aus der Hintertür und sah Sue mit der panischen kleinen Hündin kämpfen.

»Telefon«, sagte ich und sah, wie die Welpin freikam. Alle Ängste vergessen, begann sie um Sues Füße zu toben. Eine Frau, die keine Welpen und auch keine weinerlichen Mitbewohnerinnen mochte, erschien mir immer weniger sympathisch.

Sie runzelte die Stirn und kam durch die Küchentür hereingerannt. Ich konnte hören, wie sie zum Telefon ging, und als ich ins Wohnzimmer kam, konnte ich noch sehen, wie sie die Schnur hinter sich her zog und mit dem Telefon in einem anderen Zimmer verschwand. Sie schloß die Tür hinter sich, und ich konnte sie noch »Ja? Nein, niemand. Nein« antworten hören. Die Stimme wurde leiser, nachdem sie die Tür geschlossen hatte.

Ich setzte mich auf die grüne Couch im Wohnzimmer. Die Welpin kam hereingelaufen, und wir beide saßen da und waren fehl am Platz. Mit dem Unterschied, daß ich es wußte und die Welpin nicht. Ich stand auf und ging zum Bücherregal rüber. Sue und Misty besaßen eine Menge Bücher darüber, wo und wie finanzielle Mittel aufzutreiben sind, wie Förderungsanträge verfaßt werden müssen, viel über linke Analyse, einige interessante Wälzer über die Geschichte der Arbeiterbewegung in den USA. Keine Lesbenbücher, kein feministischer Klassiker, nichts über das Mittelalter.

Ich konnte sie am Telefon hören. Der Klang ihrer Stimme hatte nichts von der geschockten Monotonie verloren. Ich fragte mich, wie lange das wohl andauern würde. Ich betrachtete den Telefontisch, der mit Notizen übersät war. Einige waren noch immer für Julie bestimmt, wie ich mit sinkendem Herzen feststellen mußte. Normale Haushaltsnotizen, die in Mistys verkrampfter krakeliger Schrift notiert waren; schwarzer Filzstift, vertrocknete Rosinen auf dem Blatt. Es war tröstlich, 'Bananen, Apfelsinen, Birnen' zu lesen. Auf einem anderen Zettel stand: »Glaser anrufen.« Also würden sie das Fenster reparieren lassen.

Ich betrachtete die Treppe mit dem verblichenen Teppich. Ich beschloß, nach oben zu gehen.

Die Stimme hinter der geschlossenen Tür redete weiter. Ich fand einen Flur mit vier holzfurnierten Türen. Die kleinste Tür würde wohl ins Badezimmer führen. Eine Tür stand einen Spalt weit offen. Ich konnte Klamotten sehen, die über einen Stuhl geworfen waren. Eine andere Tür trug ein Schild mit der Aufschrift 'Danke fürs Nichtrauchen', zweifelhafte New-Age-Freundlichkeit. Ich drehte den Knauf und öffnete die Tür.

Das saubere weißgestrichene Zimmer bot eine willkommene Abwechslung zu dem Stil eines drittklassigen Hotels, der unten vorherrschte. Ein Strahl Südseitensonne zeichnete eine rhombenartige Form auf den Kiefernholzfußboden des hellen Zimmers. Irgend jemand hatte den Boden zu oft mit Hochglanzlack gestrichen, er war dunkel und gelb geworden, glänzte aber immer noch. Das Zimmer war frisch geweißt und besaß noch immer dieses nackte Aussehen. Nicht zuletzt deshalb, weil es gerade ausgeräumt wurde.

Die Bücherregale an den Wänden wirkten ohne die Bücher verloren. Auf dem Boden standen Kisten, die planlos mit Büchern und Sachen vollgestopft waren. Ich trat ein. In einer Ecke standen ein paar zusammengerollte Poster, sie fingen schon Staub. Ich entrollte eins, einen Seidensiebdruck mit zwei Frauen auf Pferden, die in den Himmel aufstiegen. 'Amazon Music Festival' stand darauf. Ein anderes Poster zeigte zwei Frauen zusammen im Bett, mit Quilts, Katzen, all den heimeligen Freuden. 'Lesbische Liebe ist schön', war seine Botschaft. Ich öffnete die kleine Tür des Wandschranks.

Im Schrank fand ich eine breite Palette von Sportbekleidungsherstellernamen. New Balance, Nike, alle wurden sie durch leuchtende Markennamen repräsentiert, kleine Logos auf Shorts und Jacken. Weiter hinten im Schrank standen mehrere Kisten, in die ein paar Bälle gestopft waren. Handbälle, Fußbälle, Squashbälle und Volleybälle nahmen eine Menge Platz ein. Eine Karte von Oregon und Washington war mit Heftzwecken auf den ausgebesserten Putz der Seitenwand gepinnt worden. Die Karte war noch neu, der ursprüngliche Falz ließ die untere Hälfte von der Wand abstehen. Hinter dem Türrahmen befand sich ein kleiner Stapel Bücher. *Coming Out Stories*, *Sappho was a Right-on Woman*, einige andere lesbische Klassiker. Diese Bücher sollten sicher nicht mit eingepackt werden. Was sollten Julies Eltern damit auch in Ohio (oder wo immer sie her waren) anfangen? Es war klar, daß Julies lesbische Vergangenheit in diesem Zimmer zurückbleiben würde. Es konnte keine allzu lange lesbische Vergangenheit sein; Poster, die deine Sexualität abfeiern, blieben in der Regel nicht allzu lange hängen, obwohl das Poster vom Amazon Music Festival etwas hatte, das über seine Botschaft hinaus ging.

Ich hörte ein Geräusch im Flur und drehte mich um. Sue stand in der Tür, sie verlagerte ihr Gewicht von einem Fuß auf den anderen.

Ihre Augen wanderten über die Kisten und über mich.

»Diese Bücher hier könntet ihr eigentlich dem Frauenbuchladen spenden«, sagte ich. Ich beugte mich runter und nahm den kleinen Stapel in die Arme. »Das heißt, falls du sie nicht ihren Eltern geben oder selber lesen willst.«

»Das ist eine gute Idee«, sagte sie, sichtlich entspannter. Also würde sie sie wohl nicht selber lesen. Vielleicht hatte sie Angst, daß ich die Leiche öffentlich outen würde. Vielleicht hatte sie gemischte Gefühle, was Julie anbetraf.

»Du wußtest, daß Julie lesbisch war.« Ich ließ es nicht wie eine Frage klingen. »War sie, äh, aktiv?« Das hörte sich an, als sei die Rede von einem Naturschutzclub.

»Ich glaube, sie hat nur mit der Idee gespielt«, sagte Sue und führte mich zur Tür.

»Das ist keine Idee, mit der eine einfach nur so spielt«, sagte ich.

»Ja, äh, Entschuldigung«, sagte Sue, und ich fühlte, wie ich zur Angehörigen einer Minderheitengruppe wurde. Nun gut, wenn eine Frau ihr Coming-out in einem Haushalt mit zwei Hetero-Frauen hat, können manchmal komische Dinge passieren. Leute sagen Sachen, die sie nicht meinen, und meinen Dinge, die sie nicht sagen, und fühlen Dinge, die sie nicht fühlen, weil sie Angst haben, sich selbst einzugestehen, daß sie einfach nur neugierig sind oder interessiert oder einen Heidenschiß haben. Zum Teufel, das sollten sie gefälligst für sich selbst klarkriegen.

Ich legte eine Hand auf Sues Arm. Sie schreckte nicht zurück. »Es ist schon in Ordnung, ich erwarte nicht, daß du über lesbisches Leben Bescheid weißt, wenn du es nicht selber lebst.«

Ich lächelte, sie zögerte einen Moment und lachte ein nettes, kleines rollendes Lachen.

»Wie lange hat Julie in diesem Zimmer gewohnt?«

»Zwei Monate. Vorher hat sie allein in einem Apartment gelebt. Sie hat für Latchkey gearbeitet, das Schlüsselkinder-Programm, Betreuung von Kindern, deren Eltern noch nicht zu Hause sind, wenn sie aus der Schule kommen. Dann hat sie sich überlegt, daß sie mehr Geld verdienen will. Sie ist aus dem Apartment ausgezogen, hat bei Latchkey aufgehört und bei Parts Unlimited angefangen. Sie wollte dort im Juni aufhören und sich den Sommer frei nehmen, sagte sie.«

»Was wollte sie anschließend machen?«

»Na ja, nach unserem letzten Streit meinte sie, sie wollte sobald wie möglich ausziehen.«

»Worüber habt ihr euch denn gestritten?«

»Ach, es war stinknormaler Haushaltskram. Aber Scheiße, du beendest keine Freundschaft, nur weil die andere immer vergißt, die Zahnpasta wieder zuzuschrauben.«

»Aber ein Haushalt kann mit Sicherheit daran zerbrechen. Hast du jemals mit einer zusammengelebt, die darauf besteht, einen separaten Kühlschrank zu haben und etikettiertes Essen?«

»Ja, Misty. Sie ist mal magersüchtig gewesen. Seitdem hat sie's wirklich mit der Essenskontrolle. Sie gibt auch ständig Kontaktanzeigen auf, um ihr nicht existierendes Privatleben zu erweitern. Allerdings endet es in der Regel damit, daß ich die Typen unterhalten muß, weil sie in letzter Minute weggelaufen ist, um ihre Wäsche aus dem Waschsalon zu holen, oder irgendeine andere Entschuldigung. Wirklich, beim letzten Mal hat sie mich doch tatsächlich mit einem Typen allein gelassen, der Schlachtzubehör an Kuhschlachtfabriken vertreibt. Er war aber gar nicht so schlimm, mal davon abgesehen, daß er mit mir in *Emanuelle* Teil Zwei gehen wollte.«

Irgendwie hatten wir Julie in der Unterhaltung verloren. »Los, laß uns hier rausgehen.« Julies schönes Zimmer war plötzlich kalt geworden. Ich nahm die unerwünschten Bücher und folgte Sues langer schwingender Gestalt die Treppe runter. Ihre Schultern waren angespannt.

»Ich bin so froh, daß du die Gewerkschaftssache überprüft hast, Emma. Ich war einfach zu fertig, um daran zu denken.« Ihre Stimme hatte etwas Singsangmäßiges, als ob sie bereits wieder im Büro säße und Telefondienst hätte.

»Ich werde heute nachmittag bei einem Mr. Hendricks rückfragen. Er wird mir sagen können, ob an Burtell was faul ist oder nicht.«

»Vielen Dank, daß du das tust.« Da war plötzlich eine Wärme in ihr, wo die nur herkam? Künstliche Befruchtung? Aber ich wollte dieser launischen Frau doch noch die Chance eines Zweifels gönnen. Also schenkte ich ihr mein wärmstes Lächeln und lud sie zum Essengehen ein. Sie schluckte sichtlich und sagte: »Gern.« Wieder fiel mir die schöne geschwungene Form ihrer Augen auf.

Ich dachte daran, wie es gewesen war, als ich vor elf Jahren mein Coming-out hatte und meine Zimmergenossin, die auch noch Prudence hieß, mich mit meiner ersten Freundin zusammen im Bett erwischte. Sarah und ich hatten die gleichen langen braunen Locken. Prudence war ins Zimmer gekommen, um mich ans Telefon zu holen, und nie werde ich ihr Gesicht vergessen, als sich die Masse von braunen Locken auf dem Kissen teilte und zwei Köpfe freigab. Ich glaube nicht, daß Prudence sich jemals davon erholt hat: zwei Monate später war sie verheiratet.

Aber Sue stand mit einem frechen Grinsen da, nahm die Einladung zum Abendessen an, und ihre Augen waren auch nicht mehr rot.

»Ich hole dich um acht ab.« Damit stieg ich ins Auto und fuhr nach Hause.

Mein Haus sah so aus, wie es manchmal aussieht. Ein Haus im Übergangsstadium. Das Haus wußte, daß etwas passieren würde. Ich hoffte, daß damit Frances Cohen gemeint war, aber ich wollte nicht zu sehr darüber nachdenken.

Ich rief Mr. Hendricks oder besser seine Sekretärin an, die mich erstaunlicherweise direkt zu ihm durchstellte.

»Mr. Hendricks, hier spricht Emma Victor. Ich rufe noch einmal wegen der Parts Unlimited-Geschichte an.«

»Sehr interessant, was Sie da ins Rollen gebracht haben.

Ganz schön schmutzige Situation. Diese Burtell-Firma fängt mit kleinen Betrieben in Großstädten an. Sie erzielen recht gute Resultate, auch dort, wo die Gewerkschaft stark ist. Aber ihre Haupttaktik ist die Demoralisierung der Arbeiter. Mit Gewalt sind sie nirgendwo in Verbindung gebracht worden. Ich habe mit einigen Gewerkschaftsfunktionären gesprochen, die sollten es wissen.«

»Also, die Ermordung von Julie Arbeder paßt da nicht rein, oder?«

»Unmöglich, das mit Sicherheit zu sagen. Es sieht nicht nach einer Organisation aus, die Gewalt einsetzt, um ihre Ziele durchzusetzen. Noch nicht. Aber wir werden uns genauestens mit der Lage dort befassen. Zumindest sind wir hinter dem Vertrauensmann her. Ich laß es Sie wissen, wenn wir etwas herausbekommen.«

»Also dann, vielen Dank, Mr. Hendricks.« Ich hängte ein. Ich fühlte mich erleichtert, glücklich und schuldig, alles zur gleichen Zeit.

Acht

Ich brauchte nicht auszusteigen, als ich vor Sues Haus hielt. Sie kam gleich zum Auto.

Ich langte rüber, um die Tür auf der Beifahrerseite zu entriegeln, damit sie einsteigen konnte.

»Hallo. Ganz schön windig heute abend«, sagte ich.

Ihr Haar war zerzaust und sah wie ein stacheliger schwarzer Steppenläufer aus. Sie trug steife schwarze Hosen und eine rote Lederjacke, die ihr bis über die Hüften reichte und ihr dadurch eine unglaublich lange Taille verlieh. Sie strich sich einige Strähnen aus dem Gesicht und sah mich etwas atemlos an. »Na, und wo ist der Laden?« Sie hatte Eyeliner aufgetragen, eine dicke schwarze Linie, die schwer auf dem Rand ihres Augenlides lag. Sie unterstrich die fast asiatische Form ihrer Augen.

»Im chinesischen Viertel, nicht weit von hier. Ich schätze, der einzige Italiener im ganzen Block.«

Ich konzentrierte mich auf den dichten Freitagabendverkehr. Ich fragte mich immer, was die Leute vorhatten, wohin sie unterwegs waren, während ich die Gesichter sah, die kurz im Scheinwerferlicht des strömenden Verkehrs aufblitzten. Die meisten Leute saßen allein im Auto, so daß ich annahm, sie wären unterwegs, um jemanden zu treffen. Nicht gerade ein einsamer Gedanke, die Straße mit Leuten zu teilen, die auf dem Weg zu einer Verabredung waren. Es war einfach nur, daß ich wußte, was die Wochenendschicht im Frauennotruf zu tun hatte. Wochenenden waren die stressigsten, häßlichsten Zeiten.

Wir erreichten den großzügig bemessenen Parkplatz von 'Alfonsos Italienisches Familienrestaurant' und gingen hinein. Ein schummriger Ort. So schummrig, daß du auf das Licht der Tischkerzen angewiesen warst, um die Karte entziffern zu können. Der Kellner rannte wie ein tapsiger kleiner Hund auf uns zu.

»Was kann ich für euch tun, Mädels?«

Wir bestellten das Hausgericht, ergänzt mit unseren jeweiligen persönlichen Wünschen, und schickten ihn grinsend weg.

»Dies ist schon ein komischer Ort. Die Hälfte der Leute, die hier arbeiten, sind Chinesen«, bemerkte ich.

»Erinnert mich an mein eigenes gemischtes Blut«, sagte sie.

»Gemischtes Blut?«

»Ja. Meine Mutter war Ungarin. Mein Vater ein illegaler mexikanischer Einwanderer. Er war gerade über die Grenze gekommen, als er meine Mutter kennenlernte.« Da hat sie also diese schwarzen Augen her, dachte ich. Und auch die indianische Nase mit der leicht eingedrückten Spitze. Aber der weiße Teint, der sich über die breiten Backenknochen zog, war definitiv europäisch.

»Meine Mutter war nach dem Krieg in mehreren Flüchtlingslagern untergebracht. Rein technisch gesehen war sie eine Deutsche, die auf ehemals ungarischem Gebiet lebte. Die meisten dieser Flüchtlinge landeten entweder in Ostdeutschland, wo sie auch blieben, oder in Bayern, wo sie wie der letzte Dreck behandelt wurden. Meine Mutter hatte eine Cousine in Amerika, hat Beziehungen spielen lassen, ich möchte nicht wissen, was sie angestellt hat. Die Einwanderungsquoten für Flüchtlinge waren absolut minimal. Du kannst dir vorstellen, daß sie darüber hinaus mit meinem Vater nichts gemein hatte. Sie sprach deutsch und ungarisch. Er spanisch.«

Ich versuchte, es mir bildlich vorzustellen, wie sie sich kennenlernten, ihre Geschichte, seine mögliche Geschichte als illegaler mexikanischer Einwanderer. Zwei Menschen, die du dir nicht mal zusammen tanzend vorstellen konntest.

»Also, was ist bei der Geschichte rausgekommen, außer dir?«

Sie schien mit dem Ende der Geschichte zu verblassen. Diese Frau war so schwer zu greifen wie ablaufendes Wasser.

»Ach, sie sind einfach nicht miteinander klargekommen. Es

war in etwa so wie in Babel, es gab fürchterliche Streitereien. Sie ist gestorben. Er ist verschwunden.«

»Und du?«

»Ich hab' mir Englisch beigebracht. Und ich hab' sehr darauf geachtet, daß es gutes Englisch war. Ich hab' dann zwar nicht Jura studiert, aber ich arbeite häufig als Rechtsberaterin«, seufzte sie.

»Wie hast du Julie kennengelernt?«

Sie blickte schnell weg. Ich dachte immer, daß Leute gern über Menschen sprechen möchten, die ihnen nahestanden und gestorben sind. Doch mit diesem Gedanken lag ich voll daneben.

»Julie. Ja. Na ja, wir haben zusammen gearbeitet.« Ihr Kiefer fing wieder zu mahlen an.

»Wo habt ihr zusammen gearbeitet?« Ich wollte es nicht einfach so fallen lassen.

»Ach, im Immigranten-Gewerkschaftszentrum.«

»Was hat sie dort gemacht?«

»Sie war für die Organisation zuständig, Sitzungen, Demos, Pressekonferenzen. Alles mögliche. Sie war nur einen Sommer lang dort.«

»War sie gut darin?«

Ihr Körper verspannte sich. Ich konnte nicht genau sagen, ob es meine Frage war oder einfach das Thema Julie.

»Jetzt paß mal auf. Julie war ein Hitzkopf. Sie konnte von einer Sache besessen sein und total darin aufgehen. Manchmal hat sie Dummheiten gemacht.«

»Wie dumm?«

»Ach, ich weiß nicht.« Es schien sie zu irritieren, daß ich nachfragte. »Sie ist einfach losgegangen und hat diese Sachen getan, du weißt schon. Wie bei Parts Unlimited.« Sie sah mich an, und ich wurde das Gefühl nicht los, daß sie meine eigenen Informationen gegen mich verwandte.

»Wußtest du über diese Dinge Bescheid?«

»Na ja, ich wußte, daß was im Gange ist.« Sie beendete den

Satz mit zusammengepreßten Lippen. Sie wußte also, daß etwas im Gange gewesen war, und die beiden wohnten zusammen, waren aber nicht gut genug befreundet, um darüber zu reden, obwohl sie beide mal zusammen für eine Gewerkschaft gearbeitet hatten.

»Ich habe heute nochmal mit Hendricks von Local 72 gesprochen. Er meinte, daß konkrete Gewalt nicht in Burtells Schema paßt, weder historisch noch logisch.«

»Ja. Na gut.« Ihre Augen drifteten weg. »Das ist es dann wohl. Lassen wir's damit gut sein.«

Unser Kellner kam zurückgehüpft, entkorkte die billige Flasche Wein mit übertriebenem Gehabe, schenkte uns ein und wartete auf die richtige Antwort. Er ließ mich probieren, ich schätzte, daß ich heute abend den kessen Vater spielen durfte. Ich nickte zustimmend, und er ging weg.

»Sue, würde es dir überhaupt nichts ausmachen, wenn der Mord nicht aufgeklärt wird?« Ich wollte ihre Gefühle knacken. Ich hatte das Gefühl, als ob sie das alles in ihrem Kopf unter einen Teppich kehren würde. Sue brauchte einfach eine freundliche lesbische Tante, um zu reden. Vielleicht war ich auch bloß wieder auf meinem Ego-Trip. Sie sah mich an, sie wirkte verängstigt, dann sah sie auf ihren Schoß hinunter.

»Ich möchte nicht darüber reden. Julie ist tot, und daran wird sich auch nichts ändern. Es wird schon alles wieder gut werden.« Sie bemühte sich, mich fest anzusehen.

Auf dieses fröhliche Stichwort hin kam unser Essen nach Art des Hauses. Die Suppe war ein wenig wässrig, aber die Pasta großartig. Das Kalbfleisch war perfekt und zart, aber das Gemüse matschig. Sue stocherte im Essen herum und redete ziemlich begeistert über das Wetter und über Filme. Sie hatte noch eine ganze Menge auf ihrem Teller, als sie vorschlug zu zahlen. Der Kellner kam zu uns rüber, ich bat ihn um die Rechnung, die wir uns teilten. Ich war froh, daß sie nicht zu den Leuten gehörte, die um jeden Pfennig feilschen. Wir legten beide etwas Geld auf das Tablett. Sie entschuldigte sich und ging zur Toilette. Ich säuberte mit einem Zahnstocher die Zwischenräume meiner Zähne. Schließlich kam sie zurück, und wir gingen über den Parkplatz zu meinem Wagen.

Auf dem Nachhauseweg öffnete sie das Autofenster. Es war ein bißchen frisch, aber die Nachtluft vom Hafen war phantastisch. Ich fuhr bei ihrer Ausfahrt ab und parkte das Auto vor ihrer Haustür. Ich wollte nicht mit reingehen. Ich glaubte auch nicht, daß sie mich fragen würde.

Urplötzlich lag ihr Kopf auf meiner Schulter. Sie kicherte, etwas, wovon ich nicht gedacht hätte, daß sie dazu fähig wäre. Etwas, wovon ich wünschte, daß sie nicht dazu fähig wäre.

Dann preßte sie ihre Lippen auf meine Lippen. Ihr Mund war sehr weich und warm, aber ich mag nicht geküßt werden, wenn ich gar nicht darauf gefaßt bin. Außerdem war ich neunundneunzigprozentig sicher, daß sie hetera war. Ich mag es nicht, wenn Hetera-Frauen plötzlich über mich herfallen. Ich war der Meinung, daß es angenehmer war, wenn sie es erst einmal miteinander ausprobierten. Zumindest echt müßte es sein, damit ich's mag. Dies hier war nicht echt. Ich schob ihren Kopf beiseite.

»Hör zu, mach dir keine Sorgen«, begann sie mit einer honigsüßen Stimme, die zu dem Kichern paßte.

»Sagst du das zu den Typen, wenn sie keinen hochkriegen?« fragte ich. Das hätte sie eigentlich auf die Palme bringen müssen, tat's aber nicht.

»Ach, komm schon, hab dich doch nicht so, Honey«, sagte sie.

»Hör zu, es tut mir leid, daß unser Abend so endet.« Das stimmte auch. Es tat mir leid. »Ich wollte dich nur ein bißchen vom Tod deiner Mitbewohnerin ablenken und dachte, daß du eine nette Frau wärst. Ich glaube aber nicht, daß du Ablenkung brauchst, und ich denke auch nicht mehr, daß du nett bist.« Ich war gespannt, wie sie es aufnahm. Sie zuckte mit den Schultern. Sie sah mich wieder an. Ich langte über ihren mir zugewandten Schoß und öffnete die Tür auf ihrer Seite. Bevor sie ausstieg, sah ich ihr Gesicht kurz im Licht der Straßenlampe. Ihre schwarzen Augen waren zu schwarz. Ihre Pupillen waren dermaßen erweitert, daß die Pupille die Iris in einem glasigen schwarzen Kreis verschluckte, der sehr, sehr tief ging und nicht enden wollte.

Neun

Ich fuhr nach Hause und aß eine Scheibe Brot, um den schlechten Geschmack aus meinem Mund zu bekommen. Ich fühlte mich betrogen. Ich wollte, daß Sue Martinez eine andere Art Frau war. Ich dachte, daß sie es irgendwo immer noch war. Außerdem sollte Sue, die sich mit Sicherheit in feministischen Kreisen bewegte, es wirklich besser wissen, als so auf eine Lesbe loszugehen. Ihre Chance war in etwa so groß gewesen wie die von Rhett Butler, hätte er Scarlett O'Hara mit einem Baseballschläger umworben. Oder vielleicht hatte Sue nie eine Gelegenheit gehabt, es bei Julie zu versuchen, und dachte, sie könnte die verlorene Zeit mit den falschen Mitteln wieder aufholen. Was immer es auch war, wovon sie so high war, es konnte keine Entschuldigung für ihr Verhalten sein. Zudem warf das ein paar neue Fragen auf.

Als nächstes fütterte ich Flossie. Anschließend ging ich in mein kleines Schlafzimmer, machte das Licht aus und sah an die Decke. Meine letzte Geliebte hatte mir winzige fluoreszierende Sterne in bestimmten Konstellationen an die Decke geklebt. Sie begannen zu leuchten, sobald ich das Licht ausmachte. Sie hatten mich einmal an den Zauber meiner ersten, süßen naiven Liebe erinnert. Jetzt ließen sie mich nur noch an den weiten Weltraum denken.

Ich machte eine Liste von den Zutaten, die ich für Jonells Party morgen brauchen würde. Ich startete im Geist meinen Einkaufsbummel, die Sterne wachten über mir und schließlich schlief ich ein.

Am nächsten Morgen begab ich mich auf die geplante Route, zuerst in den japanischen Laden, wo der Mann den ganzen Morgen einen feinen Wassernebel über das Gemüse sprühte. Danach ging es in einen anderen japanischen Laden, der festen Tofu hatte. Zum Schluß ging ich noch im Bio-Laden vorbei und kaufte einige Zutaten für die Marinade. Ich kam nach Hause und war damit beschäftigt, alles vorzubereiten, als das Telefon klingelte. Jonell war nervös und fragte, ob auch alles in Ordnung wäre, und ich versicherte ihr, daß ich schwer damit beschäftigt war, Tofu zu schneiden.

Und jetzt, wo sich die vielen offenen Fragen von selbst zu lösen begannen, fing ich langsam an, mich auf die Party zu freuen.

In einer Schublade fand ich ein Paar ordentlich zusammengelegte marineblaue Hosen. Sie hatten vorne eine Bügelfalte, und ein bißchen Dampf ließ sie genau richtig fallen. Ich hatte ein cremefarbenes Baumwollhemd mit flachen weißen Knöpfen auf beiden Brusttaschen und den passenden cremefarbenen Schlips, den ich locker band und unter den Kragen steckte. Ich warf einen Blick in den Spiegel, setzte einen Fuß auf einen Stuhl, schnappte mir einen Lappen und brachte meine schwarzen Lederstiefel auf Hochglanz. Ich legte etwas Augen-Make-up auf, überlegte es mir aber nach ein paar Minuten und mehreren Produkten anders und wusch alles wieder ab.

Ich hielt vor Jonells Haus und wurde von unzähligen kleinen Lichtern überrascht, die sie im Garten verteilt hatte. Kleine Glasröhren sorgten dafür, daß die Kerzen nicht ausgeblasen wurden, und reflektierten Weihnachtssterne, die noch immer blühten. Ich konnte das Geschnatter von Stimmen hören, fetzige Musik und eine unglaublich hohe Lache, die über dem Ganzen schwebte. Ich öffnete die Tür, die ein Nichtraucherzeichen trug, und fand den Raum gefüllt mit bekannten, angenehmen Gesichtern und tatsächlich ohne Rauch.

Die Party war nicht überfüllt, und der Tisch mit Chips und Erdnüssen war unberührt. Ich stellte mein Tablett mit den Tofuspießen ab und ließ mich bei den Kalorien nieder. Alle redeten. Jonell stakste in langen schwarzen Strumpfhosen durch den Raum. Ab und zu schlitterte sie zu einem Halt, um an den verschiedenen Gesprächen teilzunehmen. Dann ließ sie das Eis in ihrem Glas herumwirbeln, die Eiswürfel klingelten, während sie sich bemühte, kleine Schlucke zu nehmen. Sie trug einen roten Pullover aus chinesischer Seide, der locker über ihre Strumpfhose fiel. Das ganze Bild erweckte in mir das Bedürfnis, den Arm um sie zu legen und ihr den Drink wegzunehmen. Ich sah Patsy, die Leiterin der Finanzierungsabteilung einer Citybank, Rücken an Rücken mit Sally, die für ihre erfolgreichen Grundstücksgeschäfte berühmt war. Es waren auch ein paar 'Y'-Mädels da, die sich in diesen geschlossenen Räumen offensichtlich nicht besonders wohl fühlten.

Dann bemerkte ich Sandy, die mich noch nicht gesehen hatte. Sie stand mit einer indischen Gummipflanze in der Ecke. Ich erinnerte mich daran, wie sehr ich sie gemocht hatte, als sie noch Bienenzüchterin war. Ich erinnerte mich daran, daß es ihre schlechte Gesundheit gewesen war, die sie in die Esoterik getrieben hatte. Nachdem sie sich in mich verliebt hatte, verkaufte sie ihre Bienenstöcke, wurde arbeitslos und bekam Endometriose. So viel Pech, nichts davon von mir allerdings. Ich hatte sie sogar entmutigt, mich zu lieben, und konnte nicht verstehen, warum sie sich nicht davon abbringen ließ. Sie sah hoch, und ich war stark versucht, in die andere Richtung zu flüchten. Statt dessen wurde ich magisch von ihr angezogen und fragte mich, ob es ihr Eisprung war, den ich in ihrem Puppengesicht sah.

»Hallo«, bemühte ich mich um einen fröhlichen Auftakt.

»Hallo.« Ihre Augen glitten weg.

»Was ist los?«

»Nichts.«

»Lügnerin.« Sie verlagerte ihr Gewicht leicht nach links, eine Angewohnheit, die mich immer wieder irritierte. »Ach, komm schon, letztens wolltest du mich noch heilen und jetzt haßt du mich wieder.«

»Du weißt warum. Hör endlich auf, mit mir zu spielen.« Ihre dicken Lider zogen sich über den blattgrünen Augen, die ich einmal so gemocht hatte, zusammen.

»Ich denke nicht, daß ich das getan habe.«

»Ach komm, Emma. Du weigerst dich einfach, Verantwortung für unsere Trennung zu übernehmen. Ich denke, du solltest dich endlich mal mit dem auseinandersetzen, was passiert ist.« Ihre grünen Augen funkelten und trieben mich in die Defensive.

»Okay, und was ist deiner Meinung nach passiert?«

»Du folgst diesem Tragödien-Skript, investierst in emotionale Bindungen und verweigerst dir dann den Zugang zu deiner eigenen Verletzlichkeit«, erklärte sie.

»Na ja, ich habe unsere Beziehung nicht eindeutig beendet, das stimmt. Ich habe wohl gehofft, daß du einfach mit der Landschaft verschmelzen würdest.«

»Mit was für einer Landschaft? Einer aus lauter ehemaligen Geliebten von dir?«

»Kein besonders schönes Bild«, gab ich zu.

»Denk mal drüber nach.« Ein Teil ihres Mundes verzog sich zu einer Grimasse, der andere behielt seine schöne Form ... ich dachte an geriffelte Kartoffelchips und daran, wie ich Sandys Selbstgerechtigkeit beinahe hassen konnte.

»Na gut, ich kann nun einmal nichts mit dem New-Age-Kram anfangen.«

»Hey, ich habe nie versucht, dich zu rekrutieren. Das ist ganz allein mein Ding. Du weißt, wie durcheinander ich noch vor sechs Monaten war. Ich fühle mich jetzt wesentlich zentrierter.«

»Wenn du dich noch mehr zentrierst, wirst du dich in ein schwarzes Loch verwandeln und dich selbst auslöschen. Reiß dich endlich mal zusammen, Sandy. Tu was!«

»Ich tue eine ganze Menge. Warum, meinst du eigentlich, fahre ich auf diesen Müll ab?«

»Weil du arbeitslos und depressiv bist.«

»Ist Telefonberatung dein Allheilmittel?«

»Volltreffer.« Wir sahen uns über den kleinen Fluß der Feindseligkeiten hinweg an und fingen beide an zu lachen, so wie wir es für gewöhnlich immer tun, nachdem wir in der Sackgasse gelandet sind. Sie hatte eine gute Farbe im Gesicht, und ich erinnerte mich daran, daß sie die lateinischen Namen der Bäume kannte.

»Emma, du hast *so* viel Potential in deiner Energie.«
»Sandy, bitte laß uns nicht darüber streiten. Laß es. Bitte.«
»Komm schon, Emma. Das ist nicht alles.«
Ich fühlte, wie ich in die vertraute Grube fiel, in der ich mir stets den großen Zeh stieß. Die Partygeräusche um uns herum wurden lauter.
»Ich glaube ... ich glaube, ich liebe dich einfach nicht so sehr, wie du mich«, ich zuckte die Achseln. »Ich glaube, das sollte dir inzwischen klar sein.«
Sie sah mich mit Skorpionen an Stelle von Augen an. »So etwas ist niemals klar«, sagte sie und schlich sich davon. Das machte sie immer mit mir. Ich fühlte mich zur Küche gehen. Ich wünschte ihr, daß sie die ganze nächste Woche schlecht meditieren würde. Dann fiel mir ein, daß sie morgen den Termin für die Ausschabung hatte.
Ein stetiges Band von Minnie Rippertons glasklarem Gesang schwebte durch die Luft, und ich setzte gerade dazu an, einfach mit dieser unglaublich hohen Stimme mitzuschweben. Statt dessen stieß ich mit meinem Rücken an die Wand neben dem Kücheneingang. Eine Frau in beigen Hosen und mit breiten Hüften schob sich an mir vorbei. In der Küche stand ein kleines Faß Bier, und ich konnte das Lachen hören, als der Schaum den Boden traf. Ich sah meine alte Freundin Clara lachen und eine dunkle Ecke der Küche erhellen. Es wurde erzählt, daß Clara mit ihrem Büro- und Hausreinigungsservice dieser Tage eine Menge Geld scheffelte. Ab und zu dachte ich daran, in ihr Mop- und Eimerspiel einzusteigen, wenn mich die Telefonberatung mal wieder unsäglich nervte. Ich nahm mir vor, später mit Clara zu reden, im Moment sprach sie mit einer Frau mit pink gefärbten Haaren.
Ich bewegte mich von der Tür weg und driftete auf die gefährliche Sandy-Ecke zu. Dann hörte ich eine leicht hysterische Stimme sagen: »Du *verteidigst* Leihmutterschaft?«
Eine völlig coole Stacy Weldemeer antwortete, als ob sie die Hysterie in der Menge nur gepflanzt hätte, damit ihre weisen

Worte ein Kontrast und eine Erleichterung wären, die alle willkommen heißen würden. Ich dagegen sehnte den wissenschaftlichen Teil des Blackstone-Klinik-Duos, Frances Cohen, herbei. Ich sah mich um, konnte sie aber nirgendwo entdecken.

»Ja«, sagte Stacy, »es gibt Leihmütter. Und es wird noch viel Schlimmeres geben als Leihmütter. Gentechnik ist eine äußerst kapitalintensive, hochtechnisierte Industrie in einer patriarchalen Welt. Alle Augen sind auf den Profit gerichtet. Aber Gentechnik existiert einfach, objektiv gesehen. Laßt uns versuchen, das Ganze objektiv zu betrachten und die Folgen abzuschätzen.«

»Die Folgen werden beschissen sein.«

»Also gut«, sie wandte sich einer farbigen Frau mit einer kunstvollen Frisur und einem gestreiften Pullover zu, »aber wir können uns nicht nur darüber beschweren. Das können wir uns einfach nicht leisten. Wie beschissen ist es? Und wie beschissen kann es werden? Laßt uns vorausdenken, auf dem laufenden bleiben und etwas gegen die Entwicklungen unternehmen, die uns schaden. Und laßt uns kreativ genug sein, all die Dinge zu sehen, die für uns nützlich sind.«

»Ja, zum Beispiel?« sagte eine Frau breit, und ein ironisches Lächeln kreuzte Stacys Lippen. Sie nahm einen Schluck von ihrem Drink, und ich sah das schwarze Zifferblatt ihrer großen Armbanduhr. Es hatte keine Ziffern. »Laßt uns nicht die gleichen Fehler machen wie die Leute, die für Pferdewagen waren und gegen Autos.«

»Was ist mit ihnen passiert?« hörte ich eine Frau murmeln.

»Verkehrsunfälle«, lachte eine andere, und eine Stimme sagte: »Mautschranken.« Eine der Zuhörerinnen verschwand in den Schaum und das Gekicher der Küche, und eine andere Frau sagte ganz leise: »Jede kommt mal an die eine oder andere Schranke, wo's ums Bezahlen geht.«

»Genau.« Stacy beugte sich von der Taille an abwärts, um ihren Drink auf einem niedrigen Serviertisch abzustellen.

»Und das ist auch genau der Punkt. Wir dürfen nicht einfach nur zusehen, wie Geschichte geschrieben wird. Wir sollten unseren Teil davon selber schreiben.«

Eine kleine Frau in einem schwarzen Anzug und mit spitzen schwarzen Schuhen schubste sich durch zu Stacy, und die große Gruppe schmolz zu einigen wenigen Paaren zusammen. Ich setzte mich in die Küche ab, eine Quelle blendenden Neonlichts mit einem Fußboden, der völlig mit verschüttetem Bierschaum bedeckt war.

»... Roter-Stern-Reisen. Kaffee-Ernte in Nicaragua.«

»Deinen privilegierten Erste-Welt-Körper mit US-Paß in der Jackentasche unter CIA-Aufklärungsflugzeuge zu plazieren, das birgt schon eine *gewisse* Aussage ...«

Dann bemerkte ich Angela. Sie kam aus Texas, und du konntest in der Zeit, die sie brauchte, um etwas auf den Punkt zu bringen, locker bis nach Houston gehen und schon wieder zurück sein, aber wir waren immer geduldig.

»Warum stecken wir immer, immer so bereitwillig«, sie machte eine Pause, während der wir 'bereitwillig' bedachten, »unsere Energie in die Kämpfe anderer Leute?« Sie machte mit den Händen zu beiden Seiten ihrer riesigen Brüste eine ausladende Bewegung. »Das ist einfach eine Metapher dafür, wie wir, als Frauen, immer, immer das Leben anderer Leute«, sie sprach es 'Leeäben' aus, »vor unser eigenes stellen.« Die Küche verstummte. Dann entwich ihr ein blubberndes Soprano-Kichern, das von irgendwo hinter ihren riesigen, vollen Brüsten kam. »Das S.C.U.M. Manifest hat *wirklich* genau ins Schwarze getroffen.«

Die Nicaragua-Frau ging weg. Die Unterhaltung wandte sich Alvin Toffler und Millisekunden zu, das letztere Thema finde ich fast so beängstigend wie einen Blick auf die Milchstraße. Vielleicht hatte Sandy recht, und ich sollte ein bißchen kosmischer in meiner Lebenseinstellung werden.

»... alle sagen, es ist ihr schlechtestes Buch.«

»Nur wenn du es liest.«

»Was soll das heißen?«

»Es wird verfilmt.«

»Waas? Phan*tas*tisch.«

»Du weißt doch, wer das Album ...«

»Ich habe gehört, wie Rita Mae sagte, daß der Bahnverkehr gefährdet ist ...«

»Besonders, wenn du irgendwo hin mußt. Warst du auf dem Konzert gestern abend?«

Um etwas über die wundervolle Rita Mae zu erfahren, könnte ich es sogar in Kauf nehmen, mir das Gerede der Frauen vom *Lesbian People Magazine* reinzuziehen, aber vermutlich hätte ich auch dann nie erfahren, was sie wirklich über Züge gesagt hatte.

Ich machte mich davon und bog in den kleinen avocadogrünen Flur ein, der zu Jonells Schlafzimmer führte. Ich öffnete die mit Alufolie bezogene Tür und fand Jonell auf ihrer Bettdecke aus Chintz. Sie setzte sich auf, zog ihren roten Pulli zurecht, setzte ihre schwarz bestrumpften Füße auf den Boden und lächelte.

»Wegen was versuchst du gerade tapfer zu sein?« fragte ich.

»Ich glaube, ich hatte ein bißchen Angst davor, daß mich die Sauce in eine Krise stürzen könnte. Also habe ich beschlossen, einen kleinen Schluck zu nehmen, und jetzt beschließe ich gerade, keinen zu nehmen.« Sie sah erregt aus.

»Das ist gut.«

»Also, na ja, ich werde heute abend kein Drama machen. Das kann ich mir«, sie atmete zittrig, »einfach nicht erlauben.«

»Eine weise Entscheidung«, sagte ich und erkannte, daß ich es Jonell besser ersparen sollte, ihr die genauen Umstände von Julie Arbeders Tod zu berichten. Aber der Tod ging mir nicht aus dem Kopf.

»Also, wie geht es dir, Emma? Du siehst etwas erschöpft aus. Bist du immer noch auf dem Weg nach vorne? Ich meine, du bist wirklich durch die absolute Depri-Phase gegangen, nachdem dein Vater gestorben ist.«

»Du kannst nicht darüber wegkommen, du kannst nur versuchen, damit klarzukommen«, zitierte ich die eine oder andere. »Es ist einfach nur die unvermeidliche Richtung des Lebens.« Ich ging zu Jonells Frisiertisch rüber. Sie war die einzige Frau, die ich kannte, die einen besaß. Ich spielte mit einigen albernen kleinen Fläschchen. Eine enthielt Parfum. Ich roch daran. Es war Chanel No. 19. »Hast du dich jemals gefragt, ob die Todesfälle um dich herum so eine Art Uhr sind, die dein eigenes Leben abticken?«

»Das ist ganz schön morbide, findest du nicht?«

»Na ja, erst sterben deine Großeltern, oder vielleicht leben sie auch lange genug, um ihre Enkel heranwachsen zu sehen. Dann sterben deine Eltern, und schließlich fangen deine Freundinnen an zu sterben.« Neben dem Chanel stand eine Handcreme. Ich probierte sie ebenfalls aus. Sie roch nach Mandeln. »Hast du schon einmal darüber nachgedacht, ob du zuletzt gehen möchtest, um deinen Freundinnen den Kummer zu ersparen, oder ob du zuerst gehen möchtest, damit du nicht um sie trauern mußt?«

»Emma, Süße, das ist ganz schön morbid. Komm endlich zurück von deinen Toten, Mädchen. Hier geht's um leben, es ist Zeit zu leben. Du weißt doch, daß deine Eltern nicht wollten, daß du traurig bist.«

Aber ich dachte nicht an meine Eltern.

»Ich habe Neuigkeiten.« Jonell betrachtete ihre schwarzen Nylonfüße und rieb sie aneinander. »Ich habe mich in wen verknallt.«

»Los, erzähl. Komm schon, raus mit der Sprache.«

»Es ist ... Stacy Weldemeer!« Jonell brachte ihre schwarzen Nylonbeine zurück aufs Bett und schlug sie übereinander. Mir fiel auf, daß sie in bezug auf Bettdecken einen schlechten Geschmack hatte.

»Große Göttin, Jonell, meinst du nicht, daß du das etwas langsamer angehen solltest? Du hast dich erst vor drei Monaten von Marion getrennt, nach sieben Jahren, du hast ein funkelnagelneues Haus und einen schlechten Geschmack, wenn's um Bettdecken geht. Das sollte für den Moment wohl reichen.«

»Emma, du bist einfach unverbesserlich«, lachte Jonell. »Aber ich will doch nicht wirklich was von Weldemeer. Es ist nur ein bißchen Spaß aus der Ferne. Meine Arbeit in der Klinik fällt ihr eh kaum auf.«

»Sollte sie aber. Du machst sie schließlich umsonst.« Ich setzte mich neben sie, versank im weichen Bett und massierte Jonells Rücken, der von heller noppiger Seide bedeckt war.

»Sag mal, kennst du Frances Cohen? Sind sie und Weldemeer eng miteinander?«

»Laß uns sagen, sie schenkt Cohens Arbeit mehr Beachtung als meiner. Aber ich glaube nicht, daß sie wirklich dicke sind. Sie konferieren einfach nur eine Menge. Frances arbeitet meistens in dem kleinen Labor, ich habe sie nicht allzu oft gesehen. Aber Stacy scheint überall zu sein«, fuhr Jonell fort. »Sie gehört zu den Menschen, die die Show schmeißen, ohne daß andere etwas davon merken. Ich glaube, daß sie wirklich ein Gefühl für die Zukunft hat, Emma. Sie ist vielleicht, ich traue mich kaum, es auszusprechen, eine der größten Persönlichkeiten unserer Zeit.«

Mir entfuhr ein unbeabsichtigtes Grollen.

»Das ist wichtig, Emma. Wir leben in beängstigenden Zeiten.«

»Ich weiß, ich weiß.«

»Jedenfalls tut es mir gut, in ihrer Nähe zu sein. Es bringt die Zynikerin in mir zum Schweigen.«

Ich klopfte ihr auf den breiten Rücken. »Ach, komm, du bist keine Zynikerin.«

»Und warum habe ich ein Alkoholproblem?«

»Weil es dir Spaß macht.«

»Es macht mir auch Spaß, zynisch zu sein.« Sie streckte ihre Beine aus und plazierte einen Fuß auf einem kleinen Hocker, der neben dem Bett stand. Dann streckte sie einen Arm aus und umschloß ihre Zehen mit ihren Fingern.

»Für eine zynische Alkoholikerin bist du verdammt gut in Form.«

»Emma, dies sind wirklich gefährliche Zeiten für uns Frauen.«

»Das ist nichts Neues.«

»Hör zu, sie sind dabei, Techniken zu entwickeln, um männlichen Nachwuchs zu garantieren. Sie sind schon dabei zu überlegen, wie sie es am besten *vermarkten* können.«

»Hat Stacy dir das erzählt?«

»Es leuchtet ein, oder nicht?«

Es leuchtete ein.

»Ich meine die Tötung von weiblichen Säuglingen in China, Indien, wer weiß, vielleicht sogar Indiana. Was für eine großartige Lösung, 'Kein Grund mehr, die Babys in Rosa beiseite zu schaffen. Nimm einfach das bequeme XY-Chromosom, und die Schwänze bleiben an der Macht.'«

»Hör auf, bitte.«

»Stell dir mal vor, was passiert, wenn die Frauen nur noch gerade genug weibliche Babys austragen, um den Fortbestand der männlichen Bevölkerung zu sichern.«

»Und allein Stacy Weldemeer wird diese fatale Entwicklung aufhalten? Sie kann nicht zaubern, weißt du. Und dieser Alptraum wird nicht stattfinden. Das ist nur eine clevere Methode, um sich eine enthusiastische Anhängerinnenschar zu sichern.«

»Ich glaube, du nimmst das nicht ernst genug«, sagte Jonell.

»Und ich glaube, daß du das alles zu ernst nimmst. Los, komm, wir sind auf einer Party, laß uns ein bißchen Spaß haben.«

Jonell nahm ihren Fuß von dem gepolsterten Hocker, und wir glitten zusammen vom Bett, öffneten die Tür und tauchten in die Musik und den Lärm der Party ein.

Wir durchquerten den kleinen Flur. Jonell schien ihren Geschmack für Möbel von ihrer Großmutter geerbt zu haben, während sie ihren Kleidungsstil von Liza Minelli übernommen hatte. Eine komische Mischung und einer der Gründe, warum ich sie so gerne hatte.

Ich kam an Stacy Weldemeer vorbei. Sie schien zu trinken und zu lachen wie jede andere normale Frau, was sie höchstwahrscheinlich auch war. Was sie Jonell erzählt hatte, war plausibel, aber die Dramatik kotzte mich an. Außerdem machten mir ihre Visionen Angst, oder sie machten mich auch neidisch oder beides zusammen.

»Jonell«, ich berührte ihren Ellenbogen, »ich denke, ich werde mich mal ums Tofu kümmern.«

»Du bist eine großartige Person«, sagte sie und drückte mir einen Kuß in den Nacken. Chanel No. 19.

»Hör bloß mit dem Großartige-Person-Mist auf. Das kannst du dir für deine neue Flamme aufsparen. Küß mich lieber noch ein bißchen mit deinen Chanel-Lippen, ich liebe es.« Sie tat es und segelte ins Wohnzimmer, während ich zur Küche durchging.

Ich nahm die Platte mit den Spießen, deren klumpige Formen mit Alu-Folie bedeckt waren. Ich balancierte sie auf meiner ausgestreckten Handfläche, kickte die Tür auf, die in den kleinen Innenhof führte, und ging nach draußen.

Über dem Hof hing ein ausladender Aprikosenbaum. Jonell hatte unzählige winzige funkelnde Lichter in die Zweige gehängt. Die Tür stand offen, ebenso die Fenster, ein großes Panoramafenster, das zum Wohnzimmer gehörte, und ein kleines schmales daneben.

Es war eine wunderschöne Nacht mit Sternen am tiefblauen Himmel und den Partystimmen im Hintergrund. Eine aufgeregte Stimme schwebte eine Weile über dem Rest, bis ich merkte, daß sie aus dem kleinen schmalen Fenster kam.

»Es ist einfach kein Geld mehr da. Du wirst den Prozeß schon allein zum Abschluß bringen müssen.«

»Aber ich kann es nicht alleine schaffen. Du weißt das.«

»Okay, ich werde tun, was ich kann.« Das hörte sich nach einer Paartherapie an, die gerade zum Teufel ging.

»Ach, Scheiße, warum hören wir nicht einfach damit auf ...«

»Das können wir nicht. Für dich ist das vielleicht nicht so wichtig, aber für mich. Das ist mein Leben.«

»Wenn das dein Leben ist, dann muß mit deinem Leben was nicht in Ordnung sein.« Ich erkannte die Stimme. Sie gehörte Frances Cohen. Ich ließ einen Spieß mit Tofu-Würfeln und grünem Paprika auf den Fußboden fallen. Als ich ihn wieder aufhob, klebte etwas, das wie Katzenstreu aussah, daran.

Ihre Stimme fuhr fort und wurde lauter. »Nun mach dir nicht gleich in die Hose, du hast dir ja noch nicht mal die Finger schmutzig gemacht.«

Dann erkannte ich die andere Stimme als Stacy Weldemeers. Ich legte das verdreckte Essen zur Seite. Ich fragte mich, warum Stacy sich nicht in die Hose machen sollte und wobei Frances sich die Finger schmutzig gemacht hatte. Ich legte mehr Shish Kebab auf den Grill. Ich drehte die Spieße und achtete darauf, keine Spritzer auf mein Hemd zu bekommen, als ich Frances sah, die am Türrahmen lehnte. Sie trug rote Jeans mit weißer Stickerei, eine helle Baumwollbluse und einen schmalen roten Seidenschlips. Ihr flauschiges Haar lag zur Abwechslung mal flach auf ihrem Kopf. Der Gedanke an schmutzige Finger ließ mich auf die Spieße achten und die Zeit vergessen. Sie schien nichts dagegen zu haben, dort zu stehen, denn sie blieb einfach stehen und sagte kein Wort. Kurz bevor es unhöflich wurde, egal wie aufregend es auch immer war, sagte ich: »Warum gehst du mir nicht ein wenig zur Hand. Ich könnte ein bißchen Hilfe gut gebrauchen.«

»Gern«, grinste sie und kam herüber. Mir gefiel es, daß sie nicht so tat, als wäre zwischen uns nichts gewesen. Ich fühlte all die vertrauten Fragen nach der ersten Nacht mit einer Frau in mir aufsteigen. Einerseits war es wahrscheinlich vernünftiger, einen klaren Kopf zu behalten, aber andererseits wäre es auch spannend zu sehen, wie lange es dauern würde, bis ich den Verstand verlor. Es war eine berauschende emotionale Achterbahnfahrt.

»Und, was hast du so getrieben?« fragte sie mich, eine Hand in die Hüfte gestemmt, die andere drehte die Spieße.

»Oh, ich habe einen Mordfall untersucht.« Ich hätte alles mögliche gesagt, um die knisternde Spannung zu entschärfen. In Wirklichkeit hatte ich die meiste Zeit damit verbracht, zu putzen, Auto zu fahren und in der heißen und stickigen U-Bahn zu sitzen.

Ich erzählte ihr von Julie Arbeder, wie ich ihre Leiche gefunden hatte, von den Polizeibeamten. Ich erzählte ihr von Julies Gewerkschaftsarbeit. Ich erzählte ihr nicht von dem Anruf beim Frauennotruf, den Kodeintabletten in Julies Rucksack oder den schwarzen Seen, die Sue Martinez' Augen waren.

Plötzlich legte die Party einen Zahn zu. Eine Frau war betrunken. Ich konnte hören, wie ihre Stimme sich durch die Menge schnitt.

»Ich fürchte, ich war wohl die letzte, die mit ihr gesprochen hat«, sagte ich zu Frances. »Die letzten Worte einer Toten zu hören, kommt einer Verpflichtung gleich. Aber vielleicht war ich auch gar nicht die letzte ...«

»Findest du nicht, daß du das ganze etwas zu sehr dramatisierst?« fragte eine Stimme. Stacy Weldemeer und all ihre roten Locken standen lautlos da, nicht weit von meinem rechten Ellenbogen entfernt.

»Du hast mich erschreckt.«

»Das wundert mich nicht. Sowas kann passieren, wenn du Nancy Drew spielst.« Sie nahm einen Schluck von ihrem schäumenden Bier. Es hinterließ keinen Schaum auf ihrem Mund.

»Stacy!« Ich hörte ein Kreischen von der Tür her. Stacy Weldemeers Aufmerksamkeit wurde von einem Fan aufgesogen. »Göttin, ich hätte nie gedacht, dich hier zu treffen!« quietschte sie. Stacy verschwand in der enthusiastischen Umarmung einer staunenden Bewundererin.

»So, dann bist du also die letzten Tage schwer beschäftigt gewesen?« fragte mich Frances, als die Parade davonmarschierte.

»Gar nicht mal so sehr beschäftigt, eher absorbiert. Ich habe mit einigen Freundinnen gesprochen, mit ihren Kollegen. Ich schätze, ich habe einfach das Gefühl, daß sie mitten in irgendwas Bestimmtem gestorben ist.«

»Alle sterben mittendrin.«

»Nicht so wie sie.«

»Und du willst es jetzt zu Ende bringen? Warum, Emma, die Frau ist tot. Du mußt versuchen, darüber wegzukommen. Es gibt nichts, was du tun kannst.«

»Es scheint, als würde jede, mit der ich darüber rede, sich große Mühe geben, mir klarzumachen, daß ich aufhören sollte, mich damit zu befassen.«

»Vielleicht solltest du auf sie hören, wenn sich alle so große Mühe geben.« Sie legte einen Arm um meine Taille. »Du kannst es nicht ändern, Emma. Laß dir etwas Zeit, und es wird vorübergehen. Beschäftige dich mit anderem.«

»Soll das eine Einladung sein?«

»Wenn du willst.« Sie küßte mich voll, offen auf den Mund.

»Hast du das Gefühl, daß ich unzentriert bin, mir den Zugang zu meiner Verletzlichkeit verweigere?« Ich berührte sie leicht über ihren Hüftknochen.

Sie lachte. »Läßt du mir Zeit bis morgen früh, um das herauszufinden?«

Dieses langsame Grinsen begann sich auf ihrem Gesicht auszubreiten, und die Tofuspieße fingen an zu verbrennen. Ich ließ ihre Hüfte los, und wir arrangierten die Spieße auf einer Platte.

»Laß uns für eine Weile von hier verschwinden«, sagte sie. »Ich bin nicht in Partystimmung. Was hältst du davon, rüber in die Stadt zu fahren?«

»Eine gute Idee.« Ich ließ das Essen und die Party hinter mir zurück und folgte der Gestalt von Frances Cohen den Hügel hinunter zu ihrem Wagen.

Zehn

Ihr Fortbewegungsmittel entpuppte sich als alter Jeep mit Allradantrieb, und das gefiel mir. Ein Motorrad hätte ihren harten Stil bis zur Affektiertheit getrieben. Sie öffnete die Beifahrertür und ließ mich einsteigen. Sie zog den Choke, startete das Ding und wendete, um uns nach Boston zurückzubringen.

»Wofür brauchst du das Ding?« fragte ich sie.

»Ich gehe gern in die Wildnis. Ich fahr' soweit rein, wie's geht, lad' mir soviel Zeugs auf den Rücken, wie ich tragen kann, und versuche, damit eine Woche in relativem Komfort auszukommen. Wenn ich länger bleiben will, geh' ich zurück zum Jeep und hol' mir neue Vorräte. Am liebsten mag ich Orte ganz weit oben, hochgelegene Wüsten oder die Baumgrenze in den Bergen.«

»Machst du das oft?«

»So oft ich kann. Mich interessiert, wie die Organismen im Grenzbereich überleben. Pflanzen, Tiere, mit wenig Wasser und unter extremen Bedingungen. Jeder einzelne kleine Mechanismus ist wunderschön. Ich will es nicht studieren, ich möchte einfach nur mittendrin sitzen.«

»Ist das eine Reaktion darauf, die ganze Woche über kranke Menschen zu sehen?«

»Kranke Menschen, so'n Witz. Das Schlimmste, was ich zu sehen bekomme, ist eine Vagina mit einem gestörten pH-Haushalt. Und das ist mir auch ganz recht so.« Sie grinste mich sehr direkt an. »Wohin möchtest du?«

Mir fiel nichts ein. Sie schlug Live-Musik vor. »Ich kenne ein paar Musiker in der Stadt«, sagte sie. »An einem Abend wie diesem möchte ich nur guten, puren Oldtime-Jazz hören. Jazz. Keine Bläser, nur Saiteninstrumente.« Und sie wußte auch, wohin wir gehen mußten. Wir gingen ins Passim's, ein Club, der eine gute Gelegenheit dafür bot, mit guten Musikern anzugeben.

Ich hörte auf die Melodien, wie sie sich ihren Weg durch und um die Tonleitern herum woben. Technisch gesehen, war alles sehr beeindruckend, aber von Dur und Moll-Wechseln einmal abgesehen, hörten sich die meisten Nummern für mich ziemlich gleich an. Frances dagegen schien völlig in der Musik aufzugehen und klatschte Beifall, wenn ein Riff eine unerwartete Wendung nahm. Die Musiker waren süß und wußten die Soli ihrer Kollegen zu schätzen. Frances gab mir ein bißchen Hintergrundinformation über die Geschichte der einzelnen Instrumente, ihr Vergnügen an den fröhlichen Melodien war echt. Nach einer besonders verspielten Nummer verabschiedeten sich die Musiker. Wir tranken unseren Cidre aus und gingen.

Draußen auf dem Bürgersteig blieben wir stehen und machten uns je unsere eigenen Gedanken über den weiteren Verlauf des Abends.

»Warum hattest du Krach mit Stacy?« fragte ich sie und bereute es augenblicklich. Ich wollte keine zusätzlichen Informationen, besonders, wenn sie wirklich etwas miteinander hatten. Aber meine Intuition sagte mir, daß es nicht so war, und sie lag richtig.

»Wir haben uns darüber gestritten, wie Stacy die Klinik führt und daß sie versucht, das gleiche mit mir zu machen.«

»Ihr habt eine Hierarchie, stimmt's? Also ist es wohl klar, daß sie das Sagen hat, oder nicht?«

»Ach, Mist, Stacy ist in Ordnung. Und ich mag meinen Job. Und Stacy behandelt mich gut. Verdammt, die Hälfte der Zeit denkt sie, ich wäre Madame Curie.«

»Und, bist du's?«

»So langsam bekomme ich den Eindruck, als ob wir da unten mit Plutonium spielen.«

»Oh ja? Leuchten eure Samenspenden etwa im Dunkeln?«

»Ich sollte es ja eigentlich wissen, ich verbringe schließlich genug Nächte da unten.«

»Bitte verbring diese Nacht mit mir. Ich werd' für dich leuchten.«

Sie grinste ihr Einverständnis, und wir fuhren zu ihr nach Hause.

Ihre Wohnung lag im zweiten Stock eines umgebauten Einfamilienhauses. Es lag nicht direkt auf einem Hügel, aber auf einer Anhöhe. Sie wohnte dicht genug am Zentrum, um Probleme bei der Parkplatzsuche zu haben. Wir mußten einen Block vom Auto zurücklaufen, dann stiegen wir die rund fünfzig Treppenstufen aus Beton hoch, die zum Haus führten. Ein Flur mit einer steilen Treppe führte hinauf in Frances' kleines Apartment. Im Grunde genommen bestand es nur aus einem einzigen großen Raum. Der Vermieter hatte sich nicht die Mühe gemacht, Wände einzuziehen, um es zu einer richtigen Wohnung zu machen, aber es war auch besser so, wie es war.

Ein großes Bücherregal beherrschte eine ganze Wand. Bücher waren auf jede erdenkliche Art und Weise auf andere Bücher gestapelt, die in Reihen zusammengequetscht waren. Auf dem Boden lag ein blau-grauer Flickenteppich. Den Fußboden hatte sie weiß gestrichen. Ein teures beiges Sofa war fast das einzige Möbelstück. An der Wand hingen detaillierte Zeichnungen einer sehr traurig aussehenden Frau. Es sah so aus, als ob Frances nicht sehr oft hier war, aber wenn sie hier war, schien sie sich wohl zu fühlen. Eine kleine Trennwand verbannte die Küche in eine Ecke. Im Gegensatz zum Rest der Wohnung war sie ein einziges Chaos. Die Überbleibsel mehrerer Abendessen hatten ihre Spuren hinterlassen, auf der mit Krümeln übersäten Arbeitsplatte lagen ein Brotschneidebrett und ein Messer.

Die gesamte hintere Wand der Wohnung war verglast. Sie mußte einmal eine Dachterrasse gewesen sein. Die Fenster sahen auf eine winzigkleine Schlucht hinaus, die in der Dunkelheit nicht zu erkennen war, aber ein frischer grüner Geruch zog durch ein geöffnetes Fenster herein.

Eine zugige Ecke beherbergte ein hohes Bett mit einer weichen weißen Bettdecke. Der Nachttisch daneben war übersät mit Zeitungen, Zeitschriften und einem Buch über Gentechnik. Eine geometrisch geformte Lampe warf ein dreieckiges Licht auf die Kissen.

Ich setzte mich auf das von Fenstern umgebene Bett, hörte den Bach und sah zu den Sternen hoch. Frances erschien mit einer Flasche Rotwein und zwei Kristallgläsern. Wir waren beide zu verlegen, um auf irgend etwas anzustoßen. Der Wein war gut. Sie beugte sich zu mir herüber und küßte mich. Ich spürte, wie ihre Zunge meinen Mund erforschte, sie nahm ihn sich, sie sog mich in sich hinein. Ich hätte Angst bekommen, wäre da nicht ihre warme Hand auf meinem Rücken gewesen. Dann fand sie meine Brüste, und mir fuhren kleine Blitze durch den Körper. Ich konnte nicht verhindern, daß mir ein komisch quiekender Laut entfuhr. Mit einer Hand hielt sie meine beiden Handgelenke fest umklammert, während die andere Hand weiter und weiter vordrang und mich so sehr erregte, daß es fast schon schmerzhaft war. Und sie ging weiter und weiter, es schien fast methodisch, wäre da nicht ihr eigener Atem gewesen, der schneller und schneller ging. Spielerisch kämpfte ich gegen meine Passivität an, aber ich ließ sie gewähren, ich ließ sie Dinge entdecken, von denen ich nicht wußte, daß sie existierten. Ich war so naß, mit ihrer Hand zwischen meinen Beinen. Ihre Finger glitten in mich, und mein Körper bäumte sich auf. Sie hielt mich zwei Minuten lang, oder vielleicht waren es auch zehn. Dann war ich an der Reihe.

Elf

Wir nahmen uns sechsunddreißig Stunden Urlaub. Die Art von Urlaub, wo du nirgends hinfährst und auch keine Pläne im voraus machst. Wir zogen den Telefonstecker raus und blieben so lange im Bett, daß ich nicht mehr wußte, wie groß sie war, als wir schließlich aufstanden. Sie war kleiner als ich.

Ich hatte mich mit jedem Teil ihres Körpers bekannt gemacht, den Tigerstreifen auf ihren Hüften, dem Wechselspiel in ihren Aureolen, der Form ihrer großen Zehen. Wir erzählten uns unsere Lebensgeschichten. Sie war das jüdische Mädchen aus der Arbeiterklasse, das Ärztin geworden war, mit all den dazugehörigen schmerzlichen Erfahrungen und dem Versuch, ihrer Herkunft gerecht zu werden. Sie hatte während ihres Studiums nur eine längere Beziehung gehabt, die ganz große Liebe, die von einer Reihe unverbindlicher Affären nur noch unterstrichen wurde.

Ich war die ehrgeizlose Vollwaise, die ihre Selbstverwirklichung ignorierte, weil ihr das Leben einfach zuviel Spaß machte — davon abgesehen, daß es in letzter Zeit keinen großen Spaß gemacht hatte. Meine große Liebe hatte in einer Katastrophe geendet, was ich unerwähnt ließ. Es war die Art von Katastrophe, die immer dann eintritt, wenn du all die verbotenen Worte wie 'für immer und ewig' und 'Schicksal' aussprichst, und sie dann auch noch ernst nimmst. Als ich sie verloren hatte, wußte ich, daß die Zukunft nichts anderes als ein Kompromiß sein konnte. Oder vielleicht auch nicht. Ich hatte zweimal mit Sandy geschlafen, fand aber nicht, daß das zählte. Außer ihr hatte mich seit dreizehn Monaten keine Frau berührt. Auch das ließ ich unerwähnt.

Mit Frances würde es spannend werden, denn sie war viel zu interessant, um unkompliziert zu sein.

Und plötzlich war es Sonntag.

Frances kochte am Morgen Kaffee in der kleinen unordentlichen Küche.

Die voluminöse Sonntagszeitung war unten im Flur angekommen, und wir arbeiteten uns schweigend hindurch. Ich merkte, wie ich langsam unruhig wurde.

Ich beschloß, mich zu verabschieden. Ich brauchte etwas Zeit, um zu entscheiden, wie interessant sie wirklich war. Ich fand, daß ich fürs erste genug Beweise gesammelt hatte. Ich küßte sie zärtlich, zog mich aber als erste aus der Umarmung zurück. Sie registrierte es. Sie hatte einen weißen Knöpfpulli übergezogen, der auf einer Seite mit einem Muster von kleinen roten Dreiecken überzogen war.

»Ist der Pullover selbstgestrickt?« mußte ich sie fragen.

»Ja. Während meines Studiums hab' ich mir beigebracht, wie ich gleichzeitig stricken und studieren konnte. In drei Jahren habe ich es zu einem Examen und siebzehn Pullis gebracht.«

Da wußte ich, daß ich mich verliebt hatte. Ich ging nach draußen und traf auf die Welt. Es war so, als würde ich aus einer Sonntagsmatinee kommen, alles war viel zu hell, zu strahlend und hatte zu harte Umrisse. Frances war die Art von Himmel, die dir nur das Kino versprechen konnte.

Ich zog die Tür hinter mir zu und bereitete mich auf eine Runde mit dem öffentlichen Nahverkehr vor, um zu meinem Auto zu gelangen, das ich zwei Nächte zuvor vor Jonells Haus geparkt hatte. Was für ein sauberer Abgang, einfach Frances zu küssen, aus der Tür zu gehen und in den Bus zu steigen.

Eine Stunde und fünfzehn Minuten später war ich wieder bei Jonells Haus angelangt. Der monströse Plymouth nahm sich neben den ganzen politisch korrekten Kleinwagen und Toyotas in Jonells Block wie eine Zuhälterkutsche aus. Ich blieb ein paar Minuten im Plymouth sitzen. Jeder Gedanke an Frances schien mir sofort zwischen die Beine zu fahren. Es war sehr beunruhigend.

Es war aber auch ein schöner Tag. Der Hafen war fast weiß vor lauter kleinen flinken Segelbooten. Es wäre schön, ein

Segelboot zu haben und in die Postkartenansicht eintauchen zu können. Aber ich würde mich mit Rollschuhlaufen in den Commons begnügen müssen. Ich hatte perfekte sechsunddreißig Stunden hinter mir und wollte nun einen perfekten Bostoner Sonntag genießen. Das wäre er auch geworden, wenn ich nicht im Park in Sue Martinez gerannt wäre.

Ich war gerade dabei, mir meine Rollschuhe anzuschnallen, als ich ihr glänzendes schwarzes Haar entdeckte. Es war dick und hatte diese typische kleine Welle an den Haarspitzen. An der Art, wie sie ihre Schultern hochgezogen hatte, erkannte ich sie sofort. Es war einfach nicht zu glauben, unter all den Bewohnern dieser Stadt, Familien mit kleinen Kindern, sogar japanischen Touristen, Drachensteigern und Jongleuren mußte ich ausgerechnet auf eine South-End-Bewohnerin treffen. Das hieß, eigentlich sah ich nur ihren Hinterkopf. Sie saß auf einer Parkbank und sprach mit einem Mann. Mich interessierte dabei, was sich zwischen den beiden abspielte. Sie wollte etwas von ihm. Er gab sich gelangweilt, unbeteiligt. Ich hatte beim Frauennotruf gelernt, daß es auch in einer solchen Situation zu Gewalt kommen kann, denn die Männer sind nie gelangweilt, nie unbeteiligt. Die äußerste Bedrohung ist es, wenn die Frauen ihre Gefühle ins Spiel bringen, und die Männer es schließlich auch tun. Es ist nie schön, das mit anzusehen, und es ist noch viel schlimmer, es vorauszusehen. Aber dieses Mal lief es nicht darauf hinaus. Ich sah, wie er ihr etwas zusteckte und sie abrupt aufstand und wegging.

»Sue!« Ich humpelte auf einem Rollschuh zu ihr rüber. Vielleicht hatte sie mich nicht gehört. Sie ging weiter. Sie trug einen langen, grünen Mantel über einer hellen Hose. Sie ging so schnell, daß der Mantel leicht hinter ihr herwehte.

»Sue!« Ich rollte mit meinem einen Rollschuh voraus, mein anderer Fuß kam kaum hinterher.

Ich erreichte sie und hielt sie am Ärmel fest. »Was ist?« Sie wirbelte herum, als ob sie wüßte, wer ich war, als wenn wir uns mitten in einem Streit befunden hätten. Meine Hand wurde allein durch den Schwung, mit dem sie sich umdrehte, von ihrem Arm gerissen. Ich hatte das Gefühl, als hätte sie das auch beabsichtigt.

»Als ich dich das letzte Mal gesehen habe, hast du dich mir auf einem silbernen Tablett angeboten«, bemerkte ich irritiert. Sie sah mich noch nicht einmal an. »Und es war nicht nur Anmache.« In Kürze würde ich sehr wütend sein. »Du hast angenommen, daß ich dich will, weil ich lesbisch bin, was?«

Sue betrachtete ein Blatt, das auf dem Boden lag, und sah dann mit einem halb gelangweilten, halb genervten Seufzer zu mir hoch.

»Jetzt hör mir mal zu«, inzwischen war ich wütend. »Ich weiß, wann ich eine Frau begehre. Mehr oder weniger. Und ich erwarte von ihnen, daß sie das gleiche von sich selbst wissen. Mehr oder weniger. Was du da abgezogen hast, hatte weder was mit Wissen zu tun noch mit Anziehung.«

»Woher willst du denn schon wissen, was ich will?« sagte sie kalt, eine andere Person als letzte Woche.

»Ich denke, daß es verdammt offensichtlich ist, was du willst. Und sogar wenn ich was hätte, bräuchtest du nicht zu kokettieren, um es zu bekommen. Koks kann dich ziemlich schnell ins Grab bringen.«

»Und wenn schon, das geht dich nichts an.« Ich sah sie einen nervösen Blick zurück zur Parkbank werfen. »Hör zu, mir geht es gut. Ich brauche deine Hilfe nicht. Ich weiß es zu schätzen, was du getan hast, die Sachen, die du über Julie herausgefunden hast, aber ich möchte das ganze jetzt nur noch vergessen.«

»Ja, sicher. Was bin ich froh zu sehen, daß dich der Tod deiner Mitbewohnerin mittlerweile so kalt läßt. Leg sie einfach auf Eis, und es wird schon vorübergehen.«

»Laß mich in Ruhe.« Sie betonte jedes einzelne Wort. Dann ging sie schnell davon und wirbelte ein paar Blätter hinter sich auf. Ich blieb zurück und fragte mich, wie viele verschiedene

Masken ein Junkie tragen konnte. Eine Frage, die wohl keine mit Sicherheit beantworten konnte. Und ich war auch nicht überzeugt, daß sie ein Junkie war.

Ich hoppelte zum braunen Auto zurück und rauchte eine Zigarette. Dann zog ich mir den anderen Rollschuh an und drehte ein paar schnelle Runden, ich raste zwischen kleinen Kindern, Einkaufswagen und Welpen hindurch. Mein Sonntagnachmittag war mir gründlich verdorben.

Zwölf

Am nächsten Tag mußte ich wieder zur Arbeit.

Ich mag Montagmorgen, wenn ich mich am Abend vorher gekonnt darauf vorbereitet habe. An diesem Sonntagabend hatte ich es. Nach dem Rollschuhlaufen war ich nach Hause gefahren, hatte eine Runde Wäsche gewaschen und sie zum Trocknen in die Maisonne gehängt.

Ich blätterte in einem Museumskatalog über Küchenutensilien des Mittelalters. Ich las eine Geschichte in einer Zeitschrift. Dann sah ich fern und bügelte vier Blusen. Wenn ich koksen würde, könnte ich es vielleicht auch mit Faltenröcken aufnehmen. Danach schrieb ich drei Überweisungen und machte die Terminplanung für diese Woche. Ein überfälliger Brief an eine Tante, die meine letzte lebende Verwandte war, vervollständigte meine Pflichten. Meine Tante würde mit Geschichten antworten, die davon handelten, wie sie sieben Dutzend Plätzchen für eine Party in ihrer Farm-Gemeinde gebacken hatte, dreitausend Meilen von hier entfernt. Wenn ich Glück hatte, würde sie mir das Rezept schicken. Wenn ich noch mehr Glück hatte, würde ich sie nicht alleine essen.

Die folgende Woche verlief reibungslos. Auf dem morgendlichen Weg zur Arbeit kämpfte ich mich entweder durch den Verkehr oder wartete auf die U-Bahn. Ich bereitete mir ein paar großartige Abendessen. Mir gefiel das Alleinsein, weil ich mit der Frau zusammen war, auf die ich mich am meisten verlassen konnte, mit mir. Ich verschlang drei gute Bücher. Auf der Arbeit nahm ich die Anrufe entgegen und beruhigte die panische weibliche Bevölkerung. Ich war ein sehr braves Mädchen. Genau wie es sein sollte. Es gab nur einen Abend, an dem meine Gedanken in den Ereignissen der letzten Woche fischten. Ich glaubte nicht, daß ich es bewußt vermieden hatte. Sue hatte eine große schwere Tür geschlossen, hinter der das ganze Durcheinander verschwunden war, was sich bestens mit meinen eigenen Wünschen deckte. Es war einfach nur, daß ich nicht gewollt hatte, daß Sue in der Geschichte die Rolle bekam, die sie dann wirklich spielte. Ich hätte es gern gesehen, daß die Energie unaufhörlich durch ihre langen Glieder floß. Ich wollte nicht, daß sie von einem Haus mit Fenstern aus Plastik umgeben war. Ich wollte nicht, daß sie kicherte. Die Welpin gehörte wahrscheinlich noch nicht einmal ihr.

Ein hartnäckiges, albernes Gefühl von Mütterlichkeit verleitete mich dazu, mir um sie Sorgen zu machen. Die einzigen drei mir bekannten Drogen, die die Pupillen dermaßen erweiterten, waren Angel Dust, wofür sie zu schlau sein sollte, LSD, wofür sie zu alt war, und Kokain, was eine Menge schlauer Leute nahmen, bevor sie herausfanden, daß sie nicht schlau genug waren. Ich fragte mich, ob die Drogen schon Spuren auf ihren Armen hinterlassen hatten. Ich beschloß, sie anzurufen, und sei es nur, um sie zu ärgern.

Eine verdrossene Misty nahm den Hörer ab.

»Hallo?« Wenn einige Leute antworten, ist das immer eine Frage.

»Hallo, ich bin's, Emma. Ist Sue da?«

»Sue? Nein, sie hat wohl heute morgen die Stadt verlassen.«

»Die Stadt verlassen? Wohin ist sie denn gefahren?«

»Sie besucht wohl eine Freundin. Eine Freundin in Tijuana?« Die Frau konnte einfach keine normale Feststellung machen. Ich fragte mich, wie ihr wohl richtige Fakten von den Lippen kamen. »Sie hat all ihre Sachen mitgenommen. Sie ist wohl mit dem Taxi zum Flughafen gefahren.«

Soviel also zu Sue. Ich hoffte, daß sie südlich der Grenze von der Droge ihrer Wahl loskommen würde. Das war ziemlich unwahrscheinlich. Außerdem fragte ich mich, wie sie den Trip nach Tijuana bezahlen konnte. Ich wünschte ihr, daß sie auf dem Weg zum Flughafen im Tunnel steckengeblieben war und ihren Flug verpaßt hatte.

Mein Lieblingsvehikel in dieser Woche war ein roter Jeep, der am Freitag um die Mittagszeit vor meinem Büro hielt. Ich stand im Eingang des Frauennotrufs. Frances stieg von ihrem hohen Gefährt herunter. In ihren Armen hatte sie zwei riesige Sträuße rote Tulpen, die sie gegen einen weißen Baumwollmantel hielt. Sie legte sie mir in die Arme.

»Ich habe vor, dich mit Tulpen zu bestechen«, sagte sie. Ich hätte sie gern geküßt.

»Warte einen Moment, laß uns aus dem Eingang verschwinden.« Ein Teil von mir befindet sich noch immer in einer Art von Versteck, für gewöhnlich meine Lippen, wenn sie sich auf einer öffentlichen Straße außerhalb meines eigenen Büros befinden.

»Ich lade dich zum Essen ein«, sagte sie und entführte mich in den nächstgelegenen Quiche-Kultur-Schuppen. Er war fast nebenan. Sie fand einen Tisch am Fenster. Ich half ihr dabei, ihren weißen Mantel auszuziehen. Ihr hellbraunes Haar folgte einem elektrostatischen Muster, als ich ihr den Mantel von den Schultern zog und aufhängte. Ich setzte mich ihr gegenüber und mußte die abstehenden Strähnen runterdrücken. Es ist nicht leicht, sich ernsthaft mit einer Frau zu unterhalten, deren Haare in merkwürdigen Winkeln vom Kopf abstehen.

Sie nahm meine Hände in die ihren. Sie lehnte sich ernst nach vorne. Zumindest war das ihre Absicht.

»Du versuchst, mich mit Tulpen zu bestechen«, erinnerte ich sie.

»Ja. Plus Lunch und drei gute Bücher deiner Wahl. Das heißt, eins habe ich dabei.« Sie langte in eine quadratische blaue Segeltuchtasche und brachte 'Die tanzenden Wu Li Meister' zum Vorschein.

»Aber was, wenn ich mich nicht für Neue Physik interessiere?«

»Oh, aber das wirst du. Das ist ein großartiges Buch, es ist ...«

Sie unterbrach sich selbst. »Emma, ich denke, daß du eine wundervolle Frau bist. Ich möchte dich viel öfter sehen. Aber es gibt etwas, womit ich dieses Wochenende beschäftigt bin und die ganze nächste Woche und vielleicht auch noch das nächste Wochenende. Und ich möchte dich nicht verlieren, und ich möchte nicht, daß du einen falschen Eindruck bekommst.«

»Aber du möchtest mich auf Eis legen? Das ist kein falscher Eindruck?«

»Ja.« Sie versuchte gar nicht erst, sich herauszureden. Sie sah mich mit ihren braunen Augen an. Sie paßten nicht zu ihrem marineblauen Pulli. Der marineblaue Pulli war handgestrickt.

»Was hast du überhaupt vor? Schwarzarbeit?«

»Ich arbeite in einem Labor. Ich habe letztes Jahr dort gearbeitet, bevor ich zur Blackstone-Klinik kam. Sie zahlen sehr gut, und die Ausrüstung ist toll.«

»Woran arbeitest du?«

»Das ist ein bißchen kompliziert zu erklären.«

»Ich bin ein schlaues Mädchen. Klär mich auf.«

»Das kann ich nicht. Noch nicht.« Sie sah aus, als könnte sie es wirklich nicht.

»Okay. Du willst mich also für ein paar Wochen auf Eis legen. Und du hast mich sehr gern. Und du hättest es gern, wenn ich solange nichts mit einer anderen anfange. Ich soll also zu Hause sitzen und Bücher lesen und dabei zusehen, wie ein kleines Vermögen an Tulpen verwelkt.«

»Aber sie werden nicht verwelken. Sie fangen gerade erst an zu blühen. Du wirst sie blühen sehen. Und ich werde dir neue schicken.« Sie hörte auf, die Blumen anzupreisen. »Ich meine es ernst mit dir, Emma«, sagte sie.

»Ich werde warten«, sagte ich. Dann küßte ich ihre Hand. Das war ziemlich kitschig, aber das einzig angemessene, was ich über den Tisch hinweg tun konnte. Anschließend aß ich ein wundervolles Mittagessen, das sie mir bezahlte, und ging zurück zur Arbeit. Ich brachte sie zurück zu ihrem Jeep, ließ sie mich aber nicht richtig zum Abschied küssen. Ich hatte nichts dagegen, bestochen zu werden, aber ich haßte es, zu warten. Dies hier schrie geradezu nach intensivem Bügeln, und ich fragte mich, ob ich mich soweit erniedrigen würde, Unterhosen zu bügeln.

Dreizehn

Ich habe dann doch keine Unterhosen gebügelt, die Zeit aber trotzdem sehr genossen. Meine Freizeit verbrachte ich allein, und mir gefiel es so. Ich arbeitete, ich aß, ich machte mir Sorgen, ich nahm die U-Bahn zur Arbeit. Es wäre perfekt gewesen, wäre ich nicht spät eines Abends in meinem Vorspiel zum Einschlafen gestört worden. Es war Sandy, allgegenwärtig selbst am Telefon.

»Na, Emma.«

»Oh, Sandy, wie geht es dir?« Plötzlich erinnerte ich mich an ihre Ausschabung. »Ich habe vergessen, dich anzurufen. Entschuldigung.«

»Na ja, ich war auf Jonells Party auch nicht besonders gut drauf. Verzeihst du mir?«

»Na klar. Wie geht es dir jetzt? Hört sich ganz so an, als wären die alten Hormone wieder im Gleichgewicht.«

»Du kannst wirklich gut in mir lesen, Emma.«

»Wie ist es gelaufen?“

»Ja, also, die Frauen in der Blackstone-Klinik waren großartig. Sie haben mir alles genau erklärt und die Erfahrung einigermaßen erträglich gemacht.«

Ich hätte sie gern nach Frances gefragt, tat es aber nicht. »War es sehr schmerzhaft?«

»Schmerzhaft ist gar kein Ausdruck, Emma. Es war *die* Schmerzerfahrung, total.«

»Puh.«

»Und das ist noch nicht alles. Ich lag auf dem Tisch, mit den Füßen in den Bügeln, und dann gaben sie mir die lokale Betäubung. Das war mit keinem anderen Gefühl zu vergleichen, das ich jemals hatte. Die Gebärmutter hat keine Nervenenden, weißt du, aber plötzlich bekommst du einen Krampf, den schlimmsten Krampf, den du dir überhaupt vorstellen kannst. Dann baute sich dieser ungeheure Druck in meinem Innern auf, als ob meine Gebärmutter wie ein Ballon aufgeblasen wurde. Dann meinte ich, daß ich innerlich verbrannte.«

»Wie schrecklich.«

»Dann kam dieser Moment, wo ich sogar dachte, daß ich etwas riechen würde, und mit einem Mal habe ich mich von dem Operationstisch weg projiziert. Ich schwebte in eine Ecke des Raumes. Ich konnte mich dort unten liegen sehen. Der Raum wurde länger, und am anderen Ende war ein großes Fenster. Draußen konnte ich kleine blinkende Lichter erkennen und, ja — jetzt weiß ich, was es war. Der John-Hancock-Turm. Ich schwebte unter der Decke der Blackstone-Klinik und sah auf den John-Hancock-Turm hinaus. Merkwürdig, hm.«

»Und, hattest du große Schmerzen?«

»Nein, ich hing einfach dort oben, außerhalb meines Körpers. Und dann, nimm es bitte nicht persönlich, Emma, hörte ich deinen Namen.«

»Aber Sandy, diese Art von Beziehung haben wir doch längst nicht mehr.«

»Erzähl das der Göttin, Emma. Ein Flüstern trieb in meine Richtung, 'Emma Victor' sagte es. Und dann hörte der Schmerz ganz auf. Aber dann kam das Monster.«

»Ich hab's doch geahnt, mein Name ruft schreckliche Menschenfresser herbei.«

»Nein, Emma, es war wirklich beängstigend. Plötzlich spürte ich, wie eine feindliche Macht ins Zimmer kam. Ich fiel zurück auf den Tisch, so als ob ich von einer riesigen Hand hinuntergedrückt wurde. Ich blickte auf und sah die Krankenschwestern, die Ärztin und dann spürte ich, wie das Monster näherkam. Ich schaute mich um und sah, wie sich ein furchtbarer kleiner Mann mit einem Buckel näherte. Er kam auf mich zu und beugte sich über mich. Ich sah zu den anderen Frauen hoch, aber sie bemerkten ihn noch nicht mal. Ich sah noch einmal hin, um zu sehen, ob er immer noch da war, und spürte seinen Atem auf meinem Gesicht. Würg.

Käse. Ich sah in seinen Mund und sah schleimiges, entzündetes Zahnfleisch. Ich wollte schreien, bekam aber keinen Ton heraus.«

»Was ist dann passiert?«

»Ich muß wohl ohnmächtig geworden sein. Das nächste, woran ich mich erinnern kann, ist, daß ich von einer Schwester geweckt worden bin. Sie meinte, daß es nichts Ungewöhnliches wäre, Halluzinationen zu haben. Die Frauen dort sind so fürsorglich, sie kümmern sich so um dich. Ich fühle mich wesentlich besser, und jetzt bin ich bei bester Gesundheit.«

»Ich freue mich, das zu hören.«

»Emma, du hast wohl keine Lust, nächstes Wochenende mit zu einer Séance in New Hampshire zu kommen?«

»Nein, habe ich nicht.«

»Dachte ich mir.«

Sandy machte eine Pause, und ich konnte das unbequeme Vakuum in ihrer Persönlichkeit fühlen. Ich hatte den Eindruck, daß die kosmischen Mächte es auch nicht auffüllen konnten.

»Emma, du bedeutest mir immer noch sehr viel.«

»Ich weiß, aber du wirst es bereuen, wenn du mir weiter nachschmachtest. Warum nennen wir es nicht einfach platonisch, und du läßt mich von deinen Visionen profitieren. Heb meine Füße ein bißchen vom Boden ab, eine kleine indirekte astrale Projektion, sozusagen.«

»Ich glaube, du hast einfach nur Angst vor meinen großen Titten«, sagte sie.

»Das ist natürlich auch eine Art, es zu sehen. Der Ansatz gefällt mir.«

»Okay, ich werd's weiter versuchen.«

»Sandy, du bist einfach unverbesserlich. Und ich warne dich besser vor, ich hab' da was Neues am Horizont.«

»Keine Sorge, die kosmische Einsicht läßt mich über jeden materiellen Konkurrenzkampf erhaben sein.«

»Ich würde nicht drauf wetten.«
»Gute Nacht, Emma.«
»Gute Nacht, Sandy. Ich freue mich, daß es dir besser geht.«

Ich fand, daß ich gut ausgeruht war, als mich Frances zwölf Tage, nachdem sie mir die Tulpen gebracht hatte, endlich anrief. Sie wollte vorbeikommen und bei mir schlafen, an einem Abend, an dem sie noch lange arbeiten wollte. Ich war über mich selbst erstaunt, als ich zusagte. Aber ich war nicht wirklich damit einverstanden.

Frances kam zu einer anständigen Zeit angehüpft. Es war offensichtlich, daß sie einigen Enthusiasmus zu kontrollieren versuchte. Sie hatte leuchtend rote Wangen und einen fast hysterischen Gesichtsausdruck. In ihrer Jeans und ihrem Arbeitshemd war sie ein Ausbund an Gesundheit.

»Du siehst glücklich aus, wo ist die Party?«

»Oh, die Dinge laufen einfach nur sehr gut.«

»Okay, du brauchst mich nicht einzuladen. Ich mag es ja nicht, allein auf Partys zu gehen, aber gewissen Leuten scheint es Spaß zu machen.«

»Hör zu, ich erzähl' dir alles, wenn ich damit fertig bin. Dräng mich bitte nicht.« Sie griff nach der Abendzeitung.

»Dich drängen! Hey, Miss Große Wissenschaft, mein Wohnzimmer ist nicht dein persönlicher Boxenstop. Was mich erstaunt ist, daß du denkst, daß deine bloße Anwesenheit, dein Zeitunglesen Grund genug ist, mich warten zu lassen.«

»Ich habe dich nicht gebeten zu warten.«

»Und ich glaube, daß diese Treffen nach der Arbeit mit dir nicht funktionieren.«

»Du hast recht. Es tut mir leid.« Sie legte die Zeitung neben sich auf die Couch. »Und nun?«

»Du wolltest kommen. Also solltest du auch eine Idee haben.«

»Hey, ich bin einfach ein bißchen abgespannt.«

»Dann geh nach Hause. Ich habe es satt, daß du müde und

überarbeitet bist, müde und geheimnisvoll und egoistisch.« Ich war dabei, die Grenze zu einer Wut zu überschreiten, aus der ich nicht so leicht zurückkommen könnte.

»*Du* bist hier diejenige, die geheimnisvoll tut. Wir sind also beide mit anderen Dingen beschäftigt. Ich habe diese wirklich wichtige Sache laufen ...«

»Na großartig. Warum nimmst du sie nicht mit nach Hause und erholst dich dort. Mein Wohnzimmer erfordert interessante Gespräche und heiße Liebesszenen. Du bist für beide Rollen die falsche Besetzung.«

»Komm her. Komm schon.« Natürlich ging ich zu ihr hin, aber ich ließ sie sich meine Zuneigung Stück für Stück verdienen. Sie sah mich an. »Welche Rolle, vorausgesetzt ich darf überhaupt mitspielen, hättest du für mich vorgesehen?«

»Wenn du zu keiner vernünftigen Unterhaltung fähig bist, werde ich alles Erdenkliche tun, damit dein Körper nach mir schreit.«

»Hört sich ziemlich passiv an, was meinen Teil betrifft«, sagte sie.

»Völlig. Aber ich denke, damit kannst du heute abend prima klarkommen.« Dann gingen wir ins Bett, und ich liebte sie sehr langsam und sehr ausgedehnt.

»Weißt du, ich habe dich sehr gern«, sagte sie hinterher.

»Du magst mich, weil ich dir nicht das Sagen überlasse.«

»Tragen wir denn so große Machtkämpfe aus?« murmelte sie sanft gegen meine Brust.

»Es sieht nur so aus, wenn wir nicht im Bett sind.« Ich zog ihren Kopf dicht heran, legte meinen Arm um ihre graziöse, gebräunte Schulter. Wir drifteten langsam in die leise Welt, die die Liebe möglich gemacht hatte, denn die kleinen Machtteufel waren besiegt und damit verschwunden.

»Weißt du, was ich heute gesehen habe?« murmelte sie verträumt.

»Das möchte ich mir lieber nicht vorstellen, meine verrückte Wissenschaftlerin.«

»Ich habe durch ein Ganzkörper-Mikroskop geschaut.«

»Was ist das?«

»Ein Ganzkörper-Mikroskop — na ja, es sieht ein bißchen wie ein Ultraschallgerät aus.« Ihre Stimme wurde lebhafter. »Weißt du, wie aufregend das ist?«

»Nein, erzähl's mir.« Ich strich durch das flauschige Haar auf ihrem wissenschaftlichen Kopf.

»Es bedeutet, daß du das ganze Gewebe sehen kannst, lebendes Gewebe.«

»Das verstehe ich nicht, was ist so Besonderes daran?«

»Wenn du etwas unter dem Mikroskop untersuchen willst, mußtest du bisher immer ein Stück Gewebe entnehmen und die toten Zellen untersuchen. Die einzige Ausnahme ist vielleicht das Ohr eines Kaninchens, weil es so dünn ist, daß du es unter ein konventionelles Mikroskop legen kannst. Und natürlich erleichtert es die Sache ungemein, wenn das Kaninchen kooperiert. Aber jetzt, mit diesem Ding, kannst du ein menschliches Wesen unter die Linse legen und den gesamten Mechanismus sehen. Es ist einfach phantastisch.« Sie stützte sich auf einen Ellenbogen, eine Brust hing herunter und strich gegen meine.

»Wo hast du das gesehen?«

»Bei Genocorp. Ich habe heute morgen dort gearbeitet. Ich weiß nicht genau, wozu sie es benutzen, aber sie haben im Moment ziemlich viel Kapital zur Verfügung und investieren es links und rechts in technische Ausrüstung, wie reiche Gören in einem Süßwarenladen. Und sie werden ständig reicher, das sage ich dir.«

»Bezahlen sie dich gut?«

»Ja, ich werde gut bezahlt, soviel wie eine langjährige wissenschaftliche Mitarbeiterin, obwohl ich nur Teilzeit arbeite. Aber es ist die Erfahrung, die Ausstattung. Gott, durch dieses Mikroskop zu sehen war, wie das Leben selbst zu betrachten. Es war wunderschön.«

»Deine Welt ist so weit weg. Ich kann dir kaum folgen«, ich

bekam einen Kloß im Hals. »Meine Vorstellung von High Tech ist eine zweidimensionale Postkarte.«

»Hey, Baby«, gurrte sie sanft, »wenn ich dich nur mit reinnehmen könnte und dich durch dieses Mikroskop sehen lassen könnte, dann würdest du mich verstehen. Es würde dich umhauen, auch ohne medizinische Vorkenntnisse. Du siehst, wie das Blut pulsiert, die Säfte des Lebens. Es sieht unglaublich aus.«

»Du machst es sehr attraktiv.« Ich sah in ihre Augen und fiel hinein. »Ich liebe deine Inspiration, Frances. Ich könnte nie eine Freundin ohne haben.«

»Inspiration ja, Besessenheit nein, richtig?«

»Ein feiner Unterschied.«

»Ich weiß.«

»Du wirst nicht auf ewig Überstunden schieben, oder?«

»Nein, aber ich mag es nicht, von 'immer und ewig' zu reden.«

»Ich auch nicht. Es ist aus dem Vokabular, das wir für unsere Beziehung verwenden, gestrichen.«

Wir saßen in der Stille unseres Übereinkommens, das Wort 'Beziehung' hing in der Luft, das Eingeständnis einer Verbindlichkeit, weil wir Grenzen abgesteckt hatten. Plötzlich existierten wir als Paar.

»Deine Arbeit bei Genocorp«, durchbrach ich das Schweigen, »stellst du sie politisch in Frage?«

»Wenn du dich für einen medizinischen Beruf entscheidest, wirst du für den Rest deines Lebens mit Fragen der Ethik konfrontiert. Das Problem ist, daß die American Medical Association versucht, dir die Antworten im voraus zu geben.«

»Kennst du die Antworten?«

»Nein, ich versuche einfach, nie aufzuhören, Fragen zu stellen — das ist wichtig ...«

»Aber Genocorp ...«

»Bitte mich nicht, sie zu verteidigen, Emma, bitte.« Sie war weit davon entfernt, wirklich um etwas zu bitten, und ich spürte, wie sie wieder mal die Oberhand gewann. Sie sah mich einen Moment lang an, ihre Pupillen fixierten meine.

»Hast du etwa Angst, daß die Arbeit bei Genocorp eine reiche Frankenstein aus mir machen könnte?« fragte sie.

»Nein, aber ich denke, daß du ein bißchen zu sehr auf diese High-Tech-Spielzeuge abfährst.«

»Wenn ich eine Unbedenklichkeitserklärung für dich bekommen kann, werde ich dich mitnehmen und dir alles zeigen.« Sie schob eine Hand unter meinen Rücken und legte sich über mich. »Du kannst die Linse dann über mein Herz legen und jede einzelne Zelle sehen, das ganze Gewebe.«

»So transparent bist du dann auch wieder nicht.«

»Oh, aber das bin ich, wirklich.« Sie beugte sich herunter und umschloß mich mit ihren braunen Armen. Sie zog mich an sich, und unsere Brüste berührten sich. »Du brauchst kein Super-Duper-Mikroskop, um es zu sehen.« Ihre Lippen fuhren meinen Bauch hinunter, und es passierte noch mal.

Um drei Uhr morgens erwachte ich in meinem leeren Schlafzimmer. Die fluoreszierenden Sterne waren schon verloschen. Ich roch den Rauch einer Zigarette, die im Wohnzimmer geraucht wurde. Ich hörte eine Stimme in einer leisen Unterhaltung. Die Stimme sagte: »Paß auf, daß deine Hormone nicht verrückt spielen!« Die Betonung lag auf 'deine'. Dann schlief ich wieder ein.

Als ich das nächste Mal aufwachte, hielt mich Frances in ihren Armen, und die Sonne schien ins Zimmer. Ich mußte eher zur Arbeit als sie, deshalb brachte ich ihr ihren Kaffee ans Bett. Ich erklärte ihr, wie sie das Haus zu verschließen hatte, und ließ sie mit ein paar Kissen im Rücken im Bett zurück. Das gab mir ein besseres Gefühl.

Fünf Tage lang hörte ich nichts von Frances. Es waren keine besonders angenehmen fünf Tage. Ich ging zur Arbeit und erfuhr, daß zwei unserer zuverlässigsten Auffangnetze zum Teufel waren — ein Frauenhaus und eine Tagesklinik für Alkoholikerinnen. Dem Frauenhaus fehlte die staatliche und die städtische Unterstützung. Es war einen langsamen Tod gestorben und hatte seine Mitarbeiterinnen mit erfolglosen Benefizkonzerten und Flohmärkten ausgeblutet. Die Tagesklinik für Alkoholikerinnen war geplatzt, als die Mittel für die Gehälter der Therapeutinnen und Mitarbeiterinnen, mitten während eines laufenden Finanzjahres, einfach von einem Mitglied des Kongresses gestrichen wurden. Ohne die Möglichkeit, Frauen an diese Institutionen verweisen zu können, fühlte ich mich wie eine leere Stimme, die eine gepeinigte Seele beruhigen sollte und ihr nicht mehr zu geben hatte als die leeren und falschen Versprechungen eines Werbespots. Ich hatte die Schnauze gestrichen voll. Ich ging jeden Abend genervt nach Hause.

Freitag abend und die Aussicht, das ganze Wochenende darauf zu warten, daß Frances vielleicht anrief, stimmte mich nicht eben fröhlicher. Ich trat hart aufs Gaspedal. Der Gedanke, in Francas Lesbenbar Fischen zu gehen, war auch nicht gerade ansprechend, und ich hatte einfach nicht die Energie, eine Dinnerparty zu geben, Essen und Freundinnen, Wein und Konversation auszubalancieren. Vor mir ein Verkehrsstau, ich sah in den Rückspiegel und trat langsam auf die Bremse.

Das war die Stimmung, in der ich nach Hause kam, genau wie die ganzen anderen schwitzenden Trottel, die sich auch nicht auf ihr Wochenende freuten. Ich betrachtete mein Backsteinhaus, als wäre es ein Gefängnis. Ich betrachtete meinen Garten, der nach einer ganzen Menge harter Arbeit aussah. Ich betrachtete meine Haustür, sie stand offen.

Vierzehn

Eine offene Haustür kann drei Dinge bedeuten. Es ist eingebrochen worden, oder der Einbruch ist noch im Gange, oder ich war dumm genug gewesen, meine Haustür nicht abzuschließen, als ich das Haus verließ und zur Arbeit ging. Das war mir tatsächlich schon einmal passiert.

Ich horchte hinein, lauschte auf die Geräusche, die professionelle Einbrecher machen, wenn sie die Stromkabel aus der Wand reißen, um einen schnellen Abgang mit der Stereoanlage zu machen. Einbrecher, die am Tage arbeiten, sind nicht besonders leise, sie sind nur verflucht schnell. Allerdings war es nicht sehr wahrscheinlich, daß sie ihren Bruch um 17:30 Uhr an einem Freitagnachmittag abziehen würden, wenn Millionen Menschen in der Großbostoner Gegend von der Arbeit nach Hause kamen. Ich sagte mir, es konnte gut sein, daß sie schon wieder weg waren, und betrat meinen Hausflur. Ich konnte immer noch nichts hören, also ging ich die Treppe zum Eßzimmer rauf. Der Schweiß lief mir nur so runter.

Auf einem Stuhl neben dem Eßtisch saß ein kleiner weißer Mann. Er trug einen dunkelgrünen Parka, schmutzige, unförmige braune Hosen und Sicherheitsschuhe. Er war glatt rasiert, hatte kurze schwarze Haare und war sehr, sehr nervös. Außerdem war er auch sehr wütend.

»Was haben Sie in meinem Haus zu suchen?« hörte ich mich sagen, mit fester Stimme, wie ich hoffte. Mir schossen alle Verhaltensregeln durch den Kopf, die ich kannte. Tu so, als ob dein großer Bruder draußen wartet. Tu so, als ob du eine Knarre hättest. Oh, Scheiße, warum in aller Welt hatte ich damals den Karate-Kurs nicht beendet?

»Wer sind Sie? Was wollen Sie hier?« fragte ich noch einmal, überlegte, wie weit ich vom Telefon entfernt war, und versuchte, mich an die Notrufnummer zu erinnern. Allerdings war ich mir nicht sicher, ob ich sie nicht mit der Nummer von Scotland Yard aus einem Spätfilm verwechselte. »Was haben Sie hier zu suchen?« Er antwortete nicht.

»Los! Raus hier!« schrie ich. Ich schlich mich zum Telefon, das friedlich auf seinem kleinen Ständer aus Ahornholz hockte. Er machte keinerlei Anstalten aufzustehen. Seine Hosen waren alt, unten noch mit Schlag. Sie waren zu lang, und der untere Rand war schmutzig. Ich bewegte mich weiter aufs Telefon zu, aber er rührte sich nicht.

»Sie, Sie ...« stammelte er, als wäre er geschockt, ein anderes menschliches Wesen vor sich zu sehen. Da wußte ich, daß er mir nichts tun würde.

»Wer sind Sie?« fragte ich.

»Das wissen Sie nicht? Sie laufen rum und stellen das Leben eines Mannes in Frage. Sie sprechen mit Leuten, mit hohen Tieren, in einer großen Organisation, einer Gewerkschaft. Ist es Ihnen egal, wenn Sie mit Ihren Fragen das Leben eines Mannes ruinieren?«

»Sie sind Rich Janinni. Der Vertrauensmann bei Parts Unlimited.« Langsam sackte mir das Blut im Gesicht wieder ab. Ich lehnte mich an die Holzvertäfelung und bemerkte zwei Häuser weiter eine Nachbarin in ihrem Fenster. Sein Mund, der sich zu einem so wütenden dünnen Strich verkniffen hatte, entspannte sich. Er sah weg.

»Wissen Sie eigentlich, was für einen Riesenärger Sie mir da eingebrockt haben, Lady? Wissen Sie, was da alles auf mich niederprasselt?«

Ich schüttelte den Kopf. »Aber ich hoffe, daß das eine gute Geschichte ist, Mister. Wir reden hier nämlich über Einbruch.«

»Sie haben Yellentrauw auf die Idee gebracht, mich zu feuern. Und als ob das noch nicht genug wäre, ist da eine Firma aus Atlanta, Georgia, die meiner Frau am Telefon droht. Und ich habe eine ganze Reihe von Packern, die mich auf den Tod nicht ausstehen können, und Gabelstaplerfahrer, die mich an jeder Ecke über den Haufen fahren wollen.«

»Diese Leute hatten einmal eine Gewerkschaft, erinnern Sie sich? Sie haben alles verloren, weil Sie sie ans Messer geliefert haben.«

»Ach, zur Hölle damit.« Er stand auf. Ich spannte meine Muskeln. Er bewegte sich durch den Raum, lief in einem kleinen, engen Kreis. Sein Kopf ging auf und ab. Er stoppte und starrte auf den Fußboden. Dann sah er mich mit seinen blauen Augen an, die auf eine beängstigende Weise gebrochen wirkten.

»Lady, ich habe eine hypernervöse Frau. Sie bildet sich manchmal Dinge ein, die gar nicht da sind, wissen Sie. Ich liebe sie, will bei ihr bleiben. Wir haben drei Kinder, und das ist alles, womit wir fertig werden können. Ihre Mutter hat ein schwaches Herz. Ihre Mutter treibt sie zum Wahnsinn. Wir können sie nicht bei uns zu Hause pflegen. Das würden wir einfach nicht schaffen. Wir müssen auch an die Kinder denken. Esther, sie muß es irgendwie zusammenhalten. Wir mußten ihre Mutter in ein Pflegeheim geben. Das Heim kostet ein Vermögen und stinkt trotzdem wie eine vollgeschissene Windel. Aber wir können ihre Mutter nicht bei uns haben. Esther würde das einfach nicht verkraften. Sie geht ja jetzt schon bei der kleinsten Kleinigkeit in die Luft ...«

»Ihren Kollegen geht es auch nicht gerade blendend.«

»Ach, Scheiße. Denken Sie, das wüßte ich nicht? Ich hatte es 'ne Weile ganz gut im Griff. Dann hat die Firma diesen Yellentrauw geschickt, und der hat mir den Schädel zu Brei geredet. Am Schluß wußte ich nicht mehr, ob er mir jetzt droht oder was. Ich wußte nicht mehr, was ich tun sollte.«

»Sie hätten sich an Ihre Gewerkschaft wenden können.«

Er antwortete nicht, er sah auf die Tür.

»Was ist los, Mr. Janinni? Sie haben sich nicht verkauft, nur weil so ein Lackaffe Ihnen ein bißchen gedroht hat. Sie haben mehr Mumm als das. Kommen Sie schon, Mr. Janinni, was ist es? Was hat den Ausschlag gegeben?«

»Hören Sie zu, warum lassen Sie mich nicht einfach in Ruhe, okay?«

»Julie Arbeder ist tot, Mr. Janinni. Entweder hat sie einige Leute sehr nervös gemacht, oder sie hat auf der East Lexington Street auf eine merkwürdige Art großes Pech gehabt. Sie machen auf mich einen sehr nervösen Eindruck.«

»Sie können mir keinen Mord anhängen.«

»Das ist etwas, das wir beide wissen, Mr. Janinni. Aber ich habe etwas gegen offene Fragen und ich bin sehr schlecht gelaunt und ich habe etwas dagegen, an einem Freitagnachmittag nach Hause zu kommen und einen wütenden uneingeladenen Jemand in meinem Haus vorzufinden. Der letzte Mann, der mich besucht hat, war ein Lieutenant Sloan von der Mordkommission. Er liebt es, eine Menge Fragen zu stellen. Und ich habe den Eindruck, daß er nicht immer höflich ist, und er wird mit Sicherheit keine Rücksicht darauf nehmen, wie nervös Ihre Frau ist. Wer weiß, vielleicht fällt ihm sogar ein, daß es *sein* Leben sehr vereinfachen würde, wenn er Sie verhaftet. Also, warum erzählen Sie mir nicht einfach, sozusagen als Entschädigung dafür, daß Sie in mein Haus eingebrochen sind, auf was Sie sich da eingelassen haben?«

Er ließ sich in einen Sessel fallen, seine Schultern sackten nach vorn. Er sah mich nicht an.

Ich wartete ein paar Minuten.

»Worauf haben Sie sich eingelassen, Mr. Janinni?« Ich benutzte meine sanfte Telefonstimme.

»Yellentrauw hat es so hingebogen, daß meine Krankenversicherung für das Pflegeheim meiner Schwiegermutter aufkommt. Er hat eine andere Arbeitsplatzbeschreibung entworfen, damit die Versicherung mehr Kosten decken kann.« Der Mann seufzte.

Das war also sein großes Geheimnis, ein großes, belangloses, widerliches Geheimnis, und ich bekam eine Stinkwut auf alle Yellentrauws und alle abgewichsten Unternehmen, die ihren Mitarbeiterinnen und Mitarbeitern die Daumenschrauben anlegten und ihre persönlichen Probleme gegen sie verwendeten. Manchmal wurde es Personal-Management genannt, und es wurden sogar Kurse darin angeboten. Und einige Kurse waren einfach noch ein bißchen ekelhafter als andere. Kosten-Nutzen: Zerschlage eine Gewerkschaft für den Preis eines Platzes in einem Pflegeheim.

»Mr. Janinni, warum haben Sie sich nicht an Ihre Gewerkschaft gewandt? Zumindest könnten Sie einige Informationen weiterleiten. Die Gewerkschaft braucht Sie. Verraten Sie sie nicht, damit würden Sie sich nur noch größere Probleme einhandeln.«

Aber ich konnte ihm nicht sagen, was er mit seiner nervösen Frau machen sollte oder seiner Schwiegermutter. Ich hatte auch keine Lust, die Sozialarbeiterin zu spielen. Ich war einfach nur müde, wollte meine Ruhe haben und das Wochenende mit meinen eigenen Problemen verbringen.

»Sie haben gut reden, Lady. Versuchen Sie mal, sich in meine Lage zu versetzen. Ich muß für fünf sorgen. Ich werde von links und rechts ausgenutzt, von der Firma, von der Gewerkschaft, von der Versicherung. Ich kümmere mich um meine Familie, weil es niemand, und ich wiederhole, niemand sonst tun würde. Und ich würde alles tun, um uns über Wasser zu halten, ich würde rauben, lügen und stehlen. Und wenn es sein muß, liefere ich meine Kollegen ans Messer. Mir gefällt das nicht, mir gefällt der Geschmack nicht, den das in meinem Mund hinterläßt, aber ich spucke einfach aus und versuche, mit meinem Kram weiterzumachen.« Er ging auf den Stuhl zu, auf dem sein Poncho lag. »Es wäre alles sehr viel leichter, wenn andere Leute nicht ihre Nase in meine Angelegenheiten stecken würden. Ich muß auf meine Art damit fertig werden, also halten Sie sich gefälligst da raus.« Er zog seinen Poncho über und langte nach einer dunklen Mütze, die auf dem Tisch lag. Er konnte keinen wirklichen Grund dafür gehabt haben, in mein Haus einzubrechen. Er konnte mir keine Angst machen, und selbst wenn er es könnte, würde das nichts ändern. Er war nur ein einsamer Trottel, der mit dem Rücken zur Wand stand und niemand hatte, bei dem er seinen Dampf ablassen konnte.

»Sie sollten sich ein besseres Schloß für Ihre Haustür besorgen, Lady. Dies hier kann man mit einer Kreditkarte öffnen.« Dann drehte er sich um und ging langsam die Treppe hinunter, und kurze Zeit später hörte ich, wie eine Autotür zugeschlagen und ein lauter Motor gestartet wurde, der einige Zylinder klappern ließ.

Das waren ja keine besonders rosigen Aussichten für den Abend. Ich versuchte es mit Lesen, ich versuchte es mit Essen. Ich bemühte mich, nicht darauf zu warten, daß das Telefon klingelte. Ich versuchte es damit, die Notruf-Post zu öffnen. Ich hatte die Aufgabe, ein paar Dinge für die Teamsitzung am Montag vorzubereiten. Da waren eine Handvoll Rechnungen, Werbung, drei Spendenaufrufe anderer Organisationen, ein Empfehlungsschreiben der Bürgermeisterin, das wir benutzen konnten, wenn wir uns im Februar bei den Stiftungen bewerben wollten, und die Einladung zur Sponsorenmesse. Diese Messe war von der Bürgermeisterin organisiert worden, um bedürftige Projekte und potentielle Sponsoren in Kontakt zu bringen. Ein niedlicher Versuch, die Wunden ihrer Stadt verbunden zu halten, aber es war nicht mehr als ein Tropfen auf den berühmten heißen Stein. Die Liste der Teilnehmer war beeindruckend, einige Maklerfirmen, die dringend Geld absetzen mußten, einige Unternehmen, die noch kein philanthropisches Aushängeschild besaßen, Vanguard, die linke Stiftung, American Express, die erst kürzlich einen 'Fond zur Unterstützung gesellschaftlich verantwortlicher Aufgaben' eingerichtet hatten, der Pilford Fond und die Glaser-Stiftung, die letzteren in Privatbesitz. Unglücklicherweise kam die Einladung zwei Tage zu spät. Das Ereignis sollte schon morgen abend stattfinden. Zum Glück war der Notruf nicht auf das Geld angewiesen.

Ich heftete die Post in zwei Ordnern ab und warf die Werbung in den Papierkorb. Ich fixierte das Telefon und starrte an die Decke. Ich dachte über die Ereignisse der letzten drei Wochen nach, darüber, daß ich eine Leiche gefunden hatte und eine Freundin, die arbeitsgeil war. Ich dachte an all die Frauen, die mich am Telefon um Hilfe baten. Ich dachte an eine nervöse Frau, die nicht mit ihrer Mutter zusammenleben konnte, und an eine Drogenabhängige mit kaputtem Fenster und einer Einkaufsliste, auf der 'Bananen, Apfelsinen, Birnen' stand, und die sich ihren Stoff im Park besorgte. Und ich bemitleidete mich selbst viel mehr als irgendeine von ihnen. Ich ging ins Bett. Die Sterne an der Decke irritierten mich.

Fünfzehn

Ich hatte keine Schwierigkeiten aufzuwachen. Ich hatte von Welpen und Rollschuhen geträumt, von Golf- und Volleybällen, Stiftungen und zerbrochenen Fensterscheiben. Die Träume hatten nicht gelogen, sie waren auf eine merkwürdige Art plausibel. Ich setzte mich auf die Bettkante, und es war mir egal, daß genau hier die Sonne voll auf mein Bett schien und ich zu schmelzen drohte. Ich holte Julie Arbeders Adreßbuch hervor. Ich sah unter 'N' für Nummern nach. Ein komisches System. Eine Frau, die nur wenige Nummern anruft, die aber oft. Ich fand den Eintrag 'Al, 823-6111'.

Ich betrachtete einen Moment lang den Quilt, der auf den Boden gefallen war. Ich betrachtete das Adreßbuch. Ich hatte einen langen Tag vor mir. Ich machte mir ein leichtes Frühstück, Kaffee und Toast. Ich legte einen Stechbeitel in meine Handtasche und fuhr mit dem Auto Richtung Zentralbibliothek.

Es war ein großes, altmodisches Gebäude aus den Zwanzigern. Ein Überbleibsel aus den Tagen, als es in der Architektur einen ägyptischen Tick gab, eine dekorative Zeit mit Verzierungen aus Stuck, bevor Bauhaus die geschwungenen Formen mit seinen rechten Winkeln aus Stahlträgern und Glas hinwegfegte. Ich ging in den freundlichen Auskunftsraum mit seinen dunklen Tischen, hohen Fenstern und seinem vielbeschäftigten jungen Personal. Ich bestellte die Jahresberichte privater Stiftungen und bekam die dicken gebundenen Bände wenig später von einem jungen Mann chinesisch-amerikanischer Abstammung in die Arme gelegt. Sie boten mir nicht allzu viele Informationen, also ging ich die gekachelte Treppe zur Abteilung für Stadtgeschichte hinauf, wo ich wunderbar informatives Material fand. Ein kurzer Abstecher zur Mikrofilm-Abteilung bescherte mir ganze Bände von Gesellschaftskolumnen, in denen die Namen zum Glück immer fett gedruckt waren. Die Frauen aus der High Society wurden von ihrer Clique oft 'Bootsie' oder 'Muffy' genannt. Es schien, als ob die Frauen nach und nach zu ihren eigenen Maskottchen wurden, Nachbildungen ihrer eigenen weißen Pudel. Eine merkwürdige Welt.

Allison Glaser war nur dreimal in den Klatschkolumnen vertreten. Sie stammte aus Los Angeles und besaß die Art sonniges gutes Aussehen, das für gewöhnlich von einem zu lange in der Sonne gebratenen Charakter zeugte. Sie hatte gewelltes, dickes blondes Haar, wahrscheinlich konnte sie es schon mit Kernseife zum Glänzen bringen. Sie strahlte sich mit ihren Grübchen durch einen Debütantinnen-Ball und ein Verlobungsfoto. Sie lächelte für ihr Hochzeitsfoto, obwohl sie damals erst neunzehn war. Danach verschwand sie für drei Jahre in der Versenkung und tauchte dann auf den Sportseiten wieder auf. Hier strahlte sie durch zwölf Golfturniere mit ihren Sommersprossen um die Wette, und sie schien sich daran zu gewöhnen, einen Pokal zu halten. Du konntest nun fast die Jahreszeiten von Allison Glasers Bräunungsgrad ablesen. Sie trug eine Menge gewöhnlicher Wickelröcke und zeigte in ärmellosen Baumwollblusen eine Menge gebräunten Bizeps. Wahrscheinlich hatte sie auch eine Menge kurzer Socken mit kleinen Garnbällchen an den Fersen aufgetragen. Ihre Schuhe hatten immer Spikes. Sie schien sich in der Gesellschaft älterer Frauen wohl zu fühlen, die gesund, reich und faltig aussahen.

Einmal fragte sie ein Reporter, ob sie nicht Profi werden wollte. Sie lachte und strahlte in die Kamera. Die Bildunterschrift besagte, daß sie antwortete: »Eigentlich möchte ich es lieber mal mit Volleyball versuchen!« Damit wäre sie ziemlich schnell wieder aus der Krähenfüßchen-Gruppe heraus.

Dann verschwand sie neun Monate lang aus dem Sportteil und tauchte wieder in der Gesellschaftskolumne auf. Es gab ein Foto von Allison Glaser und ihrem Mann auf der Geranien-Gala. Ich selbst habe Geranien noch nie ausstehen können und fragte mich, warum die High Society ausgerechnet so eine gemeine Blume wählte. Aber es gab ihnen anscheinend einen guten Anlaß, viel Rot und Kirschrot zu tragen. Die Kamerajungs der Sonntagsbeilage hatten ihre Fotos vierfarbig abdrucken lassen, wobei die Bräune der Reichen ein bißchen zuviel tiefrot abbekommen hatte, was sie alle so aussehen ließ, als stünden sie kurz vor einem Hitzschlag.

Allison Glaser hingegen hatte Schwarz gewählt und es in Form von massenhaft Seide fast horizontal um sich herumgewickelt. Ihre gebräunten und sommersprossigen Arme wirkten in den langen und viel zu weißen Handschuhen fehl am Platze. Mit Hilfe ihres Angetrauten, der ihren Ellbogen fest umklammerte, schritt sie eine breite Treppe aus Marmor hinab. Sie trug ihr Haar hochgesteckt, aber es war nicht gesprayt. Es benahm sich ganz natürlich, sprang hinter einem mit Juwelen besetzten Band in langen gewellten Strähnen hervor und endete in strohigen Spitzen. Sie sah wie eine Mischung aus der frechen kleinen Elfe Tinkerbell und einer Glamour-Matrone aus *Vogue* aus. Das Ergebnis war nicht gerade berauschend.

Sie trug einen Ohrring, der einer großen schwarzen Untertasse verblüffend ähnlich sah. Sie sah in etwa so glücklich aus, wie eine Frau aussehen kann, die eine große schwarze Untertasse im Ohr trägt. Aus der steifen Art, wie sie ihre Arme hielt, schloß ich, daß sie glücklicher gewesen wäre, wenn sie ein Neuner-Eisen gehalten hätte. Stanley Glaser dagegen gehörte einer ganz anderen Spezies an. In seinem dunklen Smoking und einem Smokinghemd ohne Rüschen und mit kleinen silbernen Perlenknöpfen sah er braungebrannt und fröhlich aus. Er und sein Föhnhaarschnitt nahmen die Marmortreppe mit Anmut und Kraft, er sah wie ein Dressman aus, jedoch ohne die Ausdruckslosigkeit. Er ging nicht einfach neben seiner Frau, er steuerte sie vielmehr die Treppe hinunter, und sein strahlendweißes Grinsen wirkte auch durch die Bräune hindurch verbissen. Mißtrauisch, wie ich nun einmal war, ahnte ich, daß er mit Vorsicht zu genießen war.

Was die gesellschaftliche Karriere von Allison Glaser anging, war das schon alles. Stanley Glaser war da eine andere Geschichte. Er verstand sich glänzend darauf, sich bei jeder passenden und unpassenden Gelegenheit groß in Szene zu setzen.

Er saß im Aufsichtsrat einer Universität, eines öffentlichen Dienstleistungsbetriebes und zweier Banken. Wenn er pissen ging, rauschte wahrscheinlich die gesamte Kanalisation der Stadt als Achtungsbezeugung. Sein großer Hit waren jugendliche Drogenabhängige. Er hatte ein paar vierzehnjährige Junkies gefunden, die er zu seinen Fällen machte und dazu benutzte, sich einen Weg in mehrere Zeitungsartikel zu erschleichen. Niemand schien sich wirklich dafür zu interessieren, es gibt nun mal nicht genug vierzehnjährige Drogenabhängige, die man retten kann, und die Wähler in dieser Stadt dröhnten sich selbst mit dem einen oder anderen zu. Aber das Thema war Stanley sehr dienlich gewesen, und das ganz ohne Kontroversen. Die Presse war für ihn ein Freifahrschein in die Politik, zusammen mit dem ganzen Geld, das er hinter sich hatte. Aber Glaser hatte seinen großen Schachzug noch nicht getan. Im Moment umwarb er den favorisierten Kandidaten für das Amt des Bezirksstaatsanwalts und pumpte wahrscheinlich soviel Geld in dessen Kampagne, daß es ausreichen würde, um die Zinsen der Staatsschulden zumindest einige Tage lang zum Rotieren zu bringen. In der Presse wurde er ständig erwähnt: Stanley eröffnet ein Museum, Stanley startet ein Programm, um ehemaligen Strafgefangenen zu helfen, stellt sogar selbst einige ein. Dem Artikel zufolge hatte er eine Frau aus dem offenen Strafvollzug als Hausmädchen angestellt. Mrs. Glaser, Allison, erschien nie bei diesen öffentlichen Ereignissen. Vielleicht war sie zu sehr mit den Mädels beschäftigt, erst auf dem Wasser, dann am Netz. Nicht ganz so philanthropisch, aber dafür ehrlicher. Zwischenzeitlich wurde ab und an ein zurückhaltender Bruder, Hugo, vorgeführt. Mr. Zurückhaltung sagte nie etwas und war wesentlich auffallender gekleidet.

Ich kehrte zum aktuellen Zeitungsstapel zurück und fand den Artikel über das Ertrinken von Mrs. Stanley Glaser. Der Sekretär der Familie beschrieb ein 'normales Familienmahl', bei dem das 'Hauspersonal bediente'. Fotos zeigten die Leiche in allen grausigen Details. Allison war nicht fürs Abendessen angezogen, sie trug Jeans und eine große weiße Bluse, die in trauriger Nässe aufs Pflaster tropfte. Anscheinend inspirierten Familienessen sie nicht mehr dazu, sich entsprechend anzuziehen. Das Hausmädchen hatte Dienst gehabt und wurde von der Polizei vernommen, der Familienchauffeur war gerade gekommen, um sie abzuholen, als das Foto gemacht wurde. Stanley Glaser erklärte, daß sie vorgehabt hatten, eine kleine Vergnügungsfahrt zu machen. Was für ein tragischer Beginn ihres Urlaubs, schrieb die Zeitung unnötigerweise und fuhr damit fort, daß Stanleys Vermögen durch Verkäufe und Fusionen auf dem Dienstleistungssektor über Nacht in die Höhe geschossen war, wodurch die Tragödie für die Regenbogenpresse noch einiges an Dramatik gewann.

Nach Aussage der Polizei war der Tod durch Ertrinken eingetreten, nachdem Allison in leicht angetrunkenem Zustand ausgerutscht und mit dem Kopf auf das Deck aufgeschlagen war, als die Yacht den Pier verließ. Eine Autopsie hatte ergeben, daß sie im dritten Monat schwanger war. Für die Sensationsblätter war es ein gefundenes Fressen, daß sie angetrunken war. Sie verkaufen nun mal eine Menge Zeitungen auf der Grundlage, daß die gewöhnlichen Sterblichen wissen möchten, daß es den Reichen und Schönen dieser Welt mies genug geht, um sich vollaufen zu lassen, und beschissen genug, um auf spektakuläre und häßliche Art zu sterben. Eine der anwesenden Reporterinnen hatte Stanley Glaser gefragt, ob er gewußt hätte, daß seine Frau an Bord getrunken hatte. Da er ihr eine Antwort verweigerte, ging sie zum Frontalangriff über und ließ in ihrem Artikel anklingen, daß die Glasers möglicherweise eine Scheidung laufen hatten. 'Sollte Stanley Glaser sich jemals um das Amt des Bürgermeisters bewerben', unkte sie, 'so sollte er sichergehen, daß dies nicht zu einer Chappaquiddick-Kampagne wird.'

Dann nahm ich mir die aktuelle Dienstagsausgabe mit dem Gesellschaftsteil vor. Der kürzlich verwitwete Stanley Glaser bereitete eine Wohltätigkeitsveranstaltung vor.

Ich brachte die Mikrofilmrollen zurück zum Tresen, nahm meine Notizen und ging zurück zum Auto. Ich hatte mir einen Strafzettel über fünfzehn Dollar eingehandelt. Die Glasers waren wesentlich interessanter, als ich gedacht hatte.

Auf dem Rückweg fuhr ich zu einem kleinen Eisenwarenladen. Ein weißer Mann zeigte mir eine Vielzahl von Türriegeln. Ich entschied mich für ein Modell aus Messing mit einem schweren Bolzen. Außerdem kaufte ich einen runden Aufsatz für meine Bohrmaschine, um ein Loch in der richtigen Größe in die Tür zu fräsen. Dann ließ ich den Mann noch meinen Stechbeitel schärfen.

Anschließend ging ich in das Wäschegeschäft nebenan. Ich sah mir die Strumpfhosen an: es war eine ganze Weile her, daß ich das letzte Mal an Strumpfhosen gedacht hatte. Diamantmuster, Stickereien im Uhrzeigersinn und die glatten Knöchel der Schaufensterpuppen lockten und zogen mich weiter und weiter in die Gänge hinein. Ein Paar schwarzer hauchdünner Nylonstrümpfe mit Naht und zwei kleinen diamantenen Dreiecken, die auf die Ferse appliziert waren, sprang mir ins Auge. Ich kaufte sie.

Ich konnte es kaum abwarten, endlich nach Hause zu kommen, mir meine Arbeitsklamotten überzuziehen und das Schloß zu installieren. Es gab eine Menge, über das ich nachdenken wollte. Die Zimmereiarbeit, bei der ein Schritt auf den andern folgte, kam mir gerade recht. Ich fand sie entspannend und dem Nachdenken förderlich. Ich hatte gerade ein sauberes kleines Quadrat, in das der Bolzen gleiten würde, ausgemessen und war dabei, einen identischen Einschnitt ins Holz zu machen, als ein roter Jeep vor dem Haus hielt. Ich fuhr mit meiner Arbeit fort, während Frances sich Zeit ließ, um einige Dinge in ihrem Wagen zu organisieren. Sie kam recht atemlos die Treppe zu mir heraufgelaufen. Ich küßte sie aus Höflichkeit und machte mit dem Stechbeitel weiter.

»Ich war gerade in der Gegend.«

»Du brauchst mir keine Erklärungen zu geben.«

»Ich hatte eine Menge zu tun ...« begann sie.

Ich haßte sie dafür, daß sie sich ihrer so sicher war, sich meiner so sicher war.

»Hör mal, Frances, ich will keine Zwischenspiele. Ich will wissen, ob wir uns irgendwohin bewegen. Falls nicht, dann ist das halt so. Aber ich habe das Gefühl, daß du mich hinhältst.«

Sie sah mich ernst an. Ich mochte ihren großen Mund, der nicht verkniffen oder wütend aussah. Er sah traurig aus. Es war nicht fair, daß sie zugleich rätselhaft und hilflos wirkte. Vielleicht hatte sie eine Schwiegermutter in einem Pflegeheim, die ein Teilzeit-Frankenstein war. Ich sehnte mich nach den Romanen von Charlotte Brontë. Jemand drückte in ihrem Auto auf die Hupe. Ich weiß nicht, Konkurrenz spornt mich immer an. Ich ließ meine Hände unter ihre Jacke gleiten und fand ein Seidenhemd. Sie trug einen BH. Ich küßte sie auf die Stirn, und eine Strähne ihres feinen, flauschigen Haares fiel ihr ins Gesicht.

»Ich habe heute abend schon etwas vor. Melde dich wieder. Ruf mich an, okay?«

Sie nickte und machte ein paar Schritte auf ihren Wagen zu. Dann fummelte sie in ihrer Jackentasche und kam ein paar Schritte zurück. »Hab' ich fast vergessen, hier ist mein Haustürschlüssel«, sagte sie, »ich habe einen für dich machen lassen.« Sie drückte mir einen Schlüssel mit blauem Plastiküberzug in die Hand.

Sie ging zurück zu ihrem Wagen und stieg ein. Ich betrachtete die beiden undeutlichen Umrisse im Inneren des Wagens und ließ zwei Tränen in meinen Augen aufsteigen. Dann wischte ich sie weg: ich kann den Geschmack von Tränen nicht ausstehen.

Ich machte mit dem Stechbeitel weiter, bis ich die exakte Form für den Bolzen hatte. Ich paßte die Abdeckscheibe aus Messing darüber und markierte die Punkte für die Schrauben. Nach dem Bohren setzte ich die Schrauben ein. Ich brauchte ein angenehmes Maß an Kraft, um sie in das Holz zu schrauben. Ich fegte die Holzspäne zusammen und legte das Werkzeug in den Schrank im Flur. Morgen würde ich das Schloß installieren. Ich ging davon aus, daß es bis morgen Zeit hatte.

Sechzehn

An diesem Abend betrachtete ich mich im Spiegel. Ich betrachtete mich zu lange und zu ausgiebig. Hätte ich noch länger hineingesehen, wäre der Spiegel blind geworden. Ich entschied, daß mir die Sponsorenmesse keine Sorgen machte. Sie würde von jungen Managertypen in Designer-Jeans und von schlecht angezogenen Sozialarbeiterinnen bevölkert sein. Die Manager würden ein frühes Ende herbeisehnen, um so schnell wie möglich wieder bei ihrer Freundin oder ihrem Freund zu sein, wo sie hausgemachte Pasta essen, die letzte Line des Tages schnupfen und per Videorecorder alles nachholen würden, was ihnen in der Zwischenzeit im TV entgangen war. Sie würden sich langweilen und Betroffenheit heucheln, wenn es von ihnen verlangt wurde. Die Sozialarbeiterinnen würden alles Erdenkliche tun, damit ihr Programm den zwanzig verschiedenen Richtlinien der zwanzig verschiedenen Stiftungen gerecht wurde.

Ich war für keine der beiden Rollen angezogen. Das brauchte ich auch nicht, denn das Ereignis, auf das ich mich freute, war rein privater Natur. Allerdings mußte ich mir die Einladung dafür erst noch verdienen. Ich glättete das sorgfältig gebügelte schwarze Kleid. Es hatte schöne Schrägstreifen im Rock, die ich bügeln mußte, sobald ich nur in ihre Nähe kam. Ich hatte es im Secondhand-Laden gekauft, und es zeigte schon leichte Spuren des Verfalls, die aber durch einen ordentlichen Dampfstrahl kaschiert werden konnten. Die Vierziger mußten eine Zeit gewesen sein, in der die Leute ihre Sachen zum Bügeln gaben, um all diese komplizierten Falten und Linien in Form zu bringen. Wahrscheinlich gaben auch die Profis, die das Bügeln besorgten, ihre eigenen Kleider zum Bügeln weg. Die Zeiten waren danach, und die Klamotten auch.

Aber mein Kleid hatte bessere Tage gesehen; es glatt zu bekommen glich in etwa dem Versuch, einen Origami-Vogel zu bügeln. Hatte ich die eine Schulter fertig, zerknitterte ich schon wieder die andere. Als ich es dann endlich anhatte, traute ich mich nicht mehr, mich damit hinzusetzen. Ich hätte mir genausogut einen Briefumschlag überziehen können.

Ich zog die schwarze Strumpfhose an, ein Paar Stöckelschuhe vervollständigten die Verkleidung. Als ich bemerkte, daß kleine schwarze Haare durch die Strümpfe stachen, pellte ich sie wieder ab, setzte mich auf den Badewannenrand und rasierte mir die Beine.

Ich besaß keine passende Jacke, um das Ensemble zu vervollständigen. Also zog ich schulterzuckend meine alte Fliegerjacke über. Das ausgebeulte braune Leder sah über dem ausgestellten Rock so richtig schön blöd aus. Ich kam mir vor wie Joan Crawford, in eine tote Kuh gehüllt.

Bevor ich ging, prüfte ich meine Erscheinung noch einmal in dem Ganzkörperspiegel am Schrank. Die Ferse eines Strumpfes fing etwas Licht ein und strahlte mir ihr diamantenes Dreieck entgegen. Ich zog die Jacke noch einmal aus, stellte mich auf die Zehenspitzen und wirbelte im Kreis herum. Hochhackige Schuhe bringen dich dazu, solche Sachen zu tun, die Füße hören auf, an sich selbst zu denken. Das Kleid bauschte sich durch die Bewegung ein bißchen auf, die gepolsterten Schultern wurden durch mein flauschiges Haar ausgeglichen. Und ich sah, daß es gut war. Ich war eine junge Frau.

Ich schlenderte zum Plymouth und öffnete die Tür. Die Fahrt bis zur Turnhalle, in der die Versammlung stattfand, war kurz. Es war ein sehr großer, sehr heller Raum, wie ein Swimmingpool, der mit grellem Neonlicht gefüllt ist. Nicht sehr vorteilhaft für mein Kleid oder mein Make-up. Das Licht hob die Gänsehaut auf meinen Armen deutlich hervor, warf aber keine Schatten.

Es war nicht allzu viel los, die Bürgermeisterin hatte keine besonders gute Werbung betrieben. Junge, ruhelose Managertypen saßen in ihrer Rüstung aus teuren Pullovern und Designer-Jeans hinter den Klapptischen. Ich bemerkte zwei nervöse und angespannte Frauen vom Frauenhaus, die ihre Köpfe zusammengesteckt hatten und leise miteinander konferierten. Dann gingen sie direkt auf den Tisch zu, an dem Jonathan Menck saß. Jonathan war ein ehemaliger Aktivist, der inzwischen sechsstellige Summen verdiente. Ich hatte ihn schon für das eine oder andere große Unternehmen posieren sehen, stets in einer philanthropischen Rolle. Große Unternehmen setzten offenbar gern solche alleinstehenden Jet-Set-Tunten dafür ein, sie nach außen zu repräsentieren. Durch diesen Umstand blieb Jonathan Gast in guten Restaurants, und einmal, als ich noch im Pressegeschäft war, hatte ich mit ihm auf seine Spesenrechnung gegessen. Ein sehr exzellentes Mahl und eine Art sich zu verkaufen, die mir nicht behagte. Das war schon einige Jahre her. Er lächelte und beantwortete die Fragen der Frauen, die vor ihm standen. Er nahm seine Füße nicht von dem Stuhl, auf dem sie lagen. Kein gutes Omen für mißhandelte Frauen.

Ich hoffte, daß es bei meinen Freundinnen zu keinen Herzinfarkten kam, sollten sie mich unter meiner Verkleidung erkennen. Ich drehte meinen Fuß, und die kleinen Diamanten an meiner Ferse blinkten mir zu. Falls es Herzinfarkte geben sollte, würde ich einfach zielen und sie mit einem einzigen Lichtstrahl kurieren.

Aber keine einzige nahm Notiz von mir. Sie waren alle zu sehr damit beschäftigt, einen guten Eindruck zu machen, obwohl sie die Axt schon im Nacken spürten. Ich ging von Tisch zu Tisch, bis ich zur Glaser-Stiftung kam. Hinter einem Stapel getippten und fotokopierten Papiers hielt eine sehr gelangweilte weiße Frau um die dreißig ein Nickerchen. Sie trug einen glänzenden blonden Pagenschnitt und eine ausgewogene Mischung kleiner Goldschmuckstücke, die auf und um einen smaragdgrünen Kaschmirpulli herum arrangiert waren. Sie erinnerte mich an einen halb dekorierten Weihnachtsbaum. Ich spielte mit einigen ihrer Papiere.

»Ist dies die Kriterienliste für die Anträge?« fragte ich sie.

»Ja, den Vergabemodus finden Sie dort.« Sie nickte vage in Richtung einer länglichen, kleingedruckten Passage.

»Aber das ist ja erst in drei Jahren.«

»Die Gelder sind vergeben worden.«

»Aber der Jahresbericht hier besagt, daß Sie vor zwei Monaten noch zweihunderttausend Dollar zur Verfügung hatten.«

»Die Glaser-Stiftung hält nichts davon, mit ihrem Geld soziale Flickschusterei zu betreiben. Wenn sie etwas fördert, dann fördert sie es voll und ganz.« Sie brachte ihre Augen mit meinen auf eine Höhe.

»Und an wen ist das Geld gegangen?«

»An die Blackstone-Frauenklinik. Wurde vor drei Tagen öffentlich bekanntgegeben.«

»Donnerwetter! Das hätte ich ja nicht gedacht, daß Glaser feministische Ziele unterstützt«, fing ich an. Weihnachtsbaum seufzte. Wahrscheinlich hätte es sie genauso wenig interessiert, wenn das Geld an ein Projekt gegangen wäre, das Elefanten zum Mond fliegt. Feminismus war mit Sicherheit mindestens ebenso unwürdig. Sie betrachtete abwesend ihre Fingernägel, sie waren alle gleichmäßig lang.

»Ist doch eine ziemliche Strafe, am Samstagabend hier rumsitzen zu müssen«, versuchte ich es nochmal.

»Das kannst du laut sagen«, murmelte sie. Sie schaute zum blonden Jonathan rüber. Er hatte das Gespräch mit den Frauen vom Frauenhaus beendet. Es würde nicht einfach sein, die wohlgesonnene Aufmerksamkeit dieses Mädchens zu erringen. Ich hatte nicht nur den falschen Stil, ich hatte auch das falsche Geschlecht.

»Süßer Typ, was«, sagte ich und mußte stark aufpassen, daß sich mir nicht der Magen umdrehte.

»Ja«, sagte sie breit. Treffer.

»Das ist Jonathan Menck. Er ist Präsident der Private Fund Foundation, einem Zusammenschluß privater Stiftungen. Seine Aufgabe ist die Organisation und Koordination der einzelnen Förderer. Ist die Glaser-Stiftung eigentlich Mitglied bei PFF?«

»Mhm«, sie riß ihren Blick von der schlanken Erscheinung und sah mich an.

»Ich bin ziemlich sicher, daß er heute abend Antragsformulare dabei hat. Warum gehst du nicht einfach zu ihm rüber und fragst ihn nach einem?« Sie sah erst mich an und dann ihren Tisch. »Ich kann solange auf deinen Tisch aufpassen.«

»Ich muß bald zusammenpacken«, sagte sie fast bedauernd.

»Geh schon«, drängte ich. »Ich kann ja schon mal damit anfangen, die Papiere zu ordnen. Ach ja, würdest du mir einen Gefallen tun und Jonathan nach seiner Telefonnummer fragen? Sag ihm einfach, Emma Victor hätte sie verloren.« Ich schaffte es, Jonathans Blick aufzufangen, und blinzelte ihm zu. Ich wandte mich wieder an Weihnachtsbaum. »Er hat römische Ziffern hinter seinem Namen und ist so schwer zu kriegen wie ein Modellkleid.« Ich erwähnte nicht, daß seine letzten beiden Geliebten Schnurrbärte getragen hatten. »Los, geh schon«, drängte ich sie, »ich bin ein Naturtalent im Klapptische abbauen.«

Sie stand auf, und ich konnte ihre grün-schwarz karierten Knickerbockers sehen. Darunter trug sie eine Strumpfhose, die in Wildlederschuhe mit goldenen Schnallen mündete. Sie drehte sich um, bauschte ihr Haar und wackelte mit dem Hintern, als sie auf Jonathan Menck zuging. Ich fing an, mich nützlich zu machen, packte und verstaute die vielen nichtssagenden Papiere der kostbaren Glaser-Stiftung, die in den nächsten drei Jahren kein Geld mehr ausspucken würde. Aber es freute mich, daß sie das Geld einer Frauenklinik gegeben hatten. Vielleicht konnte sich das Frauenhaus in drei Jahren bewerben, das hieß, falls sie sich bis dahin über Wasser halten konnten.

Ich machte mich immer noch nützlich, als sie zurückkam. Die Papiere waren in Kartons verstaut, die ich auf dem Boden gestapelt hatte. Ich war gerade dabei, den Tisch auf die Seite zu legen, als sie mich neugierig ansah.

»Kennst du die Glasers?« fragte ich.

»Ja, natürlich.« Sie hatte sich langsam wieder von ihrer Begegnung erholt und machte sich daran, die Kartons aufzunehmen. Mir blieb nicht viel Zeit.

»Na ja, ich wollte schon immer einmal ihr Haus sehen.« Ich wartete. Ich wartete, weil sie mir etwas schuldete. »Hör zu, ich bin Architekturstudentin und habe letztes Jahr mit meinem Seminar eine Tour durch die Stadt gemacht. In das Glaser-Anwesen durften wir natürlich nicht rein. Aber hast du gewußt, daß die Wände im Flur handgemalte Mayan Velásquez sind?«

»Wer? Ist ja auch egal«, sagte sie und beugte sich über einige Bücher.

Sie hielt kurz inne und sah mich an. »Wenn du willst, kannst du mitkommen und mir helfen, den Krempel auszupacken«, sagte sie. »Ich fahre heute abend noch zu den Glasers. Sie geben eine Party.«

Aber das wußte ich bereits.

Ich legte den großen Tisch auf die Seite und spürte meinen Bizeps, als ich die Tischbeine einknickte. Die Tischkante verfing sich in meinem Kleid, und wenn ich nicht aufgepaßt hätte, hätte mir eine Schraube um ein Haar die Strümpfe aufgerissen.

»Wenn du den Wagen holst, kann ich alles in den Kofferraum laden«, sagte ich.

»Es ist nicht weit bis zum Wagen. Hier.« Sie reichte mir einen weiteren Karton mit Papieren, und ich mußte aufpassen, daß mir ihre lackierten Fingernägel nicht die Haut aufritzten.

»Hier entlang«, sagte sie und ging voraus zum Parkplatz.

Sie führte mich zu einem riesigen Lincoln Continental. Ihre Hosen raschelten beim Gehen, sie mußten gefüttert sein.

»Feiner Wagen.« So langsam fing ich an, mich mit meiner Stinkfreundlichkeit wie eine leicht gealterte Irmi Immerbrav zu fühlen.

»Ein Haufen Schrott ist das.« Sie strich sich mit der einen Hand ein paar Strähnen aus dem Gesicht und schloß mit der anderen die Tür auf. Sie stieg ein und langte rüber, um mir die Beifahrertür zu öffnen.

»Ich heiße Emma«, stellte ich mich vor.

»Hallo, Emma. Ich bin Patricia.« Sie lenkte das Auto langsam durch die Straßen und über eine Menge schlecht geschalteter Ampeln. Wir kamen in einen reichen Teil der Stadt, der mit jedem Block reicher, grüner und hügeliger wurde. Sie kaute ihren Kaugummi und sah einmal nervös zu mir rüber, so als ob sie mich gerade erst wahrgenommen hätte. Ich fand selbst, daß ich ziemlich verrückt aussah, und sie würde mir den Zutritt verschaffen. Sie konnte ihre Meinung jetzt nicht mehr ändern. Selbst wenn ihr inzwischen der Gedanke gekommen war, daß ich womöglich in meiner Freizeit Pfadfinderinnen belästigte.

»Ich möchte nur die Eingangshalle sehen, ehrlich«, sagte ich und fand mich selbst ziemlich mitleiderregend.

»Sie geben eine Party«, sagte sie noch einmal. Also war sie wirklich nervös.

Ich hatte in der Zeitung gelesen, daß in Glasers Villa ein Wohltätigkeitsfest der Auduban-Gesellschaft stattfinden sollte. Der Erlös war für 'Rettet die Seehunde' oder etwas Ähnliches bestimmt. Ich erinnerte mich daran, daß sich Stanleys politisches Engagement im Bereich der Wasser- und Stromversorgung abspielte. Eine interessante Mischung. Der Eintritt erforderte 300 Dollar und eine schwarze Krawatte. Ich besaß weder das eine noch das andere, hätte mich in einer schwarzen Krawatte aber wesentlich wohler gefühlt.

»Ich werde nicht im Weg sein. Außerdem hab' ich dir geholfen, den schweren Tisch zu tragen, und dabei hab' ich mir meine Strümpfe beinahe *ruiniert.*« Ich glättete mein Kleid, schlug die Beine übereinander und ließ meine Fersen blitzen.

Wir bogen in eine breite Einfahrt ein, und Patricia fuhr den Wagen um die Seite des Hauses zu einer Garage. Wir luden die Kartons und den Tisch aus. Ich war froh über die körperliche Anstrengung, denn ich hatte die Lederjacke in meinem

Wagen gelassen. Wir gingen auf die Hintertür des Hauses zu. Sogar die Rückseite sah edel aus. Eine kleine Veranda war mit bleigefaßten Scheiben eingeglast, die Hintertür selbst war aus Buntglas, alles war frisch gestrichen. Wir traten in eine belebte Küche, Personal kam mit leeren Tabletts und vollen Aschenbechern herein und ging mit einer Vielzahl von Hors-d'œuvres und Cocktails in schönen Kristallgläsern wieder hinaus. Im Zentrum des geschäftigen Treibens stand ruhig eine Frau. Sie erwischte uns in dem Moment, in dem wir durch die Tür kamen.

»Hallo.« Die große Frau erhielt eine gestotterte Antwort, hob kühl ihre Augenbrauen und musterte mich. Ihre schwarze Haube war mit weißen Rüschen verziert, und ihre schwarze Uniform umschloß einen perfekt proportionierten, stämmigen Körper. Sie hatte ihre Hände nicht in die Hüften gestemmt, aber sie hätte es genauso gut tun können. Die hochgezogene Augenbraue und die großen Nasenlöcher schafften mich beinahe. Ich wußte, daß es nicht koscher war, dem Personal die Hand zu geben, aber sie war mit Sicherheit eine Ausnahme.

»Ich bin Emma. Ich habe Patty geholfen, die Sachen von der Sponsorenmesse zurückzubringen.« Ich reichte ihr meine weiße Hand, und sie gab mir ihre starke braune.

»Nett, Sie kennenzulernen, Emma. Nehmen Sie sich doch einen Drink.« Die Betonung lag beinahe auf 'einen'. Sie hatte ihren Standpunkt deutlich gemacht und wandte sich an einen der Diener. »Da sind noch drei weitere Tabletts, die fertig gemacht werden müssen, und die Omelettes möchte ich um Punkt zwölf haben ...«

»Aber ... aber«, stammelte er und ließ ein paar Gläser auf seinem Tablett umherrutschen.

»Keine Ausreden.«

Ich eiste mich von Patricia los und ging auf die Schwingtür zu. Auf der anderen Seite traf ich auf eine Wand von Hitze, Rauch und Geplapper. Ich stellte mich auf die Zehenspitzen. Hintern rein, Brust raus. Ich tänzelte ins Zimmer.

Ich hörte eine Menge fremder Sprachen. Die Gespräche drehten sich hauptsächlich um Tapetenmuster und zusätzliche Fernsehgeräte. Ich hörte das Klirren von Armbändern und ein schrilles, hohes Frauenlachen, das eine Absicht verfolgte. Ich sah eine elegante Frau in einem Schlauch aus schwarzer Seide, der sich Cocktail-Kleid nannte. Ihre Brüste waren zu einem weichen Kissen mit einer tiefen Kerbe in der Mitte hochgeschnallt. Sie unterhielt sich mit niemandem und blies große Rauchringe in die Luft.

Da war eine Gruppe in ländlichem Tweed, die höchstwahrscheinlich die Interessen der Seehunde vertrat. Wahrscheinlich waren sie mit ihrer rustikalen Yacht von Beverly Farms herübergeschippert. Die Männer trugen Sportjacken aus Cord und Designer-Schlipse, während die Frauen an gebräunten und sommersprossigen Hälsen Halsschmuck zur Schau stellten, der wohl in die Kategorie der frühen primitiven Kunst gehörte.

Ich hielt einen Diener an und schnappte mir einen Drink von seinem Tablett. In dem Drink war eine Olive. Es war ein Martini. Ich hasse Martinis, und dieser hier schmeckte nach Benzin. Sie schmecken alle nach Benzin. An den Stellen, wo ich die Wände durch all den Rauch, all die Seide und all das Geplapper hindurch sehen konnte, hingen ein paar gute und ein paar schlechte Gemälde. Die Hausangestellte von eben stand jetzt in einer Ecke und zupfte unnötigerweise an einem Gladiolenstrauß. Ein komischer Zeitpunkt, um die Blumen zu arrangieren.

Ich suchte den Raum nach der richtigen Frau mit dem richtigen Körper ab. Und da stand sie, unter einem Gemälde mit einer Szene, die das zeigte, was einige Leute unter einem gelungenen Samstagnachmittag verstehen: rote Jacken tragen und kleine Füchse jagen. Die Frau neben dem Gemälde allerdings sah aus, als würde sie ihre Samstagnachmittage anders gestalten.

Sie war Ende fünfzig, trug einen weißen Haarknoten, hatte

unter dem einfachen grünen Hemdkleid aus Seide eine mahagonifarbene Bräune und Arm- und Wadenmuskeln, die sie zu einem matronenhaften Herkules machten. Außerdem hatte sie eine Stimme, die einer Fliegeralarmsirene alle Ehre gemacht hätte.

Sie lachte und schenkte Wein in die leeren Gläser einiger Freunde nach, obwohl Personal anwesend war. Ihren Freunden war es nicht peinlich, sie war eben eine glückliche, gesunde reiche Frau, die sich einfach in einer ganz leicht hysterischen Phase des glücklichen, gesunden reichen mittleren Alters befand. Ich ließ meinen Martini verschwinden, schnappte mir ein leeres Weinglas und reihte mich ein.

»Hallo. Kenne ich Sie nicht von irgendwo her?« Sie lächelte immer noch, und ihr Gebiß strahlte inmitten ihrer Floridabräune.

»Es ist schon eine ganze Weile her, seit ich zuletzt im Fernsehen war«, sagte ich bescheiden.

»Oh, sagen Sie es nicht, lassen Sie mich raten«, schrillte sie. »Sie sind Suzi Swanson, Sie haben das Gemüseprogramm in Mona Jenkins' Frühstücks-Show gemacht. Sie waren einfach phantastisch! Wie kommt es, daß Sie nicht mehr dabei sind?«

»Oh, ich ...«

»Ich weiß schon, Sie haben geheiratet. Das passiert den Besten von uns, nicht wahr. Ach ja, ich liebe meinen Mann, aber manchmal ist er eine richtige Nervensäge.« Sie nippte an ihrem Weinglas. »Sie erinnern mich ein bißchen an meine Tochter. So ein süßes Mädchen, und das Kind hat auch noch eine Menge Talent. Ich hoffe, daß sie in den Frühjahrsferien nach Hause kommt. Wir haben sie in den letzten Ferien nicht gesehen, sie hatte eine Probe oder etwas Ähnliches. Aber man muß in seinem Leben Entscheidungen zugunsten seines Berufes fällen. Das ist genau das, was ich ihr immer sage. Es kann nun mal nicht jede Konzertpianistin werden.«

»Oder professionelle Golferin.«

»Da haben Sie recht. Nun, hätte ich vor dreißig Jahren

damit angefangen — ach ja«, sie lachte vor sich hin. »Aber ich habe zwei Kinder großgezogen und jetzt bin ich zu alt.«

»Allison Glaser war nicht zu alt. Sie war eine gute Golferin«, sagte ich.

»Oh, Sie haben Allison gekannt?« Sie senkte ihre Stimme. »Ich sage Ihnen, das Mädchen konnte den Ball über den Fairway schicken, als wäre er eine Cruise-Missile.«

»Netter Vergleich.«

»Mein Sohn ist im Pentagon.« Sie zeigte mir noch einmal ihre Zähne und die beiden kleinen Narben vor ihren Ohren. »Schrecklich, was passiert ist, finden Sie nicht auch?« Sie hob ihre gezupften Augenbrauen.

»Ja, wirklich furchtbar. Sagen Sie, hat er sie eigentlich dazu gebracht, mit dem Golfen aufzuhören? Letztes Jahr, meine ich?«

»Nein, ich glaube, er mochte es, wenn sie spielte. Er kam immer runter zum Club, um sie abzuholen. Sie waren so ein schönes Paar. Ich weiß nicht, was sie mit uns alten Tanten wollte.« Sie nippte an ihrem Weinglas und rollte die Augen. »Junge, wie die Kleine den Ball aus einer Sandbank schlagen konnte.«

»Sie sehen mir nun wirklich nicht nach einer alten Tante aus.«

»Oh, danke, Liebes.« Sie legte mir ihre Hand auf die Schulter und lächelte. »Sie sind wirklich niedlich, Sie erinnern mich so an meine Tochter. Sie ist jetzt in ihrem dritten Jahr in Barnard. Sie hat einen netten Freund, der im Außenministerium arbeitet. Ich habe ihr geraten, das Klavier für eine Weile zu vergessen und sich den Mann zu schnappen! Bring ihn mit nach Hause und stell ihn deiner Familie vor, habe ich ihr gesagt. Aber Sie wissen ja, wie die Mädchen heutzutage sind. Sie lassen sich einfach nichts sagen.«

»Hat Allison sich von Ihnen etwas sagen lassen? Hat sie mit Ihnen über ihre Probleme gesprochen?«

»Meine Liebe, so gut habe ich sie eigentlich nicht gekannt.

Sie wissen doch, wir haben alle mal unsere Problemchen mit unseren Männern.« Sie senkte ihre Stimme zu einem Bühnenflüstern. »Und ich weiß, daß Allison einige Probleme hatte, aber sie hat nie wirklich darüber gesprochen. Sie sagte, daß sie an anderen Sportarten interessiert wäre. Ich glaube, das war auch das Problem. Ich kann mir nicht vorstellen, daß eine Frau, die mit jemandem wie Stanley Glaser verheiratet ist, das für andere Interessen aufs Spiel setzen würde. Aber ihr jungen Mädchen heutzutage seid ganz anders als unsere Generation. Wir mußten uns nicht ständig unter Beweis stellen.«

»Vielleicht wollte Allison nichts beweisen. Vielleicht wollte sie einfach nur«, ich hüstelte, »andere Sportarten ausprobieren.«

»Hmm, na ja, oh, sehen Sie mal, da ist mein Mann. Möchten Sie, daß ich sie miteinander bekannt mache?« Sie legte ihren Kopf auf die Seite und deutete auf einen Mann mit einem sehr hohen, sehr runden Bauch.

»Nein, danke. Mir ist gerade eingefallen, daß ich unbedingt mit Dahlia Meyer sprechen muß, kennen Sie sie? Oh, schade. Sie ist eine so *ausgezeichnete* Lichtbogenschweißerin, und ich habe sie seit Ewigkeiten nicht mehr gesehen.«

»Ja, also dann, Suzi, es war wirklich nett, Sie zu treffen.« Wir plapperten unsere Verabschiedungen und mischten uns wieder unter das Partyvolk.

»Das ist Suzi Swanson, das Gemüsemädel aus dem Frühstücksfernsehen, erinnert ihr euch?« hörte ich sie in der Entfernung kreischen.

Dann entdeckte ich Stanley Glaser, ich erkannte ihn von den Fotos in den Klatschspalten. Er stand in einer Gruppe von Männern in grauen Anzügen, die amüsante Anekdoten austauschten. Stanley legte seine Hand auf den Rücken eines anderen Mannes und sagte leise etwas, das wohl witzig sein mußte, denn alle lehnten sich zurück und lachten. Kurz darauf blieben seine Augen an einer Frau in blaßblauem Brokat hängen, und er winkte sie zu der Gruppe. Die grauen Männer wandten sich der Brokatfrau zu und machten ihr kleine Komplimente.

Ich wußte, daß es Komplimente waren, weil die Frau jeden der Männer ansah und ihnen mit angemessen gesenkten Augenlidern zunickte. Wenig später war es Zeit für sie, wieder davonzuschweben, und die Männer nahmen ihre leise Unterhaltung wieder auf. Einer lauschte aufmerksam Stanleys Worten. Ich hingegen betrachtete aufmerksam seinen Kopf. Glaser hatte dickes, welliges blondes Haar. Wahrscheinlich hatte er oben in seinem voll-elektronischen Badezimmer Styling Gel, Trockenhaube und Wärmelampen. Der Mann, der ihm so genau zuhörte, kam mir bekannt vor. Er hatte überhaupt keine Haare mehr. Er war der erst kürzlich gewählte Bezirksstaatsanwalt, der sich so gern liberal gab. Sie steckten die Köpfe noch enger zusammen und gaben gemütliche murmelnde Töne von sich. Ein anderer Mann mit dünnen, fettigen Haaren, die seitlich über seinen fast kahlen Kopf gekämmt waren, marschierte auf das Paar zu. Ich hörte, wie Stanley sie miteinander bekannt machte, indem er sagte: »Es passiert nicht allzuoft, daß wir einen Bezirksstaatsanwalt bekommen, der sich so für soziale Themen interessiert.«

Die Hausangestellte glitt hinter die Gruppe und stürzte sich auf zwei Martinigläser, die Ringe auf die Tischplatte eines wunderschönen Mahagonitisches machten. Sie nahm ein winziges weißes Tuch und wischte damit über die feuchten Ringe. Dann wischte sie sehr langsam die Feuchtigkeit von den Böden der Gläser. Sie wischte mit dem feuchten Tuch noch einmal über die Politur. Sie bückte sich, um etwas aufzuheben, was sie gar nicht verloren hatte. Stanleys Gruppe bewegte sich nach links, und sie wischte noch einmal über den Tisch, bevor sie in die Küche verschwand.

Hinter Stanley befand sich eine geöffnete Tür. Ich konnte eine wunderschöne Bibliothek mit in Leder gebundenen Büchern erkennen. In diesem Moment kam eine dünne, blonde Frau auf Stanley zu. Es war schwer, sie anhand ihrer Kleidung und ihrer Aktionen einzuordnen, sie mußte irgendwo zwischen Angestellter, Familienangehöriger und enger

Bekannter liegen. Ich entschied, daß sie eine Art Hosteß sein mußte, die nicht zum übrigen Personal gezählt werden konnte, die aber definitiv eine Lücke ausfüllte. Die Lücke, die Allison Glaser hinterlassen hatte. Eine gemietete Ehefrau. Ich bemerkte, daß Stanley eine schwarze Armbinde trug, sein einziges Symbol der Trauer, aber wir leben in Zeiten, in denen Symbole und Rituale der Trauer hohl sind und Trauer in Workshops abgearbeitet wird. Ich hatte selbst an einigen teilgenommen.

Die Mietgattin sprach in einem leisen Tonfall mit ihm, und er beschwichtigte sie mit einer Bemerkung, die sie aber nicht völlig zufriedenstellte. Sie bettelte mit stummen Augen, die anderen beiden Männer sahen höflich zur Seite, und schließlich entschuldigte er sich bei den beiden und ging davon. Ich beobachtete, wie sie sich durch den Raum bewegte. Sie nickte denen, die überhaupt Notiz von ihr nahmen, auf eine eher finstere Weise zu, und Stanley stahl sich zu einer anderen Gruppe. Ich beobachtete die Mietgattin, wie sie auf die Halle zuging. Sie kam direkt an mir vorbei. Sie trug kein Parfüm.

Ich ging ins Arbeitszimmer, das in frühem Sherlock Holmes dekoriert war. Alles war kariert, aus Leder und roch nach Möbelpolitur. Außerhalb der leicht angelehnten Tür drehte sich die Party weiter wie ein Rad, das in sanften, geschmackvollen Farben glitzert. Ich ging zum lederbezogenen Schreibtisch und bewunderte all die vergoldeten Utensilien, die dafür vorgesehen waren, Briefe zu öffnen. Auf der gewachsten Oberfläche war nicht ein Fitzelchen Papier oder ein Staubkorn zu finden. Ich zog an einem goldenen Griff und öffnete eine Schublade. Eine Rolle Klebeband, Stifte, ein Bankstempel. Der Schreibtisch lebte also doch. Die große Schublade in der Mitte förderte ein in Leder gebundendes Scheckbuch zu Tage. Ich schlug es auf und blätterte durch Glasers kürzliche Ausgaben: notiert waren mehrere Herrenausstatter, zwei Juweliere, der Yachtclub, eine Mrs. Rachel Geller mit siebenhundert und Sue Martinez mit fünftausend Dollar. Offensichtlich kümmerte sich jemand anders um Telefon- und Stromrechnungen.

Mein Blick fiel auf ein Foto an der Wand. Es war ein Foto von Allison, eine Studioaufnahme mit der sprudelnden Verträumtheit einer reichen Jugend. Es war das gleiche Foto, das die Zeitungen zur Verlobung brachten, das Foto vor dem Bizeps und den Schuhen mit Absatzeisen. Ich schaute durch den Türspalt zur Party rüber und sah, wie Stanley im anderen Zimmer sein Gewicht von einem Fuß auf den anderen verlagerte. Er würde sich jeden Moment aus der Unterhaltung zurückziehen. Ich klappte das Scheckbuch zu und schloß die Schublade. Stanley nickte und drehte sich um. Ich drehte mich ebenfalls um und sah eine Tür, die architektonisch so gestaltet war, daß sie ihr Geheimnis verbergen konnte. Ich betrat den weißgekachelten Innenraum gerade noch rechtzeitig. Ich zog die Toilettenspülung, und einer plötzlichen Inspiration folgend wickelte ich etwas Klopapier mehrmals um meine Hand. Ich riß es ab, und es sah genauso aus, als ob ich eine blutige Binde bzw. eine 'Gebrauchte Damenbinde', wie es immer so schön auf den Hygienebeuteln heißt, in der Hand hielt. Als Stanley ins Zimmer kam, tat ich so, als ob ich Schwierigkeiten hätte, das verdammte Ding in meine Handtasche zu bekommen.

Er kam ins Zimmer, wie ein Zwanzig-Millionen-Dollar-Typ halt so ins Zimmer kommt. Auf zwei Beinen und verlegen, weil eine Frau gerade von dem Örtchen kam, das der Zwanzig-Millionen-Dollar-Typ den Raum zum Frischmachen nennen würde.

»Stanley, hallo, wie *geht* es Ihnen?« Ich sah, wie er durch seine geistige Liste der Leute ging, die zwar Gesichter aber keine Namen haben. Er blickte kurz auf das Objekt aus Toilettenpapier, das in meiner Handtasche verschwand. Dann sah er weg. Ich bauschte mein Haar, etwas, das ich mir von Patricia abgeguckt hatte. Die Toilette gurgelte, und er machte sich nicht die Mühe, mich irgendwo einzuordnen.

»Ich habe mir gerade dieses Foto von Allison hier angesehen«, sagte ich und warf einen weiteren Blick darauf. »Es tut mir so leid, was für eine Tragödie.« Ich machte die passenden Laute dazu. »Und dabei habe ich sie noch vor kurzem auf einer Geranien-Gala im Golfclub gesehen. Oh, und sie hat einen so lebhaften Eindruck gemacht.«

Stanley dagegen machte keinen allzu lebhaften Eindruck. »Vom Boot gestürzt, schrecklich, schrecklich.« Wir standen eine Weile beieinander und waren betroffen. Er hüstelte höflich. »Sie haben sie gekannt?« sagte er.

»Oh, nicht sehr gut. Aber an dem Abend sind wir uns über den Weg gelaufen. Gerade als sie davonlaufen wollte.«

»Davonlaufen?« Er sah mich an, und ich war den schwarzen, undurchlässigen Lampenschirmen dankbar, die gedämpftes Licht spendeten und mir auf diese Weise einen teuren Schneider ersetzten.

»Von der Geranien-Gala natürlich.« Sein Gesicht entspannte sich, er stieß einen langen alkoholisierten Atemzug aus.

Ich plapperte weiter. »Sie meinte, sie fühlte sich nicht, das war natürlich die Morgenkrankheit. Bei meinem Ersten erging es mir wirklich schlimm, ich konnte nichts anderes als Muscheln in Knoblauchsoße essen. Ich hatte einen so schlechten Mundgeruch, daß mich mein Mann am liebsten in einen Schrank gesperrt hätte.«

»Ich möchte nicht über meine Frau sprechen«, sagte er. Sein Gesicht spielte ein nettes Tennismatch. Mal hatte er mich auf der einen Hälfte des Platzes, dann wieder auf der anderen.

»Oh, ich bitte um Entschuldigung.« Und einem Teil von mir tat es auch leid, dem Teil, der keine Angst hatte.

»Wie war noch gleich Ihr Name«, sagte er.

»Stanley, wie konnten Sie das nur vergessen?« Das Telefon gab ein summendes Geräusch von sich und rettete mich. Stanley nahm den Hörer, ich nahm mein Glas, zwinkerte ihm zu und stolzierte zurück in die Partyhalle, wobei ich mir meinen Weg durch Wolken schweren Parfüms bahnen mußte.

Dann entdeckte ich Stacy Weldemeer. Natürlich war sie anwesend. Würde ihre wissenschaftliche bessere Hälfte auch da sein? Ich bezweifelte es. Frances' gelegentlicher Hang zu Leder würde die Gesellschaft zur Rettung der Seehunde wahrscheinlich nur erschrecken.

Stacy hingegen war korrekt gekleidet, eine gelbe Gestalt vor einem braunen Samtvorhang. Ihr Haar war zu goldbraunem Glanz gebürstet und schwang über einem senffarbenen Mohairpullover. Der Pulli hatte goldene Diagonalstreifen, die sich über ihrer Brust kreuzten. Dazu trug sie senffarbene Satinhosen und teure Cowboystiefel aus Wildleder, die ihr die Zehen aufrollten. Stacy Weldemeer, Kopf der Blackstone-Klinik, die gerade zweihunderttausend Dollar von der Glaser-Stiftung erhalten hatte: ich hatte beinahe Ehrfurcht vor ihr. Sie hatte sich einen Mann aus der Cordjacken-Gruppe geschnappt, und ich erschrak darüber, wie unzulänglich ich mich einer Schwester gegenüber fühlen konnte, einer Genossin, einem Medienstar, einer Frau in gelben Satinhosen.

Sie schien einen kurzen Blick in meine Richtung zu werfen. Es war aber unwahrscheinlich, daß sie sich von Jonells Party her an mich erinnerte. Außerdem würden Leute, die kein Geld besaßen, das sie unbedingt absetzen mußten, auf dieser Party kaum ihr Interesse erregen. Das hieß, falls sie mich nicht auch mit dem Gemüsemädel aus dem Fernsehen verwechselte. Ich fühlte, wie meinem Ego die Luft ausging. Stacy war wegen legitimer Geschäfte hier; ich war nur eine Schnüfflerin, die ihre gelben Hosen bewunderte und ihren Mut, sie zu tragen.

In der Zwischenzeit hatte sie einen Mann in einem Ralph-Lauren-Sportjackett zum Lachen gebracht, er ruderte mit seinen lederbesetzten Ellenbogen. Sie waren dabei, den Raum zu durchqueren, als Stanley, der aus der Bibliothek kam, fast mit ihnen zusammenstieß. Stanley murmelte etwas in Stacys Richtung, und die beiden vollführten einen kleinen Seitwärts-Tanz. Stanley konnte nicht die richtige Schrittkombination finden, um an ihr vorbeizukommen, und sie konnte nicht die richtige Schrittkombination finden, um ihn vorbeizulassen. Sie lachten nervös, und schließlich marschierte Stanley doch noch an ihr vorbei. Zwei tanzende Menschen, die erst kürzlich fast eine Viertelmillion Dollar ausgetauscht hatten.

Die Mietgattin bedachte mich mit einem Blick, als sie durch die Eingangshalle ging, die mit etwas Orientalischem, teuer wirkendem ausgelegt war. Ich sah, wie sie eine kleine Tür öffnete, die sich am Ende der Halle befand. Sie mußte sich etwas ducken, und dann hörte ich solche kurzen, vorsichtigen Schritte, wie sie auf eine schmale steile Treppe hinweisen. In diesem Moment segelte die Frau, die ich in der Küche getroffen hatte, an mir vorbei. Sie gab mir zu verstehen, daß sie mich gesehen hatte. Sie beobachtete unauffällig das Personal bei der Arbeit und wandte sich zur Küche. Außerdem sah auch sie kurz zu dem kleinen Türrahmen am Ende der Halle hinüber. In einer Villa, in der die meisten Türen größer als Tischtennisplatten waren, mußte so etwas Aufmerksamkeit erregen. Die Mietgattin erschien wieder in der Tür, sie sah sehr müde aus, und ich beobachtete, wie sie sich eine neue Miene aufsetzte, bevor sie sich wieder unter die Gäste mischte. Ihr Lachen hatte die richtige Tonlage, und sie hatte das passende Lächeln dazu, wenn sie es brauchte. Und sie brauchte es. Glaser schickte ihr einen fragenden Blick, und sie antwortete ihm mit einem kaum sichtbaren Nicken, bevor beide sich wieder ihren Gesprächspartnern zuwandten.

Die Halle war leer, und jeder konnte hineinsehen, wenn er wollte. Niemand wollte. Die Party legte einen Gang zu. Die Stimmen wurden lauter, und die Witze mußten nicht mehr geistreich sein. Ich ging zum Ende der Halle und öffnete die kleine Tür. Da war die dunkle schmale Treppe, die ich erwartet hatte. Meine hohen Absätze waren gefährlich und nicht gerade die beste Ausrüstung für einen schnellen und unauffälligen Abstieg.

Der Flur am Fuß der Treppe war eindeutig ein Kellergang. Aber er war kunstvoll umgestaltet. Die Heizungsrohre waren mit Holz verkleidet, auf dem Fußboden lagen dicke Teppiche, an den Wänden hingen Kupferstiche. Es war zu dunkel, um zu erkennen, was sie darstellten.

Am Ende des Ganges befand sich eine weitere kleine Tür und ein weiterer Gang, der nach links führte. Je weiter ich kam, desto verwahrloster wirkte er. Dieser Teil war ein Keller und versuchte auch nicht, etwas anderes vorzugeben. Aus der Tür vor mir drang Musik, und ich wußte, daß ich an der richtigen Adresse angekommen war.

Ich öffnete die Tür und betrat einen langgezogenen L-förmigen Raum. In die Stirnseite waren riesige Fensterscheiben eingelassen, die einen Blick auf die Innenstadt boten, inklusive funkelnder Wolkenkratzer und Charles River, der in der Ferne schimmerte. Ich konnte sogar den John-Hancock-Turm ausmachen. Wunderbar, was mit 150000 Dollar und einem Keller alles anzustellen ist.

Die lange weiße Wand auf der einen Seite des Raumes wurde von altmodischen Postern beherrscht, noch aus dem Zeitalter der psychedelischen Mondscheinmädchen mit neonfarbenen Spaghettihaaren. Der Fußboden war mit schweren handgeknüpften Perserteppichen überhäuft, die ganz zwanglos übereinanderlagen. Die Teppiche allein hätten locker ausgereicht, um ein anständiges Einzelhandelsgeschäft aufzuziehen und seine Existenz für mindestens zwanzig Jahre zu sichern.

In der Mitte des Raumes stand vor einem schwarzen Ledersofa mit einem Gestänge aus gedrehten roten Röhren ein Kaffeetisch mit einer Marmorplatte. In Wirklichkeit war es ein großer gläserner Kasten. Er war auf allen Seiten geschlossen, und das war auch gut so. Drinnen lagen ein großer vertrockneter Baumstumpf und eine Schlangenhaut. Die Haut war über den entrindeten, nackten Hauptast gezogen worden. An dem Stumpf lehnte ein kleiner Spiegel. Eine lebendige Schwarze Witwe zog es vor, nicht hineinzusehen.

Über dem Sofa hing ein Escher-Druck. Es sah so aus, als ob er am unteren Rand numeriert und signiert wäre. Er war mit Heftzwecken an der Wand befestigt. Es war der Escher mit der in sich abgeschlossenen Treppe, die zugleich hinauf und hinunter führt.

Die sanfte Musik stammte von einer riesigen Stereoanlage, die das ganze Ende einer Wand einnahm. Kleine Lichter, die Höhen und Tiefen anzeigten, blinkten unnütz auf, vielleicht für den Fall, daß jemand taub war. Enorme Lautsprecherboxen zu beiden Seiten der Panoramafenster ergossen ihren Klang auf eine Chaiselongue. Von ihrem einen Ende stieg Rauch auf. Der Rauch war widerlich süß.

Nachdem ich mich an den Ausblick gewöhnt hatte, konnte ich erkennen, was sich in den Scheiben spiegelte. Die Gestalt eines Mannes, der auf dem Sofa lag, und mein eigener Umriß in der Tür waren deutlich zu erkennen. Ich schloß die Tür.

»Hallo.«

»Hallo.« Er war nicht völlig desinteressiert, aber desinteressiert genug, um nicht überrascht zu sein.

»Ich bin ein Flüchtling von dem Cocktail-Zirkus oben.« Aber ich wußte, daß ich mich ihm nicht erklären mußte, oder dem, was da in seinem Kopf ablief. Ich ging aufs Sofa zu und betrachtete die Reflektion im Fenster.

»Ja, große Party.«

»Es ist nur eine Frage der Zeit, bis es richtig lustig wird. Vielleicht in einer Stunde, vielleicht in zwei Stunden.«

»Ja.« Kichern. »Party.«

»Vielleicht auch nie. Hast du was dagegen, wenn ich mir einen Drink nehme?«

»Mhm, mhm.«

»Möchtest du auch einen?«

»Äh, ja, ähm ... Whisky.«

»Pur?«

»Klar.«

Ich ging zu einer kleinen Bar und fand zwei kleine Biergläser. Ich füllte sie beide fast bis zum Rand. Dann ging ich zur Chaiselongue und betrachtete den kleinen Mann, der sich darauf ausgestreckt hatte. Ich mußte unfreiwillig nach Luft schnappen. Er war schön. Winzige goldbraune Löckchen umspielten ein pausbackiges Gesicht. Die kleinen blauen Augen wurden von Wimpern eingerahmt, die so schwarz und dicht wie Pinsel waren. Ein Mund, der sich leicht und mühelos nach oben wölbte, eine volle Unterlippe, die von einer dünnen Oberlippe mit einer scharfen Kerbe abgeschlossen wurde. Eines Tages würde er ein aufgedunsenes Gesicht haben, aber im Moment sah er so aus, als ob er seine Tage damit verbrachte, auf einem Lilienblatt dahinzuschwimmen und Blütenpollen zu verzehren. Er hatte einen Walt-Disney-Teint, der noch nicht von dem klebrigen schwarzen Opium getrübt wurde, das er zu kleinen Kugeln rollte und in eine lange, dünne Pfeife stopfte.

Das war Hugo Glaser.

»Möchtest du mal ziehen?« erkundigte er sich. Ich streckte meine Hand nach der Pfeife aus. Ich zog daran und blies den Rauch sofort durch die Nase wieder aus. Ich hatte schon einmal Opium geraucht. Es inspirierte mich höchstens dazu, schmutzige Unterwäsche zu waschen.

»Ich bin mit Patty hergekommen.«

»Patty ist weg. Heute sind sie alle weg. All die kleinen Babysitter.« Er sah mich an, als würde er durch ein Fenster blicken, oder vielleicht auch durch sieben Fenster, oder durch einen transparenten Spiegel.

»Bist du auch ein Babysitter?« Er war amüsiert.

»Nein, und ich will auch keine Babys.«

Er lachte, oder machte vielmehr ein Geräusch, das sich in seiner Kehle verfing und irgendwohin verschwand.

»Also, ich bekomme dieser Tage immer irgendeine Art von

Babysitter. Ich erzähle ihnen, daß sie mit meinem Spinnentier spielen können, aber irgendwie ist noch keine auf das Angebot eingegangen«, lachte er. »Ich glaube, sie haben Angst.« Er sah mich an. »Du bist süß.« Er drehte eine kleine goldene Locke um seinen Finger.

»Ich könnte deine Tante sein. Und außerdem hast du viel schönere Wimpern als ich.«

Er rollte seinen Kopf vom Sofa in meinen Schoß. Da ich auf dem Boden saß, war es schon etwas merkwürdig, aber seinem langen, geschmeidigen Hals schien es nichts auszumachen, sein Kopf hing über den Rand der Chaiselongue. Ich hob das große, von Locken begrabene Objekt hoch und legte es zurück auf das Satinkissen.

»Ich möchte andere Musik.«

Ich stand auf und fand ein paar CDs, aber ich hatte keine Ahnung, wie ich sie auf den wahnsinnig edlen CD-Player kriegen sollte. Hugo schaute nicht auf. »Wie funktioniert das Ding?«

Er erhob seinen gedrungenen Körper vom Sofa und stellte seine Füße auf den Boden, ich beneidete ihn flüchtig um seinen meergrünen Seidenpyjama. Er sah den Teppich lange Zeit an. Offenbar weigerte der sich, mit ihm zu sprechen. Dann stand er auf, balancierte seinen kurzen Oberkörper auf zwei stämmigen Beinen und stolperte auf die Wand zu, die die Stereoanlage beherbergte. Seine pummeligen, gerundeten Fingerspitzen schoben die Plastikabdeckung beiseite, und er warf eine CD auf den Plattenteller. Dann ließ er sich wieder aufs Satinsofa plumpsen.

»Ich werde jetzt schlafen«, verkündete er. Dann drehte er seinen Kopf und sah mich an. »Bist du wirklich kein Babysitter?« Seine Augenbrauen zogen sich einen Moment lang zusammen, und dann verließ ein kleiner Strom Speichel die eine Seite seines Rosenknospenmundes.

»Mein Lieber, für dich den Babysitter zu spielen, ist wie Fernsehen. Es sieht aus wie das richtige Leben, ist es aber nicht.« Aber er war schon in diesem komischen Land angekommen, wo du aufstehst und in deinen eigenen Träumen umherläufst. Ich knuffte ihn.

»Morgen abend komme ich wieder. Ich werde ein nettes Geschenk mitbringen. Und wir werden eine richtige Party feiern.«

»Party«, murmelte er wie ein Echo.

»Wir werden keine Babysitter reinlassen, nicht wahr?«

In die Panoramafenster war eine Schiebetür eingelassen, aber sie war verschlossen. Ich ging durch den mit Persern gepolsterten Raum. Ich konnte nirgendwo einen Schlüssel entdecken. Die Schwarze Witwe folgte in ihrem Glaskasten geräuschlos meinem Schatten. Ich machte das Licht aus. Ich trat in den Flur und ging in die Richtung, die von der Treppe wegführte. Seine Wände waren ebenfalls getäfelt und mit historischen Radierungen dekoriert. Ich konnte große gotische Kirchen erkennen. Der Flur führte in einen richtigen Keller mit unverputzten Wänden und einem echt wirkenden Waschbottich. Die Waschmaschine und der Trockner daneben waren nicht neu. Die Schwerreichen brauchen keine tollen Geräte und Vorzeigeküchen. Sie benutzen sie sowieso nicht selbst. Eine kleine Tür führte in den Garten. Ich versuchte sie zu öffnen, aber sie war verschlossen. Neben der Tür hing ein kleiner Schlüssel an einem Nagel. Der Schlüssel war rostig und schmutzig. Die Tür klemmte im Rahmen, und als ich sie schließlich aufbekam, schob sie einen Keil von Schmutz und Laub in einem Halbkreis vor sich her. Ich hängte den Schlüssel wieder an den Nagel und drückte die Tür zu.

Ich verteilte Laub und Schmutz gleichmäßig vor der Tür und verwischte die halbkreisförmige Schlammspur auf den zerbrochenen Platten der Terrasse.

Draußen war es neblig und feucht. Das Nylonkleid wärmte nicht besonders gut, und ich bekam eine Gänsehaut auf den Armen. Als ich im aufgeweichten Rasen versank, bedauerte ich es heftigst, Stöckelschuhe angezogen zu haben. Die Strumpfhose fing zu rutschen an, und bald kam es mir so vor, als ob mir der Schritt in den Kniekehlen hing. Ich versuchte, sie am Gummiband hochzuziehen, aber der Schritt bockte und blieb, wo er war. Meine Beine wurden mit jedem Schritt kürzer. Ich blickte zurück zum Haus und sah, wie sich hinter den beschlagenen Fenstern bunte Formen bewegten. In Hugos Apartment unten waren die kleinen Lichter der Stereoanlage zu erkennen, die sich in ihren kleinen, in den rostfreien Stahl geschnittenen Schlitzen unermüdlich auf und ab bewegten. Es war wahrscheinlich keine gute Idee, mich dabei erwischen zu lassen, wie ich die Feuchtigkeit aus dem Rasen zog, also eilte ich durch den Nebel zur Straße. Ich warf einen letzten Blick auf Hugos Zimmer und sah, wie Licht anging und sich eine große Gestalt auf die Chaiselongue zubewegte. Das Licht ging wieder aus. Ich stand auf dem Rasen und dachte an die ganzen reichen Leute oben und den verrückten Engel im Keller, der sich auf einer Einbahnstraße ins Koma befand. Die Feuchtigkeit des Rasens kroch mir durch die Schuhe bis zu den Knöcheln hoch. Plötzlich spürte ich, wie mich etwas Weiches, Nasses an den Beinen berührte. Ich drehte mich um und sah eine große Golden-Retriever-Hündin, die meinen Hintern beschnupperte. Ich beugte mich herunter, um ihr Hallo zu sagen, aber sie schüttelte den Kopf und lief davon. An ihren langen, hängenden Zitzen konnte ich erkennen, daß sie vor nicht allzu langer Zeit Junge bekommen hatte.

Ich versuchte mich daran zu erinnern, aus welcher Richtung wir gekommen waren, als wir zu den Glasers fuhren. Die Nachbarschaft war mir mit ihren grünen Fronten von Büschen und Eisentoren keine große Hilfe. Ich entschied mich ziemlich willkürlich dafür, einen Hügel hinauf zu gehen, das würde zumindest dafür sorgen, daß mir ein bißchen wärmer wurde. Also machte ich mich in bester Wanderlaune auf den Weg. Der Nebel kroch unter mein Nylonkleid, und der Schritt meiner Strumpfhose sackte tiefer und tiefer.

Ich sah ein Auto und beschloß zu versuchen, ob ich bis zur nächsten Kneipe trampen konnte. Wobei ich noch entscheiden mußte, welches die nächste Kneipe für mich war. Aber das Auto bog um eine Ecke und fuhr in der entgegengesetzten Richtung davon.

Es war ein langer, beschwerlicher Weg. Mehrere Autos fuhren auf den hubbeligen Straßen an mir vorbei, aber meine Anwesenheit auf dem Bürgersteig veranlaßte sie in der Regel nur dazu, schneller zu fahren. Ich bekam eine ganze Menge reicher Stadthäuser mit Briefkästen aus Messing zu sehen. Die Häuser wurden mit der Zeit immer kleiner und kleiner, und mir wurde immer kälter und ich zitterte, als ich endlich eine Geschäftsstraße erreichte. Geschickterweise lag der Schnapsladen genau an der Grenze des Viertels, so daß die alkoholischen Getränke vom Personal besorgt werden konnten und die Reichen nicht in die gefährlicheren Zonen der Stadt vordringen mußten. Ungeschickterweise war er dank Bostons strikter Alkoholgesetze geschlossen. Ich würde mich also mit dem Lebensmittelladen, der noch geöffnet hatte, begnügen müssen. Der Laden strotzte nur so vor Licht und Alarmanlagen, eine kommerzielle Festung, die Milch noch spät abends verkaufte, oder das, was die Bostoner dafür hielten. Ich dachte wieder daran, eines Tages nach Kalifornien zu ziehen, und ging auf das urbane Handelszentrum mit den langen Öffnungszeiten zu.

Ich stieß die schwere Panzerglastür auf und sah eine nervöse Frau mittleren Alters hinter dem Tresen sitzen. Sie hatte einen Monitor vor sich, der meine feuchte, schwarze Nylongestalt mit einem Gesicht über dem Kleid reflektierte. Wahrscheinlich hatte sie auch ein Gewehr unterm Tresen, ich an ihrer Stelle hätte eins. Ich fragte sie, ob sie mir ein Taxi rufen könnte. Sie sah mich mißtrauisch an, aber wie mißtrauenerweckend kann schon eine Frau sein, die ein Taxi bestellt? Sie nahm den Telefonhörer ab und sah sich die Gänsehaut auf meinen Armen nicht näher an, wofür ich ihr dankbar war.

Das Taxi kam, ich glitt in sein warmes Inneres. Der Fahrer wollte sich mit mir unterhalten, aber ich war nicht in der Stimmung. Er quittierte mein Schweigen mit einem mißmutigen Achselzucken. Wir kamen zum Parkplatz an der Turnhalle, in der die Sponsorenmesse stattgefunden hatte, und ich ließ mich von ihm bis zu meinem Wagen bringen. Ich war froh, in mein mobiles Heim einsteigen zu können. Ich saß auf dem Fahrersitz meines Wagens und fing an zu heulen, ich weiß nicht warum.

Dann fuhr ich durch die Stadt und zurück zu meinem Haus. Ich sah auf meine Haustür und nahm die Autoschlüssel in meine Hand, eine zusammengeballte Faust mit Dornen aus Metall. Ich erreichte die Haustür ohne besondere Vorkommnisse. Ich ging nach oben und holte mir ein paar Kugeln Vanilleeis aus dem Gefrierschrank. Ich goß etwas Cognac darüber. Ich ging ins Wohnzimmer und machte das Licht aus. Ich zündete den Cognac mit einem Streichholz an.

Als die Flamme verloschen war, wurde es im Zimmer wieder dunkel, und ich sah ein paar Lichter auf dem Hügel, der meinem Haus gegenüber liegt. Sie erinnerten mich an den John-Hancock-Turm, an den kleinen Mann auf dem Sofa. Wo hatte ich den John-Hancock-Turm schon mal erwähnt gehört?

Mein Mund wurde trocken. Sandys Traum, der Mann mit dem Buckel und dem schleimigen Zahnfleisch. Der John-Hancock-Turm und wie ich zum ersten Mal von dem kleinen Mann gehört hatte. Sandy hatte meinen Namen gehört. Victor. Victor Hugo. Der Glöckner von Notre Dame.

Ich teilte mir die zerfließende Eiscreme mit Flossie, die noch ein bißchen länger blieb, um die Schale auszulecken. Ich ging ins Bett, konnte aber nicht einschlafen. Ich lag wach und fragte mich, ob es Leute gab, die mit ihren Knochen telefonieren konnten. Mir schauerte es bis in die Brustwarzen.

Achtzehn

Der Sonntagmorgen versprach einen schöneren Tag. Die Sonne schien, und du konntest spüren, wie die ganze Stadt erwachte und sich auf einen Bostoner Sonntag mit der genau richtigen Brise Wind freute. Ich blieb zu Hause, ließ eine Maschine Wäsche laufen und hängte die großen Laken zum Trocknen an die frische Luft. Es war nicht einfach, an opiumrauchende Jungs in Seidenpyjamas zu glauben, die Original-Escher-Drucke mit Heftzwecken an der Wand befestigten. Die Spinne hatte mich nicht weiter gestört.

Ich sah mir den blauen Himmel an, die wenigen Wolken rasten nur so dahin. Ich ging das Risiko ein und fuhr zu Frances. Ich stieg die vielen Treppenstufen zu ihrer Haustür hoch. Ich klingelte. Der rote Jeep war nirgendwo in Sicht.

Ich hörte hüpfende Schritte, die die Treppe herunterkamen, und hoffte, daß die kleinen Freudensprünge für mich bestimmt waren. Sie öffnete die Tür und schien nicht enttäuscht. Die Spitzen ihres wuscheligen Haares stießen auf den runden Kragen eines kuscheligen, weißen Bademantels, wie zwei unterschiedliche Klettverschlüsse, die nicht zueinander paßten.

Sie küßte mich und ließ ihren Mund offen, noch dunkel und sauer vom Schlaf.

»Das kannst du ruhig noch ein bißchen ausgiebiger tun«, sagte ich.

»Das würdest du nicht wollen, ich erwarte Besuch.«

»Oh, kenne ich sie?«

»Solltest du eigentlich.«

»Na schön. Hier, ich habe dir Orangensaft mitgebracht.« Ich nahm eine Flasche aus der Papiertüte und stellte sie auf die Arbeitsplatte in der kleinen Küche. Dort stand schon wieder eine Kollektion schmutziger Teller und der Rest eines Salats, der schon einige Tage alt aussah. Ich hoffte, daß sie Vegetarierin war, ansonsten würden ihre Schweinereien nicht nur schlecht aussehen.

»Croissants habe ich auch mitgebracht.«

»Ah, die Veredelung unserer schönen Stadt«, seufzte sie. »Französische Bäckereien, Quiche-Ecken, italienische Cafés ...«

»Wir können fast so tun, als ob wir in Europa leben.«

»Mit den Mieterhöhungen allein könnte ich mir locker jedes Jahr einen Abstecher nach Paris erlauben.« Sie gähnte.

»Aber du möchtest doch sicher öfter Croissants essen als nur einmal im Jahr, oder?« Sie kam zu mir rüber und nahm mich in die Arme. Ich steckte ihr ein Croissant in den Mund, machte ein Tablett mit Butter, Tellern und Marmelade zurecht und füllte den O-Saft in zwei Weingläser.

»Also, wo hast du dich gestern abend rumgetrieben?«

»Da, wo ich mich auch heute abend rumtreiben werde«, sagte ich.

»Ach, dann kann ich es mir wohl sparen, mir heute abend frei zu nehmen.«

»Nur für den Fall, daß du nichts Besseres vorhast.«

»Habe ich nicht.«

Wir saßen wie zwei grinsende Idiotinnen über unserem O-Saft. Sie sah mich neugierig an, außerdem war sie schwer damit beschäftigt, ihr Croissant zu kauen. Ich fand, daß sie etwas altbacken waren.

»Hast du viel zu tun?« erkundigte ich mich.

»Das Geschäft blüht, könnte nicht besser sein.«

»Ich nehme an, du sprichst davon, Filzläuse zu kurieren und Diaphragmen auszuteilen.«

»Mach die Diaphragmen nicht schlecht. Ich hab' noch nie eins richtig einsetzen können. Davon abgesehen ist das nicht die Art von Geschäft, die ich meine.«

»Dann klär mich auf.«

Sie lehnte sich zurück, faltete ihre Hände und sah wie unsere große wissenschaftliche Mutter aus. Wer weiß, vielleicht würde sie das eines Tages auch sein.

»Wir machen da unten ein Baby nach dem andern.«

Ich saß da und fragte mich, wie es wohl für sie war, bei der

Empfängnis mit einem Instrument aus rostfreiem Stahl (was benutzten sie eigentlich *wirklich*?) dabei zu sein und tagaus, tagein Sperma in Frauen schießen zu lassen. Es machte mich eifersüchtig, aber ich war mir nicht sicher, auf wen.

»Einige unserer Babys sind noch nicht mal ...« Sie stoppte mitten im Satz, als sich die Tür öffnete. Hereinspaziert kam Stacy Weldemeer mit ihren großen weißen Zähnen. Sie hatte sich selbst unten an der Treppe mit einem Schlüssel hereingelassen. Sie trug Tweedhosen, die so heftig gebügelt waren, daß sie nun einen unvorteilhaften Glanz hatten. Sie erinnerten mich an Gebrauchtwagen und an die Leute, die sie verkaufen.

Ihr Gesicht war nicht zu sehen, aber ihre karottenfarbenen Locken nahmen eine Menge Platz ein, als sie an mir vorbei zu Frances rauschte. Sie beugte sich vor und gab Frances einen Kuß, was für einen, konnte ich nicht erkennen. Zwischen den Sommersprossen über ihrem Knöchel fiel mir eine tätowierte Rose auf. Ihre Klosterschulerziehung hatte bestimmt eine sehr diskrete und esoterische Liebhaberin aus ihr gemacht. Sie kniff in die kleine Extraportion Fleisch an Frances Hüften. Dann wandte Stacy Weldemeer sich mir zu.

»Hallo, ich bin Stacy«, verkündete sie. Ich hatte das Gefühl, daß sie über meine Anwesenheit nicht gerade glücklich war, aber sie bemühte sich, ihr Gesicht in etwas zu verwandeln, was wir alle hofften, irgendwann einmal zu bekommen, nämlich angenehme Züge.

»Du bist Stacy Weldemeer«, korrigierte ich sie. »Jede, die es vor sechs Millionen Zuschauerinnen und Zuschauern mit Luke Kelly in der Late Night Show aufnimmt, wird sehr berühmt. Jede, die es mit ihm aufnimmt, wenn er schlechte Laune hat, und gewinnt, wird ein Medienstar.«

»Na ja, so schwierig war das eigentlich gar nicht, wirklich. Der Mann trägt einfach zu enge Unterhosen, das ist alles.« Ich lachte über den Spruch, den sie seit ihrem Debut in der Glotze wahrscheinlich schon tausendmal zum besten gegeben hatte. Vor sechs Millionen Zuschauerinnen und Zuschauern hatte sie Kelly nicht nur wie den kleinen dummen Jungen aussehen lassen, der er manchmal ist, sie hatte es fertiggebracht, daß er auch noch auf ihrer Seite blieb. Stacy sah auf ihre Füße, die in kastanienbraunen Schuhen mit kleinen Troddeln steckten.

»Wir haben uns schon einmal gesehen, auf einer Party«, erinnerte ich sie an unsere erste Begegnung, aber sie war mit ihren Gedanken woanders. Das Riesending bei Glaser hatte mit Sicherheit jede Erinnerung an Jonells bescheidenes Fest ausgelöscht. Dort waren ja auch nur ihre Fans gewesen.

»Ach, wirklich?«

»Du hast mich Nancy Drew genannt.«

»Habe ich das?« Sie legte ihren Kopf auf die Seite und griff hoch, um sich eine rote Locke um den Finger zu wickeln, überlegte es sich dann aber anders und steckte ihre Hand in die Tasche. Sie drehte mir den Rücken zu und schien mit irgend etwas auf der Küchenablage beschäftigt zu sein.

»Ich hoffe, daß du mir das nicht übel genommen hast«, sagte sie. »Was hast du getan, daß ich dich Nancy Drew nennen sollte?« Sie nahm etwas aus dem Regal, stellte es auf dic Ablage, zog ihre Tweedjacke mit den Lederflicken aus und hängte sie über die Stuhllehne.

»Eine Freundin von mir ist letzte Woche gestorben. Ich habe ein paar Nachforschungen bezüglich der Umstände ihres Todes angestellt.«

»Es braucht eine ganze Weile, bevor wir einen Verlust akzeptieren können«, dozierte Stacy. Sie beugte sich nach vorn und füllte ein kleines orangenes Plastikglas mit Leitungswasser.

»Sie wurde auf der Straße erschossen«, sagte ich.

Stacy nahm einen großen Schluck, sah mich durch das gewellte Plastik hindurch an und schluckte das Wasser dann runter. »Frances, wir sollten deinen Stundenplan etwas lockern, damit du mehr Zeit hast, dich um deine trauernde Freundin hier zu kümmern.« Dann stellte sie das Glas ab und strahlte uns beide mit einem Lächeln an, das von irgendwo hinter ihren Kronen kam.

»Was sagtest du, wie war nochmal dein Name?«

»Ich hab' ihn noch nicht erwähnt. Ich heiße Emma. Emma Victor.« Sie lächelte. Ich lächelte. Wir waren beide so falsch wie zwei überarbeitete Stewardessen in der ersten Klasse, die unter der Aufsicht eines Vorgesetzten standen. Und unser Stil war alarmierend ähnlich.

»Also dann, ich möchte euch nicht bei einer Besprechung stören ...« Ich machte Anstalten zu gehen und dachte an Frances' Bademantel.

»Oh, das ist nicht nötig«, lächelte Stacy. »Ich bin nur kurz vorbeigekommen, um mit Frances den Zeitplan für die nächste Woche durchzugehen, Emma.« Das Wiederholen von Vornamen lernt frau im Public-Relations-Anfängerinnenkurs.

»Echt, ihr Leute habt einen Zeitplan? Und ich dachte, ihr würdet einfach auf eurer Babyfarm da unten campen.« Sie drehten sich beide zu mir um und sahen mich an. Dann gingen sie nach draußen.

Ich ging in die Küche und betrachtete das dreckige Geschirr. Frances hatte hier und da auch ein paar abgebrannte Streichhölzer liegen lassen. Ich sah ein dickes Schlüsselbund. Ich beobachtete Frances und Stacy auf der kleinen Terrasse außerhalb der Glasfenster. Das Sonnenlicht bleichte Frances' Gesicht, sie lächelte. Stacy klopfte ihr in Managerinnen-Manier auf die Schulter. Sie lachten zusammen und kamen wieder rein.

»Und Stacy, um Himmels willen, laß mich wissen, wo ich dich finden kann. Benutze zur Abwechslung mal deine Sekretärin und deinen Anrufbeantworter. Die Hälfte der Zeit kann ich dich nicht erreichen, wenn ich dich brauche.« Frances hakte sich mit ihrem Frotteearm bei Stacy ein, ihrem süßen Frotteearm.

Stacy nickte zustimmend, blickte auf ihre Uhr ohne Ziffern und schien in eine Zukunft voller wichtiger Verabredungen zu blicken. Ihre Arbeit hier war beendet. Sie verabschiedete sich recht hastig, vergaß aber nicht zu lächeln. Sie nahm ihre Jacke vom Stuhl, und ich sah, warum sie sie ausgezogen hatte. Die Tweedjacke mit den lederbesetzten Ellenbogen war sehr dick. Ihre Bluse hatte auf der Unterseite ihres rechten Armes einen großen nassen Bogen. Stacy O'Malley Weldemeer schwitzte wie ein Schwein. Sie drehte sich um und ging die Treppe hinunter. Ich hörte, wie sie die Haustür schloß.

Ich wandte mich Frances zu.

»Also, wo waren wir gleich stehengeblieben, ach ja, wir sprachen über Babys.« Aber ich dachte daran, was unter dem Bademantel war. Ich ging auf sie zu und hoffte, daß sie keinen Widerstand leisten würde, wenn ich ihr den Gürtel aufmachte. Sie leistete keinen Widerstand. Sie machte die Vorderseite selbst auf, und alles, was darunter war, gehörte mir, zumindest für eine Weile. Ich dirigierte sie zum Sofa rüber und legte sie sanft auf die hellen Polster. Hinterher spürte ich ihren Atem auf meinem Ohrläppchen.

»Sag mal, habe ich eigentlich Konkurrenz zu fürchten?« fragte sie.

»Falls du auf meine Verabredung heute abend anspielst, so würde ich einen kleinen Jungen in Seidenpyjamas nicht als Konkurrenz bezeichnen.«

»Oh«, ihr Atem ging langsamer, »Babysitting.«

»Mehr oder weniger. Aber bitte vergiß nicht, daß die Betreuung von Babys mindestens genauso wichtig ist wie die Zeugung. Wann ist unser nächster freier Abend?«

»Morgen.«

»Gut. Hat dir die Große Weiße Mutter der Verwaltung ihre Zustimmung gegeben?«

»Darauf kannst du wetten. Du magst Stacy nicht, was?«

»Ich weiß nicht. Ich möchte ihr keine allzu große Chance geben. Sie hat schließlich deine Hausschlüssel.«

»Ach, so ist das.« Frances lachte und knuddelte mich, sie preßte ihre Brust gegen meine. »Deswegen brauchst du dir keine Sorgen zu machen, Emma, Liebes. Wissenschaft und

Kapital treiben es vielleicht miteinander, aber nur bildlich gesprochen. Stacy geht für mich anschaffen, wenn du so willst. Sie treibt das Geld für die ganzen Reagenzgläser auf.«

»Und die Schwänze, um sie zu füllen. Sie macht gute Public Relations. Sie hat einen Stil, den ich nicht schätze, aber ich denke, eine muß diesen Job wohl erledigen«, räumte ich ein.

»Na ja, ich bekomme ein anständiges Gehalt und muß mich nicht ständig mit irgendwelcher Männer-Scheiße rumschlagen oder dem ganzen Krankenhausmist. Ich kann mir mehr oder weniger mein eigenes Ticket ausstellen.«

»Und Stacy, hilft sie dir dabei, es auszustellen?«

»Sie bezahlt es, meine Liebe. Du darfst nicht vergessen, daß es einen großen Bedarf an guter Spender-Überwachung und künstlicher Befruchtung für alleinstehende Frauen und Lesben gibt. Mehrere Kliniken haben Stacy gebeten, die Leitung zu übernehmen.«

»Das ist doch genau ihr Ding und entspricht ihrem Stil. Stacy McSperma«, sagte ich.

Frances lachte. »Nun, ich habe ihr gesagt, daß das nicht läuft. Wenn sie Konzessionen verteilen will, bitte, aber ohne mich. Es ist jetzt schon verdammt hart, sie zu erreichen. Also wird sie wohl bei Blackstone bleiben müssen.«

»Du kannst Stacy Weldemeer die Leine anlegen?«

»Ja, das kann ich. Und ich kann sie jederzeit straffziehen. Wir erledigen unseren Kram auf verschiedene Arten. Wir haben nicht den gleichen Stil, sie und ich, und ich möchte sicher gehen, daß sie mir bei meinem Stil nicht in die Quere kommt.«

»Also, ich mag deinen Stil so sehr, wie ich ihren nicht ausstehen kann, und das ist eine ganze Menge.«

»Mich wirst du in keiner Fernsehshow finden«, beruhigte mich Frances.

»Sehr gut, bitte sorg dafür, daß es so bleibt«, sagte ich. Ich hatte gar nicht so viel gegen Öffentlichkeitsarbeit, aber ich hatte eine Menge gegen die Art, wie Stacy Weldemeer unsere

Leben in luftleeren Raum verpackte und sie mit ihren kirschroten Lippen in der Glotze anpries. Es hilft der verzweifelten Hausfrau Lieschen Müller überhaupt nicht weiter, wenn sie im Kabelfernsehen sieht, wie eine schöne, muskulöse Frau ihre gleichgebaute Freundin in Samt und Seide packt. Aber dies war nicht der rechte Moment, um darüber nachzudenken.

Ich küßte sie, und wir bewegten uns zum Bett rüber, wo wir eine weitere Stunde verbrachten. Diesmal fühlte ich mich schläfrig, da war dieses narkotische Gefühl des Fallens, das sich ständig wiederholte, während ich am Rand eines leichten Schlafs balancierte. Plötzlich wurde mir bewußt, daß die Sonne schon unterging, und ich sprang mit einem Satz aus dem Bett.

»Mist, ich muß mich auf die Socken machen.«

»Jetzt schon? Ich muß erst in zwei Stunden zur Arbeit.« Sie zog mich mit geschlossenen Augen an sich, verlangend wie ein Kind.

»Hey, darf ich dich dran erinnern, daß du nicht die einzige bist, die Pläne hat? Ich bin auch eine Karriere-Frau.«

»Ja, als Babysitterin.«

»Nichts da. Sei eine gute Feministin, oder Ms. Weldemeer wird dich für deine politische Inkorrektheit bestrafen.«

»So ist Stacy nun wirklich nicht. Überhaupt, was hast du eigentlich gegen sie?«

»Es ist ihr Stil, glaube ich ...«

»Und ich glaube, daß du eifersüchtig bist.«

»Du hast mir doch gesagt, daß ich dazu keinen Grund hätte.«

»Ja, aber du hast andere Gründe.«

»Oh ja? Und welche?«

»Sei doch ehrlich, Emma. Der Notruf-Job langweilt dich zu Tode, den ganzen Tag nur am Schreibtisch sitzen und dich ohnmächtig fühlen. Du läßt dich über Monica und Stacy aus, aber ich denke, das Problem liegt bei dir selbst. Sozialarbeit entspricht nun mal nicht deinem Charakter.«

»Ach, tatsächlich? Und warum erzählst du mir dann nicht auch gleich, was meinem Charakter entspricht? Ich wünschte, das würde endlich mal eine tun.«

»Emma, ich kenne dich inzwischen gut genug, um zu wissen, daß du es brauchst, daß sich etwas bewegt, und zwar mit allen Hochs und Tiefs. Das hast du aber nicht, du hast ja nicht mal das Gefühl, daß du beim Notruf irgendwas zustande kriegst.«

»Also?«

»Also muß es eine große Umstellung für dich gewesen sein, nach den Tagen der Öffentlichkeitsarbeit, als täglich demonstriert wurde und du Presseberichte zusammengestellt und Pressekonferenzen organisiert hast. Du bist an ein Telefon gebunden, während Stacy Weldemeer die Welt bewegt. Natürlich bist du eifersüchtig.«

»Ach, Weldemeer bewegt also die Welt?«

»Ja. Sie hat Energie, Ambitionen, Pläne und Beziehungen. Sie bewegt wirklich was.«

»Und ich nicht.«

»Das hast du gesagt. Nicht ich.«

Meine Worte hingen in der Luft und bezichtigten mich. Einen Moment lang konnte ich mich, Stacy Weldemeer und sogar Frances nicht ausstehen. Aber ich würde darüber wegkommen. Das mußte ich.

Frances streichelte mir mit ihren Fingerspitzen über den Rücken, und ihre Augen sagten etwas Liebevolles, obwohl sich mein schlechter Charakter gezeigt hatte.

»Nun gut, ich muß jetzt wirklich los«, sagte ich nach einer Weile.

»Babysitten? Du willst jetzt wirklich babysitten gehen?« Ich hatte noch nie eine Ärztin jammern hören.

Ich küßte sie zum Abschied und sagte ihr, daß sie morgen um acht zum Abendessen kommen könnte. Ich ging die Treppe hinunter und schloß sorgsam die Tür, genau wie Stacy Weldemeer es getan hatte.

Neunzehn

Hugo Glaser war viel zu unberechenbar und wahrscheinlich auch noch viel zu stoned, um ihn bei der Wahl meiner Kleidung zu berücksichtigen. Von seinem Geschmack ganz zu schweigen. Also zog ich mich für mich selbst an. Ich besaß ein Paar alte, sehr plüschige rosa Cordhosen. Sie hatten noch ein Jahr zu leben, bevor die Farbe aus der Mode kommen würde. Ich zog einen etwas dunkleren rosa Pullover darüber. Eigentlich war er dafür vorgesehen, ihn lose außen drüberhängen zu lassen, aber ich steckte ihn in die Hose, machte sie zu und zupfte ihn ein Stück heraus, so daß er sich bauschte. Bei Sachen, die in die Hose gesteckt waren, hatte ich eher das Gefühl, die Kontrolle darüber zu haben. Dann zog ich kurze dunkelgraue Wildlederstiefel an. Sie sahen sehr weich aus, waren aber wasser- und schlammabweisend und hatten eine gute 'Bodenhaftung'. So war ich warm angezogen, gut zu Fuß, ganz in Rosa und auf alles gefaßt. Vor zehn Jahren hätte ich richtig Sahne ausgesehen, inzwischen hatte ich diese glatte Anziehungskraft verloren. Dafür besaß ich jetzt eine Menge Erfahrung sowie drei schöne Falten und ein paar graue Strähnen als Beweis dafür.

Ich schlug die Adresse der Glaser-Residenz nochmal nach, um ganz sicher zu gehen, und fuhr über die Brücke. Ich war mir noch nicht klar, wie ich vorgehen mußte, um herauszufinden, was ich wissen wollte. Das lag daran, daß ich nicht genau wußte, was ich überhaupt herausfinden wollte. Ich würde es wohl auch erst wissen, wenn ich es herausgefunden hatte. Das war so in etwa das, was mir durch den Kopf ging, als ich den Wagen einen halben Block von der Villa entfernt parkte.

Ich ging über den Rasen, der immer noch matschig war. Es war ein guter Rasen, sorgfältig gepflegt. Die Kreppsohlen der grauen Wildlederstiefel saugten sich an der Schwamm-Struktur seiner gleichmäßigen Oberfläche fest und veranstalteten kleine schmatzende Laute.

Die großen Glasfenster oben waren leer und ruhig, kein kultiviertes Gelächter, das auf kultivierte Witze antwortete. Im Souterrainfenster sah ich die kleinen Blinklichter, die Musik ankündigten.

Ich erreichte die kleine Terrasse und die kleine Waschküche. Die Tür war noch immer unverschlossen. Ich hob sie am Griff an, als ich sie öffnete, damit sie nicht über die Platten scheuerte. Ich ging in die Waschküche und weiter in den Miniaturflur, der sich dahinter anschloß.

Es sah alles genauso aus wie am Abend zuvor. Hinter Hugos Tür pochte ein langsamer Bass-Rhythmus, und der Flurläufer sah noch immer teuer und exotisch aus. Mir war, als hätte ich oben auf der Treppe ein Geräusch gehört, und ich verzog mich in eine kleine Nische. Das Geräusch verschwand wieder, und ich bemerkte in meiner Nische eine kleine spitzzulaufende Tür, wie eine Tür in einem Kloster oder im *Zauberbogen*.

Ich öffnete sie, traf auf muffige Luft und konnte durch ein riesiges Fenster am anderen Ende des Raumes einen Teil des mondbeschienenen Rasens und die Bucht dahinter erkennen. Die Bäume, die etwa zwanzig Fuß vom Haus entfernt standen, wirkten wie dunkelgrüne Hände, die mir im Mondschein zuwinkten. Ich ging hinein und versuchte die Tür leiser zu schließen, als mein Herz klopfte.

Nach etwa sechs Metern auf Hochglanz polierten Parkettfußbodens gab es drei Stufen, die in ein tiefliegendes Schlafzimmer mit einem Bett, einem Queen-Anne-Sekretär und drei großen Panoramafenstern hinunterführten. In das große Fenster auf der rechten Seite war eine Terrassentür eingelassen. Ein großes Doppelbett sah auf den Garten und die große Rasenfläche hinaus, die von hohen Rhododendronbüschen mit ovalen Blättern begrenzt wurde. Eine schwarze Tagesdecke war eng um die Matratze gezogen, so eng, daß keine Laken oder Bettdecken dazwischen paßten.

Auf einem zierlichen Nachtschrank neben dem Bett stand

eine chinesische Vasenlampe mit einem weißen, pyramidenförmigen Schirm. Ich ging auf die Fenster zu. Die drei Stufen hinunterzugehen war wie in den mondbeschienenen Garten hinauszutreten. Kein anderer Lichtschein fiel auf die Bäume, das Zimmer war in einem Flügel auf der Rückseite des Hauses untergebracht, weit weg von allem, bis auf den schelmischen Hugo.

Ich ging die Stufen wieder hinauf und auf eine Reihe von Lamellentüren zu, die nach einem großen, begehbaren Kleiderschrank aussahen. Es war ein großer, begehbarer Kleiderschrank. Auf einer Seite standen drei überquellende Müllsäcke. Ein paar Modellkleider versuchten aus ihnen zu entfliehen. Ich teilte die beiden Schiebetüren und schloß damit irgendeinen Kontakt, denn sofort gingen in die Seitenwand eingelassene Lampen an. Bis auf einen rosa Kleidersack war der Schrank leer. Im Kleidersack befand sich ein schwarzes Seidenkleid. Unter dem Kleidersack stand ein Paar abgetragener Mokassins, auf denen sich noch genügend rote und blaue Plastikperlen befanden, um zwei stilisierte Adler zu erkennen. In die Wildledersohlen waren braune, ovale Fersen-Vertiefungen getreten, und mir wurde schlagartig klar, daß ich die Abdrücke toter Füße betrachtete. Ich schloß die Tür. Vor meinen Augen sah ich kleine weiße Punkte, und ich zählte bis zwanzig. Der Kleiderschrank hatte Allison Glaser gehört.

Kurz nachdem ich die Tür geschlossen hatte, ging das Licht wieder aus. Die mondlichtübergossenen Bäume schienen wieder zum Fenster hereinzuwachsen und mir zuzuwinken, als ich mich umdrehte und durch die spitze Tür in den Flur ging. Nach dem Gartenzimmer wirkte der Flur hell und freundlich und wie ein wundervoller Ort.

Dann wurde am anderen Ende des Flurs eine Tür geöffnet, und mir blieb nichts anderes übrig, als darauf zuzugehen.

Dort stand Hugo mit einem schelmischen Lächeln. Er hatte sein Outfit vom Abend davor noch übertroffen. Heute abend war ernsthafte Entspannung angesagt. Er war stahlblau und ganz in Seide.

»Ach, hal-l-l-o«, sagte er, streckte mir eine offene Handfläche mitten ins Gesicht und nahm dann langsam, einen nach dem anderen, seine Finger zurück, um mich hereinzubitten.

Plötzlich hörte ich einen hohen Pfeifton hinter ihm und einen kleinen Seufzer. Er starrte in meine Augen, als ob sie lange dunkle Tunnel wären. Ein weiterer Seufzer endete in einem leisen Pfeifen, und mir wurde klar, daß er eine Kassette mit Lauten von Walen und Delphinen — Geräusche, Worte, Gesang? — spielte. Einige simulierte Welleneffekte liefen durch den Raum, als ich eintrat.

»So, heute abend stehen wir also«, sagte ich, erleichtert, daß er mich nicht auf der Stelle hinauswarf.

»Ja, wir stehen und wir schweben und wir gehen ... weißt du vielleicht, wohin wir gehen?« Er legte seinen Kopf auf die Seite, und ein Delphin versuchte, uns die Antwort zu geben.

»Wir werden uns setzen und uns meine Mitbringsel ansehen.« Ich versuchte, seinem Blick standzuhalten, wurde aber von der großen kosmischen Dampfwalze überrollt. Er schob mich weiter in den L-förmigen Raum hinein, der an seiner eigenen Atmosphäre zu ersticken drohte. Irgendwer hatte Hugo mit dem Familiensilber spielen lassen. Er hatte ein Dutzend edelster Art-deco-Kerzenhalter im Zimmer verteilt. Wenn die seiner Mutter gehört hatten, mußte sie eine besonders exzessive Phase des Sammelns von erstklassigen Jugendstil-Accessoires und modernem Designer-Schnickschnack durchlebt haben. Was für ein Vermächtnis! Jetzt waren Kerzen willkürlich in die Leuchter gestopft, Stearin lief überall über die stromlinienförmig ausladenden Schäfte. Ein stilisierter weiblicher Akt hielt eine schwarze Kerze in die Höhe, Wachs tropfte über ihren Arm, über den ovalen Bizeps. Ein Schwarm Möwen schrie, und ich atmete einmal voll die Luft der brennenden Räucherstäbchen ein.

Ich wählte das Ledersofa als Sitzgelegenheit, neben einem vollgestopften Bücherregal und hinter der Spinne. Ich hatte Angst davor, mich direkt vor die riesigen Fenster zu setzen, die auf die Wolkenkratzer und den Fluß hinaussahen. Ich könnte Gefahr laufen, einfach hinauszuschweben. Außerdem befanden sich die Chaiselongue und die Opiumpfeife dort, und ich wollte Hugo so lange wie möglich in der Vertikalen halten.

»So, und du möchtest wissen, was eine wunderbare Reise ist? Ich habe alle Zutaten hier.« Er nahm einen Zug von einer langen, dünnen Cloisonné-Pfeife, die mit Schlangen und ähnlichem Getier verziert war. Ich nahm die lange, dünne Metallröhre in den Mund und zog ebenfalls daran. Ich hatte Opium erwartet, aber diesmal war es der erregende, süßliche Geschmack von Haschisch, der meine Lungen füllte. Eine Minute darauf fühlte ich Hugos entnervende Gegenwart so klar und deutlich wie eine Alarmsirene. Außerdem fühlte ich auch noch die genaue Zusammensetzung des Polstermaterials des Sofas.

»Ich werde uns einen Drink holen.« Ich stand auf und ging zur kleinen Bar rüber. Die Flaschen waren verschwunden, und der Schrank darunter war verschlossen. Ich drehte mich um. Hugo war genau hinter mir. Ich konnte seinen substanzhaltigen Atem auf meiner Schulter spüren.

»Das sind die Babysitter.« Er zog eine Augenbraue hoch und legte einen Finger an die Lippen. Er bedeutete mir, zurück zum Sofa zu kommen, indem er einen Finger ausstreckte und gebeugt rückwärts ging.

»Du bist ja ein richtiger Marcel Marceau«, sagte ich in dem Versuch, einen Scherz zu machen. Er steckte mir die Pfeife in den Mund und zündete sie nochmal an. Ein vollendeter kleiner Gentleman. Wir sahen uns seine Spinne an, und ich versuchte mir zu überlegen, wie ich das Eis brechen konnte. Das Problem erübrigte sich. Hugo beugte sich über ein kleines Kästchen aus Ebenholz, nahm ein quadratisch gefaltetes

Stück Papier heraus und schüttete etwas Puder auf die Glasplatte des Kaffeetisches. Er reichte mir eine kleine goldene Rasierklinge, und ich zerhackte rasch das klumpige Pulver und schob es zu zwei Spuren aus vielen kleinen Bröckchen zusammen. Ich nahm das kleine Glasröhrchen und gab es Hugo, der es mit einer hochgezogenen Augenbraue und einem echt glücklichen Lächeln entgegennahm, wie ein kleiner Junge, der sein erstes Hündchen bekommt.

Er nahm eine Line, ich nahm eine Line, und dann kifften wir noch einen. Wir setzten uns zurück und sahen eine Weile an die Decke, während die Wale ihre Reden vom Leben unter Wasser sangen. Ich hoffte, daß das Koks den Fischaugeneffekt des Hasch ein bißchen übertönen würde. Ich beschäftigte mich damit, mich im Zimmer umzusehen.

Im Bücherregal entdeckte ich ein Kästchen aus Mahagoniholz mit Intarsien aus Rosenholz. Eine Kante aus Messing trennte die beiden verschiedenen Holzarten voneinander: es sah wie eine antike Zigarrenkiste aus. Ein Stück Papier ragte heraus.

Ich suchte Hugos Blick, zeigte auf das Kästchen und sah ihn fragend an. Er erwiderte meinen Blick, und wir schlichen auf Zehenspitzen zum Regal. Das Kästchen war eine erstklassige Antiquität mit einer spiegelglatten französischen Handpolitur. Ich öffnete mit einer blöden Zeremonie den Deckel und sah einen Haufen Fotos. Das erste zeigte einen Karren vor einem großen, ausladenden Rosenbusch und einen Jungen, der darauf saß.

»Das ist Big Brother von oben.«

Er zischte und verdrehte die Augen, bis seine Iris in Weiß schwammen.

»Big Brother is watching you, hm?«

»Ja, das tut er!« Hugo entspannte sich plötzlich und kicherte eine Minute lang. Ich dachte gerade, daß er mir nun schon völlig entglitten war, als ich ein Foto fand, auf dem eine junge Frau und jemand, der wie Hugo in bewußterem Zustand aussah, abgebildet waren. Er hatte eine Gitarre in der Hand. Ich blätterte weitere Fotos durch, und die Geschichte, die sich in meinem Kopf zu formen begann, schien sich zu bestätigen. Das Blumenkind auf den Fotos wurde älter, versuchte, im Wald zu leben, beugte sich einem Privatleben, das andere für ihn planten und kontrollierten. Der Junge hatte sein blödes Grinsen behalten. Ich konnte es immer noch sehen. Hugo schlitterte zu einer Hookah-Pfeife rüber, die auf einem der unteren Regalbretter kauerte.

Im Bücherregal befand sich eine Ansammlung von Zeitschriften und Drogenutensilien, Bongs, Blättchen, kleine Marihuana-Siebe, kunstvoll verzierte Röhrchen und eine kleine Musikgruppe aus aufziehbaren Tieren, die hauptsächlich aus Affen mit Schellen bestand. Auf den oberen Regalen lag mehr Staub. Ich ging näher heran, um einen besseren Blick auf den Dreck zu bekommen, der sich angesammelt hatte und am Kunstfell der schellenschlagenden Primaten klebte.

In diesem Moment hörte ich einen Summer gehen und sah, wie Hugo zu einer kleinen Lautsprecherbox hinüberging, die in die Wand eingelassen war.

»Möchtest du etwas zu trinken?« erkundigte sich die kleine Box. Ich fragte mich, ob die kleine Box genauso gut hören wie sprechen konnte. Ich fühlte, wie sich meine Gedärme regten. Ich steckte mir einen Daumennagel in den Mund, er war ganz schön dick. Es war eindeutig, daß Hugo überwacht wurde, falls er nicht sogar dazu bestimmt war, sich in seinem L-förmigen Zimmer lebendig zu begraben.

Hugo sah mich fragend an. »Bloody Mary«, sagte ich.

»Meine Freundin möchte eine Bloody Mary, und ich möchte einen, äh, laß mal sehen, ich möchte eine Cola-Rum. Ja, das ist genau das, was ich will«, versicherte er sich selbst, ging zum Tisch zurück und zog wieder an der Pfeife.

»In letzter Zeit bist du also allein im Keller.«

»Ja, Hugo ist allein.« Und diese Feststellung machte ein Echo in seinem Gehirn und zeigte sich auf seinem Gesicht, das an den Rändern seiner Augen zu schmelzen begann. Es war genau das, was den kleinen Mann in den stahlblauen Pyjamas am besten beschrieb. Er war sehr allein.

Was für eine Wahrheit oder Vernunft es auch immer war, die den Raum betreten hatte, sie wurde abrupt noch von der Gestalt verstärkt, die mit einem Zinntablett, auf dem sich unsere Drinks befanden, die Treppe herunterkam. Es war die gleiche Frau, die mich auf der Party in der Küche begrüßt hatte. Als Profi zeigte sie keine Überraschung. Sie sah irgendwo in die Gegend meiner Knie, aber ich wußte, daß sie wußte, wer ich war, und daß ihr das nicht gefiel. Ich hatte mich durch die Hintertür in die High Society eingeschlichen, die so in sich geschlossen zu sein hatte wie die Treppe auf dem Escher-Druck. Sie drehte sich um und ging geschäftig aus dem Zimmer. Ich hörte das Rascheln ihres schwarzen Nylonrocks, ihre wohlgeformten, stämmigen Beine steckten in Stützstrümpfen und vernünftigen Schuhen.

»Danke, Vanessa«, sagte Hugo, als sie die Tür hinter sich schloß.

»Also, du warst allein.«

»Ja.« Er wandte sich mir zu. »Aber ich bin schon eine ganze Weile allein. Ich habe nur meine kleine pelzige Freundin hier.« Er sah die Spinne an und klopfte ans Glas. Die Spinne hüpfte auf ihren krummen Beinen über den Ast. Sie war fast so groß wie eine Faust. Ich trank meinen Drink etwas schneller. Hugo reichte mir die Pfeife.

»Ja, Allison.« Er seufzte, als ob ihr Name eine neue Art wäre, an Blumen zu riechen. »Allison wollte immer nur Spaß haben. Tanzen, Lachen, Spielen.« Hugos Gesichtsausdruck war eine Mischung aus Timothy Leary und Bambi. »Sie hat sich außer Liebe aus nichts etwas gemacht.«

»Das habe ich mir gedacht. Äh, was für eine Art von Liebe war das?«

Er lachte und zwinkerte mir zu. »Liebe mit ihrer süßen Freundin.«

»Auf einer schwarzen Quiltdecke am anderen Ende des Flurs?« fragte ich.

»Ja!« strahlte er. »Sie waren so schön, die Ladys.« Der Teufel stahl sich in seine Stimme.

»Hast du ihnen zugesehen?« neckte ich ihn.

»Zugesehen?« Ein Schauer von Gelächter entwich seinem Mund und endete in einem Spritzer Speichel. Er saugte ihn ein. »Ich will alles sehen, das schön ist. Aber ich brauchte nicht zusehen. Ich konnte es fühlen, durch den Flur, durch die Türen!«

»Waren sie oft hier?«

»Nein, und dann sind sie gegangen. Sie sind gegangen und haben mich allein gelassen. Der Boß kam nach Hause und Junge, war die Kacke vielleicht am Dampfen. Er war wirklich sehr, sehr sauer. Und wenn mein Bruder sauer ist, legst du dich besser nicht mit ihm an. Der Typ ist ein ganz gefährlicher Hirnwichser. Allison ist abgehauen. Sie konnte mit den ganzen feindseligen, heftigen Schwingungen nicht mehr klarkommen. Aber er hatte was dagegen. Der Mann kann wirklich extrem unangenehm werden, wenn er wegen was sauer ist. Und er hatte sein Herz daran gehängt, sie zu behalten und die perfekte blaublütige Familie zu haben. Das Blut in unserer Familie tendiert natürlich eher zur orangenen Seite von Rot als zur blauen.«

»Und *dein* Blut muß kariert sein«, sagte ich, und er lachte. Ich atmete durch.

»Also, Allison ist aus dem Gartenzimmer ausgezogen. Wann war das?«

»Oh, das ist schon eine ganze Weile her«, sagte Hugo, aber ich hatte den Eindruck, als wären Zeit und Raum für den kleinen Mann in dem blauen Pyjama völlig elastische Dimensionen.

»Liebe«, sagte er, »hat ihre Grenzen.« Hugo klopfte ans Glas und ließ die Schwarze Witwe springen. »Wenn einer zu besitzergreifend wird, dann werden alle nervös, und derjenige, der geliebt wird, der wird einfach zerque-e-e-etscht.« Hugo beugte sich über den Glaskasten und vollführte mit seinen Fingern einen kleinen Steptanz. Dann lehnte er sich zurück, nahm einen Zug von der Pfeife und überprüfte die Decke, die anscheinend immer noch da war. Er schälte seine Finger von der Cloisonné-Pfeife. »Aber ich habe sie nicht auf das Boot gebracht. Er hat es getan und er hat sie erschreckt. Ich war es nicht. Kopfspiele, Seelenpresse, Psycho, *das* war es, darum ging es.«

»Hört sich wirklich nach einem heftigen Trip an«, sagte ich und sah ebenfalls nach der Decke. »Da müssen doch immer noch eine ganze Menge schlechter Schwingungen sein.«

»Ja, eine Masse schlechte Schwingungen. Heftigere Schwingungen, als ich dachte. Die Leute spielen noch immer ihre Spielchen.« Er klopfte etwas langsamer gegen das Glas, und die Spinne sprang auf einen höheren Ast und fiel dann herunter, sie hing an ihrem eigenen Faden. Mir war leicht übel. Hugo sah aus, als ob er kurz davor war, voll abzugleiten.

»Hugo«, ich legte eine Hand auf meine Hüfte und steckte die Finger in die Hosentasche. Ganz schön eng geworden in letzter Zeit. »Hugo, falls du das Bedürfnis hast, über diese Spiele zu reden, falls du dich daran erinnerst, was Allison und ihrer Freundin zugestoßen ist, dann kannst du mich anrufen.« Ich drückte ihm ein gefaltetes Stück Papier in die Hand. Dann nahm ich es ihm wieder weg und steckte es ihm in seine Tasche.

»Du kannst mich jederzeit anrufen und mir erzählen, was passiert ist, okay? Über Allison und ihre Freundin, an dem Abend auf dem Boot.«

»Ich möchte nicht darüber reden«, seine Stirn legte sich in Falten und er schien in Panik zu geraten. »Allison war ein guter Mensch. Allison hat mich geliebt. Sie dachte, ich würde ihr nicht weh tun. Sie wußte, daß ich ihr nicht weh tun würde. Sie war eine von denen, die in Ordnung waren, und nett, zu den richtigen Menschen halt.«

»Was ist passiert, Hugo?«

»Ach, laß mich in Ruhe. Ich will nicht drüber reden. Alle wollen sie immer nur reden, reden. Ich möchte einfach dahin gehen, wo nichts passiert. Mich macht das alles nur fertig«, jammerte er.

»Spielt der große Bruder immer noch seine Spiele?«

»Oh ja, darauf kannst du wetten, und wenn es jemanden gibt, mit dem er seine Spiele spielt, dann bin ich das. Er hat mich völlig unter Kontrolle.«

»Was heißt das, er hat dich unter Kontrolle?«

»Willst du das wissen? Willst du wirklich wissen, was mein Bruder mit mir vorhat? Ich erzähl's dir. Er will mich auf einen kleinen Trip in die Klapse schicken.« Dann sagte Hugo nichts mehr. Er griff in die tiefe Tasche seiner Haremshose und zog eine durchsichtige Glasphiole mit einem braunen Pulver heraus. Er tupfte eine Dosis auf einen kleinen Löffel, hielt ihn sich unter die Nase und schickte das Zeug nach oben. Er reichte mir das Fläschchen, und ich nahm ein winziges bißchen auf einen Fingernagel und probierte es.

»PCP?« fragte ich. Er schien zu nicken. Betäubungsmittel für Tiere. Der Junge war ein richtiger Müllkopf. Ich trank mehr von meiner Bloody Mary.

»Mensch, das Zeug solltest du wirklich nicht nehmen«, sagte ich. »Warum willst du unbedingt deine Gehirnzellen killen?« Aber ich hatte auch kein allzu gutes Gefühl, was meine eigenen Zellen anging. Hugo gab mir keine Antwort, statt dessen sangen die Wale einen langen getragenen Chorus, und ich sah, wie seine Augen den Eilzug nach Nirgendwo nahmen.

»Okay, ich kenne ein Spiel«, sagte ich. »Sag neunundneunzig.«

»Neu-eu-eunu-unneu-eunzig«, er ließ die Silben über seine Zunge rollen.

»Was kommt jetzt?«

»Achtundneunzig«, sagte ich nach einer Weile. »Und jetzt?« Ich wartete. »Siebenundneunzig.« Ich wartete. »Und dann ...«

»Sechsundneunzig, dr-un, dr-un, zweiundneunzig.« Er sah

mich an. »Scheiße, ich kann nicht zählen!« sagte er und gab so etwas wie ein Lachen von sich. So etwas Ähnliches.

Ich selbst fing an, die Lichter der Wolkenkratzer zu zählen. Kurz bevor sich seine Lider schlossen, sah ich seine ängstlichen Augen.

»Also gut, wer muß schon zählen können, wenn er Babysitter hat, schöne Erinnerungen und all diese Knete?« Aber ich stellte die Frage an niemanden. Hugo war schon wieder mit der Decke beschäftigt. Ich schüttelte den Kopf, und mein Gehirn schwappte von einer Seite auf die andere. Die Wale stimmten mir zu. Die Töne wurden klar wie Wasser, die Bedeutung darunter war sehr einfach zu verstehen und ich erinnerte mich ohne den Schatten eines Zweifels, daß Wale höhere Intelligenz besaßen.

»Du solltest das Zeug wirklich nicht nehmen«, sagte ich noch einmal, als ich ihm dabei zusah, wie er seine Nase fütterte. Dann mußte ich plötzlich an den PCP-Mörder denken, der jetzt in der Todeszelle saß. Er war einfach die Treppe runtergegangen und hatte seine Eltern mit einer Schrotflinte erledigt und konnte sich an nichts mehr erinnern.

Dann waren die Delphine an der Reihe, und der Raum wurde drei Grade grauer. Ich versuchte, mich auf die Kerzen zu konzentrieren, die stromlinienförmige Lady, die die Flamme trug, aber es begann alles zu verschwimmen. Ich fiel tief zurück ins Sofa und merkte, wie sich der Cherub in meinen Schoß rollte. Er legte eine Hand auf meine Brust.

Dann kroch von allen Seiten ein dunkler Nebel ins Bild und deckte den blauen Unglücksknaben zu, und die Spinne, und die Lichter der Wolkenkratzer gingen eins nach dem anderen aus. Alles wurde grau, und dann war da nur noch totale Dunkelheit.

Ich erinnere mich nur noch an eine Einzelheit aus dieser langen, harten Nacht. An einem gewissen Punkt schienen zwei weiße, kalte Hände mir meine Kleidung abzupellen, die um den Holzstamm flatterte, der mein Körper war.

Am nächsten Morgen erwachte ich nackt unter ein paar Decken. Nicht gerade eine besonders angenehme Art aufzuwachen. Einige sehr wichtige Drähte in meinem Gehirn waren vertauscht worden. Ich sah eine herumspringende Spinne, ich konnte den John-Hancock-Turm in vollem Sonnenlicht ausmachen, konnte das aber nicht miteinander in Verbindung bringen. Ich wußte, was ich sah, und in einer anderen Abteilung meines Gehirns wußte ich auch, warum ich hier war, aber diese beiden Dinge hatten nichts miteinander zu tun.

Ich hatte rasende Kopfschmerzen, Bewußtlosigkeit schien mir die einzige Lösung. Meine Hände waren kleine Unbekannte, aber die Hauptsache war, daß mein Körper nicht vergewaltigt worden war. Ich fühlte mich unberührt. Auf einem Stuhl entdeckte ich meine ordentlich zusammengelegten Kleider. Der Pulli war flach zusammengelegt, die Hose hing über der Rückenlehne des Stuhls. Ich stand vorsichtig auf. Ich war allein im Zimmer, fühlte mich aber den Tausenden von Wolkenkratzerfenstern ausgesetzt. Dann berührte ich meine Zehen, was ein großer Fehler war. Unter meinen Schläfen fingen tausend kleine Hämmer zu pochen an. Also setzte ich mich wieder hin. Nach einem Moment zog ich mir die Klamotten über, die auf dem Stuhl lagen. Ich sah mich noch einmal um, aber mehr hatte ich nicht dabei gehabt. Meinen Führerschein und meine Brieftasche hatte ich im Wagen gelassen. Die kalten Hände konnten mich nur als eine Fremde wahrgenommen haben.

Ich betrat den kleinen Flur und fand die schmale Treppe, die nach oben führte. Ich setzte einen Fuß vor den anderen und verlagerte so langsam die Lage meines Gehirns. Ich ging aus der kleinen Tür, und nach einer schnellen Drehung stieß ich die Schwingtür zur Küche auf. Vanessa stand an der Spüle und machte aus lächerlich kleinen Essensstücken unzählige Horsd'œuvres. Sie war mit Hälften entsteinter, schwarzer Oliven beschäftigt, als ich »Guten Morgen« sagte. Sie antwortete nicht. »Eigentlich ist es auch kein guter Morgen«, fuhr ich an ihren Rücken gewandt fort. »Ich muß gestern abend ganz schön gebechert haben.«

Sie begann damit, aus Radieschen Blumen zu formen. »Gehört es auch zu deinen Aufgaben, die Gäste unter Drogen zu setzen?« fragte ich.

»Mir scheint, als ob die Gäste das auch gut alleine schaffen«, sagte sie, ohne sich umzudrehen.

»Aber sie haben nicht um Unterstützung vom Personal gebeten.«

»Ja, *Ma'am*«, salutierte sie.

»Komm schon, Vanessa. Hast du in den Drink etwas reingemixt oder nicht?«

»Ich mixe sie nicht, ich serviere sie nur«, sagte sie mit einem Seufzer.

»Hast du an dem Abend serviert, als Allison auf dem Boot war?«

»Ich diskutiere die Aufgaben des Personals nicht mit Außenstehenden«, sagte sie mit echtem Haß.

»Tja, wenn es zu deinem Job gehört, Drinks zu servieren, in denen die eine oder andere kleine Droge drin ist, ist es vielleicht an der Zeit, die Stellenanzeigen zu studieren.« Dann sah ich, wie sie zwei hartgekochte Eier füllte, sie stopfte sie, als ob sie jemandem ihre Faust in den Rachen rammen würde. Ich hatte nicht den Eindruck, daß es mein Rachen war.

»Sie sollten lieber mal drüber nachdenken, was *Sie* hier tun. Sie kommen uneingeladen auf Partys und freunden sich mit Leuten an wie dem da unten. Sie geben selbst ein paar gute Fragen auf, Lady.«

»Hugo ist gar kein so übler Typ. Ich finde ihn in Ordnung.«

»Die einzigen Leute, die sich für Hugo interessieren, wollen ihn ausnehmen. Er ist niedlich, aber er ist nicht ganz richtig im Kopf. Und ich wünschte, ihr Mädels würdet ihn in Ruhe lassen.«

»Ach, kommt er bei den Frauen so gut an?«

»Ich glaube, Sie sollten sich jetzt besser auf den Weg machen. Und ich rate Ihnen, nicht zurückzukommen. Andernfalls werde ich dafür sorgen, daß Mr. Glaser sich persönlich um Sie kümmert.«

»Ich zittere jetzt schon.« Ich lächelte sie an. Sie drehte mir den Rücken zu und vollendete ein Meisterwerk aus Blumenkohl, geräucherter Seezunge und ein paar der Radieschenrosen.

»Hast du Aspirin?«

»Klar.« Sie ging an einen Schrank. Unmittelbar hinter der Schranktür stand eine große Flasche Aspirin, die leicht zugänglich war. »Du bist doch ein intelligentes Mädchen.« Sie musterte mich von oben bis unten. »Wirf dich nicht für ein paar schlechte Chemikalien weg.«

In dem Moment klappte die Schwingtür auf und brachte Stanley Glaser zum Vorschein. Er blickte in die Küche, als ob sie fremdes Territorium wäre, und sah mich an, als ob ich kein Visum hätte. Ich konnte sehen, wie er mich als die namenlose Fremde von der Party einordnete, und ich konnte auch sehen, daß ihm das nicht gefiel.

»Guten Morgen«, sagte ich.

»Darf ich vielleicht fragen, was Sie hier tun?«

»Behandeln Sie Ihre Gäste immer mit solch ausgesuchter Höflichkeit?«

Vanessa hielt mitten in der Zubereitung einer Käsecreme inne und legte einen Cracker aufs Tablett. Sie schob lautlos zwei Zeitungen unter das Tablett und nahm alles zusammen hoch. Sie legte einen Deckel auf ihren Gesichtsausdruck, verschloß ihn wie einen Umschlag und verließ den Raum so leise, als wäre sie unter einem Spalt in der Tür verschwunden. Stanley hustete.

»Entschuldigen Sie, ich bin es einfach nicht gewohnt, daß die Gäste durch den Hintereingang kommen und gehen.« Er zielte mit seinen Worten auf mich.

»Sie benutzen den Hintereingang, weil der Teil des Haushalts, der sie eingeladen hat, im Keller residiert. Ihr Bruder *kommt* bei den Frauen gut an.« Mit einer zittrigen Hand nahm ich mir ein gefülltes Ei und biß eine Ecke ab.

»Mein Bruder ist ein kranker Mann. Und Sie haben einen Ehemann, an den Sie wohl erinnert werden müssen. Nun, wenn Sie jetzt bitte gehen wollen, Mrs. — wie sagten Sie, war Ihr Name?«

»Sagte ich nicht.« Ich schätzte, daß Ehebrecherinnen wohl eher den Mund hielten, aber eigentlich hatte ich in dieser Beziehung keine allzu große Erfahrung.

Stanley preßte seinen Mund über ein paar Worten zusammen. »Ich denke, es ist jetzt wirklich an der Zeit, daß Sie gehen, junge Frau. Ich möchte es nicht erst hart auf hart kommen lassen.«

»Wenn es hart auf hart kommt, dann gehen Leute über Bord, Mr. Glaser.«

Er lief rot an, und der eine Mundwinkel fing an, nervös zu zucken.

»Was sind Sie, irgend so eine kleine Schundblattreporterin?« Er schüttelte seinen Kopf in Abscheu. »Okay, Miss Wieimmer-Sie-heißen. Ich halte nichts von Erpressung, aber das ist die Art, wie die Presseleute heutzutage vorgehen. Sie handeln mit Dreck und Sie sind Dreck.«

Ich sagte nichts.

»Also, wieviel verlangen Sie?« Seine Stimme mahlte die Worte wie kleine spitze Steine.

»Ich will kein Geld. Ich bin nicht hier, um Sie auszunehmen. Ich stelle nur ein paar Nachforschungen an, sagen wir, für die Freundin einer Freundin.«

»Mir gefällt Ihre Einstellung nicht.«

»Sie ist auch nicht zu Ihrer Unterhaltung gedacht.«

»Ich habe für so etwas keine Zeit.«

»Darum habe ich Sie auch nicht gebeten. Außerdem wollte ich sowieso gerade gehen.« Ich streute etwas Salz auf das Ei. Er grunzte und biß seine Zähne ein paar Mal zusammen und ging durch die Schwingtür, ein Mann, der viele wichtige Dinge zu erledigen hat. Ich war nicht viel mehr als eine Mücke, die um seinen Kopf schwirrt, und er war ein Mann, dem ein Teil des Insektizidmarktes gehört.

»Auf Wiedersehen, Mr. Glaser«, sagte ich. Meine Worte kamen mit einem kleinen Windstoß zurück, den die Tür verursachte, die noch immer in den Angeln schwang. Ich atmete tief durch und zog die Fingernägel aus dem Fleisch meiner Handfläche. Es war mit Sicherheit Zeit zu gehen, bevor ich auf Wachdienstleute, tödliche Drinks oder, Göttin bewahre, die Polizei traf. Natürlich würde er keinesfalls auch nur daran denken.

Ich sah mich ein letztes Mal in der ordentlichen Küche um, nahm mir noch ein Ei und ging in Begleitung meines Kopfes, der seinem eigenen Rhythmus folgte, durch die Hintertür. Ich nahm ihn das große Stück Rasen mit hinunter, das in der Sonne grausam grün war. Ich drehte mich um und blickte auf die vorhanglosen Fenster im Kellergeschoß. Letzte Nacht, als das Licht an war, mußte ich auf jemanden wie ein großes rosa Stoppschild gewirkt haben.

Einundzwanzig

An die Uhrzeit und damit verbunden an die Team-Sitzung im Frauennotruf erinnerte ich mich erst, als ich in meinen Wagen krabbelte. Es war völlig ausgeschlossen, daß ich sie in meinem Zustand überstehen konnte. Ich konnte die 'Realität' meiner Kopfschmerzen nicht 'teilen'. Ich konnte ihnen nicht sagen, daß ich mit einem blauen Unglücksknaben und einer Schwarzen Witwe rumgehangen hatte, und daß mir irgend jemand einen präparierten Drink untergeschoben hatte. Ich fuhr zu dem kleinen Lebensmittelladen und erinnerte mich an den langen, feuchten Spaziergang von vor zwei Nächten. Als ich jetzt die Hügel rauf und runter fuhr, versuchte ich einfach nur, mich nicht so sehr wie eine alte Ledertasche zu fühlen, vollgestopft mit schwimmenden Organen und bösen Gedanken. Ich entschied, daß Julie Arbeder einfach nicht gut für meine Gesundheit war. Ich wußte nicht genau, warum ich es weiter verfolgte, außer, daß ich mir Sorgen machte. Ich machte mir Sorgen über meine Ahnungen und um mein Ego. Ich machte mir Sorgen um meine eigene Liebesaffäre, und es gefiel mir nicht, wie die von Julie und Allison geendet hatte. Meine potentielle Geliebte war damit beschäftigt, Leben zu erschaffen, und ich schien dem Tod hinterherzujagen, in der Hoffnung, dahinter ein neues Leben für mich zu finden.

Ich fand den kleinen Laden, der die ganze Nacht geöffnet war, und von dem aus ich das Taxi gerufen hatte. Er hatte noch immer auf, und die gleiche Frau stand hinter dem Tresen. Ich hoffte, daß sie keine Doppelschicht schieben mußte. Der Laden gehörte zu einer Kette, es war kein kleiner Krämerladen. Ich fragte mich, ob sie eine Gewerkschaft hatten. Ich kaufte eine Flasche frischen Orangensaft, und sie zeigte mir den Weg zur nächsten Telefonzelle. Ich steckte eine Hand in die Hosentasche. Irgend jemand mußte das Kokain da hineingetan haben. Ich fuhr einen Häuserblock weiter, was dumm war, denn anschließend mußte ich noch einen weiter fahren, um einen Parkplatz zu finden. Ich stellte den Motor ab und trank Schluck für Schluck den O-Saft aus. Dann massierte ich mir meine Schläfen. Ich fand den richtigen Punkt und fing an, mit Daumen und Zeigefinger einen kleinen Ball in die gedehnte Haut zu kneten. Es tat weh. Ich knetete weiter und weiter, bis es ein konstanter Druck wurde. Es schien meine Kopfschmerzen einen Moment lang zu lindern. Nicht zuletzt, weil es so weh tat, daß ich für einen Moment an nichts anderes denken konnte.

Ich ging zur Telefonzelle und warf einen Vierteldollar ein. Monica nahm ab.

»Monica, ich bin's, Emma.«

»Die Sitzung hat bereits begonnen.«

»Ich habe keine Entschuldigung dafür, daß ich nicht erschienen bin oder abgesagt habe. Aber ich habe höllische Kopfschmerzen, falls das was ändert.«

»Nicht sehr viel.«

»Das dachte ich mir.«

»Aber so schlimm ist es auch wieder nicht. Wir kommen mit all den Mädels in Not auch ganz gut alleine klar. Besonders mit den Anonymen.«

»Okay, schon verstanden. Und ich hab's auch verdient, weil ich nicht zur Sitzung gekommen bin.«

»Du hast mehr verdient als das. Aber darüber unterhalten wir uns später. Ruf mich nachher wieder an, damit ich dir das Protokoll vorlesen kann. Außerdem fehlt uns die Post, die du mit nach Hause genommen hast, um sie durchzusehen.«

»Oh, da war nur was über die Sponsorenmesse. Ich bin da gewesen. Eine Menge Stiftungen, die ihren guten Willen auf Hochglanzpapier präsentiert haben. Ist nichts Aufregendes passiert.«

»Ja, das habe ich auch nicht erwartet. Hast du wen vom Frauenhaus gesehen?«

»Ja, ich habe gesehen, wie sie versucht haben, sich an Jonathan Menck ranzumachen. Aber ich glaube, daß sie einen weiteren Ramschverkauf brauchen werden.«

»Sie werden eine ganze Menge mehr brauchen als das«, seufzte sie. »Ruf mich zurück, Emma. Ruf später zurück.«

Ich hängte ein. Ich mußte meine Augen wegen der Sonne zusammenkneifen, als ich zurück zum Wagen ging. Ich hatte sie geschlossen gehabt, während ich mit Monica gesprochen hatte. Es war angenehmer so. Keine Sonnenbrille. Ich mußte also den ganzen Nachhauseweg über das Licht ertragen. Ich mußte auch noch auf die Straße achten. Ich blieb neben meinem Wagen stehen. Ich betrachtete die kleinen, dicken, gummiartigen Pflanzen, die die Böschung hochkrochen und im nächsten Monat Blüten treiben würden. Dann kotzte ich den ganzen O-Saft wieder aus.

Ich glaube, ich bin noch nie so froh gewesen, mein Zuhause zu sehen. Ich konnte es kaum abwarten, den ganzen Lärm und das ganze Licht der Welt auszusperren. Flossies klagendes Maunzen klang wie ein Gospelsänger, der mir direkt ins Ohr brüllte. Das Schließen der Kühlschranktür klang wie der Zusammenstoß zweier Lastwagen mitten in der Nacht. Ich nahm eine Dusche und stieg in meine dicksten Baumwollpyjamas, die mit den eingewebten Satinstreifen. Sie kamen frisch aus dem Schrank, hatten noch Falten in Hose und Jacke und fühlten sich angenehm kühl und sauber an.

Ich durchquerte den dunklen Flur und legte mich auf die harte Baumwollmatratze, die mein Bett ist. Mein Körper sank nicht ein. Mein Kopf hörte nicht auf Fragen zu stellen, also stand ich wieder auf und ließ meine Hände zwei Anrufe tätigen, einen mit je einer Hand.

»Hallo, Lieutenant Sloan?«

»Ja?« Murmel, murmel.

»Hier spricht Emma Victor. Ich bin die Frau, die Julie Arbeders Leiche in der East Lexington Street gefunden hat.« Das hörte sich so an, als spräche ich von einer streunenden Katze.

»Ja, was kann ich für Sie tun?« Murmel, murmel, murmel.

»Haben Sie den Fall schon abgeschlossen?«

»Nein, Ma'am. Die Ermittlungen der Mordkommission laufen über ein Jahr.« Er raschelte mit noch etwas mehr Papier.

»Ich habe ein paar Informationen, die vielleicht etwas mit dem Fall zu tun haben könnten.«

»Wir haben den Fall abgegeben.« Raschel, murmel. »Der Bezirksstaatsanwalt hat ihn.«

»Oh, dann haben Sie also einen Verdächtigen?«

»Diese Informationen darf ich Ihnen nicht geben, Ma'am. Warum wenden Sie sich nicht an das Büro des Staatsanwalts. Durchwahl 446.«

»Ja, gut«, sagte ich. »Aber wenn er den Fall bearbeitet, wird er's wohl schon wissen.« Schließlich gehen wir beide auf die gleichen Cocktail-Partys, aber das sagte ich nicht.

Wir hängten ein, und ich legte mich wieder auf die Matratze. Ich dachte an Stanley Glaser, an das kleine, wunderschöne Gartenzimmer, Vanessas Kunst, Radieschen zu arrangieren, und daran, daß teure japanische Futons sich nicht binnen zwei Jahren durchliegen sollten, aber meiner hatte es getan.

Ich öffnete meine Handtasche und nahm das kleine Notizbuch heraus, in das ich gekritzelt hatte, als ich in der Bibliothek war. Ich fand die Nummer im Telefonbuch und wählte.

»Newlight Bewährungshaus?«

»Hallo, hier ist das Büro des Staatsanwalts.«

»Ja, was kann ich für Sie tun?« fragte eine unwillige weibliche Stimme.

»Wir stellen Statistiken über Gefangene auf Bewährung zusammen, die 1979 in eine Anstellung entlassen wurden und noch immer dort beschäftigt sind.«

»Also, Sie rufen an, wo wir gerade mit dem Mittagessen beschäftigt sind und gleichzeitig ein Abendessen für zwölf vorbereiten müssen, was die Küche auch noch blockiert, und heute morgen hatten wir eine Überschwemmung. Wenn ihr da drüben mir vielleicht mit einer Rohrzange zur Hand gehen könntet, dann könnte ich vielleicht auch die Akten für euch durchgehen.« Sie ließ ihren Kiefer knacken.

»Na ja, ein bißchen Ahnung von Klempnerarbeit habe ich schon. Wo liegt denn das Problem?« fragte ich.

»Das Wasser läuft nicht ab, aber es scheint keine Verstopfung zu geben.«

»Hört sich ganz nach einem Problem im Standrohr an.«

»Ja?« Ich hörte ein Lächeln. »Vielleicht werde ich mir das mal genauer ansehen.« Knack, knack. »Oh, warten Sie eine Sekunde.« Raschel, raschel. »Hier ist eine Akte mit den jährlichen Statistiken. In dem Jahr wurden vier Häftlinge auf Bewährung entlassen, aber ich weiß genau, daß einer wieder sitzt und eine sich den goldenen Schuß gesetzt hat.«

»Können Sie sich auch noch an die Erfolgreichen erinnern?«

»Ja, da war dieser Typ, Dave. Er ist noch immer in dieser Kfz-Werkstatt beschäftigt.«

»Sie haben ein Gedächtnis wie ein Elefant. Aber 1979 gab es noch jemanden.«

»Neunundsiebzig, okay, das war das Jahr, in dem mein Kind Kolitis hatte. O ja. Eine Sekunde, ich sehe nach.«

»Ich helfe Ihnen dann mit den Rohren.«

»Ach, das ist schon in Ordnung. Bestellen Sie dem Staatsanwalt einfach einen schönen Gruß von mir und sagen Sie ihm, daß er uns ein paar gute Klempner vom Knast rüberschicken soll.« Sie knackte wieder mit dem Kiefer, und ich hörte, wie eine Hängeordnerschublade auf- und mit einem lauten Krach wieder zuging, als ob sie mit dem Fuß dagegen getreten hätte. »Ja, hier ist es. Schwarz, weiblich, vierundvierzig, immer noch im Haushalt beschäftigt. Ich kann mich kaum an sie erinnern, sie war sehr still, ist immer in ihrem Zimmer geblieben und hat dauernd Radio gehört. Und ich meine wirklich dauernd. Wortbeiträge. Daran kann ich mich gut erinnern. Wer hört sich schon Wortbeiträge an, in einem Haus voller Menschen. Und ordentlich, Sie haben noch nie einen so ordentlichen Menschen gesehen.« Sie ließ ihren Kiefer laut in den Hörer knacken.

»Weswegen war sie drin?«

»Unterschlagung. Sie hat sechs bis zehn bekommen, ist aber nach drei Jahren wegen guter Führung rausgekommen. Nicht schlecht, finde ich.«

»Danke. Ich komme dann rüber und sehe mir die Rohre an.«

»Ach, das ist schon in Ordnung so.«

»Nochmals vielen Dank.« Ich hängte ein. Die gute alte Vanessa hatte also in der Vergangenheit ein paar Bücher klargemacht. Ich fragte mich, wie leicht es wäre, sie unter Druck zu setzen. Das hing wohl von ihren Zukunftsplänen ab. Aber ich hatte mir meinen Kater selbst eingebrockt. Das, was sie mir serviert hatte, hatte nur noch einen drauf gesetzt. Ein sehr substantieller Kater. Was ich brauchte, war Schlaf und kein weiteres Aspirin. Gerade als ich mir die leichte Decke aus Gänsedaunen überziehen wollte, klingelte das Telefon. Es war Sandy, mit einer Einladung auf eine feministische Spiri-Farm, Ova Orchards, die nur drei Stunden entfernt im Norden lag.

»Sandy, das ist einfach nicht mein Ding. Gib's doch endlich auf.«

»Emma, es ist nicht das, was du denkst. Das Ding, gegen das du allergisch bist, war letzte Woche. Dies hier ist einfach nur freies Zelten, du kannst völlig allein sein, du mußt nicht an irgendwelchen Workshops teilnehmen.«

»Ehrlich?« Das Wetter war gut gewesen.

»Ja, ehrlich. Du kannst den ganzen Tag lang dein zynisches Selbst sein, ohne kosmische Gedanken, sogar unterm Vollmond, falls das überhaupt möglich ist.«

»Du meinst, einfach lesen, reden, auf zwei Beinen umherlaufen und meine analytischen Fähigkeiten benutzen?«

»Ja, keine Tarot-Karten ...«

»Kein matschiges, farbloses makrobiotisches Essen?«

»Du kannst dein Fleisch und deine Kartoffeln gerne mitbringen.«

Das hörte sich schon besser an. Trotzdem konnte ich nicht einfach glauben, daß Sandy mich so schnell aufgeben würde.

»Gibt es einen bestimmten Grund dafür, warum du mich auf die Weide schicken willst?«

»Entspann dich, Emma. Ich habe nicht vor, mir einen Nachschlüssel für den Reißverschluß an deinem Zelt zu machen«, seufzte sie. »Emma, du wirst es vielleicht nicht glauben, aber ich habe es aufgegeben, an deiner Fassade zu kratzen. Ich werde organische Ziegenhaltung studieren und unsere Romanze vergessen.«

»Hört sich nach einem gewaltigen Fortschritt an.«

»Ich habe aber trotzdem eine Nachricht für dich, von der Séance letzte Woche.«

»Im Ernst?«

»Ja, letzte Woche war diese phantastische Frau aus Dubrovnik auf der Farm. Sie weiß alles über Auren, sie sieht Regenbögen um die Köpfe der Menschen.«

»Ich auch.«

»Sie hat auch Renaming gemacht. Das ist ihre Spezialität. Sie liest deinen wahren Namen von deinem Energiefeld ab. Du solltest es mal ausprobieren.«

»Ich habe eine persönliche Verbindung zu meinem Namen. Meine Eltern haben ihn mir gegeben.«

»Schon gut, natürlich.« Sandy reagierte stets mit Ehrfurcht oder Unbehagen, wenn authentische Tote erwähnt wurden. »Emma, dies ist ein guter Name für mich, das kann ich fühlen.«

»Und wie lautet er?«

»Sieben Blaue Pferde.«

»Was?«

»Nenn mich einfach Sieben.«

»Okay, Sieben. Und wie lautet meine Nachricht aus dem Kosmos?«

»Eine Sekunde. Ich hole sie.« Ich hörte, wie sie wegging, und dann hörte ich das Rascheln von Papier über dem Telefon.

»Laß mich sehen, hier ist es. Wir haben an dem Abend eine ganze Reihe gemacht, ist ja auch egal. Aber ich habe dich nicht vergessen. Ich habe extra gefragt, ob es spezielle Nachrichten für Emma Victor gibt.«

»Und was hat das Universum geantwortet?«

»Paß auf. Du sollst dich vorsehen, wenn du uneingeladen auf die Partys anderer Leute gehst und unhöflich zum Personal bist. Hier ist der gute Teil: 'Wenn du woanders übernachtest, denk daran, saubere Unterwäsche mitzunehmen. Du kannst nie wissen, wann du einen Arzt brauchst.'«

»Sehr witzig, ist das alles?«

»Reicht es nicht?«

»Doch, im Gegenteil, das ist sehr reichlich. Ich bin fast schon reif für Ova Orchards, Sandy. Und, na ja, falls du mal persönlich mit der Großen Göttin sprechen solltest, könntest du sie fragen, warum Junkies so schweigsam sind. Das würde ich wirklich gerne wissen.«

»Klar, Emma. Paß auf dich auf.«

»Du auch.«

Wir hängten ein. Es fiel mir nicht leicht einzuschlafen. Sandy ließ das Orakel von Delphi wie einen abgehalfterten Kasino-Croupier aussehen.

Zweiundzwanzig

Ich schreckte hoch. Ich wußte nicht, ob es draußen hell oder dunkel war. Ich hatte wirklich ganze Arbeit geleistet, als ich vor dem Schlafengehen das Zimmer noch verdunkelt hatte. Ich hatte keine Ahnung, wie spät es war, ob es überhaupt noch Tag war. Ich erinnerte mich daran, daß ich Frances zum Abendessen eingeladen hatte. Ich hatte weder eingekauft noch mir Gedanken darüber gemacht, was ich kochen wollte. Mein Mund war trocken, aber meine Kopfschmerzen waren weg. Ich stand auf und stieß ein Glas um, das herunterfiel und gegen ein Stuhlbein rollte. Meine Uhr zeigte eine Minute und zweiunddreißig Sekunden nach sechs. Ich zog meine Hosen an und stieß mir dabei am Bett den Zeh. Eine Meisterköchin würde ich heute wohl nicht gerade abgeben.

Der Star Markt war überfüllt, die Leute zeigten alle Symptome eines langen Arbeitstages. Nur Arbeitslose und Vertreterinnen des vom Aussterben bedrohten Standes der Nur-Hausfrau konnten es sich leisten, tagsüber durch die glatten, grauen Linoleumgänge zu schweben und sich zum Walzer zu drehen. Um sechs Uhr abends dagegen platzte der Supermarkt beinahe aus den Nähten, und die vielen Menschen veranstalteten mit ihren Einkaufswagen ein einziges Verkehrschaos. Vor allen Theken mit Fleisch- und Milchprodukten gab es Menschenaufläufe, und an jeder Kreuzung ereigneten sich kleinere Zusammenstöße. Aus Schulen und Kindergärten in die Freiheit entlassene Kinder wirbelten in den und um die Einkaufswagen herum, gierig auf die Aufmerksamkeit ihrer Eltern und bereit, alles Erdenkliche zu tun, um sie auch zu bekommen. Väter mit müden Gesichtern verglichen die Preise von Dosensuppen, während sich die lieben Kleinen in ihrer Geschwisterrivalität bis aufs Messer bekämpften und dabei wie die Todesfeen heulten.

Ich überlegte, was ich kochen könnte. Ich schwankte zwischen Huhn, Truthahn oder vielleicht sogar Rebhuhn. Ich entschied mich für Huhn. Ich war gerade dabei, mir im Geiste eine Route durch den Laden zusammenzustellen, um all die Dinge zu bekommen, die ich brauchte, als mir ein Einkaufswagen über die Füße rollte. Es war anscheinend kein guter Abend für Zehen. Der Typ, dem der Wagen gehörte, entschuldigte sich zu langsam und zu ausgiebig. Ich grollte eine Antwort, bedauerte es auf der Stelle und versuchte, freundlicher zu sein. Dann nahm ich seine Entschuldigung an und lief davon. Er war mir ein bißchen unheimlich, aber dann sagte ich mir, daß er vielleicht gerade in einem Handbuch für Singles gelesen hatte, wie man Frauen im Supermarkt kennenlernt. Ihnen über die Füße zu fahren war mit Sicherheit der Eröffnungszug des geborenen Verlierers.

Ein paar ältere Mitbürger hatten sich irrtümlicherweise hereingewagt. Einige von ihnen wirkten sichtlich verwirrt und waren nicht in der Lage, sich schnell genug umzudrehen, um zu sehen, wer sie gerade mit dem Einkaufswagen angefahren hatte. Mehrere Kinder kamen kichernd und lachend zur Truhe gelaufen und warfen ein paar harte, kalte Fleischpakete durch die Gegend, eins der Kinder gab vor lauter Aufregung ein schrilles, kreischendes Lachen von sich, und ein alter Mann versuchte mitzubekommen, was passierte, aber die Kinder waren außerhalb seines Blickfeldes, das durch grauen Star eingeschränkt war.

Ich bog auf die Spur des Einkaufswagenverkehrs ab, die zur Gemüseabteilung rollte. Ich packte ohne Grund eine Aubergine ein, dazu ein paar grüne Paprikaschoten und versuchte, durch die Menge zum Blumenkohl rüberzuschwimmen, gab es aber auf. Ich schob meinen Wagen weiter zur Cracker-Abteilung, weil sie relativ friedlich war. Cracker-Abteilungen sind für gewöhnlich ruhig. Ich ging auf die Schlangen zu, die vor den Kassen warteten. Egal, was ich hatte, es war etwas zu essen, und einiges davon würde zu einigem von dem Rest passen. Ich wußte nur noch nicht wie. Auberginen und Eier? Huhn und Käse?

Sorgfältig prüfte ich Einkaufswagen und Menschen, die vor den Kassen warteten. Jede der Schlangen war so lang, daß noch sechs oder sieben Wagen bis in die Gänge hineinreichten. Ich entschied mich für die Schlange, die mehr Wagen, aber mit weniger Inhalt hatte, und hoffte, daß niemand mit einem ungültigen Scheck vor mir war. Ein junges Paar kaufte en route ein, der Mann rannte mit einer Einkaufsliste umher und füllte den Einkaufswagen, während dieser seinem Ziel entgegen rollte. Dieses Paarsystem, das es ermöglichte, einzukaufen und sich gleichzeitig an der Kasse anzustellen, machte mich immer neidisch.

Der Walzer schien lauter zu werden, als wir auf die Kassiererinnen und die verspiegelten Scheiben hinter ihnen zukrochen. Eine von ihnen fragte über Mikro zwei Preise nach, einmal für D-Con Rattengift, und einmal für Miracoli-Nudeln.

Schließlich war ich an der Reihe. Die Kassiererin trug einen Star-Markt-Smiley-Anstecker, der Werbung für ein Gewinnspiel machte, dessen Hauptpreis eine Reise nach Florida war. Um den Hals hatte sie einen Blumenkranz aus Papier, der im Kontrast zu ihrer schmalen Figur in der pinkfarbenen Nylonuniform merkwürdig aussah. Ich kannte die Kassiererin. Sie rief ihrer Kollegin, die hinter ihr saß, immer etwas auf Chinesisch zu. Wenn der Manager gerade nicht guckte, führten die beiden Frauen ganze Gespräche, während sie meine Lebensmittel eintippte. Der steigende asiatische Bevölkerungsanteil sorgte für gute Dialoge im Viertel, zumindest waren die Töne ziemlich abgefahren. Ich dachte darüber nach, daß asiatische Sprachen Klangvariationen haben, durch die die Bedeutung der Worte verändert wird. Wenn du vom Sinn her 'Apfel' sagtest, aber eine Tonlage höher, konnte es 'Lampenschirm' heißen. Das ließ mich immer genau auf ihre Gespräche horchen, und ich hatte oft den Eindruck, daß ich die gleichen Worte hörte, die nur im Klang rauf und runter sprangen. Ich habe immer darauf geachtet, ob sie während ihrer vokalen Gymnastik falsche Preise eintippte, aber in fünf Jahren war ihr grundsätzlich weder der Angebotspreis von Tomaten noch die unterschiedliche Preisstaffelung der Glühlampen, die auf der jeweiligen Wattzahl beruhte, entgangen.

An diesem Abend war ich nicht in Stimmung. Meine Zehen taten vom Anstoßen weh und davon, daß ein potentiell bösartiger Single darübergefahren war. Ich war froh, als ich mein Geld aus der Rückgabeschale holen und durch die zischenden automatischen Türen verschwinden konnte. Draußen war es kühl, dunkel und ruhig. Ich fuhr die zwei Blocks bis nach Hause. Ich hielt vor meinem Haus, stellte den Motor ab und blieb einen Moment lang im Wagen sitzen, versuchte auf diese Weise etwas Ruhe zurückzugewinnen. Ich hörte etwas gedämpft den Lärm in der Ferne, den Verkehrsstrom, eine Tür, die einen Block weiter zugeschlagen wurde, zwei Katzen, die ohne viel Vergnügen irgendwo vögelten. Es war eine Symphonie, alles in einer anderen Tonlage, genau wie die Sprache der Kassiererinnen im Star Markt.

Ich nahm die dicke braune Papiertüte in meine Arme und öffnete die Autotür. Die Tüte riß unten auf, und die Milch fing an rauszurutschen. Ich hielt die Milchtüte an einer Ecke fest, dann stützte ich die Papiertüte mit meinem Knie ab, während ich mit den Autoschlüsseln rumfummelte, um abzuschließen. Als ich die Tüte und die Ecke der Milchtüte wieder im Griff hatte, ging ich die Treppe zur Haustür hoch und schloß auf. Drinnen war es bereits dunkel. Als ich mich auf den Weg in den Supermarkt gemacht hatte, war der Sonnenuntergang dabei gewesen, auf ein leuchtendes Ende zuzugehen. Inzwischen war er längst vorbei, das Haus düster. Die Straßenbeleuchtung und die Ecke eines Neonschildes sorgten vor meinem Fenster für eine Lightshow. Ich ging zum Lichtschalter der Lampe über dem Eßtisch, die einen Dimmer hatte. Ich schaltete ihn ein und brachte ihn auf die höchste Einstellung. Plötzlich war der Raum in blendende 120 Watt getaucht.

Meine Finger stellten den Dimmer reflexartig niedriger, aber ich machte meine Augen nicht zu. Was ich sah, war schrecklich. Ich blieb wie angewurzelt stehen und sah es mir an. Mein Haus war gründlich verwüstet worden.

Eine Sekunde lang hatte ich nichts bemerkt. Das Haus hatte immer noch Wände und Decken. Immerhin stand ich auf dem Boden. Dann bemerkte ich Bücher, die auf dem Boden verstreut waren, ein Buch, zwei Bücher, die zu einem Haufen aus Büchern führten. Gerahmte Bilder waren von der Wand gerissen und mit voller Wucht auf den Boden geworfen worden. Die Aluminiumecken waren abgeknickt und standen wie Gottesanbeterinnen auf dem Fußboden. Ein Seidendruck hatte einen großen Riß.

Ich brauchte ein, zwei Sekunden, um all das zu registrieren. Ich dachte sofort daran, das Haus zu sichern, und rannte zur Hintertür. Ich mußte die Küche mit Vorsicht betreten. Ein großer Topf Honig lag in einer Milchpfütze, die Kühlschranktür stand offen und schwang vor und zurück. Der Kühlschrank war weit genug nach vorn gekippt worden, um den gesamten Inhalt auf den Boden zu ergießen, ein Kopfsalat war über und über mit Heidelbeerjoghurt bedeckt.

Ich war damit beschäftigt, zur gleichen Zeit eine Liste zusammenzustellen und schnell zu atmen. Ruf die Polizei, überprüfe die Fenster, die Kellertür, was ist die beste Methode, den Honig vom Fußboden zu bekommen, schreib der Künstlerin, damit sie dir einen anderen Druck schickt. Dann spürte ich, wie die Panik in mir aufstieg und sich wie Hände um meinen Hals legte. Wer auch immer in mein Haus eingedrungen war, hatte dies mit voller Absicht getan, hatte nicht vorgehabt, mich einfach nur zu beklauen, mußte Wut oder sogar Haß empfunden haben, aus Gründen, die ich nicht kannte. Ich wurde gehaßt. Ich dachte darüber nach und war froh, daß es nur Lebensmittel waren, die ich beseitigen mußte, keine verschmierten Fäkalien oder Graffiti-Schmähschriften, die mir verschiedene Todesarten nahelegten. Ich hatte gerade vor, die Überprüfung des Hauses fortzusetzen, als ich eine Zuckertüte bemerkte, die ihren Inhalt noch immer auf den

Boden streute, eine kleine Pyramide weißer Raffinade auf den Kacheln. Als nächstes muß mir jemand auf den Hinterkopf geschlagen haben, denn plötzlich fing die Küche vor meinen Augen zu schmelzen an wie ein Plastikbild, das brennt und sich auflöst, und hinterließ einen Schmerz so groß wie ein LKW in meinem Schädel und schließlich ein einziges helles Licht. Ich spürte noch, wie mein Gesicht in einem Sumpf aus Pudding und Milch landete, bevor ich aufgab und in die große Dunkelheit eintauchte.

Dreiundzwanzig

Ich erwachte zu den Klängen monotoner Musik. Ich hatte ein kleines, sanftes Concerto in meinem Kopf, zäh und klebrig wie Kaugummi. Dann dachte ich an Pennsylvania, und dann öffnete ich dummerweise meine Augen. Ich betastete meinen Hinterkopf. Meine Hand traf auf eine Portion Kopfhaut, lange bevor mein Schädel hätte da sein sollen. Ich versuchte mich aufzusetzen, überlegte es mir dann aber anders. Meine Wange landete mit einem Spritzer in der Milchpfütze, also beschloß ich, mich mehr anzustrengen, um vom Boden hochzukommen. Ich hatte keine Ahnung, wie mein Körper es bewerkstelligte, aber schließlich waren meine Augen mit der Oberseite des Kühlschranks auf einer Höhe. Dann gab ich eine Weile lang wimmernde Laute von mir. Mir fiel ein, daß ich den Frauennotruf anrufen könnte. Ich mußte lachen.

Ich lachte ein paar Sekunden lang. Ich betrachtete einige Minuten lang eine Wand. Dann umarmte ich mich selbst. Ich machte mich nervös, deshalb griff ich mir ein bißchen Haut am Unterarm und zwickte mich einmal fest. Ich versuchte aufzustehen, und es funktionierte. Ich versuchte zu gehen, und es funktionierte ebenfalls, auf eine hinkende, hoppelnde Weise. Ich ging so schnell ich konnte zur Haustür und schloß sie ab und stellte einen Stuhl unter die Türklinke. Dann überprüfte ich die Hintertür, um sicherzugehen, daß sie verschlossen und verriegelt war. Sie war es. Ich ging in das kleine Schlafzimmer, wo ich ein offenes Fenster fand, das auf die Seite des Hauses hinaussah, die von Büschen umgeben war. Ich steckte meinen Kopf hinaus, sah runter und sah zertretene Büsche. Ich schloß das Fenster und verriegelte es. Als ich so im Zimmer stand, bemerkte ich, daß die Schranktüren leicht aufstanden, und ich konnte mich nicht daran erinnern, ob ich sie so zurückgelassen hatte. Ich konnte mich mit Sicherheit nicht mehr daran erinnern, daß ich vorhin das Fenster geöffnet hatte, um meine Kopfschmerzen zu kurieren. Bei

Kopfschmerzen mußte ich an Kopf denken und an den Versuch, mein Gehirn auf normaler Distanz zu meinem Hals zu halten, während mich der Rundgang durchs Haus voll beanspruchte. Ich hörte auf, darüber nachzudenken, damit ich die Schranktür öffnen konnte. Mir sprang nichts entgegen, und drinnen hingen nur meine Klamotten.

Mir wurde bewußt, daß ich keine Ahnung hatte, wie ich mich aufrecht halten sollte. Was mich dazu brachte, mich aufs Bett zu setzen. Ich war mir sicher, daß ich allein im Haus war, also ließ ich meinem Gehirn freien Lauf, es schien sowieso Dinge tun zu wollen, die nach seinem eigenen Geschmack waren, wie zum Beispiel in die Ecken der Zimmerdecke zu schweben. Die Ecken der Zimmerdecke waren gerade entstaubt worden. Warum also nicht?

Ich schüttelte mich sanft, richtete mich wieder auf und spazierte ins Wohnzimmer. Ich sah einen großen Schraubenzieher, der in der Couch steckte, und sah, daß der Eindringling ihn in die Mitte eines Kissens gerammt hatte, das auf der Rückenlehne lag. Es lag da und wurde vom Polstermaterial gehalten. Der Schraubenzieher war in einem Winkel hineingerammt worden, der schräg nach unten verlief. Eine Zeitlupenwiederholung der Hand, die es getan hatte, und der Kraft, die dahinter gestanden haben mußte, lief durch meinen Kopf. Ich zog am Schraubenzieher und versuchte die Vorstellung zu ignorieren, daß er sich nur widerwillig vom Polstermaterial trennte, das noch an seinem Schaft klebte, als er sich lockerte. Ich legte ihn auf den Boden und heulte einen Moment lang. Aber nur einen Moment. Dann hob ich den Seidendruck auf und legte ihn auf das obere Regalbord im Flur. Ich versuchte, ein paar Bücher zu stapeln. Die Bücher fielen immer wieder in sich zusammen und mir aus den Händen.

Ich gab auf und setzte mich auf die Couch. Ich saß eine ganze Weile auf der Couch, vielleicht ein Jahrhundert lang, aber mit Sicherheit einen substantiellen Teil meines Lebens. Dann bemerkte ich, daß ein Blatt Durchschlagpapier in einem komischen Winkel in der Schreibmaschine steckte. Jemand war also auch von der Schreibmaschine frustriert worden, hatte sich aber nicht die Zeit genommen, das Blatt ordentlich einzulegen. Wahrscheinlich waren sie zu sehr damit beschäftigt gewesen, meine Couch zu zerstechen. Über die Unterseite des falsch eingelegten Blattes zog sich eine große Falte. In der Mitte der zerknüllten Seite standen nur vier Worte: »Fingel weg von Glasel.« Dies gab mir eine eigenartige Befriedigung. Jetzt kannte ich zumindest den Grund. Ich konnte meine Aktivitäten Revue passieren lassen und mich fragen, was genau für diesen Einbruch verantwortlich war, für diese Verschrottung meines gesamten Besitzes, diese ungeheure Wut, ungeheuer, weil sie gegen mich gerichtet war. In meinem Kopf begann sich eine Antwort zu formen, aber da oben war auch gerade eine Maurerkolonne am Werk.

Ich stand auf und ging in die Küche, wo ich von einem Kopfsalat geblendet wurde, der auf dem Fußboden lag. Also ging ich zurück ins Wohnzimmer und versuchte das Bild des Schraubenziehers in der Couch mit einem kleinen, bekifften Mann in Seidenpyjamas in Verbindung zu bringen. Jemand mußte große Angst haben, und die größte Angst war, daß rauskommen könnte, daß sie einen Mord begangen hatten. Das war das größte Risiko, das ich mir vorstellen konnte, aber ich bin noch nie eine Frau mit großer Vorstellungskraft gewesen.

Mein Kopf erinnerte mich an einige wichtige physische Fakten, und ich legte mich auf die Couch. Ich dachte an eine Tippse, die 'r' durch 'l' ersetzen würde. Ich dachte an Imperativ und die Übungen, die wir in der Schule gemacht hatten. »Geh und mach die Wäsche.« »Schließ die Tür.« Dreh das Verb herum. Benutze große Buchstaben. Verbeuge dich nach links und rechts für ein Stipendium.

Das 'l' ließ es klingen wie das Klischee vom asiatischen Sprachfehler, und das erinnerte mich an die Kassiererin im Star Markt. Ich fragte mich, ob Glaser in einer anderen Tonlage etwas anderes bedeuten würde, etwas Bodenständiges wie 'Waschbrett' oder 'Hämorrhoiden-Kur'. Ich wünschte, daß es so war. Es irritierte mich, daß Durchschlagpapier benutzt worden war, um mir diese lächerliche Warnung zukommen zu lassen. Ich saß mit diesen und noch einigen anderen Fragen im Dunkeln. Von draußen hörte ich, wie es zwei Katzen miteinander trieben, und das erinnerte mich an irgendwas, aber ich kam nicht drauf, was es war. Ich hatte das angenehme Gefühl, daß ich zu einem Teil der Couch wurde. Einfach ein bißchen mehr Polstermaterial.

Draußen tönte eine Autohupe. Ich dachte daran, die Polizei anzurufen, zum Telefon zu gehen, aber das schien mir viel zu anstrengend. Ich dachte daran, ihnen das ganze Ding zu überlassen, sie würden sicher Fingerabdrücke nehmen. Dann erinnerte ich mich an meine Unterhaltung mit Lieutenant Sloan. Hier war Glasers Botschaft, der Bezirksstaatsanwalt hockte darauf und ich hockte darauf. Ich könnte die Bullen rufen. Ich war nur eine Lesbe, die irgendwo etwas Koks im Haus versteckt hat, wahrscheinlich noch immer in den rosa Hosen. Gestern hatte ich mit einem reichen Psychopathen Drogen genommen, als wäre das nichts Besonderes. Emma Victor, Kreuzritterin des Frauennotrufs. Retterin bei jeder Gefahr.

Ich betrachtete den Schraubenzieher auf dem Boden. Er hatte einen grünen Plastikgriff. Ich hatte auch nicht angenommen, daß er aus gehärtetem Stahl war. Aber bei den weichen Schrauben, die ich im Eisenwarenladen gekauft hatte, hatte er gut funktioniert. Ich schauderte. Zwischen meinen Ohren tanzte etwas Eckiges auf und ab. Ich wurde gerade wieder zu Polstermaterial, als etwas geschah. Es klingelte an der Haustür. Ich brauchte einen Moment, um mich daran zu erinnern, wo ich war, wo die Tür war. Die Türklingel ging noch einmal, kleine Gedankenströme sammelten sich im Bereich meiner Stirn. Sie verknoteten sich zu ein paar Bedeutungen. Ich sah auf die Uhr, es war acht. Es war Dr. Frances Cohen, die zum Abendessen kam.

Ich balancierte meinen Kopf an der Wand entlang und kümmerte mich zum ersten Mal nicht darum, ob ich die Latexfarbe verschmierte, die so schwer zu reinigen war. Ich betrachtete die Tür und dachte darüber nach, was dahinter war, und ich wußte, daß das eine emotionale Reaktion meinerseits erfordern würde, aber ich hatte keine. Ich hörte die Stimme auf der anderen Seite. Sie mußte mich im Flur stehen und denken gehört haben.

»Emma, bist du zu Hause?«

»Ja.«

»Emma, mach auf.«

Ich tat es, und die Nebelwand aus Gedanken wob sich plötzlich in ein Muster voller Knoten und Bänder. Ich registrierte Frances' Gesicht, und sie sah toll aus.

»Emma, was ist los? Was ist passiert ... Himmel, bist du okay?«

Die Ärztin war besorgt.

»Hallo«, sagte ich. Alles in allem schien es mir das Naheliegendste zu sein. Dann kam sie herein und schloß die Tür hinter sich, legte ihren Arm unter meinen und wickelte ihn mir dann um die Taille. Sie trug mich förmlich die Treppe rauf. Sie hatte einen wunderschönen Mund und ein besorgtes Gesicht. Sie brachte mich zur Couch.

»Ich bin so froh, daß du hier bist.« Die Worte klangen dumm, das fand ich selbst, aber ihre Bedeutung war groß und wurde mit jeder Sekunde größer. Sie fühlte meinen Puls. Sie holte eine kleine Taschenlampe heraus und leuchtete mir damit unter die Augenlider. Dann drückte sie mich an sich und küßte meinen Nacken, nicht mein Gesicht, das dem Ding an meinem Hinterkopf näher war.

»Ich glaube, ich habe eine fürchterliche Beule abbekommen.« Sie tastete vorsichtig meinen Hinterkopf ab. Doktorinnenhände.

»Die hast du allerdings.« Sie nahm die Stablampe und sah sich meine Beule genauer an. Ich konnte im Wohnzimmerspiegel erkennen, wie sie ihre Augen konzentriert zusammenkniff. Sie wirkte wissenschaftlich distanziert. Und trotzdem, das Gesicht, das sich mir zuwandte, war voller Beunruhigung und Besorgnis.

»Kannst du dich daran erinnern, was passiert ist?«

»Ja. Ich glaube, daß mich jemand geschlagen hat.« Frances bemerkte erst jetzt die Unordnung, Hausarbeit schien ja auch nicht gerade ihre Stärke zu sein. Sie ging in die Küche, und ich hörte sie 'Himmel!' rufen. Sie rannte umher. »Ist noch jemand im Haus? Hast du nachgesehen?«

»Ich habe die Schränke überprüft, die Türen sind alle verschlossen. Sie sind durchs Schlafzimmerfenster gekommen. Ich hatte es aufgelassen.«

»Hast du gesehen, wer es war?« Ihre Stimme, die wieder aus der Küche kam, klang hohl.

»Nein, habe ich nicht.«

Ein großer Kloß breitete sich in meinem Hals aus, und ich fing an zu heulen, um ihn loszuwerden. Ich ließ mich gehen, zuerst krampfartige Schluchzer, dann ein bißchen Hyperventilation und schließlich der Schluckauf-Zustand, der stets das Ende signalisiert. Frances nahm mich in den Arm, streichelte mich, wiegte mich. Sie brachte mir eine Schachtel Kleenex, Rotz lief auf mein Hemd und auch auf ihres.

»Warst du bewußtlos?«

»Nein, äh, doch.«

»Kannst du dich daran erinnern, auf den Kopf geschlagen worden zu sein?«

»In etwa.«

»Was hast du gesehen, bevor es passiert ist?«

»Zucker, der auf den Boden rieselt.«

»Erinnerst du dich daran, vorher durchs Haus gegangen zu sein, an irgendwas?«

»Ich will keine weiteren Fragen, Frances, ich will hier weg. Bring mich zu dir.«

»Okay«, sagte sie sanft. Ich ging ins Badezimmer, um meine

Zahnbürste zu holen, und machte das Neonlicht im Flur an. Ich sah mich im Spiegel. Ich habe selbst mit einem Kater und Grippe schon besser ausgesehen. Ich hätte besser ausgesehen, wenn ich tot gewesen wäre, gestorben an Liebeskummer.

Rings um meine Augen bekam ich blaugraue Ringe. Dunkellila Striemen waren unter beide Augenbälle geschmiert und akzentuierten die kleinen Tränensäcke, die unter jedem Auge erschienen waren. Das Heulen hatte eine gekleckste rote Linie über meiner Lippe verursacht, meine Nase war rot und geschwollen und mit Blut verschmiert. Ihre normale Knollenform erstrahlte jetzt in tomatenroter Herrlichkeit.

»Ich habe einen Eisbeutel zu Hause«, hörte ich Frances' Stimme hinter mir. »Komm, ich möchte dich hier wegbringen.« Ich überließ ihr die Führung. Plötzlich fiel mir Flossie ein.

»Ich muß meine Katze finden!« Mein Herz raste einen Moment lang, und ich hoffte, daß der Bastard, der so gut mit Schraubenziehern umgehen konnte, nicht auch eine Abneigung gegen Katzen hatte. Flossie war vielleicht ein herumliegender Haufen Plüsch, der zu nichts gut war, aber sie war auch eine exzellente Meditationslehrerin und gab eine gute Dekoration ab. Und sie konnte schnell sein, wenn sie mußte. Ich ging zu ihrem Lieblingsversteckschrank. Ich bat Frances um ihre Taschenlampe. Ich richtete sie auf das oberste Bord. Sie hatte es mit ihrer Katzenlevitation bis dorthin geschafft und sich in eine Ecke gedrückt. Nur der Schein ihrer goldenen Augen ließ uns wissen, daß sie dort war.

»Floss!« begann ich mit dieser blöden Stimme, die die Menschen benutzen, um Tiere zu besänftigen. Sie fauchte zu Recht. Ich betrat das Katastrophengebiet, das einmal meine Küche gewesen war, öffnete eine Dose Katzenfutter und stellte sie auf den Boden. Ich fragte mich, ob Flossie die Milch und den Honig aufschlecken würde und ich sie zweimal so groß vorfinden würde, wenn ich zurückkam, ein aufgeschwemmtes flauschiges Ungetüm. Dann dachte ich an den Schraubenzieher und ließ mich von Frances aus der Tür schieben.

Sie fuhr schnell und weich über die Schnellstraßen und zu ihrem Haus. Ich fühlte mich in ihrer Gegenwart behaglich und sicher. Ich ließ mich ein wenig gegen ihre Lederjacke fallen. Sie trug einen leichten aber herben Duft. Sie hatte ein schönes, ausdrucksvolles Profil. Ich betrachtete ihr besorgt wirkendes Gesicht, das im Scheinwerferlicht der vorbeifahrenden Wagen aufleuchtete. Ich war der Grund für diese Besorgnis, und es machte mich wahnsinnig glücklich, obwohl es natürlich krank gewesen wäre, wenn ich gesagt hätte, daß es wert war, dafür auf den Kopf geschlagen zu werden. Trotzdem, ich hatte nicht gewußt, daß ich ihr so wichtig war.

Wir kamen zu ihrem Haus, und sie riskierte ein Parkticket in einer gelben Zone, alles nur für mich. Ich fühlte, daß ich mich in großer Gefahr befand, mich einfach gehen zu lassen. Ich versuchte, meine Sinne mit einem imaginären Kissen zu dämpfen, damit das Klopfen in meinem Schädel aufhörte. Die große, schwarze Leere würde all die Geräusche in meinem Kopf aufsaugen und all die kleinen Explosionen beenden. Sie versuchte, mir die Treppe hinaufzuhelfen, und ich ließ sie gewähren. Ich konzentrierte mich auf die Stufen, den kalten Wind, die Stufen, eine nach der anderen, die Straßenlaterne vor ihrem Haus. Sie öffnete die Tür, und ich ging zuerst die mit Teppich bezogenen Stufen hinauf. Ich setzte mich auf das beige Sofa, dann legte ich meine Füße auf eine Ottomane. Frances wirbelte in der Küche herum und kam mit einem Glas Whisky und einem Eisbeutel zurück. Sie legte mir den Eisbeutel auf den Kopf und reichte mir das Glas.

»Hier, trink das«, sagte sie genau wie im Film. Ich trank.

Sie half mir, meinen Mantel auszuziehen. Sie setzte sich und massierte mir Arme und Beine und brachte mir damit all die längst vergessenen Teile meines Körpers in Erinnerung. Sie wirkte sehr besorgt, und die kleinen Flecken in ihren haselnußbraunen Augen sendeten endlose Wellen von Besorgnis und Verständnis aus. Endlose Besorgnis und Verständnis, ganz allein für mich. Dann wechselte sie die Gangart.

»Kannst du dich immer noch daran erinnern, auf den Kopf geschlagen worden zu sein?«

»Ja, warum?«

»Ich will's nur nochmal wissen. Und daß du alle Türen und Fenster geschlossen hast? Und daß du ein offenes Fenster gefunden hast? Welches war es?«

»Das Schlafzimmerfenster, warum?«

»Kannst du dich an die Fahrt hierher erinnern?« Ich nickte. »Das ist gut. Kannst du dich daran erinnern, die Treppe hinaufgegangen zu sein?« Wie könnte ich das jemals vergessen. Das war der Trip meines Lebens gewesen.

»Okay.« Sie war aus irgendeinem obskuren Grund zufrieden und drehte mir den Rücken zu. Sie ging in die Küche. »Bist du hungrig? Möchtest du etwas essen? Glaubst du, du kannst eine Pizza schaffen?«

»Ja, o ja«, sagte ich. Und wenn sie mir einen Arsen-Cocktail gereicht hätte, ich hätte ihn getrunken. Ich sah, wie sie zum Telefon ging und den Hörer abnahm. Ich versuchte, an die Bettdecke zu denken und an Frances' Hintern in den engen Jeans, anstatt an meinen Kopf, der sich aus irgendeinem Grund abmühte, ein Ei zu legen. Ich versuchte, nicht an die Warnung in meinem Haus zu denken, nicht an Vanessa, die präparierte Drinks austeilte, nicht an eine golfende Lesbe, die wie Doris Day mit Bizeps aussah und auf einem Bootsdeck ausgerutscht war, und nicht an Julie Arbeder, die tot auf der Straße gelegen hatte. Ich dachte wieder daran, die Polizei anzurufen, und versuchte mir die Männer vorzustellen, die nach Fingerabdrücken suchten, wo ich mir doch sicher war, daß es keine gab. Dann blickte ich auf Frances' Kaffeetisch und sah ein kleines Stück Papier, das unten eingerissen war und auf dem in hellem Rot eine Telefonnummer notiert war. Ich fühlte einen kleinen stechenden Schmerz in meinem Magen, irgendwo ganz tief unten. Ich spürte, wie etwas auf mein Gehirn traf, wo es mit etwas anderem zusammenstieß. Die Telefonnummer lautete 823-6111. Die Nummer der Glaser-Residenz.

»Oliven, Anchovis, das ganze Drum und Dran. Und extra viel Käse. Mmm-hmm. Mozarella.« Frances bestellte die Pizza.

Ich ging ins Badezimmer und übergab mich, ich versuchte, die widerlichen Würgegeräusche zu unterdrücken. Ich versuchte mich genau daran zu erinnern, was ich Frances bei einem Barbecue auf einer leeren Terrasse auf einer Party erzählt hatte und was nicht. Ich hatte von der Verantwortung toten Menschen gegenüber gesprochen. Ich spülte meinen Mund aus und ging ins Wohnzimmer und fand Frances dabei, wie sie die Zeitungen und Bücher vom Kaffeetisch räumte. Die Telefonnummer war verschwunden.

»Bist du okay?« fragte sie mich und sah mir tief in die Pupillen. »Kannst du dich immer noch an alles erinnern, was passiert ist? Niemand gesehen, alle Türen verschlossen?«

»Ja, ich habe niemanden gesehen und alle Türen verschlossen. Zufrieden?«

»Hey, nun werd nicht gleich sauer. Ich möchte nur sicher gehen, daß du keine Gehirnerschütterung hast, das ist alles. Ich möchte sicher gehen, daß da oben nichts durcheinander kommt ...« Sie kam mit dem netten Gesicht, dem großen Mund, den geraden Augenbrauen und dem flauschigen feinen Haar auf mich zu. Sie wollte mich küssen, aber ich ging an ihr vorbei und der Kuß landete irgendwo auf meiner Wange. Ihre Augenbrauen waren aufrichtig, aber ihre Augen wichen mir aus. Mir fiel ein, daß ich in dem rassistischen Nancy Drew-Buch 'Das Geheimnis von Larkspur Lane' vor ausweichenden Augen gewarnt worden war. In einem gewissen Licht betrachtet mochte Frances von der Debütantin Nancy, die in ihrem blauen Sportwagen an uns vorbeirasen würde, dunkelhäutig genannt werden. Mir war wieder nach Heulen, aber es war nicht mehr die richtige Stimmung, der richtige Moment oder die richtige Person.

Statt dessen küßte ich sie auf den Mund, hart und ausdauernd. Ich küßte sie, bis sie keine Luft mehr bekam, für den Fall, daß sie nicht echt war, für den Fall, daß sie vor meinen Augen schmelzen würde, wie eine Eisskulptur in der Wüste. Ich mußte mir nehmen, was ich konnte, denn plötzlich war ich mir nicht mehr sicher, wieviel da überhaupt war, und ich wollte sie immer noch nicht verlieren, und ich konnte mich ihr nicht hingeben, also liebte ich sie.

Die Türklingel ging. Wir ließen die Pizza herein und schoben etwas Geld hinaus. Wir balancierten die Pizzastücke auf unseren Handflächen und aßen. Wir sahen fern. Und langsam verlor ich den Geschmack von Galle.

Als es Zeit war, stand ich auf, ging durch die Räume und machte das Licht aus. Ich lotste sie zum Bett. Ich liebte sie ausgiebig und sanft. Es war okay. Es war eine angenehme Art, Kontakt zu haben. Es war Geschichte, die sich wiederholt.

Kurz bevor sie einschlief, sagte sie: »Willst du nicht die Polizei verständigen?«

»Ich bin froh, daß du gefragt hast«, sagte ich, aber sie war schon eingeschlafen und hatte mich mit meinen Kopfschmerzen allein gelassen.

Mir fiel das Einschlafen nicht so leicht wie ihr. Ich stand wieder auf und lief in einem großen Kreis durch ihr Zimmer. Ich ging zum Papierkorb und sah mir das Stück Papier noch einmal an. Ich holte Julie Arbeders Adreßbuch raus und sah noch einmal unter 'Allison' nach. Es war die gleiche Nummer. Ich packte mir den Eisbeutel auf die Augen und setzte mich aufs Sofa. Die Telefonnummer lag im Papierkorb. Es konnte sich um eine zufällige Ansammlung von sieben Ziffern handeln, in einem anderen Register bedeuteten sie vielleicht 'Katzenstreu'.

Als ich am nächsten Morgen aufwachte, hörte ich Frances leise am Telefon sagen, daß sie später zur Arbeit käme. Sie sah, daß ich wach war, und kam zu mir ans Bett.

»Wie geht es dir?« Sie streichelte meine Wange und betrachtete mein Auge mit, wie mir schien, klinischem Interesse.

»Gut. Und ich kann mich an alles erinnern, was ich gestern abend gesehen habe.« Ich war eine Musterpatientin. »Und jetzt möchte ich starken Kaffee.« Ich stand auf und versuchte, den lauten Untermieter in meinem Kopf zum Schweigen zu bringen.

Ich ging direkt zum Sofa rüber. Ich konnte sie nicht küssen, und sie registrierte es. Ich mußte an mein Zuhause denken und daran, daß ich es nicht fertig brachte, es zu betreten, daß das Wegräumen der zerbrochenen Einzelteile meines Hausstands mir das Herz brechen würde. Da fiel mir ein, daß im nächsten Monat der Scheck mit der Steuerrückzahlung fällig war. Das inspirierte mich. Ich würde eine Putzfrau anheuern. Ich würde Clara, die Profifrau, beauftragen. Ich suchte in meinem Adreßbuch nach ihrer Nummer und notierte sie mir.

»Meinst du nicht, daß du die Polizei verständigen solltest?« fragte Frances.

»Nein, eigentlich nicht, denke ich. Na ja, ich schätze, ich sollte sie wohl besser anrufen.«

»Sie werden schließlich Fingerabdrücke nehmen wollen.«

»Wie kommst du denn darauf, daß es Fingerabdrücke gibt?« Ich bemerkte einen sarkastischen Unterton in meiner Stimme. »Meinst du nicht, daß derjenige, der es getan hat, größtes Interesse daran hat, anonym zu bleiben?«

»Aber es gibt vielleicht irgendwelche Hinweise, Spuren, ich weiß auch nicht.«

»Was für Hinweise? Maschinengeschriebene Warnungen? Wir sind hier nicht bei Nancy Drew, weißt du.«

Sie zuckte nicht mit einer einzigen honigfarbenen Wimper.

»Warum bist du eigentlich so sauer?« fragte sie nach einem Moment. »Hey, ich bin auf deiner Seite. Du tust ja beinahe so, als wärst du die einzige, die in dieser beschissenen Stadt leben muß.«

»Manchmal kommt mir das auch so vor.« Ich schmeckte die Bitterkeit in meiner Stimme, als sie mir auszureden versuchte, mich schlecht zu fühlen. Es schmeckte lausig. »Ich kann mir nun mal was Besseres vorstellen, als mit einem eingeschlagenen Schädel aufzuwachen.«

»Du solltest froh sein, daß du noch am Leben bist.«

»Das sollte ich, klar.«

»Bei Stacy ist gerade erst eingebrochen worden, und sie hat den Typen mit einer Knarre im Badezimmer gefunden.«

»Ach, zum Teufel, ich sollte wahrscheinlich dankbar sein. Meinst du, ich könnte jemanden finden, der das einmal im Monat für mich macht, ich meine so zur Übung.«

»Schon gut. Ich versuche ja nur, es in die richtige Perspektive zu bringen.«

»Es gibt keine Perspektive. Ich fühle mich beschissen und ich möchte im Moment nichts darüber hören, wie wundervoll und mutig Stacy Weldemeer ist. Ich möchte einfach einen Moment hier sitzen und meine eigene Erfahrung verdauen.«

»Sicher«, sagte Frances leise. »Sicher«, murmelte sie noch einmal vor sich hin.

Wir saßen ein paar Minuten lang da, während ich versuchte, meine Erfahrung zu verdauen. Sie ging in etwa so gut runter wie Lammdrüsen, ein Gericht, das ich unglücklicherweise letzten Monat probiert hatte. Die Träume danach waren wirklich schrecklich gewesen.

»Und, was hat unsere Heilige Mutter der Empfängnis, Stacy Weldemeer, nach ihrem Einbruch unternommen?«

»Sie ist losgegangen und hat sich einen Revolver besorgt und einen Kurs belegt, in dem sie lernt, wie sie ihn benutzen muß.«

»Ach nee, ist das nicht prima. Ich bin aber noch nicht zum Pistolenstadium der Angst vorgedrungen. Und ich will nicht mit einem Revolver im Haus leben.«

»Hey, es tut mir leid«, sagte sie sehr sanft, sehr ernst und sah mir in die Augen. »Du hattest wirklich eine harte Zeit.

Versuch dich zu entspannen, tritt ein bißchen langsamer, Emma. Warum nimmst du dir nicht ein paar Tage frei?«

Sie nahm mich in die Arme, und ich ließ mich von ihr halten, aber ich entspannte mich nicht. Ich wurde aggressiv. Ich legte eine Hand in die warme Ecke ihrer Jeans und fand die dicke Naht in ihrem Schritt. Ich rieb mit meinem Finger daran entlang, und das Material fing leicht zu vibrieren an, als meine Fingerspitze über die Oberfläche des groben Garns lief. Sie lehnte sich zurück und grinste.

»Du bist immer noch schön«, sagte sie.

Ich verdrehte meine Augen und erinnerte mich an mein Gesicht im Spiegel. Meine Waschbärenmaske wurde vermutlich langsam grün um die Ränder.

»Warum gibst du mir nicht einfach den Eisbeutel und hörst auf zu lügen.« Ich nahm ihr den kalten Beutel aus den Händen und legte ihn mir auf den Kopf. Ich balancierte ihn und schaffte es, sie zu küssen, ohne daß er runterfiel. Sie hatte noch immer dieses babyfeine Haar und die braunen Augen. Wie gefährlich konnte sie schon sein, selbst wenn ihr Mitgefühl Grenzen kannte?

Ich fragte sie, ob ich ein Bad nehmen könnte, und sie zeigte mir das gelbgekachelte Badezimmer und einen großen Wäscheschrank. Große flauschige Handtücher lagen der Farbe nach geordnet in mehreren Reihen. Noch vor nur einem Tag hätte mich das glücklich gemacht. Jetzt war es nur ein weiteres Detail.

Sie gab mir ein hellgraues Handtuch und ihren weißen Bademantel. Ich ließ mehrere Zentimeter warmes Wasser in die Badewanne laufen und stieg dann hinein. Frances ging aus dem Raum. Ich setzte meinen Hintern rein und nahm die Füße so schnell wie möglich wieder raus. Sie waren noch nie ein guter Indikator für die Wassertemperatur gewesen. Sie möchten das Wasser für gewöhnlich einige Grade kälter als der Rest meines Körpers. Als sich mein Körper an die Temperatur gewöhnt hatte, ließ ich mehr heißes Wasser nachlaufen, indem ich den Kaltwasserhahn mit meinem Fuß abstellte. Meine Brüste fingen zu schwimmen an, als das Wasser meine Brustwarzen erreichte, und trieben nach oben. Ich nahm mir einen Waschlappen, der vom Trocknen in der Sonne steif geworden war, rieb die Frotteeschleifen mit Seife ein und legte mir das Ganze aufs Gesicht.

Das Wasser hatte die Oberseite meiner Brüste erreicht. Ich fühlte mich gelockert. Ich wusch mir die Haare, und das heiße Wasser ließ meine Kopfhaut brennen. Einen Moment lang schwebte ich davon. Dann stieg ich aus der Wanne, der Dampf stob von meinem Körper, um sich an der Luft zu verflüchtigen. Ich setzte mich auf einen kleinen Hocker.

Frances kam herein und schloß die Tür hinter sich. Sie legte mir das Handtuch um und begann mich abzutrocknen. Dann rubbelte sie mir die Haare.

»Meine Kopfschmerzen sind weg«, berichtete ich ihr. Sie lächelte. Ich war glücklich. Die klassische Ärztin-Patientin-Krankheit.

»Das ist gut«, sagte sie abwesend. Sie rubbelte mit dem Handtuch über einzelne Strähnen.

»Ich habe mir in der letzten Zeit etwas Ärger mit Drogen eingehandelt, aber der Schlag auf den Kopf hat anscheinend jegliches Verlangen nach chemischer Unterhaltung kuriert.«

»Stehst du auf Drogen?« fragte sie, und selbst der umgangssprachliche Ton konnte nicht verdecken, daß sie diese Frage bei ihren Diagnosen stellte.

»Es war nicht geplant«, sagte ich.

»Keine plant es.«

»Einige Leute schon«, sagte ich, aber das ging bei weitem über ihren Horizont und auch meinen eigenen.

»Nein, jetzt mal ernsthaft, nimmst du Drogen?«

»Ach, denkst du, daß es das ist, was sich in meinem Haus abgespielt hat?«

»Ich weiß nicht, was ich denken soll. Aber du hast heute morgen eine ganz schön schlechte Laune.«

»Nein, ich nehme keine Drogen, höchstens mal einen Joint zur Entspannung. Und ich hatte auch keinen Drogenunfall. Das war kein Unfall. Darüber brauchst du dir keine Sorgen zu machen.«

»Okay, wenn du sagst, daß ich mir keine Sorgen zu machen brauche, mache ich mir auch keine.«

Sie fing wieder an, meine Haare zu rubbeln. Ich erinnerte mich, daß meine Mutter das immer getan hatte. Eine sehr mütterliche Geste, besonders seit der Erfindung des Föns. Sie war gut darin. Ich legte meine Hand auf ihre und hielt sie einen Moment lang an. »Wir kennen uns immer noch nicht besonders gut, oder?« Sie fing wieder an zu rubbeln.

»Laß uns einfach weiter in diese Richtung gehen. Dann werden wir sehen, ob das eine Frage ist, die beantwortet werden muß. Vielleicht wissen wir im Grunde ja auch schon alles, was wir übereinander wissen müssen.«

Ich wußte nicht, was ich sagen sollte. Ich wußte nicht, was meine Intuition damit anfangen sollte. Und ich wußte nicht, ob ich ihr vertrauen konnte. Ich dachte an die kleine Pipeline, die vom Bezirksstaatsanwalt zu Glaser führen mußte. Ich beschloß, den Einbruch in mein Haus als Raub zu melden.

»Hör mal, ich möchte nach Hause. Ein paar Dinge überdenken.« Sie wußte, daß ich ein paar Grenzen gesetzt hatte.

»Klar.« Sie ließ ihre Hände und das nasse Handtuch fallen, und alles zusammen landete schlaff in ihrem Schoß.

Ich ging zu meinen Klamotten und zog mich an. Sie kamen mir wie alte braune Papiertüten vor. Ich fragte sie nicht nach sauberer Unterwäsche, und sie bot mir auch keine an. Sie war in der Küche beschäftigt. Das letzte Mal hatte sie mir ihre Slip-Kollektion gezeigt.

»Hör zu, ich seh' dich später. Ich melde mich«, sagte ich und ging auf sie zu und küßte sie auf die Wange.

»Klar«, sagte sie. Sie hatte auch ein paar Grenzen gesetzt. Im Moment gefiel es mir auch besser so.

Fünfundzwanzig

Ich fuhr mit dem Bus nach Hause und versuchte, meinen Verstand über den herausragenden Ereignissen der letzten Wochen schweben zu lassen. Aber mein Verstand schwebte nicht, er holperte und eckte jedesmal an, wenn ich daran dachte, daß Frances in der Klinik arbeitete, die von Stanley Glaser gefördert wurde, jedesmal, wenn ich an Julie Arbeder dachte. Ich wollte Sue Martinez sehen. Ich ging gar nicht erst ins Haus, sondern stieg gleich in den Plymouth und fuhr zu Sue und Misty rüber.

Eine weitere Fensterscheibe war kaputtgegangen und mit Plastik ersetzt worden. Das Haus hatte jetzt zu beiden Seiten der Eingangstür einen Lungenflügel. Sie inhalierten tief, als Misty die Haustür öffnete. Sie sah mich nicht. Sie zog einen schweren Plastiksack die Verandatreppe hinunter.

»Brauchst du Hilfe?«

Misty erschrak, erkannte mich und erschrak noch einmal. Sie sagte: »Ja, gerne.« Wir zerrten den Sack zu einem Kleintransporter ohne Stoßstange, der an der Bordsteinkante geparkt war. Wir ließen ihn im Rinnstein stehen.

»Frühjahrsputz?«

»Nein, ich ziehe aus.« Sie atmete schnell, ihr kleiner Körper hob und senkte sich. »Der Vermieter meinte, daß er meine Kaution einbehält, wenn ich den Hof nicht sauber mache.« Sie zuckte die Achseln.

»Und das machst du ganz alleine?« Was für eine blöde Frage, eine ihrer Mitbewohnerinnen war gerade abgekratzt und die andere war über Nacht verschwunden. »Ist da noch mehr? Komm, ich helfe dir.«

Wir gingen in den Hinterhof, wo drei weitere Säcke standen. Außerdem mußten noch ein paar Büsche beschnitten werden. Ich zog meinen Pulli aus, legte ihn auf den Vordersitz meines Wagens und ging zurück zu Misty, um mit ihr zusammen die Säcke zu schleppen. Kleine Zweige hatten Löcher in die Böden der Säcke gerissen, und Dreckklumpen fielen heraus und hinterließen kleine braune Spuren auf dem Bürgersteig.

Wir gingen zurück und beschnitten gemeinsam den letzten Busch und füllten den letzten Sack bis zur Hälfte. Der Geruch von Laub und Erde war ein gutes Gegenmittel für die ganzen Gifte in meinem Kopf. Es war angenehm, zur Abwechslung mal wegen etwas anderem zu schwitzen.

»Was ist mit der Welpin passiert?«

»Ich versuche, sie wegzugeben.« Das klang nicht sehr hoffnungsvoll. »Vielleicht muß ich sie ins Tierheim bringen. Sie hat Julie gehört.«

»Ich weiß. Ich möchte mir das arme Ding noch einmal ansehen.«

»Du meinst, du willst sie haben? Das wäre prima. Sie hat noch nicht mal einen Namen.«

»Führ mich zu dem kleinen Biest.«

Wir öffneten die Küchentür, und die Welpin kam mit endlosem Enthusiasmus angesprungen, so als ob ich sie vor der Exekution retten würde.

»Ich würde sie gerne nehmen«, sagte ich, ergriff die Leine und bereute es im selben Moment.

Ich umarmte die Hündin, bemutterte sie, küßte ihre gewölbte Stirn. Die Hündin verliebte sich auf der Stelle in mich und versprach mir, daß wir glücklich und zufrieden bis ans Ende unserer Tage leben würden. »Tja, das war's dann wohl, glaube ich.« Ich drückte sie noch einmal. »Weißt du, wie ich Sue erreichen kann?«

»Sicher. Sie hat mir den Namen ihres Hotels dagelassen. Aber ich mußte schwören, daß ich ihn unter keinen Umständen herausgebe. Nur im äußersten Notfall.«

»Oh, aber ich glaube nicht, daß das auch für mich gilt, Misty.«

»Ja, also, ich glaube, dir könnte ich's sagen?« Ich nickte. Sue würde später Hackfleisch aus ihr machen, aber ich brauchte Sue jetzt.

Misty nahm einen Bleistiftstummel aus ihrer Tasche und schrieb die Adresse auf, 'Del Mirago Springs Resort, Yuma, Kalifornien.'

»Ich behalte alles«, sagte sie. »Gedächtnis wie ein Elefant.«

»Hast du mir nicht erzählt, Sue wäre in Tijuana?«

»Ich habe gelogen«, sagte sie.

»Soll ich Sue von dir grüßen, hm?«

»Ja, mach das.« Misty runzelte noch immer die Stirn.

»Tschüs dann«, sagte ich. Sie verabschiedete sich ebenfalls. Ich fragte mich, ob sie mein geschwollenes Auge überhaupt bemerkt hatte.

Ich ging mit der Hündin zum Plymouth. Ich stieg ein und taufte das elastische Tier 'Safety', Sicherheit.

Ich fuhr zu einem Lebensmittelladen und besorgte mir für fünf Dollar Kleingeld, eine Schachtel Milchknochen und ein paar Dosen Welpenfutter. Ich öffnete die Fenster ein wenig und ließ Safety im Auto. Ich ging in eine Telefonzelle und wählte die Nummer des Del Mirago Springs Resort in Yuma, Kalifornien.

»Del Mirago Springs«, antwortete eine zirpende Stimme.

»Hallo, ich bin Patty Pugliasi von Happy-World-Reisen.«

»Ja?« Das war kein besonders glückliches Ja.

»Es handelt sich um weitere Buchungen einer Klientin von uns, die bei Ihnen wohnt.«

»Tut mir leid, aber Sie müssen das falsche Hotel haben. Unsere Gäste buchen nie über ein Reisebüro.«

»O nein, Sie müssen mich falsch verstehen, es geht um ihre weitere Reiseroute ...«

»Sie müssen sich irren ...«

»Wie könnte ich mich irren. Was ist denn das? Ende-der-Welt-Hotel?«

»Sehr witzig, Miss. Wenn Sie nichts dagegen haben, lege ich jetzt auf.«

»Sue Martinez«, sagte ich.

»Hören Sie zu, ich weiß nicht, wer Sie sind oder was Sie

wollen, aber Sie sind mit Sicherheit von keinem Reisebüro. Auf Wiederhören!« Und sie knallte den Hörer auf.

Der nächste Anruf würde mir noch mehr Spaß machen. Ich kannte die Nummer auswendig. Happy-World-Reisen, 533-0431. Genauso gut erinnerte ich mich an Bo Dimini, das Schwein, dem der Laden gehörte.

»Ach nein, Emma Victor hat mich endlich erhört«, gluckste er durch seine zigarrenbefleckte Kehle.

»Du kannst deine Hände ruhig in den Taschen lassen, Bo. Ich rufe nur an, weil ich meine Flugpunkte haben will.«

»Warum, Emma, du hast doch immer gesagt, du magst nicht verreisen.«

»Du schnallst aber auch nie was, Bo. Sag mal, tut dir dein Ego nicht manchmal weh?«

»Nicht, solange es auf der Welt so schöne Frauen wie dich gibt, Emma.« Er gluckste wie eine ganze Kiesgrube.

»Selbst wenn du nicht dem falschen Geschlecht angehören würdest, was du tust, hättest du immer noch schmierige Hände und einen Charakter wie ein Kaugummi, dick und klebrig. Mach mal Pause, Bo.«

Er hohohte jetzt. »Emma, eines Tages wirst du Ja sagen.«

»Ach, geh und verkauf Autos, Bo. Verkauf von mir aus Atomkraftwerke. Gib mir meine Punkte.«

»Wo soll's denn hingehen, Emma?«

»Yuma. Yuma in Kalifornien.«

»Das ist das dreckigste Loch in ganz Kalifornien. Wer legt dich da aufs Kreuz? Ich weiß doch genau, daß ein Mann dahintersteckt.«

»Nein, Bo. Ich will nur eine Geschichte abschließen. Du denkst auch immer nur an das eine.«

»Weißt du überhaupt, daß die Frist für die Punkte fast vorbei ist? Warum sollte ich sie dir geben, wenn der Umgang mit dir so schwer ist?«

»Und Marylin, meine Nachfolgerin, kommst du mit ihr besser aus?«

»Nicht alle Mädels geben so kratzbürstige Antworten wie du, Emma.«

»Aber du kapierst sie nie, Bo. Laß die Finger von Marylin.«

»So wie die Mädels sich heutzutage anziehn ...«

»Frauen heißt das für dich, mein Lieber. Erinnerst du dich noch daran, was ich dir über die Strafen für sexuelle Belästigung am Arbeitsplatz erzählt habe?«

»Ja. Und?«

»Marylin habe ich's auch erzählt.«

»Ach, das nimmt doch niemand ernst.«

»Sie schon. Sie hat gesagt, daß sie sich Notizen machen würde. Einer deiner Geschäftsbrüder mußte gerade dreißigtausend abdrücken. Nimm dich lieber in acht, Bo.«

Ich rief bei der Polizei an und meldete den Einbruch in mein Haus. Ich hörte, wie sie nach kurzer Zeit den Rekorder einschalteten, dann hörte ich kleine Pieptöne während des Gesprächs. Es war nicht besonders aufregend, und ich verschwieg, daß ich angegriffen worden war. Es würde nett sein, einen Urlaubstag in Kalifornien zu verbringen. Ein Tag in Kalifornien, ich mußte verrückt sein. Ich sollte endlich dort hinziehen.

Ich fuhr zurück nach Somerville und ließ mich vor meinem demolierten Heim nieder. Das Haus brüllte mich nicht an, also ließ ich es dort sitzen und wartete auf die Polizei. Ich sah es sehr oft an. Dann fuhren zwei Beamte vor, ein Mann und eine Frau. Wir stellten uns einander vor, und ich zeigte ihnen die klebrige Unordnung, die einmal mein Lebensstil gewesen war.

Ich ließ Glasers Botschaft auf dem Boden liegen, wohin sie zwischen die Ruinen gefallen war. Sie fanden sie nicht. Sie waren mit ihren kleinen Pinseln und Gläsern beschäftigt. Der Mann stellte der Frau eine Menge Fragen über die genaue Vorgehensweise. Sie nahmen meine Fingerabdrücke. Sie sagten, daß die Gläser alle sauber wären. Kein Wunder, denn ich hatte sie am Tag zuvor alle abgewaschen. Der Täter hatte Handschuhe getragen. Ich wurde müde und wünschte, daß sie endlich verschwinden würden. Das taten sie schließlich auch. Ich rief Clara an, die das Haus reinigen würde, und sagte ihr, daß alles bereit stünde, speziell für sie arrangiert.

Clara kam. Sie machte viel Aufhebens wegen der Unordnung und drückte mich sehr oft. Ich versuchte, nicht zu heulen und sah zu, wie sie den Honig einer kritischen Prüfung unterzog und sich ein geeignetes Lösungsmittel überlegte. Ich wußte es, weil wir ähnlich denken. Ich zeigte ihr Staubsauger, Mop und Eimer. Ich verließ sie, als sie sich einen Überblick über das Schlachtfeld verschaffte, mit Sicherheit eine der größten Herausforderungen ihres Lebens.

Ich stieg in den Wagen und ließ mich von der kleinen Hündin anhimmeln. Ich warnte sie vor Flossie, versicherte ihr aber, daß wir am Ende eine große, glückliche Familie sein würden. Aber Welpen leben sowieso in ihrer eigenen Welt. Flossie würde da schon ein größeres Problem sein.

Dann fuhr ich in einen Park, um Safetys Verhaltensgene zu überprüfen. Sie waren alle in bester Retriever-Ordnung. Sie holte unermüdlich den Stock und bettelte mit einer ernsten und fiebrigen Begeisterung um mehr.

Ich lockte Safety mit einem magischen Stöckchen zum Wagen, schmiß ihn hinaus und schloß die Tür, bevor sie hinterherspringen konnte. Entweder so oder den Stock mit nach Hause nehmen. Eine Gewohnheit, die ich gar nicht erst einreißen lassen wollte, Stöcke und andere apportierbare Gegenstände mit ins Auto zu nehmen. Ich fing schon wieder an, mich wie eine Mutter zu fühlen. Ich startete den Wagen und fuhr zur nächsten Telefonzelle. Ich rief den Logan-Flughafen an und erfuhr, daß mein Ticket nach Yuma auf mich wartete. Dann ging ich zurück zum Wagen und fuhr zum teuersten französischen Restaurant, das ich kannte. Ich wollte die pfauenblauen Tischtücher wiedersehen. Mit meiner Kreditkarte kaufte ich mir zwei Stunden Essen und Trinken. Das Essen war phantastisch, und der Wein hielt mich davon ab, allzu viel über die widerlichen Kellner nachzudenken und darüber, daß ich die Bank of Boston in ihrer Tendenz zu Wucherzinsen unterstützte. Ich trank eine Flasche sehr trockenen kalifornischen Riesling. Die Kellner bereiteten mir viel Spaß, und ich dachte daran, wie sehr ich über sie gelacht hatte, als ich Gesellschaft über den pfauenblauen Tischtüchern gehabt hatte. Ich knabberte an gefüllten Champignons, ich verschlang Lammkoteletts in Pfefferminzsoße, ich wurde traurig und sentimental. Ich verspeiste saftige geschmorte Kartoffeln, und als ich die Flasche Wein geleert hatte, pries ich eine Mousse au Chocolat mit meinen Lippen. Frances sagte immer, daß ich einen schönen Mund hatte.

Ich bestellte eine neue Flasche Wein, obwohl ich sie nicht mehr trinken konnte. Als ich ging, bot ich sie den beiden Leuten am Nebentisch an, aber sie taten so, als ob ich von allen guten Geistern verlassen wäre. Ich sagte ihnen, daß es ein guter Wein wäre und wie wundervoll es war, daß die vulgären Amerikaner die Franzosen auf ihrem eigenen Gebiet schlagen würden. Es war schön, satt, betrunken und flegelhaft zu sein und eine Weile nicht nachdenken zu müssen. Besonders, weil ich mir am nächsten Tag noch mehr Ärger einhandeln würde.

Sechsundzwanzig

Als erstes wurde mir beim Aufwachen klar, daß ich nun Familienoberhaupt geworden war. Safety stürzte sich auf mich, hysterisch glücklich, nur weil ich meine Augen geöffnet hatte. Ich selbst war nicht so glücklich darüber. Flossie hatte sich auf die Kommode zurückgezogen, damit die Welpin sie sehen und in Panik geraten würde. Gleich würde sie uns voller Verachtung links liegenlassen. In der Zwischenzeit jedoch gab sie eine spektakuläre Vorstellung, in der sie uns ihre Fauchkünste zeigte und die Reichweite ihres Schwanzes.

»Also, ihr kleinen Bestien, was kann ich für euch tun? Wer will zuerst gefüttert werden und warum? Eh, Flossie?«

Sie ignorierte mich.

Ich zog mir meinen Morgenmantel über, ging in die Küche und öffnete eine Dose Katzenfutter ihrer Lieblingssorte. Für Menschen kein besonders angenehmer Geruch, aber das sind die wenigsten Gerüche, die mit Katzen verbunden sind. Ich legte einen geistigen Deckel auf meinen Magen und löffelte die fischigen, fettigen Klumpen, die sie so liebte, auf eine Untertasse. Dann füllte ich eine kleine Schale mit Wasser und brachte beides ins Schlafzimmer. Ich stellte sie neben Flossie auf die Kommode. Sie gab vor, mich nicht zu kennen, und das war auch in Ordnung so.

»Du wirst drüber wegkommen, Flossie, Liebes. Wir werden auch weiterhin morgens im Bett schmusen. Schließlich kann ein Haustier allein nicht all meine Bedürfnisse erfüllen. Du mußt einfach lernen, das zu akzeptieren.« Ich sah auf die schwanzwedelnde, grinsende Hündin runter und war mir nicht so sicher. Dann gab sie diese ungeduldigen, mitleiderregenden Welpentöne von sich, sah mir direkt in die Augen und jaulte. Ich könnte schwören, daß sie alle auf die professionelle Hundeschule gehen, bevor sie geboren werden.

»Irgend jemand hat dich vor langer Zeit gezüchtet, damit du dich so benimmst. Dein Charakter ist nichts weiter als eine

Kreation unserer Spezies«, ermahnte ich sie, aber das tierische Fenster in ihrem Gehirn würde sich wohl nie sehr weit öffnen.

Ich mischte etwas Welpenfutter mit warmem Wasser und fragte mich, was ich mit Safety in Yuma anfangen sollte. Vielleicht könnte ich sie mitnehmen, aber was, wenn sie in Gangster-Urlaubsgefilden keine Hunde duldeten? Ich würde sie in einem überhitzten Auto zurücklassen müssen. Mir sank das Herz, als mir ein weiteres Mal klar wurde, daß ich Mutter geworden war. Ich setzte mich, und die Welpin versuchte, in meinen Schoß zu krabbeln. Ich fand eine alte Wolldecke und breitete sie für sie auf dem Boden aus. Das Haus sah inzwischen viel besser aus, Clara hatte es in seinen normalen sauberen Zustand zurückversetzt. Einzig die Tatsache, daß jetzt alles an einem anderen Platz war, ließ die Räume etwas mißgestaltet erscheinen.

Als ich dort in der Sonne saß und den scheußlichen Geräuschen zuhörte, die Flossie beim Fressen machte, konnte ich fast so tun als glaubte ich, daß ich im Fall Julie Arbeder nichts weiter unternehmen würde. Daß mir nicht das Herz brach. Ich hatte mir gerade mein Leben damit versaut, ein anbetungswürdiges Haustier aufzunehmen, das mich für die nächsten zehn Jahre begleiten würde und mich locker fünftausend Dollar an Hundefutter und Tierarztrechnungen kosten würde.

Ich verriegelte das Wohnzimmer, indem ich es mit einer Tischplatte verrammelte, und legte einen Haufen Zeitungspapier auf den Boden des Eßzimmers. Dann rief ich Rosemary an, ein Nachbarskind, das kurze Zeit später an meiner Tür erschien und unendlich faul und pubertierend wirkte.

»Willst du dir ’nen Fünfer verdienen?« fragte ich.

»Was soll ich tun?«

Die Welpin kam wie bestellt auf uns zugerannt. »Das ist Safety«, stellte ich sie einander vor.

»Soll ich sie füttern? Ausführen?«

»Genau.«

»Darf ich sie mit nach Hause nehmen und meinem Bruder zeigen?«

»Klar.«

»Zehn Dollar und fünf im voraus.«

Wir einigten uns auf sieben fünfzig, aber sie bestand auf den fünf im voraus und verschwand summend mit meinem Hausschlüssel.

Ich richtete meine Gedanken auf meinen Ein-Tages-Urlaub in einem wärmeren Klima.

Juni in der Wüste von Kalifornien. Ein Staat mit siebzehn verschiedenen Klimazonen und einer Menge Kurzstrecken-Fluglinien, nur um rumzukommen. Ich zog ein weißes T-Shirt unter einen leichten Pulli, für den Fall, daß es in Yuma erst abends heiß werden würde. Ich mußte in Oakland, Kalifornien, umsteigen. Gertrude Stein hatte einmal gesagt: 'there is no there, there' — dort gibt es kein dort. Aber inzwischen gab es sogar Designer-Lesben in San Francisco und Tausende und Abertausende frauenbewußte Frauen, die in der Bucht lebten. Wie schade, daß ich nicht dorthin flog. Wie schade, daß ich nach Yuma fliegen mußte.

In Oakland wartete ich artig in der Flughafenhalle, bis das kleine Zubringerflugzeug nach Yuma startete. Es war kein Luxusflugzeug, und es gab auch keine luxuriösen Reisenden. Zumeist waren es Leute, die Verwandte besuchen wollten, um ihnen ihre frischgeborenen Baby-Kreaturen vorzuführen, und ab und zu ein Geschäftsreisender.

Yuma ist keine schöne Stadt. Es hat eher all die alptraummäßigen Qualitäten einer planlosen städtischen Wucherung, mal davon abgesehen, daß es noch viel heißer und schmutziger ist als so etwas gewöhnlich. Alles war mit braunem Dreck überzogen. Andere Stadtplaner waren darauf gekommen, die Wüste in einen Winterspielplatz für die Reichen zu verwandeln, wo außer dem Dienstpersonal nichts die Aussicht verschandelte. Sie hatten das sichere siebzig Meilen und einen

Bergkamm von Yuma entfernt getan. Außer dem vielen Verkehr gab es in der Gegend nur noch Bergbau. Der Himmel konnte vom Boden aus nur durch die eigene Vorstellungskraft erahnt werden. Die Berge waren gegen einen Horizont gepreßt, der mit der braunen Suppe verschmolz und alle Landschaftsmerkmale verschluckte.

Das Del Mirago Springs Resort war nicht in den Gelben Seiten verzeichnet, aber ich fand es kleingedruckt im normalen Telefonbuch. Ich notierte mir die Adresse und besorgte mir am Leihwagenschalter einen Stadtplan. Es lag etwas außerhalb der Stadt. Ich nahm mir einen Leihwagen. Ich zahlte mit meiner Plastikkarte und überschrieb der Bank of Boston noch etwas mehr von meiner Zukunft. Dann glitt ich in das Innere einer neuen, zweitürigen, blauen Chevy-Limousine. Eine kurze Fahrt brachte mich aus dem Labyrinth von Einkaufszentren und Gebrauchtwagenhöfen heraus.

Ich nahm die Verbindungsstraßen, Landvermessungslinien in der Wüste. Ich fuhr durch ein schäbiges Stadtviertel mit zusammenbrechenden Kakteen in den Vorgärten. Ich fuhr durch eine reiche Nachbarschaft mit niedrigen, weißen Ziegelmauern und großen Flußbett-Kakteen, die ihre Finger überall in die Gegend streckten und von Landschaftsarchitekten mit Lederhandschuhen arrangiert worden waren. Ich fuhr an einem Schuppen vorbei, vor dem eine verkrüppelte Waschmaschine stand. Der gleiche Schmutz war überall. Ich fragte mich, wer wohl entschied, welcher Schmutz in die reiche Nachbarschaft aufstieg und welcher Schmutz bei den Armen liegenblieb.

Ich fuhr weiter, bog links ab und rollte eine andere schnurgerade, graue Asphaltlinie runter. Ich fand das Del Mirago Springs Resort am Ende der Straße. Zwei rustikale Holzpfähle hielten ein Schild gerade hoch genug, um meinen Wagen darunter passieren zu lassen. Die Farbe war verblaßt. Um eine lange, runde Auffahrt standen einige sehr blaß und krank aussehende Palmen. Kleine, braune Gebäude waren über das Gelände verstreut. Es erinnerte mich an eine Anlage aus den Vierzigern oder an ein Jugendcamp. Ich kam zu einem Gebäude mit einem langen, überhängenden Dach und fand einen kühlen Eingang.

Ich ging in die niedrige, hellgetäfelte Lobby. Der Boden war mit alten, unregelmäßigen Fliesen bedeckt, eine lackierte Kordel legte sich um ein Schild, das die Zeiten für die Mahlzeiten und Aktivitäten ankündigte. Im Speisezimmer war ein rhombenförmiger, kalter Kamin zu sehen. Ein schöner Ort, gebaut noch in der Zeit, bevor sich die Golfkarren ausbreiteten, als die Leute noch dachten, daß die Wüste ein exotischer Teil des Wilden Westens war.

Hinter der Rezeption saß ein junger Mann in kurzen Ärmeln, deren Ränder sich über seinen Kartoffelarmen aufs äußerste spannten. Er besaß kleine graue Augen, einen kleinen Schädel mit einem Stoppelschnitt und einen finsteren Blick, der fast den gesamten Raum darunter einnahm. Eine Falte auf seiner Stirn besagte, daß er in der letzten Zeit keinen Kurs in Hotelmanagement abgeschlossen hatte. Und so, wie der Laden aussah, dachte ich auch nicht, daß er das brauchte.

»Hallo. Ich möchte zu einer Ihrer Gäste. Sue Martinez.«

»Na und?«

»Ich möchte zu ihr, das sollte wohl reichen.«

»Nicht unbedingt. Unsere Gäste kommen hierher, um ihre Ruhe zu haben.« Er musterte mich und, was zumindest für ihn sprach, bemerkte den Leihwagen. »Verschwinde«, sagte er.

»Das ist sie doch, dort drüben am Swimmingpool?« Er drehte sich um und sah mit mir durch das niedrige Fenster, das auf den Pool hinaussah und eine Frau zeigte, die sich in einer Fötushaltung in einem Liegestuhl zusammengerollt hatte.

»Ich glaube, ich werde einfach mal rübergehen und mich anmelden«, sagte ich, aber Kartoffelarm wurde nervös, wackelte in seinem Stuhl und war dabei aufzustehen.

»Ich werde meine Hände in Sichtweite halten, damit du mal siehst, wie saubere Fingernägel aussehen.«

Er beugte sich leicht über den Tresen und feixte. Dann machte er sich auf und kam um den Tresen herum, um sich vor den Gang zu stellen, der zum Pool führte.

»Du kannst so viele Grimassen schneiden wie du willst«, sagte ich. »Und ich kann dich trotzdem dazu bringen, daß du dafür sorgst, daß ich Sue Martinez sehen werde.« Ich ließ meine Brieftasche aufklappen und zeigte ihm eine Karte von Lieutenant Sloans Büro. Es war kein Vorname drauf, nur eine Initiale. Er guckte noch etwas böser.

»Bullenweib.«

»Da wo ich herkomme, haben die Rausschmeißer gelernt, etwas subtiler zu sein, besonders dem Gesetz gegenüber.«

Er deutete auf das blaue Quadrat, das der Pool war. »Da lang«, grummelte er. Er setzte sich hin und griff nach einer schmutzigen Zeitschrift. Er steckte sein Gesicht hinein, als ich an ihm vorbei auf die gekachelte Terrasse ging und die Glastür hinter mir schloß.

Sue lag auf einem Liegestuhl. Sie trug einen enganliegenden, schwarzen, glänzenden Badeanzug, in dessen elastisches Material silberne Fäden gewoben waren. Die Fäden funkelten, als sich ihre Brust hob und senkte, und sie funkelten auf jeder einzelnen Rippe ihrer schmalen Brust. Ihr Bauch war flach, und sie schwitzte am ganzen Körper. Sie bewegte ihre Zehen, die über den Rand des Liegestuhls hingen.

»Hallo, Sue.«

Träge öffnete sie erst das eine Auge und dann das andere. Dann ließ sie beide wieder zuschnappen.

»Was machst du denn hier?«

»Das gleiche könnte ich dich fragen.«

»Und ich könnte sagen, daß dich das nichts angeht.«

»Und ich könnte mich fragen, warum du ein so großes Bedürfnis nach Ruhe hast.« Ich zog einen weißen Terrassenstuhl aus Metall zu ihr rüber und setzte mich auf ein gelbweißgestreiftes Gummikissen.

»Also, was du mit deiner Zeit anstellst, geht mich nichts

an.« Sie kramte in einer durchsichtigen Strandtasche aus Plastik, holte eine Schachtel Zigaretten hervor und zog sich eine raus. Sie breitete sich wieder auf ihrem Liegestuhl aus und schloß die Augen, die Zigarette legte sie neben sich auf die Lehne.

»Es ging dich mal was an, als du mich losgeschickt hast, um Julies freundliche Feinde an ihrem Arbeitsplatz zu überprüfen. Außerdem bin ich gestern bei Misty vorbeigefahren und hab' ihr beim Umzug geholfen. Ganz schön viel Arbeit. Sie mußte den Hof ganz allein saubermachen.«

»Na und?« Ihre Hand driftete auf die Zigarette zu, und sie nahm sie auf.

»Und es ist nicht nett, eine Freundin im Stich zu lassen.« Ich zündete ein Streichholz an. Das Geräusch brachte sie dazu, ihre Augen zu öffnen, und sie setzte sich auf, um an die Flamme ranzukommen. Das war mehr Kontakt, als ihr lieb war.

»Sie ist nicht meine Freundin.« Sue blies etwas Rauch in meine Richtung.

»Oh, ich verstehe, nur eine, mit der du die Rechnungen teilst.«

»Du brichst mir das Herz.«

»Ich glaube nicht, daß das irgendwer fertigbringt. Aber mein Haus ist verwüstet worden, und ich habe eine häßliche Beule am Kopf und das alles nur, weil ich Nachforschungen über den Tod deiner Mitbewohnerin angestellt habe. Zwar habe ich nicht damit gerechnet, daß dich das hier unten in der Sonne interessieren würde, aber ich dachte mir, ich komme trotzdem vorbei und nerve dich damit.«

»Tut mir leid, aber du verschwendest deine Zeit.«

»Du leistest dir ein paar sehr kostspielige Angewohnheiten. Und ich wette, daß du für einige dieser Angewohnheiten einen ganz schön hohen Preis gezahlt hast. Ich dachte mir, es interessiert dich vielleicht, daß du mit ein paar ganz schön harten Jungs spielst. Ich habe noch keinen von ihnen getroffen, da sie leider die Angewohnheit haben, sich von hinten anzuschleichen.«

»Es tut mir leid, wenn du Ärger gehabt hast. Es tut mir leid, wenn ich dich ermutigt habe, dir Ärger einzubrocken. Aber ich habe meine eigenen Sorgen.«

»Aber das ist doch genau die Einstellung, mit der du dir all die Probleme auflädst, die du hast. Deine Spur wird sich vielleicht mit der netten Bräune, die du hier bekommst, verwischen, aber diese Einstellung tut nicht viel für deinen Charakter. Du wirst eine ganze Menge mehr tun müssen, wenn du kuriert werden willst.«

»Na was? Ich war drogenabhängig. Das beweist noch gar nichts.«

»Wer hat denn was davon gesagt, irgend etwas beweisen zu wollen. Denkst du, ich bin hergekommen, um etwas zu beweisen?«

»Woher soll ich wissen, warum du hier bist?« Der breite Mund wurde schmaler und verkniffener. Sie setzte sich auf und begann ihre Beine ruckartig mit Sonnenmilch einzureiben.

»Wahrscheinlich aus dem gleichen Grund, aus dem du mich für nichts und wieder nichts wegen der Gewerkschaftssache losgeschickt hast.«

»Ach, Scheiße. Sie haben es wahrscheinlich getan. Hör zu, es ist mir inzwischen einfach egal.«

»Sicher, du bist zu sehr damit beschäftigt, dich zu sonnen.«

»Was zur Hölle weißt du denn schon?«

Sie erdolchte mich mit ihren Blicken, und wenn sie auf die Idee gekommen wäre, hätte sie mir wahrscheinlich Sonnenmilch in die Augen gespritzt.

»Du warst pleite und süchtig. Du hattest gerade deinen Job hingeschmisssen oder warst gefeuert worden. Jetzt läßt du es dir gutgehen. Du hast den richtigen Knopf gedrückt und nuckelst jetzt an der Brust einer reichen Familie oben im Norden. Du hast fünftausend Dollar genuckelt.«

»Ich bin auf Entzug.«

»Du hast den richtigen Knopf gedrückt, dein Spiel gespielt. Was war der Einsatz?«

Sue zog hastig an ihrer Zigarette, die unbewegliche Wüstenluft war voller Rauch und Bain de Soleil. »Sue, du versuchst clean zu werden. Dann mach endlich reinen Tisch. Ich hatte meine eigenen Gründe, die mich in diese Lage gebracht haben, aber du hast mir dabei geholfen, dorthin zu kommen. Wenn du schon dabei bist, in deinem Leben aufzuräumen, wird es dich einen großen Schritt nach vorne bringen, wenn du die Dinge mit mir abklärst.« Sie rieb ihr Bein in schnellen Bewegungen, aber die Bewegungen wurden langsamer. »Auch wenn du dir selbst nichts schuldest, mir bist du was schuldig.«

Sie verrieb die Lotion auf einem Bein, massierte mit ihrer Handfläche den Wadenmuskel. Das tat sie eine ganze Zeit lang. Ich betrachtete unterdessen die tropische Landschaft, eine Menge spitzer Wüstendinge, Steine, Kakteen mit gigantischen Stacheln, die aufeinander zeigten, und die enormen Aloe-vera-Blätter, die wie eingerollte Elefantenohren aussahen und Dornen hatten, die an den Rändern so groß wie Daumen waren. Nur in einer Rüstung ist es möglich, in einem Wüstengarten zu arbeiten. Entweder du oder die Pflanzen.

Von weitem sah alles sehr dramatisch und protzig aus. Nachts würde es mit einer Menge Terrassenlicht angestrahlt werden. Dann würde der Garten wie eine Marslandschaft aussehen. Da stand eine Palme, um deren Stamm kleine, freundliche Gesichter aus Stiefmütterchen gepflanzt waren. Die Wüste spricht zu dir und wünscht dir einen schönen Tag.

Ich hörte einen leisen Ton von Sue.

»Scheiße«, sie massierte ihr Bein stärker und stärker. »Julie hat es mir nicht mal erzählt.« Ihr Kinn zitterte, und sie spritzte einen kleinen See Lotion in ihre Handfläche. Es war zuviel. »Vor ein paar Jahren war Julie meine Freundin, sie wollte in *mein Haus* einziehen. Ich hatte gerade mit diesem Typen Schluß gemacht. Verdammt, ich dachte, es wäre eine gute Idee. Und dann, plötzlich, konnte ich ihr nichts mehr recht machen. Julie war nie zu Hause, sie hatte nur ein paar Monate mit mir zusammengewohnt. Sie kam nach Hause und war schon wieder weg. Ich habe eine Menge von ihren Schuhsohlen gesehen, wenn sie aus der Tür gegangen ist. Wir haben darüber gestritten. Ich glaube, sie hatte ein schlechtes Gewissen deswegen. Eines Tages tauchte sie dann mit Misty auf. Es war, als ob sie mir ein kleines Haustier mitbringen wollte. Sie hatte sie in der Aerobic-Klasse getroffen, die sie unterrichtete. Ich war pleite und dachte, was zum Teufel, warum nicht noch eine Mitbewohnerin. Auf jeden Fall, Julie hat sie angeschleppt, und das ist die Geschichte, wie wir zu Misty gekommen sind.« Sie war mit einer Wade fertig, spritzte sich noch etwas Lotion in die Handfläche und begann mit einem Unterarm. »Julie war es egal, was mit dem Haus passiert.«

»Du meinst, Julie war es egal, was mit dir passiert.«

»Mhm.« Sie hatte wieder zuviel Lotion auf ihrem Arm. »Hör zu, ich habe mich eine Weile um alles gekümmert. Die Rechnungen, Julies Heulanfälle, bevor sie Ms. Reiche Titten gefunden hat. Dann war da noch Misty. Hast du schon jemals mit einer zusammengelebt, die als Eßgeschirr nur Utensilien aus Holz benutzt?«

Ich nickte, aber ich war nicht wirklich an Mistys kulinarischen Gewohnheiten interessiert. »Und Julies Beziehung?«

»Ich wußte, daß sie sich mit einer Frau traf. Sie ließ sich lang und breit über die Lesbenbewegung aus, und plötzlich war ich ihr nicht mehr gut genug. Verdammt, Julie hat sie sogar ein paarmal mit nach Hause gebracht. Aber sie sind immer gleich kichernd nach oben verschwunden. Herrgott nochmal, das hat mich an eine verdammte Studentinnenverbindung erinnert. Dann fingen sie an, sich nur noch bei *ihr* zu treffen, wo immer das auch war. Scheiße, sie hätten mich wenigstens mal auf einen Drink einladen können.« Sie blinzelte.

»Also hast du ein bißchen mit der Hinterlassenschaft der Verblichenen geschachert?«

»Schau mal, Julie hat mich einfach aus ihrem Leben ausgeschlossen, weil sie in eine Frau verliebt war. Ich war, ich weiß nicht — hetera, glaube ich. Aber wann habe ich jemals eine so große Sache draus gemacht? Dann war Julie tot, und ich war drauf. Und ich mußte ihr Zimmer ausräumen. Ganz schön lausiges Gefühl.«

»Und was war die fünf Riesen wert?«

»Verdammt, ich dachte mir, daß Glaser leicht fünf Riesen für ein paar Briefe ausspucken würde. Als Allison noch bei ihrem Typ gewohnt hat, ist ihre Schreibe ganz schön heiß geworden. Ich habe es ihm ungefähr so gesagt. Ich habe ihm gesagt, daß ich der Meinung war, daß die Briefe der Verstorbenen der Familie gehörten. Ich meine, du kannst ja nie wissen, ob sie nicht eine Briefsammlung oder sowas haben. Ich habe ihm auch gesagt, daß Allisons Briefe an Julie Henry Miller wie einen Waisenknaben aussehen lassen würden.«

»Glaser muß das gefallen haben.«

»Henry Miller war wirklich ein Waisenknabe dagegen. Die Briefe waren reichlich direkt. Sportlerinnen eben.« Sie hörte auf zu reiben. Es war noch immer etwas weiße Lotion übrig. »Ich sagte ihm, daß ich Arztrechnungen über fünftausend Dollar hätte. Und«, sie fing wieder an zu reiben, »die hatte ich ja schließlich auch. Also, warum zum Teufel nicht? Das macht jetzt auch keinen Unterschied mehr. Er braucht sich keine Sorgen um das Schicksal der pornographischen Epistel von Allison zu machen, und wenn Julie nicht so verdammt verliebt gewesen wäre — nun ja, sie würde sich wahrscheinlich darüber freuen, daß ich hier in der Sonne sitze, mich bräune und geheilt werde.«

»Und du hast dir gedacht, daß es besser ist, am Leben zu bleiben.«

»Weißt du, wie es ist, süchtig zu sein? Zuerst nimmst du's nur am Wochenende, damit die Partys ein bißchen aufregender werden, weißt du. Dann nimmst du's auch ab und zu in der Woche, weil es aufregend ist. Du vergißt deine Grundsätze und nimmst es am Tag, bei der Arbeit, dann brauchst du ein Mittagshoch, dann brauchst du es, um in Gang zu bleiben, und dann brauchst du immer mehr, um auf den Partys high zu werden, die dir früher immer soviel Spaß gemacht haben. Und dann, was wirklich verrückt ist, nach einer Weile hast du das Gefühl, daß du auf eine Art selbst zur Droge wirst. Sie besitzt dich.« Sie fing wieder an, ihre Wade zu massieren, aber diesmal war es das andere Bein.

»Ich fing an, dem ganzen mit einem Valium hier und da ein bißchen die Härte zu nehmen. Weißt du, wenn ich nicht schlafen konnte oder so. Dann hatte jemand auf einer Party ein bißchen Heroin. Und es war, als ob ich endlich den Affen abschütteln konnte, der seit Monaten auf meinem Rücken gesessen hatte. Und plötzlich war ich mit zwei Drogen verheiratet.« Sie sah mich an, und ich hatte das Gefühl, daß sie gewinnen würde. »Und du darfst niemals vergessen, egal wie sauber die Szene ist, sie tötet dich. Unter Garantie.«

Unvermittelt lief ein Roadrunner über den gemähten Rasen.

»Hier, gib mir ein bißchen von deiner Lotion«, sagte ich, als ich mich nach vorne beugte und einen Arm ausstreckte. Wir rieben unsere Unterarme aneinander. »Du siehst aus wie ein geschmiertes Schwein«, sagte ich, aber sie war mager, und ich konnte ihre Rippen unter dem schwarzen Badeanzug zucken sehen.

»Julie würde sich doch freuen, wenn sie sehen könnte, daß ich wieder fit werde, meinst du nicht?« sagte sie.

»Ja.«

»Hey, Emma.« Sie hielt mich zurück. »Sie erzählen uns hier, daß wir die Scheiße, die wir gebaut haben, wieder gutmachen müssen. Ich möchte mich bei dir entschuldigen. Es tut mir leid.«

»Was tut dir leid?«

»Na ja, ich habe mich an dem Abend im Auto ziemlich schrecklich benommen.«

»Ja, aber das war deine Häßlichkeit, und ich muß nicht damit leben, so wie du es mußt.«

»Es ist nicht nur das. *Du* weißt, daß ich dich mochte, aber ich wußte wirklich nicht, wie ich damit umgehen sollte. Du hast mich zum Essen eingeladen, und ich habe die Einladung angenommen.«

»Aber du hattest was zu erledigen und hast dir gedacht, daß es besser wäre, mich eine Weile aus dem Weg zu haben. Und da schien es die beste Methode, mich anzumachen wie eine Mae West unter Volldampf.«

»Ja«, sie errötete unter der Bräune und unter der ganzen Lotion. »Es hat wirklich hingehauen, nicht wahr?«

»Ich konnte es einfach nicht fassen, als du sagtest: »Hab dich doch nicht so, Honey!«

»Ja.« Sie lachte. Ihr Lachen hörte sich jetzt viel netter an.

»Also, du mußt dich jetzt nicht mehr schützen«, sagte sie.

»Schade.« Ich erhob mich aus dem Stuhl, reichte ihr meine Hand, und wir preßten unsere geölten Handflächen zusammen. Ich drehte mich um und ging los.

»Du hast wirklich schöne Arme, weißt du.« Ich ging auf die Tür zu und sah noch einmal zu ihr zurück. Sie lag mit geschlossenen Augen da. Sie hatte aufgehört, sich einzureiben.

Ich ging zurück durch den kalten Gang und in die Lobby. Ich war sehr mit mir zufrieden. Ich hatte einige meiner Theorien bestätigt und Sue gesagt, daß sie schöne Arme hatte. Eine Frau mit einem weißen Haarschopf und einem Stetoskop erhob dem Jungen hinter der Rezeption gegenüber ein wenig die Stimme. Sie hielt abrupt inne, und er zuckte seine Kartoffelarme und sah weg. Die Ärztin ging hinaus. Ich ging nah an den Schalter. Ich beugte mich über den Tresen.

»Du kannst ihn in die Brise hängen, harter Junge. Sie hat an dem, was du zu bieten hast, kein Interesse.« Kartoffelarm fletschte die Zähne und starrte wieder zu Sue hinaus. Wir beide sahen einen Moment lang zu ihr rüber. Sie rauchte eine Zigarette und betrachtete die unheimliche Wüstenlandschaft. Er blickte zu mir hoch. »Und das nächste Mal«, sagte ich, »solltest du dir vielleicht eine Marke zeigen lassen, Wichser.« Ich drehte mich um und ging davon, sein puterrotes Gesicht wärmte mir den Rücken.

Am nächsten Tag kehrte ich zu meinem Haus zurück. Somerville sah nach der hellbraun karierten Bettdecke und der Gideon-Bibel eines 'Best Western Motel' richtig gut aus. Über die guten Ecken von Kalifornien schien ich nur hinweggeflogen zu sein. Ich öffnete die Haustür und ging die Treppe hinauf. Safety sprang hinter der Barriere aus Tischplatte und Stuhl auf und ab, die ich errichtet hatte, um das Wohnzimmer abzuschließen. Ich sah einen Hinweis auf Rosemarys Tätigkeit in Form einer dreckigen Hundefutterschale. Ich ließ Safety aus der Hintertür und wischte eine kalte, gelbe Pfütze im Eßzimmer auf.

Dann spürte ich die Katze hinter mir. Flossie beäugte mich mit vollkommener Verachtung. Ich gab ihr ein paar Qualitätssardinen zu fressen. Safety kam herein, und ich fütterte sie ebenfalls. Ich war gerade dabei, die Früchte zu ernten, die Menschen ohne Nachkommenschaft (wenn auch im gebärfähigen Alter) normalerweise verschlossen bleiben, als das Telefon klingelte.

»Wie geht es dir heute?« Meine verdammte Vorstellungskraft lieferte mir auf der Stelle ein Bild von ihr. »Darf ich dich fragen, ob du dich noch an alles erinnern kannst, oder sind wir heute immer noch gereizt?«

»Tut mir leid, ich glaube, ich hatte miese Laune oder so.«

»Die hattest du allerdings. Ich hatte schon Angst, daß ich die erste wäre, die sich eine Pilzinfektion durch schlechten Atem geholt hätte.«

»Damit könnte ich leben.«

»Was war es dann?«

»Ich weiß nicht. Ich glaube, ich habe Angst davor, mich einzulassen.«

»Spring bitte nicht ab. Ich denke, daß ich eine wirklich nette Spielkameradin für dich abgeben kann.«

»Bis jetzt habe ich noch keine gefunden, die so gut wie du

spielen kann und nur Spielkameradin sein will. Wenn du erst einmal in der Stimmung bist, hört der Spaß auf.«

»Okay«, seufzte sie. »Sei halt so. Was macht dich eigentlich so unzugänglich?«

»Da sind ein paar Dinge, die ich herausfinden muß, und Gesellschaft hilft nicht gerade dabei.«

»Laß mich kommen und dich besuchen, bitte? Nur, um dir meine guten Absichten zu beweisen?«

»Oder deine gemischten Gefühle?«

»Ich hatte viel zu tun, Emma. Zu viel. Aber meine Gefühle sind klar. Laß mich vorbeikommen und Gute Nacht sagen. Nur zehn Minuten. Bitte.«

»Du willst vorbeikommen, nur um Gute Nacht zu sagen?«

»Ich werde meine Zahnbürste zu Hause lassen. Das verspreche ich dir. Laß mich vorbeikommen und dich einen Moment in den Arm nehmen.«

»Okay«, sagte ich, aber es schien riskant. Mir fiel ein, daß in einem Schuhkarton im untersten Fach des Wäscheschranks eine originalverpackte Zahnbürste lag.

Ich zwang mich, nicht mehr daran zu denken, und setzte mich mit Safety und Flossie hin, um ein Buch zu lesen. Ich las *Die Pest zu London* von Daniel Defoe. Ich legte es einen Moment hin, um das Radio einzuschalten. Es wetteiferte mit dem Geräusch eines Astes, der am Fenster kratzte. Defoe beschrieb das Werfen von Münzen in einen mit Essig gefüllten Eimer als eins der Heilmittel gegen die Pest.

Nach einer Weile klingelte es an der Tür. Ich ging hinunter und öffnete. Da stand Frances, einen Trenchcoat über etwas, das nach Unterwäsche aussah. Sie öffnete den Mantel, um mir einen lohfarbenen Pyjama zu zeigen.

»Wow«, war alles, was ich sagen konnte, bis Safety aus der Tür rannte und im Mondlicht eine Welpenpyramide machte, indem sie ihren Rücken durchbog. Dann konnte ich immer noch nichts sagen.

Schließlich sagte ich: »Ich bin Tiermutter geworden.«

»Also, ich habe eigentlich in letzter Zeit ziemlich die Nase voll von Viechern«, erwiderte sie.

»Was, kein goldenes Doktorinnenherz, das alle lebenden Kreaturen mit einschließt?«

»Nur solche, die den ganzen Tag lang Telefondienst machen.«

»Nun, ich habe Urlaub.«

»Was bedeutet das?«

»Ach ja, das weißt du ja nicht«, sagte ich, und Frances seufzte.

Ich sah zu, wie sie Safety zusah. Safety spielte mit einer unsichtbaren Freundin, kreiselte um sich selbst und sprang überrascht in die Höhe.

»Ich glaube, du wirst sie an die Leine nehmen müssen.«

»Keine Hunde an die Leine, keine Tiere im Käfig«, sagte ich. »Nur gut, daß Golden Retriever so schlau sind. Diese Hündin wird politisch korrekt erzogen.«

Frances stöhnte. »Ich kann nicht behaupten, daß ich selbst heiß darauf bin, Tiere in Käfige zu sperren.« Wir gingen die Treppe hinauf.

»Vielleicht ist das alles auch nur relativ«, sagte sie. »Ich meine, es kommt wohl auf die Größe des Käfigs an. Und die Möglichkeit, ihn jederzeit verlassen zu können.« Sie seufzte. Ich sah ihr zu, wie sie die Treppe hinaufging, müde oder zögernd. Als wir oben ankamen, hielt sie an und wartete. Ich tat, was sie beabsichtigt hatte, ich fing an, sie sehr langsam auszuziehen.

»Ich möchte nicht mit dir schlafen«, sagte ich.

»Ich wüßte nicht, was dagegen sprechen könnte.«

»Vielleicht ist das das Problem. Es macht dir Spaß, mich in Versuchung zu führen.«

»Was ist los, hast du Kopfschmerzen?« Sie kam zu mir, aber ich konnte meine Zweifel nicht so einfach über Bord werfen. Ich hatte es einmal versucht, aber es wurde immer schwerer.

»Beende es nicht, Emma«, sagte sie, »noch nicht. Bitte.«

»Du bist wirklich hartnäckig. Das macht einen guten Eindruck.«

»Oh, Emma, was ist denn bloß mit dir los?«

»Ich hab' Kopfweh.«

»Okay. Wie lange wird es dauern, bis es weggeht?«

»So lange, wie du beschäftigt bist.«

»Stell mir keine Bedingungen.«

»So meine ich es auch nicht. Wir beide haben etwas zu erledigen. Und keine will der anderen sagen, was Sache ist. Oder ist dir das noch nicht aufgefallen?«

»Es ist mir aufgefallen, Emma. Hör mal, es ist einfach, daß ich zur Geheimhaltung verpflichtet bin, es handelt sich um ein langfristiges Projekt. Ich warte nur auf den ersten Schritt, und dann zeige ich dir die Ergebnisse. Es ist aufregend. Es wird dir *wirklich* gefallen.« Sie zwinkerte mir zu und lachte.

»Das sagst du. Hör mal, laß uns einfach unsere Angelegenheiten zu Ende bringen und sehen, wo wir danach stehen.«

»Ich will dich nicht verlieren, Emma.«

»Frances, versuch heute abend ein 'Nein' zu akzeptieren. Bitte.«

»Okay«, sagte sie und ging zu ihrem Trenchcoat.

»Und Frances, bitte bestrafe mich nicht dafür.«

»Okay«, eine Nuance sanfter. Sie küßte mich noch einmal und ging, ohne die Dinge noch komplizierter zu machen, außer daß sie 'ich liebe dich' sagte, richtig mit Tränen in den Augen und allem Drum und Dran. Es hatte zu regnen begonnen. Ich zählte bis zwanzig und hob den Telefonhörer ab.

»Jonell, hier ist Emma. Kann ich rüberkommen?«

»Emma, es ist schon ziemlich spät.«

»Bist du schon im Bett? Oder was machst du gerade?«

»Ich sitze hier und trinke keinen Brandy, und sobald ich damit fertig bin, werde ich schlafen gehen.«

»Oh. Kann ich morgen früh vorbeikommen, bevor du zur Arbeit gehst?«

»Emma, was ist denn mit dir los? Du willst wirklich um halb neun vorbeikommen, bevor ich zur Arbeit fahre?«

»Ja.«

»Warum hast du es so eilig?«

»Ich bringe Croissants mit.«

»Ja, aber worum geht es?«

»Das erzähle ich dir morgen früh.«

»Und du erwartest, daß ich jetzt einschlafen kann?«

»Denk einfach an weiche, warme, butterige Croissants, all die einzelnen Schichten, die langsam im warmen Ofen aufgehen. Und geh schlafen, Jonell.«

»Okay. Komm um acht, dann haben wir noch genug Zeit für einen Tee.«

»Bis dann.«

»Gute Nacht, Emma«, sagte sie mit Mißtrauen in ihrer Stimme. Sie hatte verdammt recht, mißtrauisch zu sein. Ich würde an ihrer Tür mit Buttercroissants und einer Bitte erscheinen, die unsere Freundschaft auf die Probe stellen würde.

Ich legte den Hörer auf und ging in die kleine Küche. Ich lehnte mich an ein sauberes Stück Holzvertäfelung und betrachtete das wenige Geschirr auf dem Trockenständer; es war abgespült und wartete darauf, richtig abgewaschen zu werden. Ich ließ mir ein heißes Bad einlaufen und nahm mir vor, nichts zu trinken und keinen Joint zu rauchen. Zu essen hatte ich kaum etwas im Haus, die Vorräte für einen ganzen Monat waren erst kürzlich auf dem Boden verschmiert worden.

Nach meinem Bad zog ich einen frischen Pyjama an und nahm mir einen Drink. Mein Kopf traf das Kissen wie ein Stein, und ich schlief auf der Stelle ein.

Viel später, mitten in der Nacht, klingelte das Telefon. Ich tastete in der Dunkelheit nach dem Hörer, und eine Stimme drang an mein Ohr.

»Oh mein Gott«, klagte die Stimme, »Emma!«

»Nicht schon wieder«, sagte ich. »Hilferufe sind schlecht für meine Gesundheit, besonders mitten in der Nacht. Ich verabrede mich auch nicht mehr in dunklen Straßen.«

»Emma«, kam ein würgendes Schluchzen, »ich habe sie umgebracht.«

»Was? Hugo! Wie meinst du das?«

»Es war alles meine Schuld. Er hat mich gebeten, sie aufs Boot zu locken. Ich wußte, daß sie kommen würde. Sie hat mich geliebt, Emma, sie hat mir vertraut.«

»Erzähl weiter.«

»Verstehst du nicht, Emma, ich habe sie verraten.«

»Erzähl mir, was passiert ist, Hugo, langsam und eins nach dem anderen.«

»Ich wußte, was mein Bruder vorhatte. Eine kleine Reise. Ich wußte nicht, was er von ihr wollte. Er kontrolliert jeden, alles. Du kannst ihm nicht entkommen. Ich konnte ihm nicht entkommen, verstehst du nicht?«

»Und Allison? Sie ist ihm entkommen.«

»Nein, ist sie nicht. Du kannst meinem Bruder nicht entkommen. Allison konnte nicht entkommen.«

»Er hat dich als Lockvogel benutzt, um Allison in dieser Nacht aufs Boot zu kriegen?«

»Ja, ich habe ihr nicht gesagt, daß er auch da ist. Ich sollte mich nur dort mit ihr treffen. Ich sollte sie aufs Boot locken. Sie sagte, daß sie sehr nervös wäre. Sie erzählte mir, daß sie Angst vor ihm hätte. Ich hatte Angst, ihr zu sagen, daß er kommen würde. Ich wußte, daß er da war.

Wir nahmen ein paar Drinks. Ich weiß nicht, wie viele. Sie wollte wissen, was er vorhat, ob er in die Scheidung einwilligen würde. Ich wußte, daß er draußen wartete. Wartete. Ich wußte nicht, warum. Ich war sehr nervös. Da waren wir also, und er kam herein. Sie hatte Angst, sie hatte Angst vor ihm. Er war so cool, so aalglatt. Er tat so, als ob es eine Überraschung wäre. Er sagte, er wolle eine Minute mit ihr allein reden. Ich hatte ein furchtbares Gefühl. Ich wußte, daß etwas Schreckliches passieren würde.

Sie gingen in seine Kabine«, Hugo schnappte nach Luft, »und ich hörte sie reden. Dann hörte ich Allison schreien. Sie weinte. Dann lachte er. Ich hörte ihn, mein Bruder lachte und lachte. Oh, Gott, ich muß hier weg. Ich muß von ihm weg.«

»Was ist dann passiert?«

»Ich sehe es immer wieder vor mir. Es war neblig. Ich spürte, wie sich das Boot bewegte, als ihre Schritte die Treppe raufkamen, sie rannte aus seiner Kabine. Ich wußte, daß sie an Deck kommen würde. Ich — ich — ich wollte mit ihr reden, ihr sagen, daß ich es nicht wirklich tun wollte. Ich ging aufs Deck und sah sie kommen. Sie sah mich nicht. Sie erschrak. Ich habe sie erschreckt. Sie ist diese Treppe raufgekommen und machte einen weiteren Schritt, aber da war keine Stufe mehr. Da war nur Luft. Dann wurde das Boot von einer Welle getroffen, und wir trieben vom Pier weg, und sie ist einfach — ist einfach —«, er schluchzte, »sie ist einfach über Bord gefallen, und ich habe zugesehen. Sie fiel ins Wasser und sah mich an, und ich — ich habe mich nicht mal gerührt, um ihr zu helfen.«

»Aber du hast sie nicht umgebracht.«

»Ich habe ihr nicht geholfen. Ich habe mich nicht gerührt.«

»Das ist kein Mord.«

Er weinte immer noch.

»Du hast keinen Mord begangen, Hugo. Du hast sie geliebt. Du hast dich schuldig gefühlt. Das ist kein Mord.«

»Und dann kam die Freundin. Es war schrecklich, einfach furchtbar. Sie war so durcheinander. Ich habe ihr alles erzählt. Aber sie hat fürchterliche, schlimme Sachen gesagt.«

»Du hast Julie um Absolution gebeten?«

»Oh, Emma, ich habe es nicht wirklich getan, oder? Oh, Gott, ich muß hier raus. Es ist schlimm, schlimme Dinge passieren um mich herum ...«

»Ich weiß, Hugo«, sagte ich. Aber ich dachte, Junge, du wirst niemals klar genug sein, um es aufzuhalten.

Er gab einen merkwürdigen Laut von sich, eine Art Grunzen, und dann kam ein betontes »Urp« durch den Hörer. Es hallte noch lange nach, als wäre es ein Echo in einem Tunnel. Ich hörte ihn noch ein paar Mal aufstoßen, dann Schritte, die über einen Teppich liefen, und schließlich ein entferntes Würgen. Der Hörer wurde auf die Gabel geknallt.

»Vielen Dank, daß du mir in meine Träume kotzt«, sagte ich zu niemand im besonderen.

Achtundzwanzig

Als die Nacht vorüber war, fuhr ich zu Jonell. Überall war Sonne, sie ergoß sich über die vielen Autos und malte lange, gelbe Streifen auf Motorhauben, die zu überhitzen drohten. Zierbeete mit Springkraut und Lobelien säumten den Gehweg, der zu Jonells Haus führte.

Nachdem ich geklingelt hatte, öffnete Jonell die Tür, auf den Lippen etwas, das noch nicht ganz ein Lächeln war. Dann gähnte sie.

»Geht's dir wirklich so schlecht?«

»Nur wenn ich daran erinnert werde.« Sie sah aus, als hätte sie nicht geschlafen. »Aber heute beginne ich mit einem kleinen Gymnastikkurs, meinen Körper wieder etwas fordern, mal sehen, ob ich noch immer die ganzen Sachen zustande bringe, die ich mal so gut konnte.«

»Du siehst jedenfalls großartig aus.« Und das tat sie auch. Sie hatte gestrickte, rote Leggings und eine riesige, cremefarbene Leinenbluse an, die lang genug war, um als Kleid getragen zu werden.

Jonell winkte mich in ihre sonnige Frühstücksecke, in der ausgesägte Schnörkel die Seiten der gepolsterten Bänke dekorierten. Es sah so heimelig geschmacklos aus, wie es der ehemalige Besitzer mit seiner Hobbytischlerei gewollt hatte. Wir glitten in die Bänke und saßen uns mit müden Augen gegenüber.

»Oh, ich habe die Teller vergessen«, sagte sie, als sie die Tüte mit den kleinen Fettflecken bemerkte, die die Croissants enthielt. »Ich mache uns einen Kräutertee. Ich habe die Hoffnung noch nicht aufgegeben, high zu werden, wenn ich nur genug davon trinke.« Sie lachte. »Nein, das stimmt nicht. Ich werde eine Substitutionstherapie machen. Ich werde wieder nach dem Barren süchtig werden. Ich freue mich schon drauf.«

Sie glitt von der Bank, und ich hörte, wie sie den Kessel mit Wasser füllte. Sie gähnte und streckte sich und berührte ihre

Zehen am Ende der gestreckten, rotbestrickten Beine. Sie konnte ihre Handflächen auf den Boden bringen. Ehemalige Ballettänzerinnen schienen ihre Muskeln so elastisch wie Gummibänder halten zu können, egal wie viele Falten sie bekamen. Nach einer Weile kochte das Wasser, und ich hörte, wie der Tee aufgegossen wurde. Wahrscheinlich in der Teekanne, die auf der Seite mit kleinen roten Rosen verziert war. Dann kam sie zurück und stellte ein gräßliches geschnitztes Tablett mit zwei fünfeckigen Teetassen und Untertassen auf den kleinen Frühstückstisch. Ich sah zu, wie sie den Tee eingoß, und legte die Croissants auf die Untertassen. Die Teekanne war mit gelben Rosen verziert.

»Diese Teekanne ist noch häßlicher als die letzte, die du hattest.«

»Von meiner Tante Harriet«, grinste sie.

»So schlecht kann es dir nicht gehen. Du siehst großartig aus«, sagte ich noch einmal.

»Spar dir das leere Geschwätz. Sag mir lieber, worum es geht.«

»Was macht deine ehrenamtliche Arbeit unten in der Klinik?«

»Du bist gekommen, um mich das zu fragen?«

»Schon gut. Ich bin in Frances Cohen verliebt. Sieht nach einem Notfall aus.«

Jonell lachte und lehnte sich auf der kleinen Bank zurück. Das Möbel war für kleinere Leute als sie gemacht. Die Morgensonne streifte ihr Gesicht. »Also, Emma hat sich schließlich doch noch in wen verknallt. Und es ist ein Großfeuer.« Sie lachte wieder und schüttelte den Kopf.

»Das ist nicht zum Lachen. Sie arbeitet ständig in der verdammten Klinik. Und sie hat noch einen Nebenjob, ein paar Abende in der Woche arbeitet sie in einem Labor. Aber da geht noch was anderes vor sich.«

»Und du dachtest, ich würde mir mit Stacy Weldemeer Ärger einhandeln.« Jonell prustete jetzt.

»Vielleicht tust du das.«

»Hey, vielleicht kannst du dich noch daran erinnern, daß sie für mich nichts weiter als eine kleine Schwärmerei ist, die ich mir zu meiner Unterhaltung leiste. Du kannst nur für dich selbst sprechen, Emma. Ich würde nie auf die Idee kommen, Stacy Weldemeer auf einen Drink einzuladen, selbst wenn ich nicht auf Entzug wäre, und selbst dann nicht, wenn ich es bis in ihren Terminkalender schaffen könnte. Frauen, die im medizinischen Bereich arbeiten, sind mir einfach zu hart drauf.« Sie streckte ein rotbestricktes Bein über die ganze Länge der gepolsterten Bank. Ihr Fuß ragte über den Rand, und sie berührte mit einer Hand ihre Zehen, mit der anderen hielt sie das Croissant, an dem sie knabberte. »Frances Cohen arbeitet sich das Gehirn aus dem Kopf, das ist alles, Anfang und Ende.«

»Ja, aber woran arbeitet sie?« fragte ich sie, und Jonell sah mich über den Rand der fünfeckigen Teetasse hinweg an. Der aufsteigende Dampf verschleierte ihre Augen. Sie blies den Dampf weg und setzte die Tasse ab. »So viel ich weiß, hat Frances keine außerplanmäßigen Aufgaben. Ihr Ding mit Stacy ist rein geschäftlicher Natur. Ich sehe sie nicht oft. Sie versteckt sich immer im hinteren Flügel.«

»Im hinteren Flügel?«

»Ja. Dort hat die Klinik ein kleines Labor, wo auch die Samenbanken untergebracht sind. Ich habe gehört, daß sie sich da hinten ein paar Hamster hält. Sie arbeitet sehr zurückgezogen und überläßt den Publikumsverkehr Stacy.«

»Den gesamten Publikumsverkehr? Auch schon vor vier, fünf Monaten?«

»Ja, sicher. Die Rezeption wird von ehrenamtlichen Mitarbeiterinnen geführt, und die Schwestern erledigen die Aufnahme.«

»Wo befindet sich das Terminbuch?«

»Vorne, an der Anmeldung, warum?«

»Frances ist also nur mit dem Babykram hinten beschäftigt?«

»Wenn du willst, kannst du das so nennen. Ich glaube, du hast freie Bahn. Was ist überhaupt mit dir los, Emma? Normalerweise durchschaust du die Leute ziemlich schnell. Was hält dich diesmal davon ab, besonders wenn es dich so schwer erwischt hat?« Jonell nippte an ihrem Tee und verzog das Gesicht.

»Du arbeitest übermorgen wieder in der Klinik, nicht wahr?«

»Ja.«

»Jonell«, ich nahm einen Schluck Tee. Er verbrannte mir die Zunge und schmeckte wie gekochter Ton. »Ich möchte deine Schlüssel zur Klinik haben.«

»Was, hast du sie nicht mehr alle?«

»Doch. Gib sie mir einfach.«

Jonell sank zurück auf die Bank. Sie fuhr mit dem Finger am Saum ihrer Bluse entlang. »Meinst du nicht, daß du das ganze ein bißchen übertreibst, Emma?«

»Ja, und deshalb mußt du mir auch die Schlüssel geben. Ich will mich nur mal umsehen.«

»Dann komm am Tage. Ich zeige dir alles.«

»Nicht den hinteren Flügel.«

»Sie hält dich ganz schön auf Trab, nicht wahr?«

»Ja, das tut sie. Sie kommt und geht. Das muß endlich ein Ende haben. Ich weiß, daß die Antwort in der Klinik ist. Ich weiß es.«

»Ach, komm schon, Emma«, Jonell lachte, aber nicht sehr laut. »Das ist doch nicht dein Ernst?«

»Doch, Jonell. Vertrau mir. Ich muß ein paar Dinge herausfinden. Ich muß das Terminbuch sehen. Ich muß den hinteren Flügel sehen. Dann werde ich es wissen. Ich werde dich nicht noch einmal fragen. Mach einfach mit. Bitte, Jonell. Ich werde nicht noch einmal fragen.«

Ich beobachtete meine Freundin. Ihr Mund führte eine Diskussion mit ihren Augenbrauen. Ich sah, wie der Kräutertee dampfte. Ich betrachtete die gelben Rosen auf der Teekanne.

Ich sah Jonell an und sah, wie die Augenbrauen verloren und der Mund gewann.

»Okay«, sie holte tief Luft und krabbelte von der Bank. Sie ging zur Küchentheke und fummelte in einer hellen Segeltuchtasche. »Aber, zum Teufel, sei bloß vorsichtig. Und falls du dich erwischen läßt, also, dann sagst du, daß ich dir die Schlüssel gegeben habe. Sag, verdammt, sag, daß ich die Grippe habe und meine Medizin im Schreibtisch vergessen hätte. Aber laß dich lieber nicht erwischen. Mir ist es lieber, wenn ich keine Erklärungen abgeben muß. Vor allen Dingen nicht Stacy gegenüber.«

»Danke.«

»Ich hoffe nur, daß du weißt, was du tust. Und ich hoffe, daß ich das ebenfalls weiß.« Sie ließ die beiden kleinen Schlüssel in meine Hand fallen. Ich sah ihr direkt in ihre großen braunen Augen.

»Danke. Danke«, sagte ich.

Jonell stieß einen Seufzer aus. »Gern geschehen.« Aber es hörte sich eher wie eine Frage an.

»Ich gehe jetzt besser«, sagte ich und stand auf. Sie brachte mich zur Tür und legte ihre dunkle, kastanienbraune Hand auf meine. Jonell ist die dunkelste farbige Frau, die ich kenne. Ich bin immer wieder geschockt darüber, wie weiß und leblos meine Haut neben ihrer aussieht.

»Paß auf dich auf, Emma«, sagte sie. »Der kleine runde Schlüssel ist der fürs Sicherheitsschloß.« Dann fühlte ich kurz ihre Lippen auf meiner Wange, sie wandte sich um und ging zurück in die Küche, um ihren Tee auszutrinken und sich für die Arbeit fertig zu machen.

Den Rest des Tages verbrachte ich damit, auf die Dämmerung zu warten. Es war eine lange Wartezeit, die Sonne wollte und wollte nicht untergehen und meine Bügelei war schneller fertig, als ich dachte, dank moderner Fasern, die klammheimlich in alles eingedrungen waren. Ich konnte es nicht ertragen, wen anzurufen oder zu besuchen und das große Boston-Cambridge-Fragespiel zu spielen, wo du dich eine Stunde lang gegenseitig über momentane Beziehungen, Einstellung zur Arbeit und Stand der Selbsterfahrung interviewst. Ich wünschte, ich könnte eine lebhafte Diskussion über ein neutrales Thema führen, ein richtiges Streitgespräch, bei dem die Heiligkeit unserer Gefühle nicht respektiert wird. Vielleicht die feineren Details der Auswirkungen diskutieren, die Computer auf unser Alltagsleben haben, oder die Entwicklung des Films in den Vierzigern. Ich fand, daß das sehr angenehm wäre, aber wohl nicht stattfinden würde. Ich schickte in Gedanken ein paar Themenvorschläge rüber zu Safety, aber das ging über den Horizont ihres Hundegehirns. Wie viele andere Dinge auch.

Mein eigener Horizont blieb nicht lange begrenzt. Bald berührte er die Unendlichkeit. Ich beschloß, Sieben Blaue Pferde anzurufen.

»Hallo, Emma«, sagte Sieben, als sie den Hörer abnahm. »Schön, daß du anrufst. Ist bestimmt nicht einfach, sich daran zu gewöhnen, mich Sieben zu nennen, oder?«

»Es geht, solange du nicht wieherst. Ich nehme an, daß du den englischen Rosenteint behalten hast, genau wie die grünen Augen und all das andere schöne menschliche Zubehör, mit dem du ursprünglich ausgestattet warst.«

»Du hast die großen Titten vergessen.«

»Die großen Titten vergesse ich doch immer. Ich habe Angst vor ihnen, weißt du nicht mehr?«

»Was kann ich für dich tun, Emma?«

»Na ja, hast du dich kürzlich mal wieder in das Große Weiße Licht eingeschaltet?«

»Du meinst, du möchtest wissen, ob ich für dich kosmischer Auftragsdienst gespielt habe?«

»Na ja, ich meine, es könnte ja sein, daß du etwas aufgefangen hast ...«

»Warum sollte ich das tun, bei deiner Einstellung?«

»Weil ich einen Rat brauche, ernsthaft, Sandy — ich meine, Sieben. Ich brauche ihn für heute abend.«

»Tut mir leid, aber die Große Mutter betreibt keinen Hostessen-Service.«

»Vielleicht doch. Los, Sandy, gib mir eine Chance. Ich weiß, daß du einige merkwürdige Leckerbissen erhalten hast, nachdem du meinen Namen in das Große Unbekannte geworfen hast. Nun, es ist *mein* Name, und ich will wissen, was für Antworten du bekommen hast.«

»Okay, Emma, du hast ja recht. Nach meiner Erfahrung in der Klinik habe ich deinen Namen als eine Art Kanal benutzt, eine Frequenz, um eine Antwort zu bekommen. Aber du scheinst nur irgendeinen mütterlichen Trip von 1956 herbeizurufen.«

»Zum Beispiel?«

»Zum Beispiel das Ding mit den Unterhosen, 'du kannst nie wissen, wann du einen Arzt brauchst'.«

»Hey, sag mir einfach nur, ob es irgendeine Reaktion auf meinen Namen gab?«

»Ja, ich hole sie.« Ich hörte sie weggehen, und dann hörte ich, wie sie das Papier glättete, das mein persönliches Telegramm aus dem Jenseits war.

»Um einen Biskuitkuchen zu backen«, las sie, »muß eine Frau zuerst lernen, die Eier zu trennen. Ein wichtiger Teil des Backvorgangs ist, plötzliche Geräusche zu vermeiden, die dazu führen können, daß der Kuchen in sich zusammenfällt. Sollte das passieren, kannst du deine Kreation mit großzügigen Portionen Eiscreme aus dem Tiefkühlfach deines Lebensmittelhändlers retten.«

»Danke, Sandy, ich schulde dir einen Kuchen. Einen abgefahrenen Weltraumkuchen aus Vollkornmehl.«

»Sicher, Emma. Auch dir Frieden und die Liebe der Göttin.«

Ich wußte nicht, ob das sarkastisch gemeint war, und es war mir auch egal. Was ging mich eine medizinbesessene Köchin an, die mir Mitteilungen aus dem Jenseits schickte? Ich legte mich auf der Couch zurück. Ich war müde und wollte schlafen, nur ein kurzes Nickerchen ohne Träume. Aber ich hatte kein Glück. Ich träumte von einem Koloß, einer riesigen Frau, die fünf Meter groß war. Sie trug eine gestärkte, weiße Schürze aus feinem Baumwollgewebe mit Rüschen an den Schultern und Stechpalmenblättern aus grünem Filz, die auf den Rock appliziert waren. In ihren Armen ließ sie eine weiße Schale in der Größe einer Badewanne kreisen. Sie schlug etwas darin mit einem Löffel, der so groß wie eine Schaufel war. Dann beugte sie sich mit ihrem dunkelroten Lippenstift-Lächeln zu mir rüber. Ich sah ihre Brüste unter dem reinen Gewebe der Schürze hängen. Sie hielt mir die Schüssel hin, damit ich hineinsehen konnte.

Ich sah ein Baby, allerdings mit dem Kopf eines Erwachsenen. Der große Kopf mit seinem Fönhaarschnitt sah mich an, hinter ihm wand sich der kleine, rosa Körper. Das Gesicht zeigte mir ein boshaftes Grinsen, und auf dem Kopf trug es höchstwahrscheinlich ein Haartransplantat. Der gedehnten und faltigen Stirn gehörten mehrere Dienstleistungsbetriebe. Es war der ausgewachsene Kopf von Stanley Glaser.

Ich wurde von meinen eigenen Schreien wach. Ich war erleichtert, wach zu sein. Ich war erleichtert, bis ich mich daran erinnerte, was ich für den Abend geplant hatte.

Neunundzwanzig

Es war eine mondlose Nacht, die Kronen der Bäume zeichneten nur leicht dunklere Formen gegen den schwarzen Himmel. Ich beschloß, mich für mein Abenteuer ganz in Schwarz zu kleiden, und mußte an all die Fernsehszenen denken, in denen Klettermaxe in schwarzen Rollkragenpullovern über die Dächer flüchtet.

Ich parkte zwei Häuserblocks von der Klinik entfernt. Ich schwitzte. Geringfügige Ladendiebstähle hatten mich nicht auf einen richtigen Einbruch vorbereitet, und die Acrylfasern machten mich klamm.

Ich ging auf die andere Straßenseite und an der Blackstone-Klinik vorbei. Sie hatte einen kleinen, gepflegten Rasen. In ihre Fassade aus den vierziger Jahren waren zu beiden Seiten des Eingangs wellige Glasbausteine eingelassen. Die grüne Eingangstür wurde von kleinen Büschen flankiert, die in die Form von blättrigen Eiscremetüten geschoren worden waren. Es war ein niedliches kleines Gebäude, und es bat mich nicht, bei ihm einzubrechen.

Ich ging weiter. Ich lief einen Block an der Klinik vorbei, bog links ein, ging eine andere Straße hinunter und bog noch einmal links ab, um von hinten wieder auf die Klinik zuzukommen. Ich kam an einer Reihe von Häusern vorbei und konnte durch ihre Hinterpforten vage den kleinen Parkplatz der Klinik erkennen. Eine Menge Frauen kam mit ihren Träumen und Hoffnungen hierher, und ich fragte mich, wieviele davon wirklich in Erfüllung gingen. Außerdem hätte ich gerne gewußt, warum Frances und Stacy so oft die Nächte durcharbeiteten. Hielten sie etwa das Sperma für die Klientinnen des nächsten Tages warm? Kleine Reagenzgläser, die in rote und blaue Flaggen aus Flanell gewickelt waren, Stacy mit dem einen in einer Talkshow und Frances mit dem anderen, aber wo?

Ich blieb vor einem Haus mit einer kaputten Eisenpforte stehen, das sich eine Gasse mit der Blackstone-Klinik teilte.

Ich konnte die Schrift erkennen, die auf die Rückwand der Klinik gemalt war, 'Parkplatz für Besucherinnen der Blackstone-Klinik'. Es sah nicht so aus, als ob sie dafür eine Malerin angestellt hätten. Aber die Buchstaben waren sauber und gleichmäßig, und die Wand darunter frisch gestrichen.

In einem Fenster auf der anderen Straßenseite ging ein Licht an, und der Vorhang wurde zurückgezogen. Mir wurde klar, daß eine Gestalt, die vor einem dunklen Haus stehenbleibt und die Gasse dahinter beobachtet, schon Grund genug wäre, die Polizei zu rufen. Früher, so dachte ich mir, mußte es anders gewesen sein. Der neugierige Nachbar, der seine Tür öffnet, über die Straße kommt und sich freundlich erkundigt, ob du vielleicht die Nichte von Jack und Doris bist, die zu einem Überraschungsbesuch gekommen ist und sie nicht zu Hause angetroffen hat. Armes Mädchen, warum kommst du nicht auf einen Kakao mit hinein. Dann hatte ein paar Mal in der Zeitung gestanden, daß jemand den Bauch voller Blei bekommen hatte, weil er alle Welt wie einen Kumpel begrüßte oder zumindest nicht wie einen potentiellen Feind. Ich ging schnell weiter und sah nicht zum dunklen Haus zurück. Die Welt war voll mit Fremden. Du gingst davon aus, daß die Leute Knarren mit sich rumtrugen, was nur vernünftig war, gesetzt den Fall, daß sie welche hatten, was nur schlau war. Heutzutage trug eine Menge schlauer Leute Waffen mit sich rum.

Dunkle Bäume ragten über meinen Kopf und ließen ihre Blätter rauschen, das erinnerte mich an den Winter in einem anderen Klima. Der Wind war kalt und fuhr mir mitten in die Brust. Auf der anderen Straßenseite sah ich einen Mann, der unter dem Schein der Straßenlampe hindurchging. Ich ging schnell in die Straßenmitte. Ich marschierte an ihm vorbei, nicht mit niedergeschlagenen Augen, aber auch nicht geradeaus blickend. Ich war an ihm vorbei. Ich atmete aus. Beim Frauen-Sicherheitsspiel kam es immer darauf an, mit ihren Köpfen zu denken, für den Fall, daß sie sich als Feind erweisen sollten. Es ist weniger wahrscheinlich, daß sie dich in der

Mitte der Straße angreifen, weg von all den heimeligen Büschen, Hecken und Seitenstraßen. Also ging ich in der Mitte der Straße weiter, fühlte mich wie eine Eselin und versuchte, mit dem Kopf des Kriminellen zu denken, der vielleicht gerade an mir vorbeigegangen war. Außerdem dachte ich darüber nach, wie ich am besten in die Klinik einsteigen konnte.

Hinter einem Haus verlief eine kleine Seitenstraße, die zu den Mülleimern der Klinik führte. Ich war gerade dabei, mir zu überlegen, ob ich diesen Weg einschlagen sollte, als ich sah, wie zwei Gestalten aus der Klinik kamen, die Straße überquerten und direkt auf mich zukamen. Die eine wurde praktisch von der anderen getragen. Die Gestalt, die die Krücke spielte, sagte in einer laut flüsternden Stimme: »Ich habe doch gesagt, daß ich es für dich hole, jetzt halt den Mund. Ich bitte dich, fünf Minuten im Auto zu warten, und was tust du? Du kannst hier nicht einfach durch die Gegend wandern. Verdammt nochmal. Rühr dich nicht vom Fleck, okay?«

Den Rest hörte ich nicht mehr, weil meine Gedanken meine Wahrnehmung unterbrachen. Das war Hugo Glaser. Er sah reichlich fertig aus und weinte an der Schulter von Miss Befreites Spekulum persönlich, Stacy Weldemeer. Ich duckte mich klischeemäßig hinter einen Baum. In den Cartoons klappte das immer hervorragend, aber die Stämme der spärlichen Großstadtbäume sind nun mal von dünnem Wuchs. Ich schickte ein leises Gebet an Sandys Göttin und beobachtete den kleinen Mann. Für einen derart hoffnungslosen Fall zog Hugo Glaser in letzter Zeit eine ganze Menge Frauen an. So wie er dort an der Schulter von Stacy Weldemeers roter Lederjacke weinte, sah er nicht nach einem Millionen Dollar schweren Rückfall in die Flower-Power-Tage aus, sondern eher wie ein einsamer Säufer.

»Jetzt hör endlich mal zu, ich habe gesagt, daß ich es für dich hole. Jetzt warte gefälligst eine Sekunde.«

Hugo hielt sich den Bauch und hatte den Oberkörper leicht vornübergebeugt. »Mir ist so schlecht«, sagte er.

»Versuch durchzuhalten«, Stacy fummelte mit einigen Schlüsseln, »ich kann verstehen, daß es dir schlecht geht. Das würd's mir auch, wenn ich das getan hätte, was du getan hast.«

»Ich habe es nicht mit Absicht getan«, sagte er. »Stacy, es war nicht meine Schuld. Ich — ich *fühle* mich nur schuldig.«

»Wer hat dir denn den Floh ins Ohr gesetzt? Du bist so schuldig, als hättest du sie eigenhändig vom Boot gestoßen. Du bist krank, Hugo. Wer weiß, was du sonst noch alles angestellt hast.«

»Das habe ich nicht, das habe ich nicht, ich meine, so war es nicht.«

»Woher willst du das wissen, Hugo? Kannst du dich etwa noch an alles erinnern? Kannst du dich daran erinnern, daß ich dich vorhin auf die Couch gelegt habe? Du hast geschrien und verrückte Dinge gerufen, Hugo, und als du aufgewacht bist, konntest du dich an nichts mehr erinnern.«

»Habe ich das? Was habe ich gesagt?« stöhnte er.

»Hugo, jetzt versuch dich zu beruhigen. Steig ins Auto und setz dich einen Moment hin. Es wird schon alles gut, wenn du mich machen läßt. Ich werde dafür sorgen, daß du dir nicht mehr weh tun kannst, und jemand anders auch nicht.«

»Bring mich weg. Jemand muß mich endlich hier rausbringen. Wenn du es nicht tust, werde ich jemand anderen finden, der das tut.« Er hatte wieder Panik.

»Du hast keine Freunde, Hugo. Du kannst niemandes Freund sein, Hugo. Du bist eine kranke und gefährliche Person. Du hast außer mir keine Freunde. Es ist niemand da, dem du trauen kannst, Hugo. Außer mir, Hugo, außer mir.« Sie legte ihren Arm um ihn. »Du kannst mir vertrauen, Hugo.«

»Stacy, ich habe es nicht getan, nicht wahr?«

»Steig ein, Hugo.«

Er kämpfte einen Moment mit ihr, wie ein Kind, das nicht baden will, wie ein Kind, das seinen Teddybären festhält, aber Hugo hielt keinen Teddybär, er hielt sich den Bauch. Er klappte zusammen und sank auf den Bürgersteig. Stacy blieb einen Moment stehen, sie hatte die Hände in die Hüften gestemmt, und ich konnte sehen, wie sie ihr Kinn hin und her bewegte. Sie klimperte mit ein paar Schlüsseln und marschierte den kleinen Gehweg zur Klinik rauf. Zwischen den Eistütenbüschen blieb sie stehen, und ich sah, wie sie am Sicherheitsschloß rumfummelte. Ich konnte zusehen, wie sie durch das Gebäude ging, erst den einen Korridor entlang, dann einen anderen. Ein Licht nach dem anderen ging an und dann wieder aus. Sie kam wieder raus und fegte Hugo vom Bürgersteig.

»Los, wir müssen gehen.« Sie steuerte ihn über die Straße zu dem roten Jeep, der Frances gehörte. Sein Widerstand war gebrochen, er war ein willenloses Bündel. Sie brachte ihn zur Beifahrertür und hievte ihn auf den Vordersitz.

Ich sah zu, wie die beiden im Auto davonfuhren und mich auf einer dunklen Straße mit Blick auf die dunkle Klinik zurückließen. Ich schaute mich nach beiden Seiten um und ging direkt auf den Haupteingang der Klinik zu. Ich öffnete die Tür, machte Licht und fand einen makellosen weißgekachelten Flur vor. Ich machte das Licht wieder aus und schloß die Tür.

Der Flur war recht schmal, nur wenig breiter als ein gewöhnlicher Hausflur, und besaß trotzdem alle Attribute eines bescheidenen geschäftlichen Unternehmens. Auf einem kleinen Tisch waren eine Vase mit frischen Schnittblumen und ein paar Bücher und Zeitschriften arrangiert. Der Fußboden des Wartezimmers war ebenfalls mit weißen Fliesen ausgelegt. Das Wartezimmer war mit einer Anzahl dunkler, quadratischer Stühle aus Ebenholz ausgestattet. Die Stühle mit den dunkelblauen Damastbezügen betonten an diesem Ort bewußt die rustikale Seite von High Tech. Das war gut durchdacht, modisch und teuer. Ich sehe es gern, wenn Frauen auch das bekommen, was ihnen zusteht. Und ich hoffte, daß die Frauen auch wirklich das bekamen, was ihnen zustand, und nicht etwas anderes. Ich hoffte, daß ihnen die saubere und prosperierende Blackstone-Klinik nur den Service zukommen ließ, den sie auch in Anspruch nehmen wollten. Dann fand ich, wonach ich gesucht hatte. Auf dem hohen, weißen Rezeptionstisch stand eine Schreibtischlampe. Ich schaltete sie ein. Die schmale Tischoberfläche war mit Stiften, Büroklammern und einer Ansammlung selbstklebender Notizen übersät. In der Mitte des Ganzen thronte ein großes, glänzendes Terminbuch. Es sah aus wie eine überdimensionale Glückwunschkarte und war in gepolstertes Material mit Blümchenmuster gebunden. Ich fand nicht, daß Frauen so etwas verdient hatten.

In dem Ausbund an schlechtem Geschmack fand ich eine Liste von Namen, Daten, Uhrzeiten, und schließlich fand ich auch den Eintrag 'Glaser, Allison'. Dann fing ich an, achtundzwanzig, neunundzwanzig, dreißig Tage zurückzurechnen. Einmal stand der Name Arbeder neben Glaser. Neben dem letzten Termin stand SW und eine Reihe von Ziffern.

Aber das reichte mir noch nicht. Ich wollte wissen, wo das unsichtbare Rad war, die gespannte Feder, die dafür sorgte, daß diese Leute und Ereignisse sich umeinander drehten. Auch ich war ein Teil dieses Rades.

Ich fand einen langen, schmalen Korridor und öffnete eine Tür, die in einen anderen Korridor führte. Auf meinem Weg durch ihn hindurch öffnete ich verschiedene Türen, die in Untersuchungszimmer und Aufbewahrungsräume führten. Ich fand, daß die Untersuchungszimmer etwas kalt wirkten, aber es war alles sauber und ordentlich. Ich fröstelte bei dem Gedanken, daß Frances hier arbeitete. Ich machte mir im Geist eine Notiz, bald mit Safety zur Tierärztin zu gehen.

Ich fuhr damit fort, Korridore entlangzugehen und Türen zu öffnen, und schon bald waren nicht mehr allzu viele übrig, und es war nur eine Frage der Zeit, bis ich die Tür der Türen fand. Ich fragte mich, was mich erwarten würde. Ein ganz normales Untersuchungszimmer, das den Eingang zu einem gigantischen Kasino bildete, oder eine S&M-Szene oder etwas, das Frances mit einem reichen Hippie-Jungen in Verbindung bringen konnte oder was erklären konnte, was Stacy Weldemeer mit der Frau gemein hatte, die ich so sehr lieben könnte.

Ich fand die Antwort am Ende des letzten Korridors. Eine große Tür, sie war verschlossen, doch mein Schlüssel glitt leicht ins Schloß, ich war drin.

Ich überlegte, ob ich Licht machen sollte, aber das brauchte ich nicht. Das erste, was ich wahrnahm, waren die Feuchtigkeit und die Gerüche. Eigentlich war es gar nicht so schlimm. Ich wußte, daß ich in einer oder zwei Minuten auch die Geräusche einordnen konnte. Ich trat ein, zog die Tür leise hinter mir zu und sah mich um.

Überall standen Glaskästen, die kriechende Pflanzen und Lebewesen enthielten. Schlangen glitten über weiße Steine in einem Aquarium, das große Welse mit langen Barthaaren enthielt. Sie schwammen hinter dem Glas hin und her und her und hin.

Ein paar Chamäleons preßten ihre grünen Bäuche gegen den Rand ihres Gefängnisses und steckten mir die Zunge raus. Ich schauderte. In zwei Tanks brodelte schleimiges, grünes Wasser vor sich hin, und kleine Monitore blinkten und piepten.

Vier flauschige Hamster waren mit einem Laufrad beschäftigt. Sie waren außer mir die einzigen warmblütigen Geschöpfe im Zimmer.

Also, was machte Stacy? Beschaffte sie sich Aalblut und Krötenaugen, um Hugos Schuld zu exorzieren? Und warum verbrachte meine Freundin ihre Nächte mit Amphibien, wenn sie sie mit mir verbringen konnte?

Ich schaute in ein paar der Schränke, fand aber nichts. Es gab noch eine andere Tür, die kleiner war als die Eingangstür, aber sie war verschlossen und keiner meiner Schlüssel paßte.

Ich wollte mich gerade auf die Suche nach dem richtigen Schlüssel machen, als ich dachte, daß ich in der Eingangshalle etwas gehört hätte. Mir fiel ein, daß ich das Licht in der Rezeption angelassen hatte, und mir stockte das Blut in den Adern.

Ich hörte eine Autotür zuklappen. Ich wartete ein paar Minuten, ob der Motor startete, aber das Auto blieb eine Weile dort stehen. Dann startete es und röhrte schnell davon, mit dem ungedrosselten Geräusch eines schlecht eingestellten Motors.

Ich zählte bis zehn, und dann rannte ich los, aus dem Reptilienraum, die Flure runter, durch die Eingangshalle und aus dem Vordereingang. Ich rannte so lange, bis mir klar wurde, daß es dumm war, zu rennen und Aufmerksamkeit auf mich zu ziehen, aber ich konnte eh kaum anonym bleiben. Eine Frau um zwei Uhr nachts allein auf der Straße. Ich stieg in mein Auto und fuhr wie der Blitz so schnell ich konnte nach Hause.

Ich ging in mein verdunkeltes Wohnzimmer und setzte mich auf die Couch. Ich saß sehr still und hielt meine Ellenbogen fest. Ich preßte meine Füße zusammen. Vor meinen Augen hatte ich ein Gemälde. Das Gemälde hatte einen barocken Rahmen, weil das die Art ist, wie ich denke, und weil es so eine Art von Gemälde war. Es zeigte eine pastorale und städtische Szene, dicht gedrängt mit Figuren und Geschichten. Es war so ein Gemälde, wie sie sie im Frankreich des sechzehnten Jahrhunderts gemacht haben, es erzählte Geschichten und versuchte alles abzubilden, was sich in den letzten 350 Jahren in dieser Provinz zugetragen hatte. Zwischen dem historischen Kram mußte der Künstler etwas religiösen Inhalt unterbringen, um das schlechte Gewissen des Patrons zu besänftigen, der die Arbeit in Auftrag gegeben hatte. Vielleicht war das Gemälde von einer Gilde bestellt worden, die es dem Künstler zur Auflage gemacht hatte, im Hintergrund die Geschichte eines Heiligen darzustellen, um sich dadurch einen kleinen Flecken im Himmelreich zu erkaufen.

Aber ich war Malerin und Patronin in einer Person, und so konnte ich mit einem anderen Schwerpunkt beginnen, obwohl auch ich später einen Weg finden mußte, um meine Schuld loszukaufen. Ich brachte eine Menge Tiere in das Bild. Sie wanderten auf einer gleichnishaften Insel voller unbekannter Pflanzen umher. Sie sahen eigentlich ganz friedlich aus, aber Reptilien und Amphibien, die an ein dunkleres Zeitalter erinnerten, krochen über Felsen und in Vertiefungen. Ich ließ die Tiere faul in der Mitte herumhängen und wandte meine Aufmerksamkeit der entscheidenden Szene des Werkes zu,. einer Menschengruppe im linken Teil des Gemäldes.

Sie wirkten wie Mitglieder einer holländischen Textil-Gilde, leise, ernste Geschäftsmänner, deren Religion und Gesetz Calvinismus und Kapitalismus waren, gekrönt mit einem Hauch Public Relations aus dem 20. Jahrhundert. Stanley

Glaser war dort, er hielt der Betrachterin ein kleines Portrait seiner Frau entgegen. Es zeichnete sich als ovaler Fleck gegen seinen grauen Flanellanzug ab.

Hinter ihm stand ein väterlich grinsender städtischer Beamter. Sein Gesicht wurde angestrahlt. Im Gemälde kam es von Gott, aber im richtigen Leben war es das Flutlicht einer Fernsehkamera. Er war für ein höheres Amt bestimmt als das des Bezirksstaatsanwalts.

Vor den beiden stand Stacy Weldemeer in gelben Jeans aus Satin und mit überkronten Zähnen. Ihr Hochglanzlächeln war so hart wie der Glanz eines jeden Werbefotos. In einer Hand stellte sie ein benutzerinnenfreundliches Spekulum zur Schau. In der anderen wiegte sie einen kleinen Globus, wahrscheinlich eine Referenz an ihre Erziehung in der katholischen Kirche und ihr gemeinsames Verlangen, die Welt zu beherrschen. Die Malerin fügte ein kleines Mikrofon hinzu, das sie an ihrem Kragen befestigte. Weldemeer strahlte und ließ einen Knöchel mit eintätowierter Rose in Richtung der anwesenden Ärztin aufblitzen. Die Ärztin, eine Frau mit babyfeinem Haar, bemerkte es aber nicht. Ihrem Berufsethos verbunden und entrückt zeigte sie auf die Einschußwunde in einem verkürzt gezeichneten Körper, der auf einem OP-Tisch lag, und ihr Blick sagte: 'Hier ist die Kugel in den Nacken eingetreten'.

Vor ihnen allen stand eine schillernde Figur in karierten Pumphosen aus Seide und kleinen Schuhen mit nach oben gebogenen Spitzen, das genaue Gegenteil der Gruppe. Er hätte der Hofnarr sein können, wäre da nicht die Trauerbinde gewesen, die er um seine Pantalons gewickelt hatte. Unter einem Schopf von Engelslocken wirkten die Augen eisig oder besessen, je nachdem, wie phantasievoll die Betrachterin war. Ein kleiner Tropfen Speichel hing ihm aus einem Mundwinkel. Hier hätte die Patronin protestieren können und die Malerin antworten, daß das nichts weiter als ein kleiner Tupfer weiße Farbe wäre.

Hinter der Gruppe auf der linken Seite, neben meiner Tierinsel, zierte eine Villa einen hügeligen grünen Rasen. Lords und Ladys erschienen in einem Fenster. Sie hielten winzige Kristallgläser in den Händen. Auf einer Seite des Hauses lag eine Golden Retriever-Hündin auf dem Rücken und säugte ihre Welpen.

Am äußersten Rand des Gemäldes, so weit wie möglich von der Villa entfernt, hatte die Malerin eine städtische Szene eingefügt. Ein ausgebreiteter Stadtplan stand hochkant da, seine Straßen und Mauern mit all ihren Wänden waren sichtbar und zeigten verschiedene Szenarios der Verzweiflung. Einarmige Bettler in Sackkleidern trugen ein paar desinteressierten Bürgern ihre tagtäglichen Bitten vor. Kinder spielten mit Ratten, und Abwassersysteme rülpsten Fäulnis in die Gassen.

Frauen mit leeren Händen wanderten ziellos durch die Straßen. Die Gilde, Wohltäter der Frauen und Kinder, hatte sich aufgelöst. Kinder spielten in den Gassen und kämmten sich gegenseitig Läuse aus den Haaren. Die Ladenbesitzer liefen ihnen hinterher, wenn sie gestohlen hatten.

Menschenansammlungen entstanden dort, wo Straßenhändler Kinkerlitzchen und fragwürdige Reliquien mit spezifischen Heilkräften feilboten. Ein Splitter aus dem Knöchel des heiligen Antonius war das beste Mittel gegen Arthritis und die Pest. Andere lauschten gebannt einem Mann, der behauptete, das Geheimnis der Alchemie entdeckt zu haben, und gaben ihm Goldmünzen. Es gab mehrere Inquisitionen, ein paar Verbrennungen auf dem Scheiterhaufen und eine ziemlich klischeehafte Kreuzigungsszene.

Es war ein Gemälde, in das sehr weit hineingesehen werden konnte. In die Ferne, hinter der Stadt, hinter der Villa mit den Lords und Ladys hatte die Malerin eine Reihe nebelbedeckter, blaugrüner Berge mit Schneespitzen gesetzt. Ein erfundenes Paradies. Über den Bergen hatten sich bequemerweise ein paar Wolken geteilt, um ein paar Strahlen von Gottes

Scheinwerferlicht auf verschiedene Teile der Bergkämme zu schicken.

Und schließlich, ganz oben im Technicolorhimmel, schwebten zwei Engel, sie waren im Jenseits vereinigt und spielten auf lavendelfarbenen Harfen. Eine hatte ein Banner an ihren Flügeln befestigt, auf dem 'Lesbisch ist besser' stand. Das Gemälde war übervoll. Ich hätte es in Ruhe lassen, mit zehn Anstrichen aus Leinöl überziehen und als falsche Antiquität verkaufen sollen. Statt dessen starrte ich gebannt auf das Hauptthema des komplizierten Stückes. Ein riesiger, romantischer weiblicher Akt beherrschte den Vordergrund. Ihr Lächeln war einladend, aber auch selbstgenügsam.

Für ein erotisches Stück war es zu romantisch. Sie lag auf der Seite, ihr Körper war mit Blumenkränzen geschmückt, kleine rosa und lila Blüten hatten sich in ihrem Schamhaar verfangen. Als sie sich nach vorne beugte, fiel eine volle Brust über die andere. Auf ihren Hüften, die sich unter einer nicht allzu schmalen Taille rundeten, waren Tigerstreifen zu sehen. Ein weicher Bauch gab einen dunklen Nabel frei, das Wunder des Chiaroscuro. Sie brauchte die Engel mit den Spiegeln nicht, die über ihr hingen. Ihre Augen sagten, daß sie genau wußte, wer sie war, und sie forderten mich heraus, es ebenfalls zuzugeben. Und die ganze Zeit fragte ich mich, wer Julie Arbeder ermordet hatte.

Einunddreissig

Ich brauchte Zeit, um nachzudenken. Die vielen Bilder vor meinen Augen fingen zu tanzen an, und ich jonglierte mit meinen Gedanken wie mit einem Cocktail-Mixer. Doch heraus kam nichts als Schaum.

Die kleine Retriever-Welpin erwachte von einem Nickerchen und entdeckte mich. Es war unschwer vorauszusehen, daß sie das glücklich machen würde, und so war es. Ich ließ sie kurz raus, und anschließend ließ ich sie über mich und die Couch krabbeln. Ihre weiche Zunge fühlte sich sogar rosa an. Aber sie erinnerte mich an die Nackte in dem Gemälde, die Frau, nach der ich mich verzehrte, von der ich mich bezaubern und verführen lassen wollte, die Frau, die ich so gern begehren wollte. Die Frau, bei der ich all meine Künste spielen lassen wollte, auf die zugewandteste und offenste Weise, die nur denkbar war. All die schlechten Absichten, die schrecklichen Taten und Fehler der Figuren vor meinen Augen waren scharf umrissen, sie standen heraus wie die Bergspitzen am Horizont, aber nichts davon schien beängstigend oder groß genug, um sich in Mord verwandeln zu können.

Die Naivität, mit der mich die Welpin anhimmelte, war zuviel. Alle Schwächen unserer eigenen Spezies waren investiert worden, um so eine Persönlichkeit zu schaffen. Die hündischen Gefühle machten sich über meine eigenen Hoffnungen lustig. Ich brauchte mehr Zeit.

Ich mußte aus dem Haus. Ich mußte auf eine Straße voller Leben, welches Leben war mir egal, von mir aus auch das der Unterwelt. Ich stieg ins Auto und fuhr die Massachusetts Avenue entlang, über den Fluß, bis ich zum Ort der tausend Neonlichter kam, den Huren, den letzten traurigen Touristen, die auch noch ihren letzten traurigen Teil abhaben wollten.

Nach einigen Schwierigkeiten und für viel zu viel Geld fand ich endlich einen Parkplatz. Ich lief durch die Massen, die nun schon nicht mehr so dicht waren, ich wurde angequatscht und bekam eine Menge Fotos von Frauen zu sehen. Schließlich wurden die Menschen weniger, und die Schilder blinkten weniger heftig. Ich selbst wurde auch etwas ruhiger. Ich entdeckte eine kleine gelbgestrichene Tür. Auf einem Schild darüber stand 'Die Gelbe Tür', und die Fotos daneben versprachen lateinamerikanische Musik und eine Tanzshow. Ich ging hinein. Ich hoffte, daß es genau das laute und flimmernde Spektakel sein würde, das ich brauchte, um nicht nachdenken zu müssen, um die Puzzlestücke nicht zusammenzusetzen. Es war auf jeden Fall eine neue Erfahrung.

Die Leute, die das Nachtleben ausmachen, haben mich noch nie sehr angemacht. Der Unterschied zwischen denen, die arbeiten, und denen, die nicht arbeiten, ist immer viel zu deutlich. Falls irgend etwas vorgibt, Kunst oder Unterhaltung zu sein, bevorzuge ich es, wenn es seine Waren so anbietet, daß es nicht allzu offensichtlich ist. Das gleiche gilt übrigens für die Wände eines Museums. Der Club, den ich betrat, machte alles viel zu offensichtlich, aber heute war es mir egal, ich brauchte die Ablenkung.

Der Ort war wie eine Höhle aufgemacht, und an der Garderobe mußtest du einen Schein hinlegen, um deinen Mantel loszuwerden. Der Raum war mit kleinen Tischen und großen Leuten überfüllt. Ich nahm mir einen spindelbeinigen Stuhl und wartete, während das Licht gedämpft wurde.

Aus vier Lautsprechern erklang Disco-Musik mit stampfendem Rhythmus, und fünf junge, sehr junge asiatische Frauen bewegten sich in synchronen Bewegungen zu der Musik, wodurch es mir so vorkam, als sähen sie alle völlig gleich aus. Die Farben ihrer Kostüme leuchteten vorwiegend in orangenen, rosa und rötlichen Schattierungen. Kleine Plastikringe, die auf die Outfits gestickt waren, gaben helle Töne von sich, die zwischen dem Bassrhythmus der Discomelodie gerade noch hörbar waren.

Die jungen Mädchen verschwanden hinter der Bühne, um wieder zu Atem zu kommen, und eine sehr gelangweilte Band kam heraus. Die Sängerin sang nicht besonders gut, und hauptsächlich schwang sie ein Tambourin in der Gegend umher, überanstrengte sich aber nicht sonderlich dabei. Die Getränke kosteten ein Vermögen, und ich hatte keine Ahnung, was ich hier zu suchen hatte. Ich würde mich betrinken. Das hatte ich in dem Teil des Gehirns entschieden, der nicht unbewußt oder bewußt an Alkohol denkt, sondern eher in einer Art Niemandsland dazwischen liegt. Vielleicht hatten die strengen Alkoholgesetze in Massachusetts ihre Berechtigung. Für mich bedeuteten sie im Moment aber nur, daß ich meine letzten beiden Whiskys besser schnell bestellen sollte. Das tat ich auch und kippte sie hinunter.

Das dünne Tambourin hörte auf, und irgendeine Musik aus der Konserve plärrte aus den Lautsprechern.

Ein kleiner, fetter Mann kam an meinen Tisch. Er hatte gerade vor, seinen Arsch auf den Veloursitz neben mich zu pflanzen, als ich eine Hand darauf legte. Ich hoffte, daß er meine Hand bemerken würde, bevor es zu spät war. »Ich bin hergekommen, um alleine zu trinken«, sagte ich. Er zuckte mit den Schultern und ging weg, ein Mann, der daran gewöhnt war, daß die Frauen nein sagten, ein Mann, der es immer wieder probieren würde, bis irgendeine Frau irgendwann mal ja sagen würde. Es irritierte mich, daß ich meine Privatsphäre verteidigen mußte.

Ich wandte meine Aufmerksamkeit einem sehr gelangweilt wirkenden Paar rechts von mir zu. Sie sahen aus, als hätten sie sich in den letzten fünfundzwanzig Jahren nichts Neues zu erzählen gehabt. Die Konservenmusik verstummte, das Licht ging aus bis auf einen Spot, der auf den silbernen Vorhang gerichtet war. Eine wunderschöne Frau trat herein. Sie trug etwas Rotes, Glitzerndes und Durchsichtiges.

Ich beobachtete eine Gruppe von Männern, die sich nach vorne lehnten und bei ihrem Anblick, noch vollständig bekleidet, aber voller Versprechungen, buchstäblich schneller zu atmen anfingen. Sie hatte einen festen Körper und hochsitzende

Brüste, ihr Körper war in ein bodenlanges Négligé gewickelt, das an Saum und Ärmeln mit etwas Langem, Rotem und Flauschigem besetzt war. Eine Federboa schwebte und wand sich um sie herum.

Sie tänzelte über die Bühne und fuchtelte mit ihren Armen, und plötzlich lag die Boa in einem kleinen roten Haufen auf dem Boden. Sie hielt inne, um sich in Position zu bringen. Als sie sich im Licht bewegte, wurden ihre Brustwarzen unter dem hauchdünnen Material sichtbar. Sie drehte sich um, ließ die Arme an den Seiten ihres Körpers hoch und runter laufen, die Federboa blieb regungslos auf dem Boden liegen. Sie wirbelte herum und hatte in dieser Bewegung das Négligé geöffnet, welches ihr jetzt sehr langsam vom Körper glitt.

Die Musik wurde schneller, und sie tanzte jetzt in einem durchsichtigen Tanga und einem winzigen BH. Sie reizte die Boa mit einer schnellen Bewegung ihres Fußes und tat dann so, als ob sich die Boa aus eigenem Antrieb an ihrem Schenkel hochschlängelte. Dann fand sie ihren Rhythmus, und die Boa schlängelte sich über ihre Brüste, als sie ihre Schultern bewegte, die langen roten Federn winkten den Männern zu, die sich immer weiter über die Tische beugten. Sie vollführte eine Drehung, hob ihre Pobacken an, steckte den Männern ihren Hintern entgegen und bewegte gleichzeitig ihre Bauchmuskeln.

Sie bewegte ihren Hintern auf eine Art, der dich an einen Penis denken ließ, der sich in einer Vagina vor- und zurückbewegt. Die Männer dachten mit Sicherheit daran, sie saßen inzwischen auf dem äußeren Rand ihrer Stühle. Ich hoffte, daß wenigstens einer abrutschen würde.

Sie war jetzt mit den dünnen Spaghettiträgern ihres BHs beschäftigt, sie zog sie der Länge nach von ihren Schultern und drehte uns den Rücken zu, während sie die Schalen abpellte.

Während die Männer mit ihrem Rücken beschäftigt waren, sah sie mir direkt ins Gesicht. Ihre Augen verrieten ihre Überraschung darüber, eine Frau zu sehen, die direkt vor ihr saß, allein. Unsere Gesichter glühten, aber all die aufreizenden

Bewegungen hatte sie für die Kerle hinter sich reserviert, und ich beobachtete sie dabei, wie sie sich überlegte, was sie mit mir tun wollte. Unser gegenseitiges Erkennen ließ mich in einen Brunnen fallen, der sich zwischen meinen Beinen aufgetan hatte. Sie machte mit ihrer Routine weiter, nahm die Federboa für die Typen hinter sich zwischen die Beine, drehte sich um und sah mir direkt in die Augen, als sie sich die Boa durch die Beine zog.

Dann ermöglichte sie uns allen eine Seitenansicht, sie beugte sich vorne über, ihre Brüste hingen herunter, und sie stieß mit ihrem Hintern in die Luft. Sie tat so, als würde sie von hinten gebumst werden. Mich erinnerte das nur an Safety, und daß ich sie sterilisieren lassen mußte.

Meine Gedanken wandten sich langsam der Biologie zu. Immerhin war es auch eine Fortpflanzungsmethode. Als ich hinter ihr die Männer sah, die sich nach vorne beugten wie Kinder nach Süßigkeiten, die gerade außer Reichweite sind, mußte ich wieder an Empfängnis denken, und das brachte mich zurück zum Gemälde, den Frauen und Kindern, die auf der Straße betteln gehen mußten. Die Männer starrten gebannt auf ihren Hintern, der in schaudernden Bewegungen in die Luft stieß, und ihre hängenden Brüste.

Natürlich hatten diese Männer keine Babys im Sinn. Ihre Geschäftsanzüge und der Preis von fünf Dollar für ein Getränk, nur um einen Striptease zu sehen, hatten nichts mit Babys zu tun. Babys wurden für die anständigen Mädchen aufgehoben, die die Männer heiraten wollten. Dazu fiel mir ein großer Geschäftsmann ein, der imstande war, seine Frau und ihr ungeborenes Baby, das nicht ihm gehörte, kidnappen zu lassen. Außer daß es nicht das war, was er tun würde.

Die Stripperin stand den Männern jetzt frontal gegenüber. Mir hatte sie ihren Hintern zugewandt, für mich ein Haufen kontraktierender Muskeln, die kleine Falten im Fleisch verursachten, als sie sich für die Männer an den Tischen so richtig ins Zeug legte.

Meine Gedanken kehrten zu den Babys zurück. Ich fragte mich, ob Männer tatsächlich ejakulierten, wenn sie sich so etwas ansahen, und ich fragte mich auch, wie sie in diesem Fall die Schweinerei entsorgten. Die Stripperin gab einen lauten Schrei von sich, der wohl einen Orgasmus simulieren sollte, aber sie war Tänzerin und keine Schauspielerin, und der Orgasmus fiel ziemlich flach aus und starb irgendwo in ihrer Kehle.

Der Gedanke an kleine Zellen, die aufeinander trafen und die Miniaturausgabe eines kompletten biologischen Systems bildeten, ließ mich an Frances und die Tiere im Labor denken. Und auch an Misty und ihre Gefühle über Julies Tod.

Die Dinge wurden sehr klar, mal davon abgesehen, daß ich ziemlich benommen wurde. Die Stripperin hatte ihren Tanga gelöst und zog ihn sich ein paar Mal über die Möse. Sie wandte sich wieder in meine Richtung und drehte den Jungs den Hintern zu, bevor sie ihnen echtes Schamhaar präsentierte. Sie hatte mich fast vergessen, das konnte ich sehen, aber ihre Augen blieben an meinen hängen, und ich sah genau, wie sie ihre Hände einen Moment lang über ihre Brüste streichen ließ, wobei ihr fast der Tanga runterfiel.

Ich erhob mich von dem spindelbeinigen Stuhl und machte mich auf den Weg zum Ausgang. Ich stieg ins Auto und bemerkte, daß ich die Zeche geprellt hatte. Aber nur, weil sich meine Gedanken mit etwas anderem beschäftigten, und das immer schneller und klarer. Ich hatte das Gefühl, daß jemand in großer Gefahr war, und ich erinnerte mich an die Köchinnen-Ratschläge von Sandys Göttin. Ich hoffte, daß ich nicht schon wieder zu spät kam.

Zweiunddreissig

Ich fuhr auf diese konzentrierte Art und Weise, die mir beweisen sollte, daß ich nicht betrunken war, was natürlich bedeutete, daß ich es war. Ich hoffte, daß die Szene mit den Wolkenkratzern im Hintergrund, zu der ich unterwegs war, nicht zu grauenvoll sein würde.

Ich überquerte den feuchten Rasen und schob die kleine Terrassentür auf. Diesmal ließ sie sich leicht öffnen, die Angeln hatten sich durch meine eigene heimliche Benutzung gelockert. Ich fand den Raum am Ende des Flurs und öffnete die Tür.

Er lag auf der Chaiselongue, mit Blick auf einen Wald von blinkenden hohen Gebäuden, einen Flipper der Zivilisation. Sein meergrüner Pyjama war aus Seide und hätte sicher gut zu seinen Augen gepaßt, wenn seine Augen offen gewesen wären. Grüne Marihuana-Flocken lagen wie die Krumen von Hänsel und Gretel im Raum verstreut. Sie bildeten einen Pfad, der im Tod endete. Das grausige Stilleben bestand aus einer brennenden Kerze, einem rußgeschwärzten Löffel, einer kleinen, zerbrochenen Glasphiole und einer Spritze. Ich ging auf die Gestalt zu. Er war ein schöner Mann, still und klein lag er vor der Skyline von Boston. In diesem Fall würde es kein vom Wasser aufgeschwemmtes Gesicht geben, das ertrunken war. Seine dicken Wimpern ruhten auf seinen Wangen wie kleine Flügel, die über ein rosa Satinkissen dahinschwebten. Seine pummelige Hand hielt einen Seidenschlips fest, der teilweise um einen Pyjamaärmel gewickelt war. Der kleine, wohlgeformte Mund war leicht geöffnet, um eine Tauperle freizugeben, und sein Kopf ruhte in einem Nest von sandfarbenen Ringellocken. Ein Maler des Hochbarock hätte es nicht besser machen können.

Ich legte meine Hand auf den kurzen Hals, er war kalt. Ich konnte die Halsschlagader nicht finden. Ich legte ein Ohr auf die seidenbedeckte Brust. Mir war, als könnte ich in weiter

Entfernung einen Herzschlag ausmachen, es klang wie ein paar schüchterne Vierbeiner, die zögernd einen Korridor runterschleichen.

Ich drehte dem kleinen Mann den Rücken zu und verließ das Zimmer. Ich lief die Treppe hinauf und in die Küche. Dort stand Vanessa mit offenem Mund, sie rührte in einem Topf Milch, der auf dem Herd stand.

»Ich habe für Erklärungen keine Zeit«, sagte ich, »du mußt den Notarzt rufen, Hugo hat eine Überdosis.«

Ich selbst sah wahrscheinlich auch nicht allzu gut aus. Meine schwarzen Hosen waren zu kurz und zu eng, sie gaben schmutzige weiße Socken frei. Meine Tennisschuhe waren mit Schlamm bedeckt, und mein schwarzer Rollkragenpullover roch nach Schweiß. Sie starrte mich mit offenem Mund an.

»Den Notarzt, schnell!« sagte ich noch einmal, und dieses Mal machte sie ohne den Blick von mir zu wenden einen Schritt aufs Telefon zu. Sie war noch immer in Uniform, aber diesmal trug sie eine ältere, blaue Baumwolluniform und die unteren Knöpfe am Rock waren nicht zugeknöpft, dort war ein weißes Dreieck zu sehen.

»Oh mein Gott, das ist ja furchtbar.« Dann hielt sie inne. »Ich hoffe, daß du die Wahrheit sagst.«

»Hugo hat gerade mehr als genug Stoff verschiedenster Art in seinem Hirn, um jeden Moment einen Idioten aus ihm zu machen. Das heißt, falls sein Herz das überhaupt mitmacht.«

Vanessas Gesicht bekam auf einer Seite einen Riß, sie zitterte, aber sie nahm den Hörer ab, ohne ihre Augen von mir zu lassen. Dann wählte sie und gab eine Adresse durch.

»Wie kommt es, daß du noch so spät auf bist?« fragte ich sie.

»Das geht dich überhaupt nichts an. Wer bist du überhaupt, du kommst in dieses Haus und bringst all diesen Ärger mit ...?«

»Ich bin nur zum Aufräumen gekommen. Ich hatte eigentlich gedacht, daß das die Aufgabe des Personals wäre.« Ich merkte, wie sich meine Stimme hob. »Ich habe den Eindruck, als wäre der Ärger schon lange vor mir hier gewesen.«

»Nun, ich habe damit nichts zu tun. Und Hugo auch nicht.« Sie wandte ihren Kopf barsch ab. Sie war eine Frau, der es gefiel, Geheimnisse zu haben. »Wie sich das fürs Personal gehört«, meinte ich sie murmeln zu hören, ohne Bitterkeit.

Ich hörte die Sirene eines Krankenwagens. Sie war noch weit entfernt. Bald würde die Küche mit der Aufregung gefüllt sein, die die weißgekleideten Menschen verursachten. Aber ich glaubte nicht, daß das Hugo noch etwas nützen würde. Ich sah, wie Vanessa sich über die Augen wischte und ihr Brustkorb sich mit einem tiefen Atemzug weitete.

Bevor sie an die Tür ging, wandte sie sich noch einmal mir zu und pflanzte ihre Füße auf das gleiche Linoleumquadrat, auf dem auch ich stand. Es war ein großes Quadrat, aber nicht groß genug.

»In diesem Haus hat es eine Menge Ärger und eine Menge Drogen gegeben. Es ist besser, wenn du jetzt verschwindest. Deine Anwesenheit würde die Dinge nur noch komplizierter machen, für mich genauso wie für dich.«

»Ich möchte *deine* Geschichte auch nicht komplizierter machen, und ich habe noch nicht mal eine, die ich erzählen könnte. Aber was ist dein Problem? Was soll das mit diesem Getue von der stillen Hausangestellten, die während einer Party die Tische abwischt und die Blumen zu oft arrangiert? Was bringt dir das eigentlich ein?«

Ihr Gesicht bewölkte sich und klärte sich dann wieder. »Okay, wenn ich es dir erzähle, wirst du dann verdammt nochmal von hier verschwinden?«

Ich nickte.

»Ich lerne hier mehr über Fusionen, Rohstoffpreise und Kapital als ein Absolvent der Wirtschaftswissenschaften, und ich weiß jetzt schon mehr als ein Börsenmakler in der Wall Street. Ich habe mir ein bißchen legales Kapital zugelegt, und ich werde damit ein Vermögen machen, das mir niemand wegnehmen kann. Aber ich habe eine Vergangenheit, meine

Liebe, und diese Szene hier paßt nicht in meine Pläne, also mach 'ne Fliege.«

»Okay, Vanessa.« Die Sirenen kamen näher. »Ich glaube, das war's dann wohl.«

»Ja, du kannst mich ja nächstes Jahr an der Riviera besuchen. Ich will hier weg, dieser Laden ist ein Irrenhaus!«

Die Türklingel ging zweimal kurz hintereinander. »Ich werde dichthalten«, wollte ich noch sagen, aber sie schob mich aus der Hintertür. Plötzlich war ich draußen.

Ich ging die breite Hintertreppe hinunter und ließ meine Hand ein geschwungenes Eisengeländer hinabgleiten. Ein Licht wurde eingeschaltet, flutete den grünen Rasen. Dann ging es wieder aus. Ich ging an der Seite des Hauses entlang, vorbei an Allisons dunklen Fenstern. Ich ging über den Rasen, der so kurz geschnitten war wie ein Stoppelschnitt, ein großartiger Platz, um kleine weiße Bälle mit Stöcken zu schlagen. Um die Ecke war der klippenartige Vorsprung mit all den Wolkenkratzerlichtern, die dahinter blinkten. Nebel zog langsam von der Bucht herauf. Bald würde er sich um die hohen Gebäude wickeln und erst mit der Morgensonne wieder zu ihren Knöcheln abfallen. Aber das würde morgen sein.

Ich ging um die Ecke und sah in Hugos Zimmer. Es war nicht mehr friedvoll. Eine Menge weißer Kittel waren mit dem seidenverpackten Körper beschäftigt. Nach einer Weile gingen sie alle weg und ließen den Körper auf der Chaiselongue zurück, die auf die Wolkenkratzer hinaussah.

»Ihr könnt die Jungs wieder abbestellen«, sagte jemand. Ich betrachtete all die blinkenden Lichter und den Nebel, der sich zwischen ihnen und mir bewegte. Emma Victor, Retterin in der Not, ein bißchen zu spät. Ich drehte mich um und ging über Allison Glasers Grün zurück zum Wagen.

Dreiunddreissig

Es war halb vier, und der Nebel hatte sich inzwischen auch über Somerville gebreitet. Der Nebel hing über dem Rasen und über mir, als ich die steile Treppe zu Frances' Haus hinaufstieg. Ich ließ mich mit meinem Schlüssel ein und ging die Treppe hinauf und hörte kein Geräusch außer einem tiefen, schweren Atmen, das lauter und lauter wurde, je weiter ich nach oben kam. Was ich als nächstes sah, war besser als jede Phantasie und löschte all meine Zweifel aus. Sie lag in ihrem weißen Bademantel auf dem Sofa. Der Gürtel des Bademantels hatte sich gelockert, eine Brust war herausgerutscht und wurde von einer braunen Brustwarze gekrönt. Ihr Mund stand offen, die Heizung war an, der Raum war überheizt, und sie schnarchte lauter als ein LKW. Auf dem Kaffeetisch aus Glas standen eine Champagnerflasche und eine Vase aus geschliffenem Kristallglas mit roten Rosen, die ziemlich willkürlich in sie hineingesteckt waren. Ich schlich auf Zehenspitzen zu dem Tisch in der Ecke hinüber, auf dem ihr Adreßbuch lag.

Ich wollte mir gerade eine bestimmte Adresse heraussuchen, als ich in einer dunklen Ecke bei der Tür ein Geräusch hörte. Ich fuhr zusammen. Es war eine Art Quietschen, aber nicht das hohe Quietschen von Metall. Es klang weicher, als ob es von festem Karton herrührte. Es quietschte noch einmal, und ich sah, wie sich eine geriffelte Schachtel auf dem Boden leicht bewegte. Da war ein tiefer, kehliger Laut. Ein anderes Geräusch kam hinzu. Die Schachtel bebte, ich ging hinüber und linste hinein. Irgend etwas schlug immer wieder gegen den Deckel. Ich schloß die Augen und steckte eine Hand hinein. Ich fühlte etwas Schleimiges und Feuchtes, das sich wand und schubste, um sich aus meinem Griff zu befreien. Nur mit großer Anstrengung konnte ich einen Aufschrei unterdrücken. Es war ein Frosch. Frances trank mit Fröschen Champagner. Die Amphibien hatten mich besiegt. Frances war pervers.

Ich ging zu ihr hinüber, sie beugte sich nach vorn und ihre Schulter vergrub sich raschelnd in den tiefen Kissen auf dem Sofa. Ihre Augen öffneten sich und registrierten unter schläfrigen Lidern meine Anwesenheit.

»Ich liebe dich, meine Jekyll und Hyde«, sagte ich.

»Ha, ha«, kicherte sie auf Champagnerart. Sprudelnd. »Jekyll und Hyde, das ist witzig. Ich glaube, ich bin in der letzten Zeit ein ziemliches Miststück gewesen. Und dabei liebe ich dich so sehr.«

»Laß uns rausfinden, ob das nur ein Haufen teurer Champagnerlügen ist. Los, setzen wir uns.«

Sie schwankte, richtete sich auf. »Nur Ärztinnen dürfen andere Leute in der ersten Person Plural herumkommandieren.« Sie pflanzte einen feuchten Kuß auf meinen Hals.

»Und Kindergärtnerinnen und alle, die mit Betrunkenen sprechen«, sagte ich. »Du bist ganz schön blau. Du bist doch keine heimliche Alkoholikerin, oder? Und was ist überhaupt mit den Fröschen?«

»Ich habe den ganzen Abend versucht, dich anzurufen. Ich habe um halb zwölf angerufen, dann um zwölf, um eins, um zwei und um drei. Emma, verheimlichst du mir was?«

»Nicht mehr. Warum der Großalarm?«

»Hier. Ich hab's endlich geschafft, und ich konnte keine finden, die mit mir feiert, nicht mal Stacy. Oh, aber wir können jetzt feiern, oder nicht? Ich bin so glücklich.«

»Wann hast du die Kröten geboren?«

»Heute abend. Mensch, mußte ich lange warten.«

»Du warst bei der Geburt anwesend?«

»Schätzchen.« Sie stand auf. Ich konnte ihre weiße Unterhose unter dem Bademantel sehen. Sie trug grüne Socken. »Ich war bei der Empfängnis dabei!« Sie beugte sich nach vorn, ich bekam einen weiteren feuchten Schmatzer und versuchte, nicht an Froschempfängnis zu denken. »So, jetzt sind wir beide Mutter!« Sie fiel aufs Sofa und drapierte zwei lose Arme um mich und grinste ein idiotisches Grinsen in mein Gesicht.

»Laß uns nicht gerade jetzt darüber reden. Das macht mir 'ne Gänsehaut.«

»Es ist eine große Nacht für mich, ich möchte feiern.« Sie kräuselte ihre Unterlippe. »Oh, aber ich bin so müde.«

»Frösche sind ja ganz niedlich, aber sie sind keinen Champagner und keine Rosen wert, oder?« sagte ich. Ich sah, wie sich ein riesiges breites Grinsen langsam über ihr Gesicht ausbreitete, so wie der Mond über den Horizont von Ova Orchards steigt. »Oh doch, das sind sie. Ich habe drei Jahre dran gearbeitet, schon bei Genocorp, bevor ich Stacy Weldemeer getroffen habe. Scheiße, ich konnte Stacy heute abend noch nicht mal erreichen. Sie wird wahrscheinlich eine große Pressegeschichte daraus machen, dabei war es meine Idee und meine Forschung. Zumindest hoffe ich, daß sie den Ruhm mit mir teilt.« Aber sie grinste noch immer. Später fragte ich mich, wie oft Frauen schon mit einem geschichtsträchtigen Grinsen dagesessen hatten.

»Was geht hier überhaupt vor?« fragte ich.

»Lesbische Frösche«, sagte sie, lehnte sich gegen ein Kissen und schenkte mir wieder dieses idiotische betrunkene Grinsen. Dann wurde mir klar, was sie getan hatte. Frances Cohen hatte soeben Leben mit zwei weiblichen Fröschen gezeugt. Und ich wußte, was das für die Zukunft bedeutete, denn ich wußte, daß Frances Cohens primäres Interesse nicht Fröschen galt. Ihre Augenlider fielen zu und sie kicherte ein wenig, als ich sie einen Moment lang küßte und sie in den Arm nahm und schließlich doch noch ein bißchen mit ihr feierte. Sie fiel in den Champagnerdusel zurück, für den sie morgen teuer bezahlen würde.

»Wie heißt es so schön, das ist was für die Geschichtsbücher, Baby«, sagte ich zu ihrem schlafenden Körper. »Und ich werde alles tun, damit es ein Happy-End für dich wird.«

Ich verließ ihr Haus, um noch einmal aufräumen zu gehen. Es war Zeit, Stacy Weldemeer einen Besuch abzustatten.

VIERUNDDREISSIG

Die Straße war dunkel. Ich blieb einen Moment lang auf dem Bürgersteig stehen und betrachtete das ordentliche Holzhaus. Holzverkleidung ist in Boston selten. Vor dem Haus befand sich eine saubere Veranda, die von zwei dicken, bauchigen Säulen flankiert wurde, und eine kleine Bank, die zwischen die Säulen und das Haus gequetscht war. Auf einer Seite der Veranda ruhte eine rankende Glyzine auf einem Klettergerüst. Ich ging die kleine Auffahrt hinauf und berührte die Motorhaube des roten Jeeps, der dort geparkt war. Sie war ein wenig wärmer als die Nachtluft. In einem Fenster oben ging Licht an. Ich klingelte, und kurze Zeit später sah ich, wie sich in dem kleinen Spion aus Messing, der in die Mitte der Tür eingelassen war, etwas bewegte. Sie öffnete nicht.

»Stacy, ich bin's. Emma Victor«, sagte ich. Sie antwortete nicht.

»Es ist wichtig. Es geht um die Klinik. Ich komme gerade von Frances.« Der Türknauf bewegte sich, und ich sah, wie sich in einer schwarzen Öffnung eine Türkette spannte und schließlich fiel. Stacy Weldemeer stand in einem kastanienbraunen Morgenmantel in der Tür, ihr Gesicht war eine sommersprossige Maske. Sie zeigte keine Überraschung, sie zeigte gar nichts.

»Wo ist Frances?« fragte sie, zog den Gürtel ihres Mantels enger und machte einen Knoten.

»Frances ist indisponiert. Ich bin allein gekommen. Ich denke, wir sollten uns unterhalten.«

»Ich wüßte nicht worüber.«

»Laß mich rein, Stacy, du wirst wissen wollen, was ich dir zu sagen habe. Die Zukunft der Klinik hängt davon ab.«

Da war einen Moment lang etwas in ihrem Gesicht, und dann war der Moment vorbei. Ich stieß die Tür auf, und sie folgte mir in einen langgestreckten Raum mit einem Kamin und einem großen Spiegel an einem Ende und einem Haufen modernen dänischen Mobiliars, das sich große Mühe gab, auf eine hölzerne Weise einfach zu wirken. Ein weißer Schlingenteppich erstreckte sich über den gesamten Fußboden.

»Wie mir scheint, hat Frances sich in letzter Zeit in ziemlich hysterische Gesellschaft begeben.« Sie warf ihren Kopf zurück, ihre Locken waren elastisch und ungebändigt.

»Wo bist du heute abend gewesen?«

»Du bist hergekommen, um mir Fragen über mein Privatleben zu stellen? Hör zu, das ist ja alles sehr aufregend, dramatisch und so, aber ich muß in ein paar Stunden aufstehen und zur Arbeit gehen, also, warum suchst du dir nicht einfach ein paar giftige Fledermäuse, mit denen du spielen kannst? Verdammt noch mal, es ist vier Uhr früh!« gähnte sie. »Ich gehe jetzt zurück ins Bett.«

»Du warst noch gar nicht im Bett, Stacy. Die Motorhaube deines Wagens ist noch warm. Ich weiß, was in der Klinik los war.«

»Du denkst also, du weißt, was abläuft? Geh zurück zu deinen Telefonen, meine Liebe, du hast die falsche Nummer. Sonst wärst du wohl auch nicht hier.«

»Ich weiß über das Experiment Bescheid, das Frances durchführt«, sagte ich. Stacy sah mich an und an mir vorbei. Ich sah Wut und Verrat in ihrem Gesicht, aber nur einen Moment lang.

»Ich schätze, Frances hat es dir erzählt. Nun, das ist nicht weiter tragisch. Du wirst deinen Mund halten, nicht wahr? Du willst doch sicher nicht, daß das ganze Projekt durch vorzeitige Presseberichte platzt?«

»Du meinst, ich soll deinen Ruhm nicht schmälern?«

»Beschuldigungen wegen Elitarismus sind längst aus der Mode, Emma. Du hast gesagt, du willst mit mir über die Zukunft der Klinik sprechen, also rede. Aber ich hoffe, daß du genug Verstand und Integrität besitzt, um deine persönlichen Gefühle beiseite zu lassen, und an das Wohl von uns Frauen, an das Wohl der Frauen allgemein denkst.«

»An das Wohl von Stacy Weldemeer?«

»Du hast gesagt, daß du hergekommen bist, um mit mir über die Zukunft der Klinik zu sprechen. Mir scheint, daß du nicht besonders viel zu sagen hast, und es wird langsam spät ...«

»Ich wollte mit dir darüber reden, wie du die Rechnungen der Klinik bezahlst. Die neue Förderung. Die Glaser-Stiftung.«

»Das ist öffentlich bekanntgemacht worden.«

»Als dir vor vier Monaten das Geld zum ersten Mal versprochen worden ist, war es noch nicht öffentlich bekannt. Und ich glaube, daß du einen interessanten Preis gezahlt hast.«

»Ich weiß nicht, wovon du redest«, sagte sie, drehte mir den Rücken zu und ging auf den niedrigen weißen Kamin zu, der in die Wand eingelassen war. Sie nahm eine Schachtel vom Kaminsims. Für einen Schraubenzieher war sie zu kurz, für eine Pistole zu klein. Sie öffnete den Deckel und nahm einen dünnen Zigarillo heraus.

»Auch deine Zigarre wird mich nicht verscheuchen. Komm schon, Stacy, laß uns nicht weiter Katz und Maus spielen.«

»Ach so, das ist es also, was wir hier spielen. Und ich dachte schon, du wärst eine verwirrte Person, die sich mit Insider-Informationen einen Namen machen will. Ich hoffe, daß du nicht eine von diesen wahnsinnigen Gemeingefährlichen bist.«

»Denkst du vielleicht daran, die Bullen zu rufen? Das kannst du gerne tun. Oder soll ich sie anrufen?«

»Setz dich hin, wie war noch dein Name?«

»Emma Victor. Hör mal, Stacy, wie lange willst du noch so weitermachen?«

Sie legte die kleine Zigarre in einen großen Aschenbecher aus Glas, der eine ganze Menge Platz auf einem niedrigen hellen Kaffeetisch einnahm. Sie drehte den Zigarillo zwischen zwei Fingern. »Ich will wissen, was du zu sagen hast. Und dann will ich, daß du verschwindest«, sagte sie.

»Und ich will wissen, wie du es geschafft hast, Allison Glaser mit dem Sperma ihres Mannes zu befruchten«, fragte ich und setzte mich in die tiefe Schale eines Schmetterlings-Sessels. Stacy änderte wortlos ihren Gesichtsausdruck und setzte sich ebenfalls.

»Wie kommst du denn auf die Idee?«

»Ich habe es erraten. Und wenn ich es beweisen muß, weiß ich, wo ich die Beweise finden kann.«

Stacy sah mich kurz an. Für eine Zigarre roch ihr Zigarillo gar nicht so übel. Sie leckte sich die Lippen. Sie ließ einen Fuß langsam kreisen. Er endete in einer tätowierten Rose und lackierten Fußnägeln. Sie schien einen Augenblick nachzudenken. Sie schien mehrere lange Augenblicke nachzudenken. Dann sprach sie. »Emma, ich werde dir erzählen, wie das alles passiert ist. Ich werde dir mein Vertrauen schenken. Aber das, worüber wir hier sprechen, betrifft nicht dich oder mich oder die ganzen unbedeutenden Existenzen der Menschen um uns herum, Leben, die nicht viel bedeuten, wenn wir in Generationen denken.« Sie beugte sich vor und sah mich sehr direkt an. »Verstehst du, was ich meine?«

»Nein.«

»Über unseren Köpfen schwebt ein Urteil, es ist nur noch eine Frage der Zeit, bis die biogenetischen Möglichkeiten fatale Auswirkungen für uns Frauen haben werden. Das Urteil, das über uns schwebt, ist ein Todesurteil. Die kommenden Generationen von Frauen sind vom Aussterben bedroht.« Sie zwirbelte ihren Zigarillo und sah mich an. Sie war wirklich beeindruckend. »Nur wenn du das glaubst, kann ich dir diese Informationen anvertrauen.«

»Ich werde dir nicht die Heilige Allianz geloben, aber ich bin auch schon ein bißchen herumgekommen, Stacy. Du brauchst meine Referenzen nicht zu prüfen.«

»Emma, es war eine dieser seltenen verrückten Gelegenheiten, und wenn sich so eine Gelegenheit bietet, müssen wir sie beim Schopf packen. Uns bleibt nicht mehr viel Zeit, Emma, das mußt du verstehen. Wir können es uns nicht leisten, unsere Zukunft auch nur einen Moment lang aus den Augen zu verlieren. Hier war eine Frau mit einem Termin. Gut, vielleicht wußte ich damals nicht, wohin das Ganze führen könnte, aber ich mußte jede Möglichkeit ausschöpfen, die sich ergab.«

»Wie hast du dir Glaser geangelt?«

»Ich glaube nicht, daß ich ihn mir geangelt habe, ich denke, es war eher umgekehrt. Er ist kein besonders netter Mann. Aber für uns beide gab es etwas, was wir unbedingt haben wollten. Und wir haben es auch beide bekommen. Es war nicht besonders schwierig, es zu arrangieren.« Sie schlug ihre Beine erneut übereinander und sah auf einen Punkt, der sich irgendwo hinter meinem linken Ohr befand.

»Ich kann mich noch genau an diesen Tag erinnern, denn es war der Beginn unserer Zukunft. Es war sehr heiß, eine Hitzewelle im Oktober. Ich bin an dem Morgen sehr früh in die Klinik gefahren, um einigen Papierkram zu erledigen. Ich war so gegen sechs Uhr dort, ging rein und beschloß, das Register durchzusehen. Das mache ich nicht immer, für gewöhnlich fange ich mit Verwaltungsarbeit an und sehe mir nur die Akten von Klientinnen an, die von Frances oder den Schwestern ausgewählt worden sind. Das Geschäft war ziemlich flau, und dabei hatte ich bereits alle meine Quellen angezapft, um die zweite Hälfte des Budgets für das nächste Jahr zusammenzubekommen. Die Klinik läuft gut, aber trotzdem muß ich mich pausenlos um neue Mittel bemühen. Das laugt mich aus, Emma. Das entmutigt mich. Und ich kann es mir nun mal nicht leisten, mich entmutigen zu lassen.« Sie zog ihre Beine an und legte ihre Füße auf den Kaffeetisch. »Ich bin der Glaser-Stiftung sechs lange Jahre nachgelaufen. Es gab einfach keine Möglichkeit, da reinzukommen, bei seinen politischen Ambitionen. Er macht zu sehr auf Mr. Saubermann. Eine Frauenklinik hätte ihm mit Sicherheit keinen Volltreffer in der Presse beschert.

Und dann sehe ich eines Tages in das Register, und da steht es, 'Glaser, Allison'. Mein Zugang zu all dem Geld, endlich, nach all den Jahren, in denen ich die Bridge-Clubs der Mittelklasse besucht und unzählige Interviews gegeben habe. Ich hatte schon geglaubt, daß ich Prinzessin Caroline von Monaco heiraten müßte, um endlich auf die Titelseiten zu kommen.«

»Erzähl weiter«, sagte ich.

»Na ja, es war gar nicht so schwer, ich habe Kontakt mit ihm aufgenommen, und er wollte mir Geld geben.« Sie lächelte süß, so als ob sie einzig und allein dem Weg des Herrn gefolgt wäre. Mir war so, als hätte ich den gleichen Ausdruck schon einmal auf den Gesichtern der Zeugen Jehovas gesehen.

»Ganz so einfach kann es nicht gewesen sein.«

»Emma, ich habe doch nur an die Klinik gedacht. Ich habe versucht, Allison Glaser anzurufen. Sie war nicht zu Hause. Was man mir sagte, klang irgendwie merkwürdig. Ich habe eine Nachricht für sie hinterlassen, aber ich hatte das Gefühl, daß sie sie nicht bekommen würde.« Stacy sah mich an. »Mit der Zeit wirst du, was diese Dinge betrifft, empfänglich für übersinnliche Einflüsse.«

»Weiter.«

»Nun, dann verlangte ich Mr. Glaser. Ich habe ihn rundheraus gefragt, ob er nicht unseren Förderungsantrag vom letzten Jahr noch einmal begutachten wollte, jetzt, wo seine Frau den Service der Blackstone-Klinik für sich in Anspruch nimmt. Ich habe ihm noch von unseren ambulanten Diensten erzählt, und dann hat er mich in sein Haus eingeladen. Am gleichen Abend.«

»Eine ziemlich prompte Reaktion von Mr. Großspur.«

»Und ich habe die Gelegenheit beim Schopf gepackt. Glaub mir, nach sechs Jahren Wartezeit habe ich mich sofort auf die Socken gemacht. Nachdem Mr. Knete mich persönlich eingeladen hatte, sprang ich sofort in das erstbeste Taxi. Wir haben uns nett unterhalten, und dann sagte er, daß er eine Spermauntersuchung in der Klinik durchführen lassen möchte, als Privatpatient.«

»Also hat er einen sehr kostspieligen Privattermin bekommen.«

»Anfangs hat er nicht von Geld gesprochen, aber er hat die Stiftung erwähnt. Er hat mir erzählt, daß seine Frau sehr neurotisch ist. Er hat mir anvertraut, daß seine Frau die Hoffnung aufgegeben hätte, von ihm Kinder zu bekommen. Er meinte, das wäre pure Neurose. Ich konnte selbst sehen, daß seine Spermaprobe in Ordnung war.«

»Jetzt erzähl mir bloß nicht, daß du auf die 'Guter Ehemann mit neurotischer Frau'-Masche reingefallen bist.«

»Er hat mir vierhunderttausend Dollar geboten, die erste Hälfte sofort, den Rest nach zwei Jahren.« Stacy sah mich an. »Emma, ich habe unsere Zukunft gesehen. Sie war da, ich habe sie vor mir gesehen.«

»Du konntest das Angebot natürlich nicht ablehnen.«

»Ich wollte es nicht ablehnen.«

»Und die Konsequenzen?«

»Damit konnte ich fertig werden.«

»Damit mußtest du fertig werden«, sagte ich.

»So, jetzt weißt du also Bescheid, es war ein schmutziges Geschäft, besonders als die arme Frau dann ausgerutscht und vom Boot gefallen ist. Unfälle passieren nun einmal.«

»Besonders, wenn Menschen herausfinden, daß ihre Körper benutzt worden sind.«

»Emma, das spielt doch jetzt alles keine Rolle mehr. Ich kann verstehen, daß dich das beunruhigt, aber du mußt versuchen, deine persönlichen Gefühle aus dem Spiel zu lassen.«

»Und Julie Arbeder? Und Hugo Glaser?«

Ich beobachtete Stacy. Ich hatte das Gefühl, daß ich sie auf einen Abgrund zutrieb. Und ich wußte nicht, was sie tun würde, wenn sie den Abgrund erreicht hatte. Aber ich hatte jetzt nicht mehr die Wahl.

»Ich weiß nicht, wovon du redest«, sagte sie, »ich habe dir alles erzählt, was ich weiß, und ich hoffe, daß du genug

Verstand besitzt, um mein Vertrauen nicht auszunutzen. Und jetzt, wenn du nichts dagegen hast ...«

»Der letzte Termin, den Allison hatte. Julie Arbeder war dabei.«

»Ich weiß nicht, wovon du redest.«

»Deine Initialen stehen im Buch. Neben den beiden Namen.«

»Ich schätze, ich weiß nicht mehr so genau ...«

»Du wirst dich doch wohl noch an Julie Arbeder erinnern können. Sie hat in der ganzen Geschichte eine wichtige Rolle gespielt.«

»Hör zu, ich weiß nichts von dieser anderen Person. Ich weiß überhaupt nicht, wovon du redest.« Ihre Augen wanderten durch den Raum. Sie landeten auf einer Kommode im Flur.

»Oh, aber das wirst du, spätestens morgen früh«, sagte ich.

»Du scheinst ja eine Menge zu wissen. Warum klärst du mich nicht auf?« Ihr Gesicht wurde blasser, und sie fing an, sich am Handgelenk zu kratzen.

Ich konnte nicht mehr sitzen. Ich erhob mich aus dem hellgelben Schmetterlingssessel, was nicht ganz einfach war. »Ich hätte wahrscheinlich gar nichts herausgefunden, wenn es nicht eine Frau namens Sue gegeben hätte, die Glaser ebenfalls angezapft hat.«

»Ich verstehe nicht, was das mit mir zu tun haben soll.«

»Ihre Ideen waren nicht so grandios wie deine, sie hat nur auf eine bequeme Art und Weise versucht, ihr Leben zu retten.«

»Was?«

»Nur ein einzelnes Leben, nichts, mit dem du dich befassen würdest. Du hast Julie Arbeder ermordet, weil sie wußte, was du getan hast, und weil sie Geschütze aufgefahren hatte, die deine Klinik Stück für Stück in Schutt und Asche gelegt hätten. Und woher wußte Julie das alles? Sie ist zu Hugo gegangen, der sich so schuldig fühlte, weil er Allison aufs Boot gelockt hatte, daß er es gar nicht abwarten konnte, Stanley zu belasten. Also hat er ihr das Gleiche erzählt, was er mir erzählt hat, nämlich was für ein skrupelloser Scheißkerl der Typ ist. Er muß auch erwähnt haben, daß Stanley die Segeltour mit seiner Familie geplant hatte. 'Familie' klang aber nicht nach seiner Frau, die eine Lesbe geworden war. Also schlußfolgerte Julie, daß er vorgehabt hatte, Allison und ihr ungeborenes Kind zu kidnappen. Nur, woher wußte Stanley, daß Allison schwanger war? Julie muß mit einem Schlag klar geworden sein, daß Glaser dich gekauft hat. Nein, sie ist nicht auf Glaser losgegangen. Sie ist auf *dich* losgegangen, die Frau, die sie verraten hat, die Frau, die eine feministische Klinik für ihre eigenen Zwecke mißbraucht hat, und die auf eine gewisse Weise für den Tod ihrer Geliebten verantwortlich war.«

»Ich weiß nicht, wovon du redest.« Das schien der einzige Satz zu sein, der ihr noch einfiel. Vielleicht war es auch der einzige Satz, an den sie noch glauben konnte.

»Du hast Julie Arbeder getötet, weil sie dir damit gedroht hat, deine Klinik hochgehen zu lassen. Dann hast du versucht, Hugo Glaser zu töten, weil er ein bißchen zu dicht an der Wahrheit war und zu viele meiner Fragen beantwortet hat.«

»Das kannst du nicht beweisen.«

»Ich brauche es nicht zu beweisen.«

»Gut, dann können wir ja beide zurück ins Bett gehen und noch etwas Schlaf bekommen.«

»Hugo Glaser ist nicht tot«, log ich. »Morgen früh wird er aufwachen und aller Welt erzählen, daß du versucht hast, ihn umzubringen.«

»Er ist nicht tot?«

»Und ich werde seine Geschichte bestätigen.«

»Das glaube ich dir nicht.«

»Na schön, wie du willst. Warum rufst du nicht im Krankenhaus an?« Ich nahm den Hörer von der Gabel und winkte ihr damit zu. Sie sah schlecht aus.

»Emma, du mußt mir helfen. Du kannst mir dabei helfen,

es geheim zu halten. Du weißt doch, was auf dem Spiel steht. Die Arbeit, die wir leisten, ist so wichtig ...«

»Du hast jemanden umgebracht.«

»Ich hatte keine andere Wahl. Du kannst mir dabei helfen, es geheim zu halten. Hugo wird niemand glauben, er ist jetzt schon total verrückt. Wir müssen nichts sagen, versteh das doch.«

»Stacy, du hast einen Mord begangen.«

»Nein.« Sie war außer sich. »Nein«, sagte sie noch einmal, und ich konnte spüren, wie ihr die Angst aus jeder Pore kroch. »Das kann einfach nicht dein Ernst sein, Emma. Du weißt doch, wie das alles passiert ist. Diese Frau hat mich verfolgt, im Büro angerufen. Sie war vollkommen hysterisch. Ich konnte nicht vernünftig mit ihr reden. Sie hat mir mit der Presse gedroht, sie hat gesagt, daß sie Kontakt zur Presse hätte.«

»Wie hat es sich abgespielt? Was hast du dir dabei gedacht?«

Stacy wurde ruhiger, und Wort für Wort verschwanden die Emotionen aus ihrer Stimme.

»Ich bin ihr gefolgt, ich bin ihrem Wagen hinterhergefahren, und dann sah ich, wie sie an der East Lexington Street ausstieg. Sie verzog sich in eine kleine Seitengasse, außerhalb der Straßenbeleuchtung. Ich ging auf sie zu, und sie wich noch weiter in die Dunkelheit zurück. Dann fing sie wieder an, mich anzuschreien, sie benahm sich wie ein tollwütiges Tier. Sie verlor völlig die Beherrschung.« Stacy sah mich mit einer merkwürdigen Art von Rechtfertigung an. »Sie war wie ein verwundetes Tier, ihr lief Rotz aus der Nase, und sie hatte sich doch tatsächlich mit den Fingernägeln die Haut aufgekratzt. Sie sah furchtbar aus. Und sie sagte, daß alles meine Schuld wäre.« Stacy starrte mich an. »Sie sagte, daß ich ihre Geliebte getötet hätte.

Ich habe versucht, mit ihr zu reden, aber sie sagte, sie würde dafür sorgen, daß ich an meinen eigenen Idealen ersticke. Daß ich, wenn sie mit mir fertig wäre, mir nicht mal genug Geld für eine öffentliche Toilette zusammenbetteln könnte.

Sie hat mich in dieser Gasse angebrüllt, angefaucht. Sie stand mit dem Rücken zu all diesen Büschen und sie hat mich aufgestachelt, sie hat mir in allen Einzelheiten ausgemalt, wie sie mich fertigmachen, mich ruinieren würde. Sie hat es beinahe genossen, Emma. Sie hat es wieder und immer wieder gesagt. Ich stand nur da und hörte ihr zu, und ich wußte, daß sie damit aufhören mußte. Sie mußte endlich damit aufhören, all diese Dinge zu sagen. Sie durfte nicht tun, was sie vorhatte.« Stacy wandte sich mir zu. »Emma, sie war völlig irre.«

»Was ist dann passiert?«

»Ich habe nicht mal drüber nachgedacht, ich habe einfach in meine Handtasche gegriffen. Sie hat noch immer all diese verrückten schrecklichen Dinge gesagt, und dann bin ich einfach auf sie los, mein Arm war in der Luft, und ich hatte eine Pistole in der Hand. Ich habe auf sie gezielt. Dann habe ich abgedrückt. Das war alles.«

Draußen ging ein Betrunkener vorbei. Er grölte irgendwas. Ich hörte das elektronische Klagen einer Polizeisirene. Sie war ziemlich weit entfernt. Stacy betrachtete den Aschenbecher mit dem Zigarillo.

»Plötzlich war es still. Ich stand da und sah sie an. Sie tat mir leid. Nicht, weil sie tot war, sondern weil sie nicht begriffen hatte, worum es ging und wie wichtig das war. Sie hat nicht begriffen, daß sie in der ganzen Geschichte nur eine kleine Nebenrolle gespielt hat. Sie hat die Tragweite des Ganzen nicht verstanden.« Stacy nahm eine Locke und wickelte sie sich endlos um den Finger. »Wir spielen alle nur unsere Rolle, Emma, du auch.«

»Die nächste Rolle, die du spielen wirst, wird ziemlich widerlich sein«, sagte ich.

»Nein, Emma, wir können das nicht an die Öffentlichkeit lassen.« Sie lächelte leicht.

»Aber es wird an die Öffentlichkeit kommen, Stacy. Das muß es. Weil ich dein Verbrechen nicht mit mir rumtragen will. Ich denke, die Geschichte geht in etwa wie folgt: Du hast einen Mord begangen, und das ist eine Last, die du für den Rest deines Lebens mit dir rumträgst, und es ist eine schwere Last. Und alle Menschen, die darüber Bescheid wissen oder auch nur einen Teil der Geschichte kennen, werden sie ebenfalls tragen. Diese Menschen werden zu Zeitbomben, die dich jederzeit hochgehen lassen können. Diese Menschen werden zu Wunden in deinem Kopf, die mit der Zeit zu eitern anfangen. Und die Möglichkeiten werden dich verrückt machen, Stacy. Du wirst ständig wissen wollen, was sie wissen und was sie erzählen könnten. Deine Zukunft, dein ganzes Leben wird mit jedem Wort, das sie sagen, an einem seidenen Faden hängen. Und du wirst sie einfach nicht in Ruhe lassen können. Genau so, wie du Hugo überwacht hast, wie du in mein Haus eingedrungen bist und versucht hast, mich von den Glasers fernzuhalten, wird es immer ein paar lose Fäden geben, die deine Aufmerksamkeit erfordern. Und lose Fäden haben die Angewohnheit, sich weiter zu lösen und verloren zu gehen. Und für jeden losen Faden, den du aufnimmst, werden sechs neue entstehen. Du kannst nicht gewinnen.«

»Emma, damit würdest du die gesamte medizinische Versorgung der Frauen in Gefahr bringen.«

»Du meinst, damit würde ich dich in Gefahr bringen.«

»Emma, das kann doch nicht dein Ernst sein. Es sind doch praktisch Unfälle gewesen.«

»Verlangst du allen Ernstes von mir, daß ich einen Mord decken soll?«

»Das siehst du falsch.«

»Du siehst das falsch. Ich werde dich anzeigen, Stacy. Ich will nicht zu deiner Komplizin werden, ich kann dich nicht decken, und selbst wenn ich es täte, so wäre ich nie mehr sicher vor dir, wenn es dunkel wird und ich allein zu Hause bin und du in Panik gerätst, weil ich deiner Zukunft im Wege stehe. Nein, Stacy, ich werde dich anzeigen. Das ist der einzige Weg.« Ich ging zu ihrem hellgelben Tastentelefon. »Ich werde jetzt die Polizei benachrichtigen.«

»Emma, du bist eine fehlgeleitete Person.«

»Woher solltest ausgerechnet du das wissen?«

»Du setzt die Zukunft der Frauen aufs Spiel.«

»Ich glaube kaum, daß die Zukunft der Frauen bei dir gut aufgehoben ist. Meine Zukunft ist es mit Sicherheit nicht. Nein, Stacy.« Ich sah sie an. Sie sah krank aus. »Das Spiel heißt du oder ich, und ich fürchte, du wirst es sein.«

Ihr Gesicht fiel und fiel, und das Mark in ihren Knochen schien weicher und weicher zu werden, als sie tiefer in das Sofa sackte. Plötzlich stand sie auf. Dann überlegte sie es sich anders und setzte sich wieder hin. Ich sah ihr in die Augen und hatte das Gefühl, einem Verkehrsunfall zuzusehen. Sie blieb eine Weile ganz ruhig sitzen. Ich nahm den Hörer nicht von der Gabel. Ihr Kopf war gesenkt, er hing ihr förmlich über den Beinen.

»Hast du eine Anwältin?«

Sie lachte kurz und hart auf. Sie zuckte mit den Schultern. Sie sah zu mir hoch. »Es ist unser Leben wert. Ich möchte, daß du das niemals vergißt«, sagte sie mir. »Wenn du es vielleicht auch nicht verstehen kannst.«

Sie stand auf und zog sich ihren Morgenmantel zurecht, sie band den Gürtel enger. Ich fühlte mich schwer, wie gelähmt, konnte mich nicht bewegen. Stacy ging an mir vorbei in den Flur. Sie öffnete eine Schublade. Ich duckte mich, aber Stacy drehte sich nicht um. Sie öffnete eine kleine Tür, die in einen Raum unter der Treppe führte.

Ich hörte, wie die kleine Badezimmertür geschlossen wurde. Ich hörte, wie die Wasserhähne auf- und nach einer Weile wieder zugedreht wurden. Einen Moment lang war es still. Und dann hörte ich das splitternde Geräusch des schallgedämpften Schusses, der Stacy Weldemeers Schädel durchschlug.

Ich taumelte mit dem Schuß zurück. Ich stand da. Ich betrachtete den Telefonhörer. Ich stand in der gleichen Stille, in der Stacy Weldemeer gestanden hatte, nachdem sie Julie

Arbeder erschossen hatte. Es war diese abrupte, absolute Stille, die eintritt, nachdem eine panische und gequälte Seele einen schnellen Abgang aus dieser Welt gemacht hat.

Kein Nachbar rührte sich, kein Fenster wurde geöffnet. Ich blickte hinaus, kein dunkler Vorhang hatte sich erhellt. Niemand wußte, was gerade passiert war.

Ich wollte nicht, daß die Stille von Sirenen gestört wurde und von Polizeibeamten mit Kreidestücken und Blitzlichtern, die Stacy Weldemeers Körper beleuchteten.

Ich dachte an Stanley Glaser, der den Körper einer Frau gegen sie selbst benutzt und dabei gelacht hatte. Er würde aus der Morgenzeitung davon erfahren, und allein die Druckerschwärze würde seine Hände besudeln.

Ich ging zurück ins Wohnzimmer und wischte jedes Objekt, das ich berührt haben konnte, sorgfältig ab. Ich verließ das Haus. Ich verließ es durch den Hinterausgang. Ich stieg in meinen Wagen und fuhr davon.

Ich würde zu Frances zurückfahren. Ich würde sie vom Sofa heben und den Rest der Nacht hindurch halten. Ich würde sie durch ihren Champagnerkater pflegen und trösten, wenn sie die Nachricht erhielt, daß ihre Chefin Selbstmord begangen hatte. Ich wußte nicht, welche Fakten an die Oberfläche kommen würden, und ich würde vermutlich sowieso nie erfahren, welche Konsequenzen das hätte. Vier Menschen waren gestorben, und es war keine mehr da, die angeklagt werden konnte. Und selbst wenn sich jemand die Mühe machen sollte, so würde die Akte doch nur ein nettes Ruhekissen für den Bezirksstaatsanwalt abgeben. Ich ermahnte mich, Jonell die Schlüssel zurückzugeben. Ich ermahnte mich, den Frauen der Blackstone-Klinik zu vertrauen, sie waren klug und kompetent und würden wissen, wie sie mit der Presse fertig wurden. Große Portionen Eiscreme. Die Zukunft der Blackstone-Klinik und die Zukunft der medizinischen Versorgung für

Frauen in ganz Boston würde davon abhängen. Aber nicht so, wie Stacy Weldemeer sich das vorgestellt hatte.

Ich ließ mich mit meinem Schlüssel in Frances' Haus und ging die Treppe hinauf. Sie lag noch immer auf dem Sofa und stellte ihre Brust zur Schau. Sie schnarchte noch immer. Ich zitterte am ganzen Körper mit einer Vehemenz, die von einer anstrengenden Nacht und zwei toten Menschen herrührte. Ich hatte noch nie zuvor so gezittert.

Ich legte mich auf ihr Bett am anderen Ende des Zimmers. Die hochgelegene Matratze mit der weichen, weißen Decke neben den riesigen Glasscheiben, die auf den kleinen Bach hinaussahen, schien mir ein gutes Plätzchen, um mich fallen zu lassen. Ich konnte nicht einschlafen. Ich sah hinaus.

Kurz vor Sonnenaufgang ließen die Bäume ihre Sommerblätter in einer ruhelosen Morgenbrise rauschen. Der Himmel war klar, und ich hörte ein paar frühaufstehende Vögel. Die Schachtel rutschte über den Fußboden. Ich war müde.

Ich betrachtete einen Baum mit einem abgestorbenen Ast, an dem ein einziges braunes Blatt hing. Es war vom letzten Herbst übriggeblieben und hing wie ein alter Lumpen an dem Ast, der vollständig mit Moos bewachsen war. Ich streckte mich aus, als eine Wolke, rosa vom Sonnenaufgang, vorbeischwebte.

Ich fiel in einen ruhelosen Schlaf. Meine Träume waren eine einzige Light-Show aus Farben und Lichtern. Da waren auch Stimmen, aber ich konnte nicht verstehen, was die Stimmen sagten. Das war inzwischen wohl auch nicht mehr so wichtig.

Ich hörte, wie Frances aufstand und in die Küche torkelte. Ich hörte, wie eine Tüte geöffnet wurde und kleine harte Kaffeebohnen in die Schale einer Kaffeemühle glitten.

Ich hörte die Frösche in ihrer Schachtel umherspringen. Zehn Uhr. Ich sah hinaus und betrachtete den abgestorbenen Ast mit dem Winterblatt. Ich wartete darauf, daß das Telefon klingelte.

In der Ariadne-Reihe sind bisher erschienen:

Ariadne 1001 Anthony Gilbert: Das Geheimnis der alten Jungfer
Ariadne 1002 Marion Foster: Wenn die grauen Falter fliegen
Ariadne 1003 Joy Magezis: Untergetaucht
Ariadne 1004 Anthony Gilbert: Fette Beute
Ariadne 1005 Lauren Wright Douglas: Lauernde Bestie
Ariadne 1006 Jessica Mann: Das Gewerbe der Mrs. Knox
Ariadne 1007 Katherine V. Forrest: Die Tote hinter der Nightwood Bar
Ariadne 1008 Josephine Bell: Mord im Ruhestand
Ariadne 1009 J.R. Hulland: Der Tod studiert mit
Ariadne 1010 Masako Togawa: Der Hauptschlüssel
Ariadne 1011 Sarah Dreher: Stoner McTavish
Ariadne 1012 P.M. Carlson: Vorspiel zum Mord
Ariadne 1013 Val McDermid: Die Reportage
Ariadne 1014 Kim Småge: Die weißen Handschuhe
Ariadne 1015 Katherine V. Forrest: Amateure
Ariadne 1016 Dorothy Cannell: Die dünne Frau
Ariadne 1017 Kim Engels: Zur falschen Zeit am falschen Ort
Ariadne 1018 Dolores Komo: Clio Browne, Privatdetektivin
Ariadne 1019 Barbara Wilson: Der Porno-Kongreß
Ariadne 1020 Sonja Lasserre: Gestern, heute und kein Morgen
Ariadne 1021 Val McDermid: Das Nest
Ariadne 1022 P.M. Carlson: Sicher ist nur Mord
Ariadne 1023 Sarah Dreher: Schatten (Stoner McTavish 2)
Ariadne 1024 Joan Hess: Rufmord
Ariadne 1025 Sarah Schulman: Ohne Delores
Ariadne 1026 Dorothy Cannell: Der Witwenclub
Ariadne 1027 Barbara Wilson: Ein Nachmittag mit Gaudí
Ariadne 1028 Joy Magezis: Schüttelfrost
Ariadne 1029 Katherine V. Forrest: Beverly Malibu
Ariadne 1030 Susan Kenney: Zuchtrosen
Ariadne 1031 Mary Wings: Sie kam zu spät

Ariadne Forum
Bausteine für eine feministische Kultur

Ja, das Ariadne Forum ist draußen. Was drinsteht? Nun, auf das eigentliche Forum, wo Ariadne-Leserinnen zu Wort kommen (hier startet auch die Leserinnendebatte um Stoner McTavish), folgen Berichte und Interviews über und mit vier von unseren Autorinnen: Marion Foster läßt sich über »ihren« Feminismus ausfragen, Kim Småge zieht Parallelen zwischen Börse und Kathedrale, Barbara Wilson erklärt ihr Verhältnis zu Pam Nilsen, und Sarah Schulman sagt, was sie will. In »Tips und Tadel« werden Krimis von Frauen besprochen und die Auseinandersetzung unserer Kinofrauen mit neuen - und einigen nicht mehr ganz neuen - Filmen beginnt. Dann haben wir noch ein paar kleine Artikel eingestreut ...

So sind es dann satte sechzig Seiten geworden. Schwarzgelb wie die Krimis und für DM 5 im Buchhandel zu erwerben.

ISSN 0941-6749 64 Seiten, 5,- DM

Argument
Rentzelstraße 1 · 2000 Hamburg 13